她们与谎言的距离

鹳耳 著

新世界出版社
NEW WORLD PRESS

目录

CONTENTS

相信我，我们一定会找到出路的。
走得足够远，我们就能找到那盏灯。

上部
二十年前，
是你爸爸杀死了我的妈妈。

01 仇人之女

上部

谭嘉烁低估了这一切。要说出“二十年前，是你爸爸杀死了我妈妈”，很难。除了脑中演习，她甚至从未把“妈妈”和“杀死”放在一个句子里。更不用说，仇人的女儿就在自己眼前。

但“仇人的女儿”这个称呼，真的有意义吗？在她心中，并没有什么连绵不绝的恨延续到这女孩身上。咖啡桌对面的傅宝云，扎着马尾，穿着拼错了单词字母的仿牌圆领T恤，宝蓝色的洗车场制服系在腰间，没有点喝的。这是为独身者或者恋人准备的小圆桌，只略略宽于咖啡杯下的食品托盘，所以谭嘉烁能清晰地闻到傅宝云身上的气味：泡沫清洗剂、汽油混合着浓烈的薄荷车载香薰。一小时前，谭嘉烁在洗车场街对面足足站了四十五分钟才上前搭话，那时的傅宝云在树荫下的小矮凳上坐着，昏昏欲睡。这一刻，谭嘉烁等待着一个奇迹般的瞬间，让话语有机会从自己的焦灼之中出逃。

“我还要回去上班的。”傅宝云说。她的右手大拇指在左手虎口处轻轻摩擦。

“傅……傅长松快出狱了。”谭嘉烁说。

“啊？”

“傅长松，你爸爸。”谭嘉烁清了清嗓子，“是他害死了我妈妈。二十年以前。那时候你多大？”

傅宝云皱眉，不安地挪动了一下椅子。

“你是……”

“我说过了，我叫谭嘉烁。我爸爸叫谭怀胜，妈妈叫朱琪芬。你爸爸案子里的那个……那个被害者之一，就是她。”

“你怎么找到这里来的？”

“我在傅家村打听过，那边还住着你妈妈的熟人。事情发生的时候，你多大？”

“我今年二十二岁。我什么都不记得。”

“我二十四岁。”

这偏离主题的自我介绍制造了一些意料之外的尴尬，而这略微减轻了谭嘉烁的焦虑。她感觉自己重新开始呼吸了。

“我也几乎什么都不记得了。我爸爸也……不愿意和我说实话。我来找你，是因为我想知道当年的一些情况。除了问傅长松，我没别的办法了。他应该快出狱了，但只有家属才会收到通知书，写明出狱的具体时间和地点。”

“你说的出狱这事我也是第一次听说，我从来不过问这些事。我妈可能知道。”

“那请你问问她——”

谭嘉烁的胳膊肘撞到桌子，几滴咖啡从杯口晃了出来。

“问问她，或者我现在去见她也行。可以吗？”

“你这样太突然了。”

“不是要欠你人情，我会付感谢费。一万够吗？”

傅宝云顿住了。这几乎是她月工资的三倍。

“我现在就可以付一半订金，加我微信。剩下一半，等见到你爸爸就付给你。”

“你见他做什么？”

“我说过了，只想问一些事。”

“你想问案子，该去找警察啊。”

“结案已经二十年了，我想不到别的办法。我不是要你出卖你爸爸——”

“我回去上班了。”傅宝云站起来。

“等一下，”谭嘉烁紧随对方站起，伸出握着手机的右手，“先加微信吧，扫我。”

傅宝云回过头，一只手抓握着椅子靠背。她有些惊讶对方用了“出卖”的说法，因为她根本没有从这个角度想过。她隐约记得在上小学之前，母亲带她去监狱探视过几次，她无法理解眼前的男子对她的生活意味着什么。他也许曾经笑着对她说过“长高了吗”“和小伙伴处得好吗”之类的问题，而她也许曾在母亲的催促下给出过模糊的回答。一切都像一团雾，唯一印象深刻的是牢房铁栅推拉的声音让她起鸡皮疙瘩，并且想哭。她也记不清自己是在什么时候才彻底明白了父亲是因为抢劫过失致人死亡入狱。一些锐利的钉子散落在她记忆的辙印里：教导主任在她经过的时候和旁人耳语“她就是那个杀人犯的女儿”；母亲在灶台前一边翻炒着剩菜一边说“你爸不坏”。这一切当然都是烦心事，但因为“父亲”一词在她感情中几乎是彻底的真空，它们对她日常情绪的影响，也许还比不上午休玩手机游戏时被队友说一句“原来是女的，难怪”。这一句“出卖你爸爸”，像千钧重的羽毛，给傅宝云带来了意料之外的不安和迷惑。

她扫了谭嘉烁的个人二维码，然后说：“我真的不知道，得回去问我妈妈，但我不能给你下保证。”

“我现在就把预付款转给你。”

“别这样，我走了。”

“一定要帮我问问啊。谢谢你。”

谭嘉烁目送傅宝云快步走出咖啡馆，然后盯着手机。直到快三十秒后，她收到了添加朋友的信息，才坐下来。她点进傅宝云的朋友圈，没有任何内容，想必是勾选了“不让她看”。她喝了一口咖啡，低头看着强烈的阳光隐约照亮的咖啡表层悬浮的微小颗粒。刚才的对话持续了不到十分钟，是在一种抢跑般的迫切中一口气完成的。她想知道，承诺一万元的酬劳是否得体。但也许没有更好的办法了，因为她对傅宝云一无所知。她不能强求任何人对自己母亲当年的命运有着万分之一的关心。父亲谭怀胜总是对她说：“你别问了，好好过你的日子。你有什么不满意的，都说出来，爸给你解决。”虽然自从再婚妻子怀孕以来，他留给女儿的耐心日益减少，但作为一名成功的企业家，他也确实为女儿解决了许多事，让谭嘉烁难有怨言。

只不过，没有任何人能告诉谭嘉烁：二十年前，她的妈妈为什么会在一个细雨连绵的下午，和另外一个似乎陌生的男人，同时死于傅长松之手。没错，她非常确信那一天是细雨连绵，因为她甚至在市图书馆找到了案件发生当天的报纸。头版最重要的新闻，是市长接待了来自本省旅美商会返乡团的客人；第六版登载了一则走失儿童的寻人启事。她本不打算把这么多无关的信息记得牢牢的，但她无法自控。母亲的死是一页纸上最后的句号，而这些完全无关的细节就是纸面上散落的灰尘。她那时只有二十八岁，代表着她生命的这张纸片既轻又薄，上面的字迹因为多年的水浸和虫咬已经所剩无几。谭嘉烁明白，她需要奇迹才能让这一切重现，而面对刑满出狱的杀人凶手，是她为了实现奇迹而必须迈出的第一步。

晚上六点半，傅宝云攀上荒废草坪之中的一架木梯子，翻越围墙，回到旺秀小区。没有人知道是谁把这梯子搭在墙边的，自从小区正门大路开始彻底翻修以来，其南侧就多了这一条捷径。虽然数次有人以防盗为由把它移走，但是两三天之后总会放回来。她仔细看了一下脚下情况才落地，因为有时候会有小孩在附近撒玻璃碴。

“小傅，下班了？”走到小区西边拐角的时候，正在自建散养鸡栏里蹲着的全大伯直起腰来，和傅宝云打招呼。

“啊，下班了。您喂鸡啊？”

“不是，这鸡好像有点下白痢，我看一眼。本来说让你带一只回家给你妈补补身子，这次就算了。”

“没事，您不用惦记，我妈没什么大毛病。”

瘸了一条腿的全大伯笑着点点头，慢慢蹲下去，捏住一只鸡的尾巴，掀起来看。他的腿早就瘸了，但现在无论谁问起，他都会说是去年到住建局讨说法的时候被打成这样的。旺秀小区都是廉租房，当年符合条件的低保户到此申请的时候，却被告知只卖不租。相比全市新房的均价，这些房子的价格低得十分诱人，所以许多家庭还是东拼西凑买了房，却只收到盖了章的收款条，快十年了连正规手续都没办下来。曾有记者来过几趟，也曾有外人前来，提醒居民不要随便乱说话。最近一切都消停了，既然小区没人管理，也没人来驱赶，大家也就这么住着。也有人怀着希望，说等手续齐了，门口的大路修好，对面商场招商，这房价一定涨，所以现在这点苦头也吃得，总比那些住断水断电小区的人好多了。每次邻居聊起这样的愿景，傅宝云也只能频频点头。

打开六栋 502 号房门之前，傅宝云就闻到了昨天吃剩的青蒜肉片的味道。一进门，客厅的对面就是厨房，她的母亲蒋蕾正在往锅里滴生抽，然后继续翻炒。

“妈，你怎么起来了？不是说了让你多休息一天嘛。”傅宝云脱下制服搭在椅背上，走进厨房。

“我饿了，等你下班回来都什么时候了。饭也热好了。”蒋蕾自觉地把锅铲让给女儿，从狭窄的门口挪出去。随着年岁增长，她的身体在日夜劳作中反而越来越臃肿。三天以前，她半夜两点在烧烤摊挪动啤酒箱的时候突然昏厥了，摊位老板叫嚷数次啤酒补货却没人答应，这才发现倒在路边的她。傅宝云劝她去医院，她不去，自我诊断说是肝火上炎，在烧烤摊受到油烟辣椒味道的刺激多了，头晕、尿黄、耳鸣，静养几天就好。

“我下午已经睡足了，”在客厅坐下的蒋蕾说，“精神好得很，赶紧吃了好晚上去上班。”

昨天和烧烤摊老板通过电话之后，傅宝云很确定母亲已经丢了那份工作。但她知道，劝母亲留在家里是不可能的。最好的办法就是当这件事没有发生，也许母亲今晚出门明早回来的时候，已经在小吃街的另一家店找到了工作。

十分钟后，母女俩坐下来吃饭。傅宝云左手拿起手机，发现谭嘉烁给她发了一条信息："很高兴认识你，保持联系！"

在今天短暂的会面中，傅宝云觉得对方并不擅长社交，这条生硬的微信也是证据。她还没有真正消化谭嘉烁所说的一切，只有那句"感谢费一万元"反复出现在她脑中。高考落榜后，母亲愿意供养她复读，但她非常清楚，连三本线都够不着的自己，没有动力和能耐回到课堂。如今这份洗车场的工作，是她打工数年以来最稳定的一个岗位，工资也不到四千。而谭嘉烁不像是一个会因为一万元而愁眉苦脸的人。

"听见我说话了吗？又玩手机玩得走神。"蒋蕾说，"明后天我们一起把屋里好好打扫一下。"

"为什么？"

"你爸可能要回来。"

傅宝云抬起头，她刚刚还在想该怎么开口。

"今天星期一，他星期五就出来了。"蒋蕾一边嚼米饭，一边平静地说。她从盘子里夹出了一小块碎骨头，丢在餐桌上。

"他说要到我们家来？"

"我和他通过电话，他说有可能。我们先准备好，多买点菜放冰箱里，免得到时候急急忙忙的。对了，去买玻璃窗清洁剂，家里没有。"

"你要去接他吗？"

"你想去？"

傅宝云发现，母亲的脸似乎一瞬间被照亮了。她微笑着，等待女儿的回答。傅宝云回答："我不方便请假。"

"反正你爸也不希望我们俩去，说有朋友会接他。听他的就行，我们一家三口团聚，我也不想有外人在场。"

傅宝云点点头。这只是给母亲一个回应，她一时不知道如何继续这个话题。"妈，"片刻后，她说，"你从来没想过离婚吗？"

蒋蕾什么都没有说，就着一片青椒扒完了剩下的一口饭，拿着自己的碗筷回到厨房里开始洗刷。关闭水龙头后，她一边在毛巾上擦手，一边说："你记住，你爸是个好人。"

02 假台词

上部

在主灯、补光灯、柔光伞、三台摄影机和十几双眼睛的注视下，谭嘉烁觉得自己像是被关在铁笼子里的仓鼠，空有奔跑的意愿，没有逃离的可能。

“预备——笑。自然一点，好，开拍。”导演说。

“爸爸常说，咱家的家训就是‘万事讲究火候’，”谭嘉烁追随着提词器念诵，“不光是下厨，还包括为人处世的方方面面……”

父亲谭怀胜的中高端连锁火锅品牌“怀胜楼”最近在全省开出了第五十家门店，并且尝试进行新一轮融资。为了持续造势，他联系上本地电视台的美食节目团队，在他们筹备的“家乡传奇”系列中安插了一个位置。编导说节目的主题之一是中式厨房如何凝聚亲情，所以谭嘉烁也莫名其妙地出镜了。最近才丢了工作的她，没法拒绝父亲的安排。

站在导演身后的是谭怀胜，四十九岁，穿着崭新的厨师服，特意垫的肩，让他在镜头前显得挺拔。午休前，导演已经拍完了他亲自掌勺炒制火锅底料的片段，以及一番独白：他创立品牌，是为了把家庭餐桌上洋溢的幸福和满足感，传递给所有支持他的父老乡亲。因为站在灯后，谭嘉烁看不清父亲的表情，但是他双手环抱胸前，显出明显的不满。他身边，是比女儿大十岁的再婚妻子伊璇。伊璇比在场所有人都高挑，和谭怀胜育有一个四岁的儿子，曾经接受过产后如何迅速恢复身材的自媒体采访。她是行动力超越一般家庭需求的全职主妇，在交流拍摄细节上，给丈夫提供了更多意见，甚至亲自帮他和继女补妆。面对这位像姐姐一样的继母，谭嘉烁平常都叫她“姨”。她对伊璇和父亲结婚之前的生活一无所知，只是有一天，父亲对她说：“我带个朋友来，我们一起吃个饭。”伊璇以明艳惊人的姿态初次闯入谭嘉烁的生活，让父亲不合身的西装和鲜红色条纹领带显得滑稽。而其余的事情，在她们初次见面之前就已经决定好了。

“停，”导演说，“念的速度太快了，而且最好能抑扬顿挫一点。谈的是你自己的家庭，所以感情要充沛些，对吧？再来一次。”

一分钟后，导演再次喊停，然后说：“你是太紧张吗？”

谭嘉烁没有回答。她感觉到紧握的手心湿漉漉的。

“已经是第五条了。”导演转过去，对谭怀胜低声说，“再这么下去，就要拖进度了。像您女儿这么上镜的姑娘，一般不会这样的。她是不是不舒服？”

谭怀胜上前，对女儿说：“跟我来一下。”

他们走到摄影棚外。纸板墙壁搭建的温馨家庭厨房消失了，眼前是遍布荒草和碎石砾的废弃工地。这里曾是省领导剪彩开工的影视城，但自2019年后，工程进度逐渐停滞。不远处有一台半陷在泥地里的挖掘机，至少半年没有挪动了，夕阳的光在它破裂的玻璃窗上聚拢，像一只浑浊苍老的眼。

“你怎么回事？”谭怀胜说，“跟着提词器念都不会？我都跟团队说了，我女儿大学时候上过戏剧课，表现绝对没问题。你在看哪儿？还在走神？”

“我说过了，当初就不该叫我来。”

“让你坐那儿说几句话有那么难？本来台本里还有一段我手把手教你颠勺，多亏你姨说，你没怎么下过厨，可能压力大，不自然，就算了。这些电视台的人，你别看他们一个个装得斯斯文文的，我不知道见了多少领导才给我们占了一个坑……”

“假。”

“什么？”

“那些台词太假了。”

“假？说得轻巧，没有这些假的，你爸就挣不到那些真的，也供不起你这么多年！你是不知道，以前困难的时候，你爸抱着话都不会说的你，好多次经过中心公园后面那座已经拆掉的桥，只想跳下去，一了百了！为什么你现在有这么好的生活，就是因为你爸我学会了假，学会了求，学会了跪！”

“我当然知道。你说过好多次了。”

“行吧，”谭怀胜嗤笑了一声，掏出手机拨号，说了一句“嘉烁要回去了，你送她一下”，然后指着前方说，“你直走，到那围墙外面，小胡送你回家。”

谭嘉烁沉默地转过身，迈出步子。“什么脾气。”她听见父亲在背后说。

一辆黑色轿车在工地之外等着谭嘉烁。她坐进副驾驶座。

“拍完了？”胡一曼问。她是谭怀胜身边唯一的女司机，比谭嘉烁大四岁，专门负责接送谭家妻女。

“拍完了。”

胡一曼正要发动车子，车外右侧突然传来了有人穿高跟鞋小步奔跑的声音，是伊璇，谭嘉烁摇下车窗。

“我刚刚和导演商量好了，”伊璇说，“这一段就不实拍了，下次你到录音棚录一段，到时候就没那么多眼睛盯着你，他们用剪辑解决。我看你紧张得不得了，妆都花了。”

“灯照的。”

“别太生你爸的气，他也不容易。前两年疫情那么困难，总算挺过来了，他压力也不小。听到了吗？”

“嗯。”

“走吧。”伊璇拍了拍车顶。

车子缓缓驶下没有铺路的山坡，掀起大量黄沙。

“这鬼地方，脏得一塌糊涂，”胡一曼说，“又得洗车了。”

“带我一起去吧。”

“去哪儿？”

“洗车啊。”

“我得先送你回家。”

“不想回。”

胡一曼沉默了。每当陷入这样的情境，谭嘉烁就会很不安。她忍不住想为家庭矛盾造成的挫折感寻找情绪出口，但是因为敏感的雇佣关系，胡一曼没法回应她。

微信响了。谭嘉烁看了一眼手机，是傅宝云发来的。她侧过身子，用一只手略微挡住手机屏幕。消息内容是：“我带你去见他。”

她正要回复，对方又发了一条。

“一万五，不讲价。先转一半。”

谭嘉烁皱眉。这几乎是她剩余的全部生活费。如果再不找到新工作，下个月可能就要向家里人开口了。她闭上眼想了想，睁开眼睛，点转账。

“你饿吗？”胡一曼说。

“怎么了？”谭嘉烁赶紧关闭微信界面。

“也快到晚饭了。你不是要和我一起去洗车吗？那附近有一家味道挺好又干净的家常菜馆子，我常去。请你吃一顿吧。”

“要请客也是我来才对。”

“没事。我看你心情不太好。”

星期五早上九点，谭嘉烁赶到了一家租车行门口，傅宝云已经在这里等着她了。这里离监狱有两个小时的车程，而为了避人耳目，她们不想使用公共交通，于是决定由傅宝云开车，谭嘉烁付租车费。在傅宝云这次近似冷酷的突然抬价之后，谭嘉烁对突然打扰傅宝云生活的内疚感几乎完全消失了。说到底，她对这个瘦小女孩的个性和人品一无所知。

“你不会是要骗我吧？”

“当然不是。”傅宝云避开了谭嘉烁的眼神，“你自己去挑一辆车吧。”

“身份证带了吧？要押在这里。”

傅宝云把身份证递出去。谭嘉烁接了过来，用手机给正反面都拍了照，然后走进租车行大厅。

行车快二十分钟后，两人才开始交谈。

“你爸知道你要去吗？”谭嘉烁问。

“不知道。他不想让我和我妈去接。你打算和他说话吗？”

谭嘉烁意识到，她不能完全掌控将会发生什么。把刚刚出狱的杀母仇人直接拦在监狱外面谈话，实在是有些荒谬。她的心跳开始变得急促。

“你不能只送我这一次，然后就不管后续了。”

“你想和我爸爸说话，我给你提供一个机会，商量好的就是这样。要是有别的计划，你要先讲明白啊，我肯定不能让我爸知道是我带你去的。如果你不乐意，现在转回去还来得及。我可以把钱退给你。”

两人沉默了一会儿。傅宝云能听见谭嘉烁重重呼出一口气。

“继续开吧。”她说。

坐落在县城洼地中的崖子洞监狱已有四十年历史，周围是一片多次落石伤人的矮山峰，附近已无人居住。监狱门口不远处有唯一的公交车站，通常一个小时都等不来一辆车。车站旁边有一家面馆，虽然已经快中午十二点了，卷帘门还是半闭，里面也不像有人。在离公交车站还有五十米的拐角处，傅宝云停下了车。

“说是十二点会放出来，你过去等吧。”

“和我一起去。”

“我说过了，不能让他看见我。”

“我们就藏在那墙后面，能看得见大门。我认不出你爸啊。”

我也未必认得出，傅宝云这么想，但没有说出来。她只好说着“走吧”，把车子熄火。

她们贴着那面墙，谭嘉烁走在前面。剥裂的墙皮不断掉落土红色灰尘，谭嘉烁反复拍打肩膀，抚去落在肩上的蜘蛛蜕壳。她们一言不发地等待着，大概十分钟后，监狱的大铁门缓缓打开，在空旷的四周发出刺耳的回响。一个男人走了出来，停下来，抬头看看四周。

“你到前面来看看，”谭嘉烁低声说，“是他吗？”

傅宝云慢慢挪到谭嘉烁前方，只把半张脸露出墙外。在她说出答案之前，谭嘉烁的视线突然被停在那家面馆附近的一辆黑色轿车吸引了。虽然看不清车中人的身影，但她非常确信：那是胡一曼的车。

当然，一辆在谭嘉烁眼里不该存在的车辆，丝毫没有夺走傅宝云的注意力。

上一次来探视已经是十年以前，但傅宝云立刻就认出了父亲。他头发半白，脸上的胡须剃得很干净，显出与其年纪不相称的深深的皱纹。他的身体倒是看似比傅宝云记忆中要强壮，像一个常年不知疲倦的建筑工人，在能俯瞰整座城市的脚手架上磨炼出船用缆绳一般线条清晰的肌肉。他穿着一件仔细熨过的翻领短袖衬衫，提着一个蓝白条纹的编织袋。

她本来以为自己的心情会像是观摩一块冰冷的石头，但却感受到一种淡淡的宽慰。也许是因为母亲日复一日地把丈夫入狱这件事诠释成飞来横祸，她潜意识里也认为父亲遭受的不是惩罚而是磨难，而这种近似温暖的宽慰也让她不安。好好打工，和母亲一同寻求遥远的经济稳定，是她唯一的生活目标，她甘愿接受这样的一成不变。她不需要潜在、未知的变化。

“是他。”

就在这时，谭嘉烁的手机响起了来电铃声。响亮的旋律像酒醉者，尴尬地闯入这一片僻静。她赶紧退到墙后，下意识地把傅宝云拉到自己身边，示意她别出声。过了几秒钟，她小心翼翼地探出一点身子，朝那黑色轿车看过去。车门打开了，而站在车外，一只手撑在车门上左右张望的人，正是胡一曼。

“怎么了？”傅宝云问。

“走吧，快点。”谭嘉烁不能让父亲知道自己在做什么。脑中所有的疑问和尚未敲定的计划，都因为恐慌而冻结了。

胡一曼非常确信自己听到了一段和谭嘉烁手机铃声类似的音乐，虽然这激起了她的好奇心，但是她完全没有联想到谭嘉烁在场。在左右张望确认无人之后，她心中的确信，很快变成了疑惑。

傅长松并没有朝胡一曼的方向看过来，其实胡一曼并不在意自己是否被发现。谭怀胜交代过，不要和他说话，但是可以让他感觉背后有眼睛。

胡一曼回到车里，和雇主通话。

“谭伯伯，他出来了。”

“然后呢？说点实际的。”独坐在办公室里的谭怀胜说。

“没有人接他，他在等公交了。没发现什么不正常。”

“等他上车，一直跟着，看他打算去哪儿。等他进了什么不方便用车跟踪的地方，再回来和我报告。”

胡一曼挂断了电话。片刻后，她打开通讯录，选定“嘉烁”。她把大拇指悬停在拨打键上方，但最终没有按下去。

“刚才你怎么回事？”在回程路上，傅宝云问道。

“别问了。”

傅宝云看了同车人一眼。谭嘉烁显得相当紧张且消沉，像淋了一场看不见的暴雨。虽然不知道发生了什么，傅宝云还是有些为她感到难过，也有些后悔自己突然的抬价并且爽快地接受了订金。她需要钱，但假如有洗车的客人莫名其妙给她一大笔小费，她肯定会不安。她本来就有看父亲一眼的念头，现在不过是把这件事提前了，并且顺路载了个人而已。

“尾款你先不用打给我，”她说，“你没和他说上话。”

谭嘉烁把头转向对方，她本来预测会有一场争论，没想到傅宝云会主动提出这件事。

“我不知道他会去哪儿，他也没说一定会回家。所以我也不能保证下次什么时候看见他。总之要是有什么变化，我再通知你，你看行吗？”

“好吧。谢谢。这件事别告诉其他人，行吗？”

“我知道。”

03 老师你好，再见

上部

因为遇上车祸导致的拥堵，她们比来时多花了半个小时才回到租车行。随后谭嘉烁急忙赶到市中心一家五星级酒店，她的大学同窗谢静正在旋转门外等着。看见跑得直喘气的谭嘉烁，她重重叹了一口气。那通不合时宜的电话正是她打的。

“不……不好意思，我……”

“没空听你解释！哎等等，看你这头发乱的，幸好我带了梳子，你弄一下，老师早就等得不耐烦了。”

稍微梳顺头发后，两人快步走进酒店。在大厅的一张咖啡卡座上，坐着一名五十余岁的男子，戴着不介意让人察觉的超然茂盛的假发，穿着白色真丝太极服。看见两人走向自己，他僵硬且蕴含着怒气的面部展露出了一种精准的待客微笑，像是已经有模板悬浮在空气中，他只需要把五官凑进去。他是省作协副主席，笔名叫泰阳，正在为自己策划的儿童书系挑选插画画师。谢静在和他签约的出版社工作，为失业的谭嘉烁争取到了一个机会。谭嘉烁问过是否可以先提交作品的电子版，他坚持要直接面试。

“终于到了啊。快坐。”

“泰阳老师，真是太对不起您了，小谭路上不巧遇到车祸，耽搁了。”谢静说。

“哎呀，车祸？没伤着吧？”

“没事，不是我，是前面的车。”谭嘉烁说。

“噢，那可就让我等太久了。这一笔我得记上，下次酒桌上再罚你！”

“这没我的事，您就罚她一个人吧，”谢静在桌面下用手肘推了推谭嘉烁，“我说的没错吧，泰阳老师可幽默了。”

谭嘉烁抿着嘴唇笑了笑，没有出声。

“那事不宜迟，我们谈正事吧。”

谢静从包里拿出了一个 A4 文件夹打开，把里面夹着的十几张图画拿出来，按照正确观看方向摆在泰阳面前，再用手指轻轻抚过，让每一张都稍微错开，便于拿取。泰阳把最上面的一张拿起来，稍微侧过身子，让阳光照在纸面上，皱着眉头观看。泰阳仔细看了头两张，剩下的一扫而过，把它们聚拢成一叠。

“后面您不看了吗？”谭嘉烁说，“后面几张是专门围绕您出的题……”

“大概的我都了解了，”泰阳说，“小谭，你为什么被上家公司开了？”

“我在电商广告公司做美术设计。这两年效益不好，老板说要精简人员，打算用 AI 做设计，我们整个组几乎都被开了。”

“AI 替代人工是吧？我还以为这是什么大湾区硅谷里的事情，风这么快就吹到我们这小地方来了。你们年轻人比较了解，这 AI 是不是都能写小说了？”

“那些玩意儿一看就知道是 AI 写的，没有人味，没有艺术价值。而且以后国家会管的，不会影响到您这样的老艺术家群体。”谢静说。

“老艺术家？”泰阳挑眉。

“您听漏了，是老牌艺术家。”

“哈哈，你机灵。哎，话是这么说，我还是得多准备点退休金，这不就是在和你们一起为这件事努力嘛。小谭，不管我最后用不用你，你来尝试走传统出版这条路，这个选择很对。电商美术算什么，丢了不可惜。不是我说话难听，你干那个，就等于一个风华正茂的女大学生到烧烤摊去吆喝，自己不觉得丢脸，别人也会替你觉得丢脸。越是搞艺术，越是要脚踏实地朝高处攀登。”

“现在没有电商首页推荐，书也卖不动。”

“别谈以前的工作了，”谢静赶紧插话，“而且我们做童书，渠道不太一样。”

“现在年轻人面临的困难不一样，但解决办法都是差不多的。我年轻那时候啊……”

他们聊了半个小时，都没有半个字提及谭嘉烁的画作。泰阳从自己年轻时如何努力，以不亚于凿壁偷光的毅力练习写作，相比之下当代年轻人有多不能吃苦，又转回到 AI 发展的话题，顺拐到要考考她们俩知不知道一百年以前英国是怎么在三年内就解决了成吨马粪淹没主干道的问题。“因为发生了汽车工业革命。”他举着一根手指说。谭嘉烁逐渐麻木了，她不明白为什么在自己迟到多时后，对方跑题的热情反而洋溢到了天涯海角。要追随着谢静发送的信号保持微笑，也变得越来越难。

“不好意思，”谢静举着手机，屏幕朝向自己，“我有个电话必须接一下。”

“你去吧。”

谢静起身，走到了大厅的另外一个角落。谭嘉烁明白，用目光追随朋友的背影会显得很不尊重泰阳，于是立刻回过头。

“你不太爱说话是吧？”

“有一点。”

“其实看你照片的时候，我就感觉到了，你不是小谢那样叽叽喳喳的类型。没事，艺术家靠作品说话。”

他突然停顿片刻，然后问：“你的手怎么了？”

“手？”

谭嘉烁不明白他说的是哪只手。而在她有反应之前，泰阳用左手握住了她的右手，翻过来让掌心朝上。冰冷的戒指边缘在她手背划过。她膝跳反应似的说出无意义的几个字：“我的手？”

“你没感觉吗？这里。”

泰阳用右手指向他握住的手腕，那上面有一块凝结的血斑。谭嘉烁回想起来了，这是早上她藏在墙后的时候擦伤的。她想过要给伤口消毒，但是这一路赶来，完全把这件事给忘了。

“女孩子要注意保养手啊，尤其是艺术家……”

比起遭到突然碰触的震惊，在这一刻占领谭嘉烁大脑的是瞬间积蓄的愤怒。在泰阳开口之前，她就预料到他会说这些话了。

作为女人，作为艺术家，她失败了，没有保护好自己的手。她意识到这番交流让她麻木的根源：此人说的话没有任何新鲜之处，因为这一切都从父亲嘴里吐出过无数次，只不过是染上了不同的颜色。他想用自以为成功率高的方式展现幽默、博识、细心，但哪怕他能表现得好一万倍，也依然不会说出自己现在想听到的话。这一天已经够长了。

“我回来了！”

谭嘉烁把手抽走。谢静坐下了，把一束头发捋到耳后。

“领导打来的，她非常重视小谭的面试，问我顺不顺利。怎么样？聊到哪儿了？”

“差不多了，就还有一件事，”泰阳把一幅画抽出来，摆在两人面前，指着上面的一排繁密的花纹，“小谭，我看到这类似的花纹，你画了很多。说说你是怎么考虑的？”

“……我就是爱画这个。”

“太密集，太细腻了。我们要做的是童书，要多一点鲜艳的、大块的、写意的图案。细节太烦琐，当妈妈的都怕孩子看了伤眼睛，对吧？”

“您这个意见很准确，”谢静说，“实际工作的时候我们肯定会注意这一点的。”

“嗯，我知道了。”谭嘉烁说。哪怕对方是在批评，但对作品的务实讨论暂时压下了她的怒气。这些头尾衔接、连绵不断的花瓣和根蔓图案，确实不是面试主题中所要求的。“我就是爱画”是她的诚实答案。她能在这样重复的繁密图案绘制中沉浸数个小时，忘记吃饭喝水。

“那么，您的整体意见是……”谢静说。

“小谢你知道的，我还要面试几个人，等我最后统筹一下再通知你们，好吧。今天就到这儿。”

“那这些画我留在这儿？”

“我不好带走，你回头给我发个电子版。”

“好的，”谢静麻利地单手把画纸聚拢起来，放回文件夹，另一只手拍了拍谭嘉烁的后腰，“那我们先走了。”

“老师再见。”

走出酒店大门后，谢静说：“你这几天别到处瞎跑，下次要是你再迟到，我看希望就不大了，我也不好和领导交代。”

“还有下次？”

“以我和他打交道的经验，你的待遇算不错了。他明天就要上北京去参加一个颁奖，就休息小半天，愿意给你单独留时间。”

“既然他时间这么宝贵，为什么不多看几眼？”

“烁宝，我刚认识你的时候你就这脾气，现在还一点没变。我以前也以为艺术界是靠实力拼天下，现在明白了，比起实力，更重要的是策略。我中途那个电话，其实根本不是编辑部领导打过来的，是男朋友问我晚上回不回去吃饭。懂了吧？”

“懂了，但是不开窍。”

“好了，别愁眉苦脸的。”

两人走了一小段路，谭嘉烁突然停下来了。

“你刚才……看见了吗？”

“看见什么？”

谢静回过头。她平静的眼神没有传达任何特殊情绪。

“没什么。”

04 两个家庭

上部

因为昨天请了半天假，今天洗车场老板暗示傅宝云多上会儿班，她干到八点才回家。她把钥匙插进门锁，还未扭动，门就开了。出乎她意料的是，比母亲高大健硕得多的身影，几乎彻底遮住了客厅吊灯的昏暗光线。

“宝云？是爸爸。”

“宝云回来了？”

蒋蕾从客厅走到门边，把一只手探出门外，握住女儿的手。傅长松挪到一旁。傅宝云被拉进屋的时候，发现父亲穿上了和出狱时完全不同的崭新衬衫。圆饭桌上摆满了四菜两汤。傅宝云到厨房洗了手，回到客厅之后，看见父亲正在帮她把椅子拉出来。母亲坐在往常的位置，她对面。往常吃饭的时候傅宝云常常会看着窗外的灯光走神，现在父亲坐在右边，遮住了窗，迫使她把视线停留在饭菜上。虽然这房子破旧、狭窄，但它仍然能让她和母亲两人感到家庭的舒适；现在这房子不得不接纳一个陌生人，这对它来说负担太重了。

“怎么才下班？”不等女儿回答，蒋蕾就用筷子指着一盘油亮的烤鸭，继续说，“快吃，你爸爸排了半个小时队才买到的。”

傅宝云的筷子在烤鸭上方悬了一会儿，听见母亲在抽噎。她放下碗筷，从离自己最近的柜子上方抽出几张纸巾递过去。在母亲接过纸巾后，傅宝云终于鼓起勇气看了父亲一眼，发现父亲也正在看着她，那是一种友好但称不上热切的目光。擦完眼泪后，蒋蕾用她哭泣后自然变低的声音说：“慢慢吃，不急。你们要喝点什么吗？你爸连酒都戒了，我都不知道该准备什么。”

“里面本来就不能喝酒。”傅宝云说。

“别说那些丧气的东西。”

“没关系，我……”

“我去拿可乐，家里没别的。”

她走到冰箱面前，取出喝了一半的大瓶可乐，拿了三个杯子，回到饭桌前。在她离开的短暂时间里，父母没有说话。她明白他俩并非因为尴尬而沉默，而是希望三人能共享这有限的时间和空间。她一坐下，父亲就立刻续上了刚才的半句话。

“我最后这五六年过得不坏。日子长了之后，你会觉得那里就是一个作息时间严格的大宿舍，平常哪怕生点小病也好处理，都不用到医院去人挤人挂号。酒啊，不光我们不能喝，在那儿上班的狱警同志也不能喝，在这方面他们比我们管得更严，每天上下班都要对着检测仪吹气。”

“你爸还带了一个微波炉回来，格兰仕的。以后你再回家晚，热饭菜就方便了。”

“路上买的？”傅宝云问。

“大件的我也不方便带，在商场里转了半天，最后决定买个微波炉。我记得这个型号，在里头每三天可以看一次电视，正好看见节目里说这个质量不错。我说一个事，你们别笑啊，”他自己先笑了，“你爸现在挺有钱的。我在里面做工，做衣服。听说我们那班人的产品，出口到蒙古国、俄罗斯。其他人管不住嘴，工资都拿来买烟买零食了，我都攒着。我现在的缝纫技术绝对过硬，只要有厂子愿意招我，我就能给他们出效益。说起这个……”

他放下碗筷，从裤子口袋里拿出一个小物件，再把手伸到女儿身前。“不知道你会不会觉得幼稚了点。”

“你爸给你东西，别发呆。”

傅宝云把物件接过来，那是一个用多色毛线编织成的手环，上面装饰着蓝色小珠子。他说：“那天我在想，带点什么礼物给我姑娘呢，你都是大人了，我哪猜得准你会喜欢什么，一边想就一边拿着车间里捡回来的零碎毛线开始随手玩，莫名其妙就做了这个玩意。二十年了，你们母女俩一直在外面打拼，我什么都没有为你们做过，现在也不敢开口说能补偿你们，你收下它吧，不戴也可以，就当是和你爸握个手。”蒋蕾再次开始抽泣。

傅宝云低下头，把左手袖子捋上去。她看见自己左手腕上的陈旧刀伤，愣了一下，放下袖子，把手环套在右手腕上。“合适。”她说，“谢谢爸爸。”

晚饭后，傅宝云坚持要一个人收拾碗筷，于是父母走到了阳台上说话。洗刷好餐具后，她回到自己房间，坐在椅子上，把腿悬着摇晃。她突然很想出去散散心，但是又不知道该怎么开口。她仍然没有感觉到生活中出现了“父亲”这个角色。都说呈三角形的人际关系是最稳固的，但她一贯觉得两个人才是正道：她和母亲，手挽手，可以用同样的步伐进退。三个人的话该怎么安排？普天下正常的家庭都是怎么做的呢？

这时候，她听见有人在敲门。

“什么事？”她问。傅长松回答：“是我。”

如果是母亲，傅宝云多半会回答“有事直说”。也许这就是适应新生活必须走的第一步。她上前开了门，傅长松站在她面前，右手提着出狱时就带在身边的编织袋。

“我要走了，和你说一声。”

“我以为你……”

“我不住这儿。”

“妈什么都给你准备好了。”

“不方便的，你妈妈那边我已经说通了。”

傅宝云这才注意到，母亲的卧室房门紧闭。看来她一个人在里面。

“你们母女俩照顾好自己。”

“你去哪儿？”

“不远。我要是打算永远不回家，今天就不会开这个头。我没那么硬心肠。不用送我了，你也歇着吧。”

他转过身，走出屋外。在明确听到他下楼梯的声音后，傅宝云走到客厅，打开前门，看了一眼，外面已经没有父亲的身影了。她回屋，在母亲卧室面前不出声地站着，想听听里面有什么声音。

母亲的话语突然传出来：“他走了？”

“走了。”

沉默片刻之后，母亲用近似冷淡的声音说：“你去把微波炉里外都擦一遍吧。”

在这一刻，傅宝云意识到，她厌恶父亲归家之前，让她大脑在“是或否”两面高墙之间反复摇晃的不确定性；她也难以接受父亲短暂来访又离去，抛下感情遭受冲击的母亲。如果一定要选择，她宁愿他留在家里。

傅长松走出小区大门。大路正在翻修，无法行车。他经过狭窄、遍布泥泞的人行道，拐进下一个T字路口。街对面，停着一辆黑色轿车。车内没开灯，但是可以看见驾驶座前的仪表盘亮着。

他穿过街道，走到车辆前方，站在离车头大概十米处。他站了十五秒钟左右，沉默地盯着前方，一动不动。随后他不紧不慢地朝前走，在还剩三米左右距离的时候，车辆发动，司机打开了远光灯。傅长松抬起一只手遮住眼睛，但是没有停下脚步。车辆开始倒车，然后踩油门，从他身边驶离。

谭嘉烁住在父亲较早购置的一套两室两厅的房子里。工作之后，她曾说过想立刻搬出去住，但实在没法反驳父亲“花冤枉钱”的反对意见。这几天来，她对这屋子的依赖性越来越强，尤其是作为她工作室的房间。晚上七点，吃过晚饭之后，她回到工作室，打开笔记本电脑，查看自己一个小时前上传到微博上的一张同人图。24次转发、178个赞和36个评论，战果还不错。她特意决定，在上传后，只有吃完饭回家之后才能查看，算是一种延迟满足。她开始微笑着逐个回复评论。没有任何公开信息能够将微博上的账号和她本人联系起来，而她需要一些这样只属于个人的无忧无虑的时刻，把昨天与泰阳的会面抛在脑后。

手机响了，父亲发来信息：“我上来了。”

谭嘉烁立刻盖上笔记本，回头看了一眼床上，有两本昨天睡前翻阅过的画册。这两本书因为开本太大，不容易放回书架上，所以总是搁在随手够得着的地方。她连忙把毯子翻过来，盖住画册。这时她已听到了父亲打开门锁的声音。

“嘉烁。”

只要她不说“等一下”，父亲就不会敲门，也不会征求同意，而是直接走进她的房间。至少这一次，她没有什么复杂的隐瞒工作。她回到工作桌面前，坐下。

“在忙？”谭怀胜进屋，双手插在口袋里问道。

“没有。”

他点点头，在床上坐下，左腿撑地，右腿跷起来，皮鞋底离床单只有一寸。他说：“我来和你聊一下后天的安排。”

6 月 12 日。是母亲朱琪芬的忌日。

“安排我做什么？”

“我们一起去给你妈上坟。就我们俩。”

再婚后，谭怀胜就不再祭扫前妻的坟茔，每年忌日都是谭嘉烁独行。他和伊璇的新家里没有任何朱琪芬的资料和纪念物，而他对往日记忆的坚决切割，早在十年之前就发生了。今年，谭嘉烁同样对父亲没有任何期待，她本以为他是来交代继续拍摄纪录片的事情。

“你没别的计划吧？”

“没有。”

“那就这样定了。中午十一点出发，你就在这儿等，我来接你。”

谭怀胜站起来，没有说再见，走出屋子。

这本是一句话就可以解决的事，但他选择上楼面谈。而在谈妥之后，他也没有表示他如何做了一件值得女儿记住和感恩的事，而是立刻离开了。谭嘉烁认为这算得上她和父亲之间一次比较轻松惬意的交流。如果让她做选择，她宁愿还是自己去，这样比较自在。不过现在有一件确定的事情出现在行程表上，多少能消解持续等待不确定消息给她带来的焦虑。

6 月 12 日，星期一，天气晴朗爽利。十点五十分，谭嘉烁已经在楼下等候了。父亲比他自己约定的时间晚到了十分钟。谭嘉烁放弃抱怨，直接坐进副驾驶座。公墓在郊外，路上约一个小时车程。不同于把每个星期一视为人生最新一阶下坡路的绝大部分普通员工，“星期一”往往是企业家实现其头衔价值的大好日子。也许是受这种精神影响，谭怀胜情绪高涨：在女儿刚上车时递出一盒她很爱吃的酸乳酪；开车时一边随着电台里的音乐哼歌一边在方向盘上打拍子；偶尔身体莫名其妙地抖一抖，看似在模仿拳击手备战时放松肌肉，其实更像是踩了一根钉子却假装无事发生。

谭嘉烁看了一会儿窗外。这条路上唯一的风景是绵延达一公里的大型广告牌，上面描绘着暂时还只存在于图纸和 PPT 上的购物广场，一座、三座、七座、十座。它们的色泽极致绚烂，仿佛只要有人注视，它们就永不会在阳光下褪色。

“爸，为什么你今年要和我一起来？”

车正在过一个急弯。过了弯，恢复到全速后，谭怀胜说：“你心眼子多，爸不想你瞎猜，我就给你讲讲我是怎么考虑的。首先，今年可能是怀胜楼大展宏图的一年，我就想向你妈报告一下这个好消息，希望她继续保佑我们。还有，我也不想在这时候和你冷战。我对自己为人处事的要求没那么高，就一点，将心比心。我那些同事、兄弟，还有求我帮忙的老乡，我都和他们处得一个赛一个好，没有道理就成天在我女儿这儿找气受——你别急，爸没说是你的错。我最近压力大，但是大大小小的风波一个个都挨过去了，一马平川就在眼前，所以该处理好的事，我就一定要处理好。”

“所以总结起来就两个原因，一个是希望妈妈保佑你挣更多钱，一个是怕别人说你和女儿关系僵，丢人。”

“不是这么简单，但这是两个非常正当的理由。怎么，你觉得你爸没资格和你一起去？”

“你根本就不想念妈妈，是不是？”

“我当然想啊，天天想，但你要我怎么表现啊？和你姨说，我管不了这个新家，因为我想嘉烁她妈了；在办公室说，今天下不了这个决策，给我点时间用来追思我第一任老婆。这现实吗？你爸马上五十岁了，说得好听点叫壮年，说得不好听，留给我奋斗的时间不多了。我最伤心痛苦的时候是二十年前，你又不明白我那时候经历了什么，你那——”

谭怀胜的话语突兀地停在了音节中段。

“你继续啊。”谭嘉烁说。

“女孩子家感情丰富很正常，但感情太丰富了，人就天天在那儿花时间感伤，不进步。所有过来人都会教育下一代，时间不等人。越趁早认识到这个道理越好。”谭怀胜显然意识到自己的情绪接近了失控，于是立刻转移话题，说起了人生大道理。谭嘉烁被这恶作剧一般的误导气得说不出话，而这时，谭怀胜的手机响了。

“喂？出什么事了？说清楚……行，把人看好了，我立刻赶到。”

他停车，对女儿说：“你下车在这儿等一会儿，别乱走，我联系小胡送你去。”

“什么意思？”

“我有急事，要去一家门店。如果你还想和我去，就等我处理完再联系你，或者就像我刚才说的，现在下车，等小胡来，我这就通知她，或者你自己打电话也行。”

“不需要你联系她。”

谭嘉烁立刻下车，快步走到车尾，从后备厢里拿出了此行所需要的东西，然后径直往前走，没有再理会父亲。谭怀胜把头探出车窗，喊道：“你打给小胡啊！”见女儿毫无反应，说了一句“我没时间和你耗”，高速倒车，转向后驶离。

谭嘉烁既气愤，又觉得松了一口气，甚至还觉得有些滑稽——她预测过今天可能发生的种种情况，父亲突然打退堂鼓，正是她预测的结果之一。

这一条光秃秃的城郊沥青路少有出租车通行，好在谭嘉烁每年都来一次，已经对这条路很熟悉，何况城郊总是一个变化缓慢的地方。在步行约三分钟后，她拐进一条岔路，这里有一排白事用品店，不远处停着好几辆专门载人往返公墓的电动三轮车。她乘上其中一辆，颠簸不久之后就到达了公墓。

公墓区占据一整座山头，邻着一个有五六百人口的小村落。在山脚下时，谭嘉烁感受到的不是愁绪，与之相反，在这样的好天气下，朝着母亲永眠之地攀登，是一件愉悦和自在的事情。半山腰之下有开凿得完整标致的石阶，甚至还有装饰的小雕像和凉亭，仿佛小规模的登山公园。但是从半山腰往上，美化工程尚未完成，路越来越难走。一直低头注意脚下的她在歇脚时抬头片刻，才发现不知什么时候通透的蓝天已经布满了乌云。她觉得有些冷。

半个小时后，谭嘉烁终于站在了母亲的坟墓前。她突然皱起眉头，有一束搭配满天星的新鲜黄白菊倚靠着墓碑。其前方的泥土里插着三炷香，还燃着，剩一半。

刚刚有人来过。

她站直身子，左右看看，又回头朝山下看。今天不是什么传统的祭扫节日，整个山头几乎没有人，她只能看见密密麻麻的墓碑，偶尔有一两个老人躬身在捡起祭扫者留下的食物。她突然感觉到他人的视线，抬头看去，在山头高处，一块因无人维护而断裂的墓碑之后，有一个像是村民的中年男子在看着她。这极可能是突然的视线相接，但她还是把衣领稍微往上紧了紧。男子背着手，跨过墓碑和碎石，消失在了一棵树之后。

她坚信这件事不过是偶然。她只需要说完想和母亲说的话，然后离开。

在祭扫结束之前，雨就下起来了。

再见，妈妈。在心中说完这句话，谭嘉烁站了起来。她抬起一只手，遮挡将要落在眼睛上的雨水，回头看了一眼来时路。往常她来，要回家时都是走另外一条路下去，因为上山路虽然近但是比较陡，下山不安全。而现在雨水让路径变得更滑，所以她更加有必要换条路走。

首先要往上走——经过刚才那个男人站立过的地方。因为祭扫，心情已完全转变的谭嘉烁并没有什么心理负担地往上走，但在接近那个男人消失于其后的那棵树的时候，她还是放慢了脚步，一直盯着树干。树只有不到一个碗口宽，实际上连一个小孩都藏不下，但她突然无法抑制地想象，的确有这样一个人， 把自己全部的皮肉和内脏都收紧成一束麦穗的粗细，无声无息地藏在树后，等待着她要经过的一瞬间现出原形，拦在她面前。

她快步经过那棵树，没有回头。

转过小半个山头，就找到了平缓的下坡路。虽然雨水开始冲垮一些坟墓旁边的小草根，形成微小的泥流，但这不影响谭嘉烁安全下山。在小心翼翼下行十分钟后，预料之外的情况发生了。前方挖开了一个很宽的大泥坑，看来是一个刚刚开凿的合葬墓位，里面散落着一把木柄铁锹和一些碎石料。谭嘉烁不得不从泥坑侧面小心翼翼地绕过去。雨水使衣物贴紧皮肤，她越来越冷了。她抹一抹脸上的雨滴，盯紧脚下，每走一步都先用脚尖试探一下，确认泥土不会垮塌才把脚步踩实。左前方有一棵小树，她伸出左手扶在小树上，看见露出泥面的一小截树根突然动弹起来——是一条蛇。

她惊叫一声，失去平衡，重重地滑倒在了泥坑里。她立刻翻身坐起，但突然觉得头一重，又倒了下去。后脑阵痛连连，像是有一小块皮肤在迅速反复地鼓起、破裂、消失。雨水不停打进眼睛里，视线逐渐模糊。

在失去意识之前，她隐约看到泥坑的旁边，有一双细瘦的腿和几缕红色的丝线。

05 鼠首

上部

把女儿抛下后，谭怀胜来到全市最繁华的新街口商圈，此地坐落着怀胜楼投资最大的一家旗舰店。他停好车，走进商铺后方运送食材的通道。忧心忡忡的店长在一扇小铁门前等着他。一看见谭怀胜，店长便拉开铁门，让谭怀胜先进去，自己再紧随其后。

“店里情况怎么样？”谭怀胜一边登上楼梯，一边问。

“谭总您放心，基本没有什么大的影响，现在人流完全正常。”

“什么叫基本没有？晚些时候我亲自看监控评估。”

他们走进二楼过道上的一个杂物间。里面放置着许多清洁工具，随着门被推开，尘灰飞散开来。屋里有一名七十岁左右的女杂工，背部有些微病理性弯曲，身高只到谭怀胜的腹部。虽然背后有一张椅子，但她还是站着。

“田阿姨，”谭怀胜说，“你给我说说前因后果。”

“我当时从 42 号桌客人旁边走过去，他轰地一下蹿起来大骂了一声，骂得可难听了。我就停下来看他，他筷子里夹着一块乌黑的东西，说不知道我们店在搞什么，汤里吃出个老鼠头。他筷子在那儿甩啊甩的，东西甩到了地上，我就捡起来放到了围裙兜里，他就说，不光汤里有老鼠头，店家还要消灭证据，一边用手机拍一边让大家来看，凶得要死。”

“为什么要捡起来收到自己身上？”店长问。

田阿姨不知所措地绞着双手：“我……我其实也没看清是什么……当时好多客人都朝这边看……”

“你这不是让他更加有理由撒野吗？”

“行了，你别给田阿姨施压了，这都是小问题。”谭怀胜说。他理解田阿姨的做法。这就像一个过于溺爱孙子的奶奶，哪怕有一万个人亲眼看见孙子踢伤了别的小孩，她的第一反应也是把孩子挡在身后并且不停地说“没有没有，他是个好孩子”，事实并不重要。他说：“现在去见客人吧。田阿姨，你也来。”

他们三人，加上两名保安，来到了一间宽敞通透的休息室。房间中央的玫红色沙发上，坐着一名三十岁左右的男子。他头发油光发亮，瘦削的面颊上布满不规则的胡茬，衣裤簇新但看上去廉价，不停抖着一只脚，在看到众人进屋之后才停下。他面前的矮茶几上放着一个小碟子，里面有一颗大约两拇指大小、呈紫黑色的小生物头颅。

“让您久等了，”谭怀胜坐下，“我是这家店的老板。”

“你们非把我关在这儿是什么意思？不是做正经生意的吗？”

“您既然来我们这家店用餐，那您刚进店的时候肯定也看见了，纪念墙上有很多我本人接待各界名人用餐的合照，说这个不是为了摆谱，而是为了表明我们怀胜楼靠口味、靠服务，更是靠信誉挣钱。我就不和您废话了，您点的招牌海鲜汤底，根据我个人严格制定的卫生程序，每一份在上桌加热前都会经过三次过滤，要说里面吃出一个老鼠头，比您现在长出一双翅膀的可能性还低。而且您在演了这么一出之后，马上就嚷着要赔偿五万块医疗费，否则就要打市民热线。碰瓷的人我见过不少，像您这么招摇的是第一次。”

“我没有批评你们厨房里不干净吧？事实就是我吃出了一个老鼠头，说不定是汤底送出厨房之后才掉进去的。你敢保证不会发生这种事？而且这个老太婆，她慌慌张张地要把这脏东西藏起来，我看她肯定知道是怎么回事！”

“我哪知道啊。”

“田阿姨，没事。这位客人，您带身份证了吗？”

“身份证？你管我要身份证做什么？”

“我想知道您尊姓大名，怕您不乐意说。”

对方突然抿紧嘴唇，捂住肚子，嗷嗷叫了好几声，然后倒在地上使劲干呕。

“肚子好痛……快吸……吸不上气了……我要去医院……”

“演技太差了。”店长说。

“碰瓷要的不是演技，是观众，可惜这里观众太少了。你搜搜他身上，看有没有身份证。”

两名保安上前，一左一右把男人架起来。店长上前搜身，男人骂着脏话徒劳地反抗。最后除了一点零钱、一部手机和一个巴掌大小的小本子，什么都没有搜到。谭怀胜把本子拿过来，翻开看了几眼，突然笑了。他把本子给店长看了几页，店长也笑了。

“这小子找工作还挺勤劳的，光是明天一大早，就要去三个不同的厂面试。”

“可惜就是太爱赌。兄弟，你别推牌九了，再玩下去你爸妈的骨灰盒都要被你输光了，你还是坚持斗地主吧。”谭怀胜把本子从店长手里抽回来，塞进男人侧面裤腰，拍了拍他的肩膀，“难怪没有身份证，我算弄明白你是什么货色了。你是运诚广场那边混日子的吧？身份证是不是卖掉了？看看你这身新衣服，这头发最近还剪过，是谁吩咐你到我这儿来捣乱的？”

男人咬紧牙关，眼神闪烁。谭怀胜看得出来，让他坚持不说的，并非勇敢或忠诚，而是仅仅出于所剩不多的自尊心。

谭怀胜从皮夹子里抽出两百元，塞进男人的前胸口袋里。

“小兄弟，听我一句劝。不管你背后的人是谁，与其和他做朋友，不如和我做朋友。你刚刚想破坏名声的这家店，投资一千两百万，这个规模的店我至少还有十家。那个躲在阴暗角落使唤你来捣乱的人，他有什么？说说看。”

“我……我和他不熟。他说他叫傅长松。他给了我五千块。”

谭怀胜的笑容凝固了。

“你们都出去。我和他单独聊一聊。”

Shang Bu 05

谭嘉烁刚醒来时，对自己身处的位置和眼下的时间，一无所知。她感觉自己整个面部四周仿佛漂浮着碎冰，皮肤各处不规则地出现刺痛。她不敢用力过猛，缓缓地抬起头来，因为后脑疼得厉害，而这疼痛瞬间就唤醒了她下山时滑倒在泥坑里的记忆。

她躺在一张极不舒适、只垫着薄薄一层软褥子的钢丝床上，身上盖着一条印着唐老鸭图案的毯子。卧室极小，仅有的家具是一套桌椅和一个衣柜，窗户是生锈的铁栏，不断有雨飘进来。她用双肘撑着身子，慢慢坐起来。身上的衣服还是自己的，带一点湿气，外套和包搁在旁边的椅子上。她把包拉过来看了一眼，虽然有些脏，但里面什么东西都没少。她下床，穿上自己的鞋，走到衣柜上挂着的一面小梳妆镜面前，发现自己头部绑上了一圈绷带。她打开门，眼前是走廊，正好有一个捧着一个水盆的小姑娘从眼前跑过，老旧的木地板发出吱吱嘎嘎的声音。她唤了一声“小妹妹”，对方回头看了一眼，没理会，跑过了拐角。至少这个小姑娘的出现，减轻了她的不安。

她沿着走廊往前走，中途不得不歇口气以抑制大脑的刺痛。来到刚才小姑娘消失的拐角，她看见了一个卖烟酒杂物的柜台，后面坐着一个耳朵上夹着半截卷烟头的中年大叔。在柜台前方，是这屋子的大门口，外面是乡村的石板路。

“你好，”谭嘉烁有些小心地问，“这里是酒店吗？”

大叔看着她：“酒店？我要开得起酒店就好咯。”

“这里是石和村对吧？”

“对的。你睡好了？”

“那个，我想问一下，我之前是在上坟，后来在山上摔了一下，摔晕了。是有人把我送到这儿来吗？”

“敏才和一个女的送你来的。那个女的帮你交了房钱了。”

“敏才是谁？”

“敏才！”大叔高喊，“快点下来咯！有美女喊你！”

谭嘉烁这才发现前方右侧有一架梯子，通向天花板上的一个开口。之前天花板里一直叮咚作响的声音停下来了，一个男人从梯子上很快爬下来，站在谭嘉烁面前。他正是她曾经在山头上见过的男人。

“有事找我？”

“请问，”谭嘉烁咳了一声，继续说，“是您把我送到这来的吗？和另外一个人一起？”

“对头。是有个女的看见你倒在坑里面了，她一个人拉不动，她就叫我帮忙。你的头也是她包扎的。”

“您认识她吗？她叫什么？”

“不晓得，肯定是村外的人，以前没见过。”

“她留下了什么联系方式吗？”

“没有吧。”敏才看了看柜台后的大叔。大叔也摇头说：“没有。”

“可你们不是办住宿的吗，应该要提供身份证才能入住。”

“她用的是你的身份证。”

谭嘉烁沉默了一会儿，突然产生了一种让她尴尬的奇怪冲动。她从自己手提包的夹层里，拿出了一张半身照。那是妈妈抱着她，在如今已不存在的老公园里拍摄的照片。

“那个女人……长得像她吗？”

面对敏才脏兮兮的手指，谭嘉烁下意识地捏紧了照片一角，但她想起自己在山上曾怀疑他是坏人，有些懊悔，于是便任由他把照片拿过去仔细查看。

“妹崽，你搞什么笑，”敏才把照片还给她，笑着说，“这怎么可能是同一个人？”

谭嘉烁收起照片，谢过村民们，敏才谢绝了她支付感谢费的建议。考虑到身体不适，她觉得自己应该就地休息一夜，但独自在坟场附近山村过夜的设想，对她来说还是不太吸引人——不是因为害怕，而是因为在那样的屋子里度过一晚太过孤独。她决定回城。

06 老前辈

上部

发信人：谭嘉烁

一曼，麻烦你到石和山公墓汽车站接我。不要通知我爸。

晚上八点半，胡一曼接到了开始发烧、体力难支的谭嘉烁。郊外的夜晚黑得彻底，谭嘉烁上车坐定之后，胡一曼才发现她头上绑着绷带。经过短暂的争论，胡一曼把她送到了医院。医生检查，确认没有脑震荡，低烧也在正常范围，于是重新上药包扎，让她回家休息。

为了避免传染，谭嘉烁起先坐在后座，但是车子还没离开医院停车场的时候，她说："我能坐你旁边吗？"

"来吧。反正你坐后面我也要戴口罩。"

谭嘉烁换到副驾驶座上坐下，身体紧贴右侧车门，头部也尽量远离胡一曼的方向。一种强烈的挫败感笼罩了她。过去这几日，她觉得自己像在一次随性之旅中拿错了地图的游客，心中存在着很多个目标，但没有找到任何一条正确的路。再往深里想，她处于这样的状态已经很多年了。

"一曼，"她说，"你和你妈妈关系好吗？"

"我妈老早就和我爸离婚了，现在应该在深圳，有自己的家庭。"

"第一次听你说。我是不是不该问？"

"没关系，早就风平浪静了。现在我们偶尔说说话，她有时候寄一些季节性特产过来。不过这大概就是我和她之间感情的维度了。我们都没有和对方再见面的意愿，至少我是没有。"

“那你爸是怎么想的呢？”

“他现在身体不太方便，能管得住自己吃喝拉撒就不错了。当年我爸事业上有一些挫折，被折腾得挺惨的，整个人简直形神涣散了，他们那时候要是不分开才不正常。当时大家都觉得法院会把我判给我妈，结果还是判给我爸了，但我跟谁都不想过，离家出走到我兄弟家里藏着……”

“你兄弟？”

“是我当时最好的朋友，男生。我们俩都不想读书，商量好了一起干高仿球鞋的生意，他说有货源，我趁家里一团乱，拿了三万块钱出来做第一批货款。批发商看我们是小孩，在我们拿到货之后设埋伏，想把货和钱都抢回去。你看这儿，”胡一曼稍微抬了抬自己的右手小指头，“抬不高，因为那天夜里被人踩断了骨头。后来是谭老板出面，救了我们俩。”

“原来你那么早就见过我爸。”

“谭老板现在不碰那行当了。我还是小孩的时候就欠过他人情，现在也多亏他，才有这么一份工作，能养得起我和我爸。生意做大了，人的脾气就难免变得有些古怪，但谭老板对我还是挺好的。不过你放心，咱们说好了，今天的事情我绝对不会告诉他。”

谭嘉烁本没有打算挖掘胡一曼的童年故事。她最初只是想了解胡一曼和母亲的感情，她几乎对每个朋友都问过这个问题。有时候她觉得，是一种难以描述的潜意识，主导了自己对母亲经历的痴迷。她在寻找一种特定感情的共鸣——依恋母亲并不特殊，但一段女儿四岁时母亲就已去世、相关记忆极其模糊的母女关系，则是另一回事了。

“今天是我妈去世二十周年。害了她的人还活着。这种感觉很奇怪。”

“你怎么知道那个人还活着？”

“我…… 我想应该还活着。他被判了二十年，不知道是不是还在牢里？”

胡一曼想起来自己在监狱外等待傅长松之时，听到的疑似谭嘉烁的手机铃声。她决定不追究这个话题。

她们到达了谭嘉烁住宅楼下。她很庆幸，到目前为止父亲还没有联系她。

“你一个人上楼没事吧？”胡一曼问。

“我没什么不舒服，头也不晕了，准备一回家就躺着。今天真的很谢谢你，在医院的时候也要靠你跑上跑下……”

“没事，我乐意。”

谭嘉烁下了车。当她从车头经过，背影出现在车身左侧的时候，胡一曼叫了她一声。等她回过身，胡一曼说：“嘉烁，我不知道你想不想听，但是我听谭老板喝醉的时候说过，觉得自己配不上你妈妈。还说如果她还在，你一定比现在开心。”

“真的吗？”

“真的。”

谭嘉烁点了点头，说了声“再见”。胡一曼看出了她的低落，所以特意说了一些话想解开她心中的郁结，谭嘉烁对此很感激。然而，她真的没办法因父亲的所谓真情而产生任何触动。她快步走向电梯。通过她的背影，胡一曼能感觉到，自己的安慰并不成功。但现在，她不知道自己还能做些什么。

傅宝云和父亲的再次见面，比她料想之中要来得早。在母亲的再三要求之下，她答应这天早上帮父亲挑一部手机，并办好套餐业务。早上九点半，两人在城南手机城见面了。在家中颇具威慑力的傅长松，在手机城的业务员面前，还是免不了变成一个容易被糊弄的老年用户，必须让女儿时刻充当抵御虚假信息的挡箭牌。傅长松从一开始只要求“能打电话发短信就可以”，很快开始追问“哪一款用来看体育直播比较好”，这也就给业务员提供了推销各种 VIP 账号捆绑包的借口。在营业厅，她还要从头解释什么是流量，为什么和每月发短信量、通话时长不通用。一切都搞定后，傅宝云已经口干舌燥。傅长松提议到附近小馆子吃饭，她不假思索地答应了。

天气很热，馆子里只有沾满油烟的壁挂摇头扇，傅长松在用餐时身体不时朝后仰，用餐巾纸擦擦汗。

“等会儿帮我开一个微信账号，加上你和你妈。”

“不急。”

经历了一早上极其平凡的交谈，父亲身上那令人畏惧的、如谜团般笼罩的压迫感，在傅宝云眼中不知不觉地剥离、消散。但在吃饭间隙，傅宝云抬头，有时候还是强烈觉得：坐在桌子对面的几乎是一个陌生人。

“你这几天在哪儿住的？”

“朋友家里。等找到了工作，我就不打扰别人了。”

“我妈说什么都要让我来陪你买手机，我让她和我一起来，她又不愿意。”

“那得看她自己的意思。”

傅宝云不想问关于父亲是否回家的问题。目前看来，父亲首先想要的是在外独立生活，这既代表了对自己负责，也代表着不应期待亲人事事干涉、提供方便。她放下了筷子，等待父亲吃完。

饭后，他们从手机城后方小路的自行车棚前面经过。这时，前方有两个年轻人一前一后走过来。一个戴着大黑框眼镜，穿洋红色衬衫，留一撇小胡子；另一个剃光了头发，穿着篮球背心。他们从傅长松父女身边走过去，穿篮球背心的男子立刻扭住了傅宝云的胳膊。她本能地挣扎，男子抽出了一把弹簧刀，搁在她的右面颊旁边。

傅长松听见响动，立刻转过身。戴眼镜的男子举起左手掌，示意他不要动。

“傅先生，只要你不乱来，你女儿就不会有事。”

“宝云，”傅长松说，“你不要怕，有我在。后面的，注意点手上轻重，没必要对小姑娘动刀。你们两位摆这阵仗，打算做什么？”

“我叫秦东，”戴眼镜男子说，“我兄弟是余三。”

“不好意思，没听过尊姓大名。”

“怀胜楼你总听过吧？”

“怀胜两个字有点印象。怀胜楼，就不知道是什么东西了。”

“傅先生，你是老前辈了，我们对你当年的威风凛凛也是略有所闻。听说你最受人敬重的一点，就是敢作敢当。怎么二十年过去了，在号子里面蹲成了一个奸诈小人？你要是敢和我们老板正面干一架，他绝对佩服你，没想到你竟然堕落成这个样子，搞背后下套子的把戏，那就只好让我们哥俩来收拾你了。”

秦东挥出一拳，傅长松侧身，虽然的确避过了拳头，但还是重重地挨了一下，一颗牙齿被打松了。秦东笑了笑，右手握着一个鸡蛋大小、像小沙袋一样的玩意来回甩动，不知里面藏了什么硬东西。傅长松把一口血痰吐出去。这时，后方的余三紧盯着他，收紧了勒着傅宝云脖子的胳膊。

“规矩你懂吧？”秦东说，“好好站着。今天这事，我说算完了才算完。”

他快速甩动小沙袋，低下身子，这次狠狠抽中了傅长松的膝盖侧面。傅长松单膝跪下去，面部再次遭受重击。

然后是长达数分钟的单方面殴打。秦东的抽打非常凶狠，沙袋击中傅长松的声音，在傅宝云听来，就像南方罕有的冰雹砸在了屋檐上。不久之后，压制住她的余三手痒了，放下她，也上前手脚并用。傅宝云要去叫人，又被抓回来按在地上。有一些行人朝这边走来，但是看见这一幕后转身折返；也有人视若无睹地绕过他们，走进自行车棚取车离开。

殴打终于结束后，两人从傅长松瘫成大字的身体上跨过，离开。刚刚买的手机落在他腰部旁边，屏幕被踩碎了。傅宝云赶紧上前搀扶起满脸是血的父亲，在旁边的阶梯上坐下。她掏出纸巾想给父亲清理血污，但根本不知该从哪儿下手，急出了眼泪。

“宝云，他们伤……伤到你了吗？”

“爸，你走得动吗？我们去医院。”

“不……不用。”

“怎么可以不去？我……我叫救护车……”

“不用！”

傅长松突然提高声音，一些血沫溅到了傅宝云脸上。

“不用管我。”他把一只手放在女儿肩上，“女儿，听我的，爸爸有事要处理，但是你不能留在这里。只要你还在我身边，就会发生一样的情况。所以，为了爸爸，也为了你自己，你快回家。我会联系你的。”

傅宝云沉默了。片刻之后，她站起来转过身快步离开。

傅长松闭眼歇了口气，使劲把血气从鼻子里擤出来，让自己呼吸顺畅。然后，他从口袋里掏出了另一部不属于他的手机。

秦东也该发现自己的东西不见了，他想。

07 为父之人

上部

从公墓回来之后的第二天夜里，谢静突然给谭嘉烁发信息，说画插画的工作机会已经十拿九稳了，泰阳老师发了一堆设计需求，要赶进度，让她“先做起来”，到时候按市场价结算。谭嘉烁在商业和同人市场都有一些经验，对于仅有口头约定就开始干活的情况，难免有些忐忑。谢静哧哧笑着说：“你不信他总得信我，坑谁都不能让他坑我的朋友。”隔着电话都能听见她用掌心拍膝盖以表决心，于是谭嘉烁还是答应了下来。

一开始赶工，谭嘉烁又开始隐隐头痛、发低烧。她吃了两颗必理痛，借着一股画起图就停不下来的劲头，熬到了半夜三点。隔天一早，电话铃声吵醒了她，是傅宝云打来的，要求今天见面。要么定在八点半她上班以前，要么是傍晚下班后。虽然疲乏，但是为了不在接下来的一整天里都记挂着这件事，谭嘉烁答复愿意立刻出发。

她在洗车场附近的绿化带后面和傅宝云见面。傅宝云的注意力立刻被谭嘉烁头上的绷带吸引了。

“你的头怎么了？”

“摔了一跤，磕到了。你是不是有急事想告诉我？”

“嗯，我想上班之前把话说完。答应你的事情，我不想干了。”

“什么？”

“我现在就把 7500 元订金还给你。”傅宝云拿起手机，开始转账。

“等一下，能不能把话说明白？”

谭嘉烁靠近。令她惊讶的是，傅宝云赶紧后退了一步，拉开两人的距离，简直像害怕她手里藏着凶器。

“昨天谭怀胜找了两个人，把我爸打了。”

“真的？严重吗？”

傅宝云举起手机，让谭嘉烁看她事后抓拍的一张照片。傅长松正在拉起衣服一角，擦掉脸上的血。通过这张照片，几乎看不清他的五官。谭嘉烁倒吸一口凉气，心跳加速。

“当时我就在旁边。”

谭嘉烁突然意识到了傅宝云的担忧，连忙说：“我没有和我爸说过半个字。”

“可能吧。”

“他们……动手的人，有说过为什么吗？”

“其中一个人当时用刀抵着我的脸，我没有机会问。”傅宝云深深叹气，压抑住心中的激愤。她相信谭嘉烁不知情，但这不是她能承担的风险。“我不想说了。就当我们从来没见过，好吗？就这样吧，我要去上班了。”

“傅宝云，等一下，听我说——”

“如果可以，能不能和你爸说一声，让他下次不要这样骚扰我们了。我爸刚出狱，连手机都不会用。谭怀胜应该有上亿资产吧，何必浪费时间在我们这种人身上呢。”

傅宝云离开了。谭嘉烁觉得头部突然变得又重又湿热，站不住，便在绿化带边沿上坐下。

快走到洗车场的时候，傅宝云回头，透过绿植的缝隙，可以勉强看见谭嘉烁还坐在原地。傅宝云有一些为她感到难过，她打心底不觉得谭嘉烁和自己父亲被打的事情有关，但是既然她决定了退钱、中断联系，那么她就要把这件事做到位。自己的生活已经太累了，她实在没有余力去关心另一个闯进她生活的意外之人。

下午三点，谭怀胜来到了桀昊马术俱乐部。他快步走过两侧墙壁上挂满欧洲马术教练与本地小孩合影的走廊，推开了副经理办公室的门。

屋内有三个人：神情凝重的副经理（据说曾是国家马术队成员），坐在她对面的伊璇，以及谭怀胜和伊璇的儿子谭珺。谭珺继承了母亲摄人心魄的眼睛和父亲的大耳垂，穿着黑白两色的儿童马术服，这让他显出一种超出其年龄的精致感。这种精致，恰恰是承担了不菲开销把孩子送到此地的父母们所追求的：当他们的孩子精修过的、如同童装模特般的照片出现在朋友圈，就像给他们的良好品位、教养以及经济适意程度盖上了火漆印，把震颤皮肤的喜悦和毫不留情的焦虑压力肆意发布给网络另一端的千万同龄人。

谭珺侧躺在一张椅子上，把头枕在妈妈大腿上。听见开门的声音，他稍微扭过头瞅了瞅父亲，然后又继续把头埋了下去。

“出什么事了？”谭怀胜把门边的一张椅子拉到办公桌旁边坐下。

“今天下午，您公子扔石头砸中了和他同班的段方舒。”副经理说。

“这石头？”谭怀胜瞟了一眼搁在办公桌上的一小块石头，“这还不如一泡鸽子粪大。砸到哪儿了？”

“石头本身不容易伤人，但是段方舒当时正坐在马上，由教练牵着绕行。石头砸到他的肩膀，然后落在了马背上。如果让马受惊，后果可能不堪设想。”

“段方舒……他爸妈是干什么的来着？”谭怀胜回头看向妻子，“房地产？”

“物业公司。”伊璇说。

“好吧。你说他们投诉，我才赶过来的，他们人呢？”

“这……”副经理欲言又止。

“我和他们理论，”伊璇说，“他们冲我发火，然后说先带儿子去医院检查，要是检查出点什么毛病就告我们。”

“告什么告？爱做戏。要是真有点什么毛病，他们才不会在我来之前就带着儿子跑掉。你也是的，激他们干吗呢？还有什么事？”

“谭先生，您也知道，我们的教育目标，不只是推广马术这样一项有久远历史的欧洲贵族运动，更是为了给孩子们提供一个安全、高端、共同进步的成长环境。把安全放在第一，包括身体、精神的绝对安全，是我们的品牌信用所在。这已经是您公子第二次在训练营里引发肢体冲突了，如果再有第三次，那我们就只能单方面终止合同了。”

“这算什么？最后通牒？我问你，你和段家那两口子也是这么说话的？”

“谭先生，段家公子在这件事中没有犯任何错……”

“区别对待是吧？一个巴掌拍不响，我现在没空和你理论。说到底，这是我们和他们家的事。还有什么要说的？没了吧？我们走。”

谭怀胜驾车带母子离开了俱乐部，一路上，他三番两次想询问为什么孩子们会发生这次冲突，伊璇示意，目前不太合适。他们到家，把一路上沉默寡言的儿子哄上床休息之后，夫妻俩走进谭怀胜的私人办公室，关上门。

“好了，一次性说明白，事情怎么闹起来的？”

“段方舒说珺珺是喝老鼠肉汤长大的。”

“什么？”

“他说我们家卖老鼠肉汤，所以我们的儿子天天吃的也是老鼠肉，所以说话细声细气。珺珺气不过，就扔了石头。你别一脸莫名其妙的，这说的就是前几天新街口门店那事。”

“那只是很小的一个意外情况啊，怎么就——”

“你自己看吧。”

伊璇拿出手机，播放一个短视频给丈夫看，正是无业小流氓号称在怀胜楼的火锅汤底里吃出了老鼠头的那一幕。拍摄角度是大厅另一侧，离事发处有六七桌的距离，配上了“千万级火锅旗舰店竟吃出长毛老鼠头”“怀胜楼聚餐，全家福恐成全家毒”等字幕。视频播放量已经超过四百万了。

“这还只是一个视频，”伊璇收回手机，“还有从其他角度拍的，这个传播得最广。”

“这是哪家不要命的上传的？给我看看。”

“有什么好看的，别抢我手机。这不是个人账号，是一个专门做食品安全内容的流量号。我已经想办法联系到背后的运营公司了，和他们商量拿掉视频，消除影响。”

“还是你靠得住。能不能查出来是谁具体操作的？”

“说是接到匿名投稿，他们只是做了平常的剪辑就发上来了，按照他们公司的计算办法，一共 12 级舆情热度，这个事件算 5 级，所以不会有太严重的长期影响。”

“好吧，让他们尽快。”他狠狠拍打了一下沙发扶手，“我下周就要和投资方开会，现在出这种麻烦，太倒霉了。只能希望他们没空刷视频。”

“你和我说，是傅长松在给你下绊子？”

“那小流氓是这么交代的。我找人跟踪过傅长松，而且还派人稍微警告了他一下。他们报告说，不管他们怎么动手，傅长松一点反抗的意愿都没有，完全没有了当年的胆色，揍起来都不过瘾。如果这个匿名给流量号投稿的不是巧合，而是陷害我的计划的一部分，那我不觉得傅长松有这个能耐。”

“你和傅长松当年有那么大仇吗？”

“这你就别问了，那时候你还是个小屁孩呢。”

“怀胜，我要把我的底线给你交代明白。不管你要和谁斗来斗去，我不想过问太多，也没精力干涉。就一点，不要让那些破事影响到珺珺的成长环境。”

“不用你提醒。”

谭怀胜朝后压，把身体重重地撞进沙发，双手擦了一把脸。

“累。”

“谁不累啊。”

“有件事我还是有点担心。不止有一个人说我们儿子说话细声细气了。他是不是太阴柔了一点？该不该去换个拳击班？”

“说什么呢，你儿子还不到五岁，你担心那些乱七八糟的，而且说实话，他今天拿石头砸人了，是人都会说这叫淘气，男孩子脾气。”

“你一整天都没给我好脸色看。”

“我去看看儿子。”

“等一下，你别动。就这样。”

谭怀胜站起来，走到伊璇面前，摸了摸她的头发和脸，然后在她面前跪下来。伊璇低头看着丈夫，把左腿悬起来。谭怀胜双手托住伊璇的左脚掌，慢慢地把高跟鞋脱下，然后闭上眼睛，将曲线流畅的脚贴在自己左脸上，缓慢而深入地呼吸着。他僵硬的身形逐渐松弛下来，像在拜佛像的时候陷入了安稳的冥思。

这天，谭怀胜又来看女儿了。在他走进房间之前，谭嘉烁赶紧拆掉了头上的绷带，塞进抽屉里。

谭怀胜进屋，耸了耸鼻子：“怎么有股药水味？”

“是我调色盘的气味，新颜料，有点刺鼻。”谭嘉烁说。这是胡诌，但父亲不会有疑问的。

“嗯。”谭怀胜点点头，像往常一样坐在床边，“难怪这墙上又到处贴满了画纸。这是什么？有点像儿童画。”

“给小孩看的，童话插图。”

“挺好看，给你弟弟也看看。是别人委托你画的吗？给钱吗？”

“当然给。”

“那就行。明码标价的事情可以做一做。那天上坟的情况怎么样？后来郊区好像下大雨了。”

“没什么，我下山下得早。”

“没淋雨就好。那天新街口门店有人闹事，说火锅里吃出了一个老鼠头，我得马上赶回去处理，没办法。”

“没事。我本来就打算自己一个人去。”沉默片刻之后，谭嘉烁问，“妈妈有没有还在世的亲戚？”

“她父母早就没了。远房亲戚应该还有一些，但是和我们家都没联系。怎么问起这个？你碰上什么人了？”

“没有，随便问问。”

谭怀胜盯着女儿，沉思了一会儿。他早已习惯了女儿对生母的依恋，但是她在这个关头提出这个可疑的问题，引起了他的警觉。

“事先和你说一声，等下一份工作稳定了，我就搬出去。”

“搬到哪儿？”

“还没找好。”

“住这儿有什么不好？你别搬家。”

谭嘉烁预料到这不会是一场愉快的谈话，但是没想到父亲竟然直言拒绝。

“如果你只是想换一套房子住，我可以帮你。但是按照你现在的生活情况，必须留在我身边。”

“我二十四岁了。我有自己的选择权。”

“什么选择权？你老爸有管教权！二十四岁又怎么样，我养不起你？现在社会上那么多厚着脸皮啃老的，在家里考公考到三十五岁的，像你这个条件，他们羡慕死了。而且正因为你是成年人了，才更要多为这个家考虑。现在是什么情况，你懂吗？多事之秋，社会上看我不顺眼的人多的是，是一家人就应该和我同进退。”

“你要我怎么和你同进退？只不过是让你和我去看一眼妈妈，你半路上就要倒车。”

“我没空和你耍嘴皮子。趁这个机会，我就和你说明白。你想搬出去，就两个可能性。第一，找到结婚对象；第二，直接参与到你爸的事业里来。我马上要开新店了，你去做实习经理。就这两条路，你选一条吧。真是，不知道莫名其妙撒什么气，就住在这屋子里好好画你的东西就完了，画到昏天黑地也没人干涉……”

谭怀胜一边抱怨，一边像随手挑刺一样，把床头毯子弯折的一角拉直。他摸到毯子底下有个硬硬的东西，就把它拉了出来，那是谭嘉烁特意藏起来的画册。

“这书真重……什么乱七八糟的？”谭怀胜快速翻过头几页，“你怎么爱看这种不正经的东西？”

“你出去！”

“谭嘉烁，”谭怀胜用左手食指指着女儿，手腕有节奏地上下晃动，“我每次到你这儿来，关心你几句，你哪一次都不会带着好脸色送我出门。你自己反思一下吧。”

“书还给我！出去！”

谭怀胜站起来，把画册狠狠地往床上一扔，转身离开。在打开大门之前，他转过身说：“多大的人了，天天都在那儿嚷嚷‘妈妈、妈妈、妈妈’，你有资格吗？你到了四岁都不会说话，那时候你妈以为生了个脑瘫，天天眼珠子都要哭出来，你为她做什么了？你妈一顿饭吃几颗米你知道吗？你妈是什么样的人，我比你清楚一万倍，我为她牺牲了多少，你想都不敢想！”

他这番话开头充满了真实得几乎失态的愤怒，可说到最后，渐渐变成了针对女儿情绪的一种嘲弄和裁决。他对自己所下的裁决相当满意，于是走进电梯之后，双手交叉摆在肚脐前方，头颅高昂，心中已经没有一丝阴翳。他想，被这么训了一顿，女儿一定会哭吧。哭一哭好，不哭就不知道父亲的厉害。

一辆黑色中型 SUV 停在洗车场外的车道上。戴着棒球帽和墨镜的司机下了车，没有拔出车钥匙，对着不远处站在树下的傅宝云说：“美女，给我加急洗一下，我吃碗面就来拿车。”

“好的老板，加急给您安排上。”傅宝云鞠躬微笑。随后，她钻进车里，把车缓缓开向洗车位。

就在此时，前方拐角后突然蹿出一个人影，往车头一靠，然后就从傅宝云视线里消失了，不知在哪儿发出嗷嗷叫声。傅宝云连忙熄火下车，看见一个男子倒在左车轮旁边，一只手捂着肚子。她还没来得及反应，刚才的司机就冲了上来，扶起倒地的男子，装作焦急地说：“哎呀，哥们你没事吧！完了，完了，别出人命啊。”

“痛死我了，这女司机真不是吃素的……”

“不光撞了人，还把我车头给刮花了，真是飞来横祸啊。”司机说。见洗车场其他员工们围了过来，司机拉住了其中一个看起来资历较老的员工，继续发难：“哎，你，你是这家店老板吗？你这找的都是什么员工？”

“我没，我没有撞……”傅宝云辩解着。她彻底慌神了，因为从来没有见过把车开到洗车场来碰瓷的人。但是下一刻，她明白过来发生什么了，她认识这两个男人。故意碰撞车头的男子戴着大黑框眼镜，留着小胡子。而那名司机摘下了墨镜，他们是谭怀胜的手下，秦东和余三。

“两位老板，出什么事了？我们的员工服务不周吗？”管理洗车场的老张迎上前来。

“我没做错事，”傅宝云说，“老张，你看看摄像头就知道了。”

“有话好好说，是不是有误会？我看这车头没有剐蹭啊。”老张说。

余三笑了笑，上前用右手一把勾住傅宝云的脖子。

“没事，开个玩笑。小傅和我们是老朋友了，我们好多年没见，想她，来打个招呼。”

傅宝云使劲推余三，但是根本推不动。老张看看秦东和余三的眼神，揣度了一下局势。其实凭他的经验，一眼就看出来根本没有发生事故，这两人就是来闹事的。他们说和傅宝云认识，应当不假。今天生意不错，没必要闹出不愉快，搞得乌烟瘴气。傅宝云和他们之间有什么问题，就让他们自己解决好了，反正大白天的，估计这俩男的也干不出什么坏事。

“喔，你们认识啊，是开玩笑就好，我还以为真撞上人了呢。老板，这车还洗吗？”

“洗，”秦东说，“给我来个精洗，再做个防护。”

“走，陪我们哥俩喝一杯。”余三揽着傅宝云朝马路方向走。

一个打了两个月工的新手想拦住他们，但是老张一把抓住他的袖子，把他扯了回去，说：“行了行了，都别围观了，该干活就干活。”

“你们别这样，”傅宝云说，“我要报警了。”

“报什么警？我们这不是挺文明的吗？上次让你受惊了，这次来和你交个朋友——”

这时，余三感觉到有人从后方用一只手揪住了他的衣领，另一只手抓住了他揽着傅宝云的胳膊，然后一拽。他感觉自己像被猛然收线的风筝，整个人离地了一瞬，接下来小腿后方又被抡了一下，整个人失去平衡，背朝下重重摔倒在地。他抬头，看见一只眼睛依然红肿得厉害的傅长松，朝着他抡起了一把扳手。

余三抬起右手，没来得及叫出声。铁器重击人体的响声，甚至让习惯了重型机械噪声的洗车场伙计们扭过头来。余三头一歪，昏死过去。

“傅长松！”秦东骂着脏话，掏出那个拳头大小的沙袋，朝着对方挥舞。傅长松把扳手投出，正中秦东脑门。秦东身子一歪，傅长松冲上去，伸出右胳膊，和左手配合，像两道铁栅栏一样锁紧了秦东的脖子。

“秦东，那天我拿着你的手机等了很久，”傅长松说，“没想到你竟然没有回去找。这两天，应该没有耽误什么重要的事吧？”

秦东喘不上气，抬手想掰开傅长松的胳膊，却只是徒劳地让自己缺氧得更快。

“我会放开你，你把自己的电话解锁让我看一眼，不要轻举妄动。只要做了这件事，我就放你们走。好。三，二，一。”

他松开了手。秦东往前一冲，倚靠着前方墙壁艰难地大口呼吸，还呕出了带血丝的唾液，像是从不慢跑的人刚刚被迫跑了一个半马。傅长松走到他旁边，把前天顺过来的手机递出去。

“快点。”

秦东拿过手机，解锁。

傅长松把手机夺回去，打开通讯录看了一会儿，默记了包括谭怀胜在内的几个号码，把手机递还给秦东。秦东正要拿回去时，傅长松突然收回手，说：“说老实话，你们今天来骚扰我女儿，是谭怀胜出的主意吗？”

秦东瞪大满是血丝的眼睛，喉咙里嘶嘶的声音变得更明显了。他摇了摇头。

“是你们自作主张？”

秦东点点头。

“那今天这个好人我就不做了。”

傅长松右手紧握着手机，狠狠往离秦东面部只有一寸的墙壁上一拍，发出清脆的碎裂声，然后撒手，让手机直直落在地上。

“滚。”

秦东搀扶着余三逃走了。在经过老张身边的时候，老张对他们说：“两个小时之后可以来取车。”

傅宝云站在原地，惊魂未定地看着她的父亲。让她心脏止不住猛跳的，倒不是刚才的险境，而是亲眼看见了父亲是以多么老练、干脆的手法，让他人的血溅洒在了墙壁和车行道上。根据判决，父亲杀过人，她不由得联想到，二十年前，他是否也是以同样的自信和速度，结束了两个人的生命，就像老练的木工，无需尺规就砍下了恰到好处的一块木料？

傅长松看了一眼女儿，避开她的眼神。随后，他对老张说：“老板，你这儿有地方洗手吗？”

“哎，有有，这边。”

傅长松顺着老张的指示走到洗车场侧面，走道旁边有一截伸出地面的水龙头，旁边塑料盒子里放着一块脏兮兮的肥皂。他蹲下去，洗完手后站起来，发现老张就站在他身边，还递给他一条毛巾。他接过毛巾，在擦手的间隙，老张嘴巴半张地盯着他，露出好奇的眼神。

“他们刚才叫你……傅长松？你该不会是鹞子街的长松哥吧？”

“别这样叫我。我们见过？”

“真的是你啊，长松哥！你可能不记得我了，我以前是鹞子街汽修厂三班的，帮你换过发动机，吃过你母亲熏的腊肉呢。真是奇遇啊，你怎么到这边来了？”

“服刑期满。”

“喔，对对对，是谁当年和我说你被判了无期，害得我记糊涂了。这么多年，真是太辛苦了。你刚才那几下子，身手不减当年风采啊。对了，在我们这儿打工的小傅，和您是……”

“她是我女儿。”

“噢……我还不知道您有一个千金，这太巧了。”

“如果我不来，你是不是打算眼睁睁看着两个男的把你的女员工带走？”

老张支支吾吾。傅长松把毛巾挂到对方肩上，说：“算了，我不为难你了。今天我女儿要请个假。”

“好，她刚才可是被吓坏了，该歇一歇。”

傅长松走到女儿身边，和她说了几句话，然后朝着大路走去。傅宝云犹豫了一下，回头看看老张，老张点点头，于是她追上了父亲。

一名中年伙计凑到老张旁边，说：“你认识他？是个名人？”

“他叫傅长松，二十年前老城区一霸，头发总是染得金灿灿的，爱穿外贸货，大家私下里都叫他‘洋土匪’。”

“一般来说，顶一头金毛的不都是小喽啰吗？”

“像当年的傅长松下手那么狠，就算他把自己剃个阴阳头，你在他面前也不敢放半个屁。整条鹞子街的农产品和五金市场，没有哪个摊位他不沾点油水的，城管巡摊都得看他脸色，听说还放高利贷。官家也欠过他的人情。当时有一窝外地人藏在鹞子街搞传销，带着的那些打手有枪有刀的，凶狠得不得了，是他带着兄弟把这些人揪出来，毫发无伤，也没给他记上一笔好人好事。后来不知怎么闹出了人命，死了一男一女，这可倒好，判刑判得比翻书还快。”

父女俩在附近购物商场负一层的美食广场坐下了。午休时间，这里挤满了成群结队的上班族。傅长松点了一份麻辣香锅，两碗米饭，但傅宝云只随便就着一点娃娃菜叶子吃了两口饭，就放下了筷子。

“这就不吃了？是不是太辣了？”傅长松说，“刚才我问了你是不是要微辣，你说可以。”

“没事，我不饿。其实你不方便吃辣吧？对伤口不好。”

“不喝酒就没事。”

他们沉默着又吃了一会儿。来用餐的人越来越多，有人端着餐盘到处寻找空位，发现傅长松旁边有座，看了他一眼，又走掉了。

“那两个人是不是吓坏你了？”傅长松说。

“我还好。”

“我不知道谭怀胜为什么要找我麻烦。也有可能，他只是想找人盯着我，但是这两个小流氓自作主张加戏。有我在，他们不会再骚扰你了。实在有必要，我会主动联系谭怀胜，把话说明白。”

“你们以前就认识吗？”

“二十年前？只能说互相知道有这么一个人，没直接打过交道。”

“那你至少认识他的前妻。”

“谁？”

傅宝云没有说话。片刻后，傅长松明白了女儿的意思。

“我不认识她。案子开审之后，我才知道死的那个女人叫朱琪芬，是他老婆。”

“妈妈一直说你没有杀人。”

“我没有杀人。我只是在一个错误的时间，去了一个不该去的地方，碰上了那件事。我甚至没见到尸体就被抓了。”他停顿片刻，继续说道，“现在说什么都晚了。如果谭怀胜为这个记仇，我倒也理解。我说的东西，法庭上没人信，那谭怀胜当然也不会信。你妈其实不了解具体情况。你以后也别追问她了。”

“我从来没有追问她。是她老在我耳朵旁边反复说，你没有杀过人，你是一个好人。有时候我觉得，妈妈最不愿意看到的事情，就是……我心里对你有恨。”

“那你恨我吗？”

“这么多年，我根本不知道你是谁。我恨的不是你，是我自己的运气。

我恨我没有一个普通的爸爸。除了你现在的样子有些吓人，我没有太多的想法。我……我讨厌妈妈的一些生活习惯，比讨厌你还多一些。因为我还是不知道你是谁。你像一个幽灵，我只想躲着你，但是谈不上恨你。”

傅宝云知道，自己并不完全坦诚。那天一家人吃饭时，希望父亲留在家里的片刻情感冲动，以及带着他选购手机时，那平凡闲聊带给她的平和之心，都是不可否认的事实。但她选择扮演成一个更冷酷的女儿。她要狠狠敲击冰面，不仅是为了震慑自己的胆怯，也是为了从父亲身上逼出一些真实。为了掩饰发抖的手指，她把它们藏在桌下。

傅长松用餐巾纸擦嘴，包裹住一小块尖锐的鸡骨头，搁在桌面上，然后把筷子也放下了。

“你妈说的不全对。在我入狱之前的很长一段时间，我百分之百不是一个好人。虽然没杀过人，但我做过很多坏事。在我成长的环境里，如果不学会占别人便宜，那就会被别人狠狠踩到泥巴里面。你爸是在一整个不见天日的贼窝里，特别有效率、特别敢动手的一个贼。然后呢，我坐了牢。以前天天讲什么豪气、义气，这些东西说到底都是笑料。在牢里无所谓好人坏人，就像拧螺丝钉一样，没人关心螺丝钉知不知道好坏，它只要老老实实地让人把它摁进坑里，它待在坑里不动，就行了。我能定下心来，老老实实在坑里蹲了二十年……是因为我想到，在外面我有一个家，还有一个能干的女儿。你们是我的精神支柱。”

“我一点都不能干。我不想读书，天天逃学，大学也考不上……”

“考大学又怎么样，有条件就考，没条件就不考，一张文凭不代表人品，我在里头见过的高学历白领罪犯多了去了。你当然能干，没有你，你妈撑不了这么多年，我要谢谢你替我照顾她。”

“那为什么不和她离婚？你不觉得亏欠她吗？”

“没有什么理由，你妈妈在这件事上非常传统。为什么不离婚，因为她不想做一个离过婚的人。为了满足她的心愿，只要她不提，我也不会提离婚的事。在牢里，这是我唯一能为她做的事了。”

“那现在呢？你人在外面了，照样什么都不能为她做。”

“你说得对。宝云，我和你说实话吧。过去这几天，我说我住在朋友那，其实不是这么回事。我在立交桥下面，在公园里，到处换着地方睡。”

傅宝云早就想过这个可能性了。父亲身上有一股风餐露宿的气味，尤其是今天，几乎刺鼻。

“我这几天一直在找工作，还没找到。见到了一些以前认识的人，没人收留我。我真的不能一直这样下去了。其实，我是想告诉你……”

傅长松低着头紧皱眉头，左手掌包裹着右拳，像在寒冬中取暖一般反复摩擦。

“宝云，女儿，我想回家。你能让我回家吗？”

得知傅长松要回家住，蒋蕾又在电话里让傅宝云去菜市采购，但最终还是傅长松打消了妻子准备大餐的念头。该庆祝的上次就庆祝过了，接下来就是要节省点过日子。

当夜，老张给傅宝云打来了电话，说第二天不需要她去上班了。在一番令人厌倦的托词之后，他明确表示，这是因为不想惹麻烦。不管是傅长松还是谭怀胜，他哪一边都不站。

傅宝云对此早有预感。一家团聚，同时也面临着一家赋闲。继续让带着二十年前科的傅长松到处找工作，也不现实。经过商量，他们决定做夜市摊生意。身体不好、不适合熬夜的蒋蕾在家里协助准备食材，父女俩共同出摊。

08 六月

上部

运诚广场曾经是本市最大的纺织品批发市场，得名于市委前书记赠予商户的“诚信方能开运”箴言。但因假货泛滥和两次重大火灾事故，如今这里败落成臭名昭著的闲散务工人员聚集地。人们——九成九都是青中年男性——在此地寻求短工、长工、正式合同或按手印的工、保障包吃包住或保证大富大贵工。

经过多人唇齿传递的烟头、久未清理的呕吐物，搅拌着零落的发财梦和腐坏的青年意气，在如结团蚰蜒一般蜿蜒紧凑的楼道、门廊之中蔓延。

若独身男女途经此地，并不用害怕被抢劫，因为这里的绝大部分人没那个胆量。他们不想铤而走险，只想老老实实过日子。所以这天夜里九点，谭怀胜还是穿着日常的名牌衣服来了。他怀着矛盾的心情走下公交车。一方面，如果有人认出他是谁，会给他此行带来不方便；另一方面，如果没有任何人认出最近还上过电视的他，那么也难免会令他失望。街边路灯毫无节奏地闪烁着，他打开手机照亮地面，屏着气小心翼翼下脚，避开漂浮着一次性快餐盒的水坑。

他的两个手下——秦东和余三，前些天把傅长松揍了一顿，回来报告说他已经是一个废物老头；没过几天，又被傅长松揍了一顿，这次报告说他心狠手辣不好惹。这么一来一回，倒是让谭怀胜几乎确信，用老鼠头设局的另有其人。虽然还不能完全排除傅长松参与其中的嫌疑，但真正的幕后主使者，应当是一个对他们两人过去的历史都有所了解的人。

那天在店里闹事的男子，自称孙强。谭怀胜有些后悔，当时不应该如此轻易地把他放走。只不过是一个拿不出身份证的小流氓，关他几天也不会有大问题，安排他在后厨做几天工，说不定他还会十分乐意。如今谭怀胜只能尝试再次找到此人，实施更彻底的审问。

在运诚广场，像孙强这样的男子至少有上万，且不用提人群的高流动性。但是那一日，谭怀胜扣下了孙强用来记录招工和牌局信息的笔记本，留下了孙强的大头照。谭怀胜还有一些社会触角广布的手下，通晓在运诚广场混日子的门路。所以他有信心能摸索到，在哪些地方会有吸引孙强这类人的牌局。除此之外，凭借孙强的口音，谭怀胜也能大致判断他来自周边哪个县城，而老乡往往会抱团。

这一趟亲自调查，多多少少勾起了谭怀胜的怀旧之情。他曾经历过这样空有一番雄心、朝不保夕的生活，更不用提二十年前，几乎所有人都比今天要贫穷得多。在打探、询问的过程中，他竟为这些底层年轻人感到一丝怜惜。不止一个人认出他是一个“老板”，问他要不要招工。这些人的尾随没有让他感受到丝毫危险，他们就像是偶然粘在了他后裤腰上的尾羽，不知什么时候就循着劣质啤酒的气味而悄然脱落。

十一点左右，谭怀胜终于有了收获。他在一家棋牌馆里问起是否有人听说过孙强，在场至少一半人有反应。最终有人把他引向了一幢三层短租楼。一楼大堂里的管理员说五天没有见到孙强出入了。

“他一个人住？”谭怀胜问。

“他住的是双床房，但是另外一张床没有租出去。”

“我是他雇主，那天他还没结完工资就跑了，然后我还发现店里少了一点东西。你能不能打开门，让我看看。”

“这怎么行。”

“我就看一眼。”谭怀胜把三张百元钞票放在前台桌面上，用两只手指推过去。

管理员用左手盖住钞票，朝自己怀里扫：“借你一张房卡，五分钟后还给我。”

谭怀胜拿着房卡，进入了孙强居住的房间。他摸索到墙壁上的电灯开关按下去，昏黄的吊灯亮起，同时有一股微弱电流击中了他的手指。他一激灵，手肘回弹，差点打中自己。骂咧几句后，他开始打量房间。此住处如预料之中一般简陋：孙强或是其同类人，日夜蛰伏于此，所经历过的岁月就像昆虫蜕下来的皮，缺乏厚度和重量，在角落散落成灰。

窗户留着一条缝。久未移动的搪瓷杯，其底部和桌布之间显露出焦黄色的轮廓，如同有人踩踏过的床单。在一一确认这些物件毫无意义之后，谭怀胜注意到了旧衣柜。衣柜门左右各有一面镜子，谭怀胜看见了两个满脸烦闷的自己。柜门中央没有锁，一根粗麻绳绕过两个柜门把手，打了死结。

谭怀胜拿出多用工具刀，用一把小起子解开绳子，缓缓打开柜门。柜子里空间很浅，因为缺少柜门的遮挡，一个用麻袋包裹着的硕大物件立刻滑倒下来，发出一声闷响。麻袋空心的一角稍微碰触到了谭怀胜的皮鞋，在慢慢把脚朝后移的同时，他就察觉到麻袋里可能是什么了。他闻到了淡淡的石灰味。石灰可以用来掩盖别的臭味。

他叹了口气，在床上坐下。半个运诚广场的人都知道他在找孙强。管理员也见过他了。这房间里布满了他的指纹。

虽然他不想，但还是只能选择报警。

谭嘉烁不爱讲迷信，但是在一连串挫折之后，接连来了两件让她看到希望的事。

一是她终于收到了出版社寄来的合同，正式聘用她为泰阳策划的儿童书系的插画师，有署名权。只要签字寄回，这件事就定了。

二是前一家公司关系较好的同事，向新的工作单位举荐了她。如果她能通过面试，预计薪资会比上家高两成。谭嘉烁还没有确定是否去面试，因为这份工作需要她搬到外地。一方面，这有利于她从父亲身边逃离；但另一方面，这意味着她可能必须放弃调查母亲的案子。无论如何，哪怕这最终只是一个不得不错过的机会，至少也增强了她追求独立的信心。

在这两件事的共同催化之下，她开始打包行李，同时约中介看房子。

后一件事比较难，因为在看了两套房子之后，她意识到一个严重问题：她倾向于找到当前所住房子的完美复制品，但这很不容易，就算有理想选择，也不是她前景不明的收入能够保障的。在没有父亲支持的前提下，该如何生活，她需要更全面的衡量和打算。

与之相比，打包行李则愉悦得多。她喜欢把大大小小的物件分类，严丝合缝地放置在容器里，再把好几个装满的容器整齐并列。这就像设计细节繁复的花纹一样，带给她一种独特的满足感。这些习惯和她从小就频繁展现的一种“怪癖”是相联系的——她喜欢看见眼前的物件之间形成平行或直角的关系。小学时，若同桌的文具盒摆歪了，或者前面一个同学椅子背上的横杠和地面不平行，就会让她浑身难受，以至于老师的讲课听起来都像胡言乱语。成年之后，把这些“怪癖”和自己幼时语言学习缓慢的情况结合起来，她认为自己可能患有孤独症谱系障碍，但从未诊断过。

她打包行李的方式，虽令人愉快，但并无效率。而这件事若效率太低，找房子一事她也就相应地拿不定主意。在经历了三四天的磨磨蹭蹭之后，她觉得必须在泰阳所分配的大量工作涌入之前，一鼓作气地把个人事务完成，这样到了新住处就可以专心创作了。

有一天夜里，谭嘉烁把四大袋整理出来的垃圾拿到了楼下的垃圾中转站。她歇了口气，正要转身上楼休息，看见胡一曼的车子停在马路边。她产生了不好的预感，但心想不如索性早点弄明白她的来意，于是主动走上前去。

“嘉烁，”胡一曼从车子里下来，“这么晚在忙什么？”

“你就直说我爸让你来做什么吧。”

“他让我看看你。看看你需要点什么。”

“来监视我？”

“他担心你。”

“如果你来，只是为了重复他想让你说的话，那还不如什么都不要说。”

“刚才那句话算是我的工作内容。你是要搬家吗？”

谭嘉烁沉默。如果胡一曼知道了，那她父亲肯定会知道。她希望自己至少有时间一鼓作气地把这件事完成而不受父亲的影响，但让她困惑的是胡一曼的表情。她一贯认为胡一曼有比她更少的人生自由，但胡一曼此刻对她的担心并不是虚饰。

“你不回答我也可以，但我是告诉你，如果你有事要赶在谭老板干涉之前做完，那这两天之内就要赶紧了。”

“为什么？”

“谭老板碰上了一点法律上的麻烦，在和警察打交道。所以他这两天顾不上你，当然他也不想让你知道这件事。”

“……他犯事了？”

“就我所知没有，但现在还没结论。总之……我就是来告诉你这件事。你自己的生活，自己做打算，好吗？”

谭嘉烁点了点头，这几乎是无意识的，她甚至没有察觉到自己点头了。但她没说话。

“别告诉他我和你说过这件事，我走了。”

胡一曼朝她挥挥手，回到车里，离开了。

谭嘉烁看着胡一曼的车消失在街道拐角，又稍微等了一会儿，确认车没有折回。她沉思片刻，便回家了。

她决定接受胡一曼的意见，加快速度。这天，她一直收拾到了半夜三点。

当收拾到那本红色人造革封皮相册的时候，她已经呵欠连天了。那是她所拥有的，唯一一本有母亲朱琪芬相片的相册，之前她在其上方放置了一些小物件。她把相册捧起来，走向房间另一角。

因为困倦，她不小心踩到一个置物篮，身体往前一冲。虽然她赶紧扶住了椅子背，但相册却摔在了地上，张开的页面贴着地毯。

谭嘉烁赶紧把相册翻过来，再把脱落的数张泛黄的旧相片拾起。其中一张，是母亲抱着她面露微笑，在某处不知名花园中的合影。她突然觉得，贴着照片背面的食指有一种奇怪的触感。她把照片翻过来，结果有另一张小尺寸的相纸脱落下来，看来是因为年代久远而粘在一起了。她叹了口气，单独拾起那小照片，想给它在相册中找一个适当、稳固的位置。

正在这时，她看见那张合影的背面现出了圆珠笔字迹。由于一直粘着小照片，所以这排字迹被遮住了。那是一个日期。

谭嘉烁睁大眼睛，又仔仔细细地读了一遍日期，确认没看错。

她把照片翻到正面，看了看母亲和自己的笑颜，又看看背面。

杀人案发生的那一天，妈妈的忌日，是 2003 年 6 月 12 日。

照片背面写着的日期是:

2003.6.14

上部/完

间奏之一：1990，救苦救难

走得足够远，我们就能找到那盏灯。

1990 年，朱琪芬十六岁，体验了人生的两个“唯一”：唯一一次乘飞机，唯一一次飞机失事。

鹞子街家家户户，谁不知道钳工朱大化有个好女儿，大眼睛深酒窝惹人喜爱，数理化考试成绩屡拔头筹，同时还是全省高中生田径 400 米跑纪录保持者。朱大化从小瘸腿，他老婆覃婉妹不会写自己的名，两人怎么就养了个文体两开花的女儿，令人既费解又羡慕。

和鹞子街隔了一排山的傅家村，古来就有奇人辈出的名声。农民企业家傅玉栋，做过生产大队书记也坐过牢，从承包四百亩甘蔗田干起，操办矿产加工、冷轧钢生产、电器厂，带富一方人。傅玉栋看得长远，深知要想富下去，还得看教育，他自号“寒窗灯舍老翁”，建小学、建图书馆，又为庆祝北京召开亚运会，从当地六所中学里，每所挑一个品学兼优的祖国未来栋梁，男女各半，资助他们上北京见证这历史一刻，而朱琪芬成为光荣的六分之一。众邻居先于朱家知道这个特大好消息，敲锣打鼓放鞭炮，夹道欢迎傅老板座驾——跨洋而来的芩林市第一台日产雷克萨斯，炸碎的红纸屑撒在水波一般光亮的银色车身上。

覃婉妹以为是有人娶亲，出门看热闹，没料到巨大的声浪涌向自己，那么多的笑脸，热情得令人窒息。她恍惚间回想起还是丫头的时候，挨家挨户宣传庆祝人民公社诞生十周年。傅玉栋下车，六十二岁的他依然仪表堂堂，皮鞋落在石板子路上像惊堂木一般脆响，把覃婉妹红肿的手紧紧裹在掌心，说：“我谨代表全市人民感谢你。”覃婉妹避开傅玉栋的目光，回头叫了一声女儿，朱琪芬出来了。朱琪芬性子随妈，容易害羞，回头叫了三声爸，朱大化紧锁卧室门，整日不出。

一家欢喜一家愁，朱琪芬入选，同班的谭怀胜就落选了。两人自幼相识，一起踢毽子打水漂，还没有男女意识萌芽的时候，做过拜把子兄弟，号称要打遍鹞子街。两人慢慢长大，脑子活了，野心收了。在第六中学，他俩在学习上是无可争议的领头双羊，你追我赶，第三名在山脚很远。两人的明显差距是谭怀胜没什么运动天赋，当然其父母并不在意这一点。朱琪芬本不知道谭怀胜为这件事烦心，直到有一天放学后，两人刚出校，她说：“快要去北京了，想到坐飞机我就紧张。”

谭怀胜说：“怕什么，三男三女搭配，害怕就互相安慰。”

“你是不是馋，换你去吧。”

“我才不去北京，我为什么要去北京？我一点都不想去。”

“开亚运会，全国各地来的运动员多，外国人也多，长见识。”

“外国人就知道去北京，怎么不来我们这儿？我就上古城墙那头，枪管从射孔里伸出来，一枪一个，万夫莫开。”

谭怀胜一边说，一边用雨伞尖头在刚刚下过雨的泥泞地上戳洞。朱琪芬说，不和你聊这个了，尽讲胡话，像个傻子。

芩林市没机场，9 月 15 日早上六点半，六名幸运儿在两名成年人领队的带领下，乘坐大巴前往省会机场，于下午三点登机。飞机攀升时，朱琪芬紧闭双眼，手指掐住座位边缘，只觉得自己的内脏和血液，随着轰隆作响的引擎声朝斜上方飞升，挤破了躯壳。

按照地面接收到的信息，在飞机进入巡航高度十分钟后，劫机犯离开座位，闯进了驾驶舱，露出腰间扎着的一捆线材，声称携带炸弹，要求飞机改道前往新加坡。半个小时内，无任何乘客发现异状。五点十五分，在劫机犯的要求下，机组人员让所有前排乘客后撤，远离劫机犯声称有炸弹的行李箱。事后，许多人不厌其烦地问过朱琪芬，当时到底发生了什么，机组人员为什么没有制服犯人，她给不出任何答案，因为她其实什么都没看见。晚上七点半，飞机回到出发地机场，已降落至跑道一分钟后，驾驶舱里发生打斗，犯人突然抢夺操纵杆，飞机再度抬升并转向，撞上另外一架乘客已全部撤离的小型飞机，几乎将其撞成两半。之后，机身严重倾斜，一侧机翼摩擦地面而粉碎，整机继续滑行片刻之后断裂成三个部分，燃起漫天大火。在候机厅里，乘客们隔着巨大的玻璃窗，在恐惧和兴奋交加的情绪中目击了这一切，不少人在喊：“打仗了，肯定是打仗了。”

早已待命的急救队伍迅速控制住火势，避免了机身爆炸。乘客加上机组人员一共 126 人，救出 47 人，其中 25 人在送医后死亡，存活 22 人，有 4 人只是皮肉伤，只有朱琪芬一人毫无外伤。所有受轻伤的人都围绕着朱琪芬坐在后排。经过调查，官方确认劫机者的行李箱里根本就没有炸弹。

朱琪芬住院观察了两天，记者来过，警察来过，之后父母赶到省会，接她出院。见面那一刻，他们说不清是悲还是喜，只是哭。因为大量病人而忙得胃痛的护士，毫不掩饰厌烦地对他们说："有点公德心，要哭出去哭。"

回家之后第三天，一个平常不怎么联系的邻居上门，送来自家熬的鸡汤，对朱琪芬嘘寒问暖："有没有吓着啊？运气这么好，大难不死必有后福，菩萨保佑！菩萨保佑！"覃婉妹再三谢过。把客人送出门后，她关门之前又回头看了一眼，发现邻居在朝着自家方向拜谒。

又过了一天，另一个和覃婉妹关系不好的邻居上门了。朱家晾的衣服，曾经被这家人的大黄狗咬碎过，平常两家人街头巷尾撞见，头也不抬。她带上了五斤自家卖的牛棒骨，说是给朱琪芬补点营养。她坐在朱琪芬床边，说我最近身子不好，借你点福气，同时握着她的手不停摩挲，摸得覃婉妹心里直发毛。

又过了一天，来了一户人家，是一家三口，带了一只大活鹅。覃婉妹把人拦在门口说："你们这是干什么？"那家男人说，我儿子得了小儿白喉，我们是来拜见一下赤锣宫娘娘，求她保佑的。覃婉妹说，拜见哪个？朱大化在她背后说，先把鹅拿进屋再说话。

朱家人不知道的是，当他们还沉浸在与侥幸感相伴的淡淡忧伤之中时，朱琪芬的经历在鹞子街掀起了一阵揣测和添油加醋的热潮。有人说，活着的人全部躲在飞机最后一截，这是在快坠机之前朱家妹子突然把大家赶过去的，不听她劝的人都死了；有人说，他当天在车站送那六个孩子上大巴，看见朱家妹子背后有一个雾蒙蒙的人影，很像观音菩萨；还有人说，机场的人亲口告诉她，在上机之前，朱家妹子朝一些乘客每人吹了一口气，结果，嘿，这恰恰就是后来活下来的 22 个人。

在附近小有名气的神婆一番做法后，指认朱琪芬就是周边村落赫赫有名的赤锣宫救苦救难玉仙娘娘转世。传说赤锣宫玉仙娘娘是汉代民女，天性聪颖，六岁入赤锣山修道，而朱琪芬不仅八字和玉仙娘娘相同，又是来自六中的六大才子之一，这就证据确凿、严丝合缝了。

于是接下来的一周，来朱家祈福者络绎不绝。虽然生活频遭骚扰，整天门户大开，迎来送往，令人乏累，但因为没有人会空手前来，所以朱家夫妻也就来者不拒。当外人在朱家宅子上空看见幸福祥云，心中一片温暖之时，无人知道这一周，朱琪芬整夜整夜地睡不着，剧烈头痛像紧箍的锁链一样不愿放过她，还伴随着噩梦连连。

那飞机的骤降、摇摆、震破耳膜的撞击声，坐骨神经的剧痛；那高空之中在每个人心底无限放大的恐慌，每个人的恐慌再互相吞噬，形成一种足以把人理智全部融化的沸腾；那惨叫，是撕裂，是祈求，甚至是一种走调的旋律，但首先是惨叫，在血中，在火中。连续几晚，覃婉妹不得不抱着女儿和她一起失眠，一起发抖。

幸好这一切没有持续太久。市政府有人上门，说不要公开搞封建迷信。朱大化说：“我们家没有搞，这些人听了邪门歪道，非要上门，这乡里乡亲的，也不好让人吃闭门羹。”政府的人说：“那至少也不要鼓励他们，配合一下我们的工作，而且你女儿这么好一个苗子，能考上大学，少让她接触这些糟粕。”朱大化没话了。邻居们兴趣也在转移，到底赤锣宫娘娘灵不灵验，短时间内没有个明确说法，于是十来天之后也就消停了。

朱琪芬归校第一天，班主任找她谈话，说：“出了这么大的事情，是该休息一下，但你也休息太久了，落下功课了怎么办？学生最重要的是学习，亚运会在家里看看也就行了，这么多人给你家送东西，我看换台彩色电视机都够了。”她无言以对。

当天放学，隔壁班比朱琪芬小一岁的钟雁跟在她背后，默默走了五分钟。两人有同一个朋友，但彼此不算熟。

朱琪芬转过头问：“你有事吗？”

钟雁上前，低声说：“你想吃一串烤鱼吗？”

“不想。”

“你几天没上课了，我把我的课堂笔记给你抄吧。”

“不用。”

“我想问你件事。”

“最好别问。”

“他们说你是赤锣宫娘娘转世，我想让你保佑我一件事。”

朱琪芬无言，转过身继续往前走。钟雁赶到她面前，说：“你听我说，我想让我的朋友永远和我在一起。”

钟雁不算很漂亮，发量少，面色缺乏光泽，但她引人注目。她常常说出一些出人意料的话，让同龄人感到荒谬，发出哄笑。而成年人，尤其是老师们，则会感受到一种长幼尊卑遭到威胁的不适。

除此之外，她有一种绵长而深入的注视，时常把它们献给他人会忽略的景观，如落在水坑中长久无人拾取的足球，或随着风从焚烧垃圾堆中逃离、散发着点点星火的树叶。学生的眼睛应当注视着作业本、黑板和国旗，如果一定要享受美景，最好享受在传世佳作中地位永不动摇的景观，如日升日落、荷塘（鹞子街并没有），远离那些非壮丽、非崇高、非斗志昂扬之物。钟雁对无用之物的注视令人忍不住发笑，更令人不安。在“个性”一词鲜见于日常用语的年代和环境里，她被迅速地归类为不学好、不合群的怪女孩。

六中学生的父母，但凡对钟雁事迹略有耳闻，都会教育自家孩子和她保持距离。所以当钟雁找上门来，对朱琪芬说“想让我的朋友和我永远在一起”时，她感到些微的慌乱和厌倦。

“这些事我管不了，”朱琪芬说，“别人找我都是问升官发财治病的事。你得找西方的神。”

钟雁笑了。朱琪芬初次发现，她的笑声很奇妙，像轻风吹过玻璃瓶口，但并不刺耳。

“你真有意思。以前我都不敢和你说话，觉得你特别端着，是那种喜欢给老师打小报告的好学生。”

"我没有。"朱琪芬突然急了。

"让我请你吃一串烤鱼吧。来嘛。"

朱琪芬不知道为什么钟雁对请她吃烤鱼这么执着，但是考虑到自己一度被看作"喜欢打小报告"，觉得自己应该得到一些补偿。

烤鱼串上撒满了有树皮味的辣椒粉，一口咬下去没多少肉，骨架上尽是焦脆的鱼皮，不鲜美但开胃。

"其实我是想和你做朋友。"钟雁说。

朱琪芬没察觉自己脸红了。归校之后，经历了身边充满闲言碎语的一天，突然有人对她这么直接地表达感情需求，令她不知所措。她没接话，走到一旁的垃圾桶，把串子扔掉，想借此消解情绪上小小的不适应，没想到钟雁竟跟到她身边，问："你觉得呢？"

"好……好啊。"朱琪芬逃避似的说出最简短的答案。

"人一辈子太短。应该多认识一些有意思的人。"钟雁说。

两人的友情进展迅速。到了第三天，她们几乎在所有课间闲暇时间和对方聊天，并且发现双方的共同点比想象中要更多。学校的西面靠着一座矮山，有部分山体多年前就剥落了，露出光滑的岩壁，经过风吹雨打后肆意生长的植被在岩壁上形成了一幅色泽丰富的图案。这是校长常常用来发挥的主题，说这幅天然形成的奔马图，象征着同学们的美好前程。有一天，朱琪芬说："我觉得这图案其实像两只在打架的猫。"

钟雁说："对啊，左边竖着那一条紫色的，就是小猫一巴掌呼到了大猫脸上。"这恰恰是朱琪芬在脑中想象过，但从来没有对其他人说过的。当发现有人用和自己同样的视角观察这个世界时，孤独感会暂时退到幕后。

相应地，朱琪芬和谭怀胜在一起的时间就减少了。朱琪芬依然乐意和谭怀胜说笑，尤其是因为两人多年熟识，有许多只属于他们的内部笑话和共同经历，这会带来一种近似温暖的舒适感。但朱琪芬一直不满的是，有时候和谭怀胜做朋友就像和一只喜怒无常的狗玩抛球游戏。当他情绪积极的时候，会迅速而不知疲倦地给出热情回应；但他要是不高兴了，就会阴阳怪气地顾左右而言他，但出于“犬类本性”，依然期待朱琪芬做那个主动抛球的人。与之相比，和钟雁之间有节奏、有默契的你来我往，带给朱琪芬一种清爽而又惊喜连连的感觉。

但有时候惊喜走过头了，钟雁陡然说出一些超出朱琪芬经验、难以回应的话——我遇上不止一个男生觉得逞强就是硬气，把女人吓住了就什么都会答应他，但又没那么多机会逞强，就和女人说，不答应我就跳下去，不答应我就睡马路。

朱琪芬不言，钟雁也不介意。

两人之间关系再好，对于放学之后和钟雁同行，朱琪芬还是有些不安。她们数次碰到试图拦住钟雁的男生，有一个甚至从后面上来，一言不发，直接把手臂搭在了钟雁脖子上，吓得朱琪芬尖叫。钟雁把那男生胳膊推开，那人追上来，又搭一次，再被推开。男生再跟，钟雁站定，回头说：“滚。”于是他站住了。两人走出百余米后，朱琪芬小心翼翼回头，隐约看见那人还站在原地。

在电视里，在杂志上，朱琪芬见过很多被看作大众情人的女性，而她们都有类似的特征，头发丰密飘逸，顾盼生姿，而她们的身姿似乎永远处在一种下一秒就要开始跳国标交谊舞的动态平衡之中。钟雁缺乏这一切，而不管是当下还是在后来的年月里，朱琪芬都没有再见过像她这样对男性有如此强大掌控力的女性。她想，这可能和让钟雁被贴上“古怪”标签的注视有关系。

钟雁持久的注视会让人觉得不安，起鸡皮疙瘩，但同时又觉得自己成了一个更重要、更值得探索的人物。哪怕是同性，朱琪芬也能感受到这点。有的人只是看见了你；有的人看见了你，并且怀着一千种思绪。你会希望满足后一种人的期待。

作为朋友，朱琪芬不得不为钟雁担心。在成长的年月中，关于抓流氓罪的种种传奇和恐怖故事，她听了不少。小时候在山野里玩，路边撒尿，就曾有大人吓她，白日里光屁股，小心抓你去枪毙。钟雁不喜欢这个话题，她用一句话堵住了朱琪芬。

“怕什么。我还是处女。”

这是两人成为朋友之后，朱琪芬头一次惹钟雁生气。

一个月后，朱琪芬才知道，钟雁那句“想让我的朋友和我永远在一起”，其实有更实质的含义。

那天下午阴雨连绵。钟雁对她说：“我觉得应该把我朋友介绍给你了。”

“你朋友？”

“我和他也常常聊到你。”

“他叫什么？”

“到时候让他自我介绍吧。”

说出这句话的时候，钟雁手握着围栏，放任身子往后倾，稍微仰头微笑。朱琪芬看出来，她的思绪飘到一个更美好的情景中去了。

周末，在鹞子街西侧河流的石桥边，朱琪芬见到了钟雁的朋友。他个子很高，俊朗、精瘦，两眉之间有一道和年龄不太相符的横纹，像是频繁锁眉冥思留下的痕迹。见到朱琪芬，他站得笔直，从军绿色单肩包里拿出一本角落有一些卷页的薄册子，双手轻握着递出。

“朱琪芬你好，这是我准备的见面礼，送给你。”

她尴尬地笑笑，接过本子，确保自己的目光停留在封面上。

“这是我手抄的《顾城精选诗集》，希望你喜欢。”

“我好像听说过。他是作家吗？”朱琪芬说。

“他是我最喜欢的诗人。”

“不好意思，我书看得不多。”

“没关系，那就从现在开始了解。每个人都应该读一点顾城，尤其是我们这样的人。”

此话一出，朱琪芬开始理解为什么他和钟雁会成为知己了。他们都喜欢下一些出乎意料的论断，且不在意被论断的对象是否会接受。她明白，没必要询问什么是“我们这样的人”，只要相处时间长了，她自然会理解的。

就像要印证朱琪芬的猜想，钟雁靠近男子，挽住他的胳膊，两人相视而笑。

朱琪芬又仔细看看男子的脸，脑中突然一响。

“我好像见过你。”

“真不好意思，果然被你认出来了。你在家休息那几天，我妈带我去过你家。当时你坐在椅子上，看起来特别不高兴，像喝醉了酒，又像在做梦。我本来以为你会配合那些流传的说法，装神弄鬼，但是没想到你根本不想参与。”

父母介绍过这一对母子，但朱琪芬当时根本没听进去。

“你叫什么？”

“我给你的本子，你看看第一页。”

朱琪芬翻开本子。扉页上面有两个大字。

“泰阳？”她问。傅星解释道：“这是我的笔名。”

“什么含义？安泰？阳光？”

“说对了一点点。其实也很简单，我见过泰山的日出，那一刻我感受到的是，眼前不光是自然界的东升西落，更是一个完美的诗人，在光芒万丈的云彩里作诗。我就想做那样的诗人。”

“他叫傅星，星空的星，”钟雁说，“明明应该老老实实待在夜空里，却老幻想自己能做太阳。”

“我就叫你傅星吧。”朱琪芬说。

“行啊，”他有些不乐意，“在我用笔名打出名号之前，我可以暂时是傅星。”

傅星是傅玉栋的侄孙，十九岁，高考失利之后在家赋闲，自称把几乎所有闲暇时间都用来读诗、写诗。他不愿意谈论自己的富有家庭背景，而激怒他的最快捷方式，就是问他傅玉栋是个什么样的人。他的怒气不是针对发问者，而是对着自己脑中一些挥之不去的景象进行痛快的宣泄。

“他有一个书房，里面每一件东西都是精心摆设的，那些书他一本都没读过，他亲自碰过的东西可能只有茶壶。对了，还有毛笔和砚台，每次一带客人进去参观，他就要当场写字，把那些完全没有美感的书法作品送给客人，然后所有人和‘墨宝’一起合影，那是我见过的最虚伪、最恶心的场面。”

在河边聊了一会儿之后，他们去了文化中心的溜冰场。朱琪芬不常来，但天生的运动神经足够让她在冰场上自由穿梭。傅星比她预料中滑得更好，同时把自己的速度控制在钟雁跟得上的范围内。滑了五分钟后，傅星突然停下了，没和两人打一声招呼，到场边脱下冰鞋，走进冰场管理员的房间。“他去哪儿？”朱琪芬问。“很快会回来的。”钟雁说。

两分钟后，滑冰场的音乐换了一首，傅星也回来了。他的表情舒展了很多，对朱琪芬说：“这是我和钟雁最喜欢的背景音乐，不播这个，滑着没意思。”他把坐着休息的钟雁扶起来，两人再次相视而笑。

朱琪芬很快明白了，钟雁和傅星都是极其以自我为中心的人。这不一定代表物质上的自私，而主要是他们时刻寻求感受和情绪上的惬意，哪怕这和旁人的选择会有冲突。

她真正的疑问是：他们为什么会选择我？因为她真的不觉得自己在这一点上和他们类似。如果她也勇于忽略他人的感受，那么她就不可能在经历一次惨痛的精神打击后，任由上百人把她当成一尊观音像来观瞻。

从滑冰场回家后，她问母亲：“是不是有一个叫傅星的，傅玉栋家里人，和他妈一起来送过东西？”

覃婉妹说：“是来过，那孩子他爸爱赌，如果不是有傅玉栋这靠山，家里早就被搬空了，这个儿子天天待家里不干正事，在墙上写，写什么，写诗？他妈想来求个福气，让儿子不要走她男人的老路。”

睡前，朱琪芬躺在床上，翻看那本手抄诗集。每个字都工工整整，她想这一定花了傅星不少时间。翻了十来页之后，她看着字，脑袋里却是傅星和钟雁在一起时的情景。隔天她回家后，看一眼倒扣在书桌上的诗集，想了想，捧在手里，坐在床边看。这一次看进去了，短短的二十余首诗，看了两遍。

周末，她又和两人见面了，三个人围成一个小圆圈坐在河畔。傅星为她们读诗，包括他抄写的，以及朱琪芬没读过的。然后他邀请朱琪芬也读，鼓励她说出对这些词句的想法。朱琪芬仓皇地组织语言，努力在不合常规的句子里找出诵读的节奏，用尴尬的笑容消解连自己也觉得有些稚气的观点。

她感觉自己像一只暴雨后初次飞上枝头的灰喜鹊，惶恐地左顾右盼，但每一根羽毛都在阳光下舒展开来，身体正在变轻，正在变轻……而在他们脚边，野草恭敬而顺从地倒伏着，微风在阳光的碎末中嬉耍，掠过去又折返。

数日后的一天，朱琪芬和母亲一同等父亲回家吃饭，等到八点半还没动静，于是就先吃了，然后回屋温习功课。快入睡时，她听到大门被猛然推开的声音，然后是母亲在说话："你才回来，吃了吗，你喝了多少？"父亲在家里横冲直撞，朱琪芬凭声音就能判断，他撞到了水盆架子，又踢开了夫妻俩卧室的门。

母亲说："你别闹了，你在找什么？"父亲则回应："你不要管我，你不要烦我。"

朱琪芬有所准备，她赶紧把衣服都穿上了。就在下一秒，朱大化推开了她的门，整个人像裹在劣质白酒蒸发形成的令人作呕的雾气里，冲到女儿面前，把两手放在她肩膀上，眼球中紫红色的血丝仿佛在凸起，跳动。然后他捧住女儿的脸，大拇指掐进皮肤，朝两边拉扯。

他一边用力一边说："还有，还看得见。这两洞眼，怎么就扯不掉呢？"

朱琪芬意识到，父亲说的是她的酒窝。她痛出眼泪，说道："爸，你别啊，痛！"但是随着朱大化力气渐增，她的嘴唇也随着变形的脸庞封闭起来，只能发出呜呜声。

覃婉妹冲进屋，拉扯丈夫，拍打他的背，说："你松手，放开我女儿。"

朱大化松开手，猛然回过身说："你说谁的女儿？你的女儿？你总算承认了。"

他又转向朱琪芬，抓住了她的一只手腕使劲拉扯，嚷叫："快去找你爸去，你知不知道是傅玉栋生的你？我们家谁都没有脸上这两洞眼，就你亲爹有，不然他怎么对你这么好，还送你坐飞机，快去你家睡去，宫殿一样的房子，多自在，我这就送你去。"

朱琪芬急了，一弹腿，蹬中弓着腰的朱大化的心窝。朱大化倒地，加上刚才一番折腾耗掉了大量精气，醉意反冲上脑，顿时眩晕得不知哪是头哪是脚，"哇"一下吐了自己满身。朱琪芬羞愤得顾不上许多，站起来，一边说着"你疯啦"，一边朝朱大化的小腿上又踩了两脚。覃婉妹跪在地上推丈夫的身体，让他侧卧防止窒息，对女儿说："你快去烧点热水。"

朱琪芬从朱大化身边绕过去，覃婉妹趁她经过，在她小腿肚上抽了一巴掌，叱责道："你要死，你踢他那么重。"

她本来打算遵照母亲说的去烧水，但是这一巴掌，突然点燃了她心中的一团火。她在厨房前焦虑地原地转了一圈，然后把脚跟狠狠往地上一踏，冲出了屋门。

从来没有人夸朱琪芬长得像父亲，朱大化也不是第一天怀疑女儿不是自己亲生的，但朱琪芬实在想不出这怀疑有任何站得住脚的理由。长久以来，这疑虑就像八成打进墙里的一枚钉子，稍微有碍观瞻，但除非特意去碰触，它不会对生活有任何影响。但是朱琪芬可以想象，傅玉栋在他们家门口，呼应着民众盛大的热情，握住她的手，这一幕对父亲的心灵造成了震动，天知道他的工友又是如何趁着酒意添油加醋。

她急匆匆地往前走，数度想折回去，但腿就是不听话。不知不觉间，她走到了石桥边。出乎她的意料，傅星也在这儿，挎着那军绿色单肩包，就站在两人初次见面的地方附近，只隔一个桥墩。傅星双手搁在栏杆上，看着河面上的月光，没有发现她。

朱琪芬抱着自己双臂，思忖片刻之后上前，说："傅星。"

傅星肩膀一耸，转过身："小朱？你怎么在这儿？"

"出来走走。"

傅星沉默了一会儿，说：“到这边来。”

不远处的树杈中央挂着一盏白炽灯，是附近的住户为了夏日乘凉打牌准备的。傅星走到灯下，朱琪芬跟上去，在他对面站着。

“怎么回事？”傅星皱眉，“好像你的两边脸都划破了。”

朱琪芬用左手背抹了抹左脸，又抹一把右脸，借着灯光，看见手背上有两道并列的血痕，一深一浅。

傅星从包里拿出一条叠得方方正正的手帕，递给她：“干净的。”

朱琪芬把手帕接过来，在两边脸上轻轻按了几下，这才感受到些微刺痛。

她说：“还流血吗？”傅星说：“不流了。”

“是不是很难看？”

“不难看，像猫胡须。”

朱琪芬笑了：“手帕我洗了再还给你。”她突然觉得很疲劳，又有些想哭。她靠着树慢慢坐下去。傅星盘着腿坐在她前方的石地板上。

“是我爸。”

“你爸做什么了？”

“没什么。喝多了。”

“那太糟糕了。我觉得我一辈子都不喜欢喝酒。都说酒后吐真言，但我觉得人喝醉以后胡说的话特别没价值。”

“但是古人有那么多酒后写出名诗的传说。”

“他们那时候的酒酿造工艺古老，度数口感和现在都不一样。何况哪个活人也没见过他们酒后写诗。”停顿片刻，傅星继续说，“我心情也不好，所以才来散心。”

“你为什么心情不好？”

“我被退稿了。”

“退稿？”

“我给诗刊寄去了我的作品，一共十五首。这是我第一次用泰阳这个笔名投稿。我等了三个月，只收到一封退稿信。”

“他们全部都不喜欢吗？”她问。傅星回答：“反正都没采用。退稿信里连一点意见都没有，只是说鼓励我继续创作。”

“那说明他们觉得你有潜力。”

“谁知道呢，肯定每一封退稿信都是这么写的。其实你来之前，我想过把这些稿子都扔河里。”

“那怎么行，可惜了。”

“反正除了我，也不会有人读到这些诗了。”

“你可以读给我听。”

“真的？”

“当然，我有兴趣。”

“那我真读了。”

傅星从包里拿出了一个厚厚的信封，打开后抽出一沓稿纸，看了看朱琪芬，没有立刻开口。

“你读呗。”

然后傅星开始读他创作的诗。他有些激动，有些胆怯，声音的顿挫和节奏都不太自然，朱琪芬不得不集中精神，才能听清每个字。这让她的思绪暂时从痛苦和焦躁之中逃离出来。她听到了一些不甚明白的句子，也听到了一些耳熟的句子。

傅星念道：“走得足够远，我们就能找到那盏灯。”朱琪芬回想起来，顾城有一句：“走了那么远，我们去寻找一盏灯。”她不介意这个相似，她知道傅星是在直接和他心中的“神像”对话，而她也很欣慰自己无须听他解释，就理解了这对话。读完五首之后，傅星停下了。

“先读到这儿吧，”他把信封放在脚边，把稿纸压在上面，“你不用急着告诉我你的想法。你在这里听，我就很高兴了。”

“雁雁已经读过你写的这些诗了吧？”

“还没有。”他回答。朱琪芬说：“那剩下的等她一起。”

“好。”

风有些变冷了。朱琪芬抬头，看了看绕着昏黄灯光飞舞的蚊虫。空气中有蚊香的气味。“第一次见面的时候——不是在这里，是在你家里，”傅星说，“我就看出来我们是同类人。你是，雁雁是，我也是。”

“那我们是什么样的人呢？”

“是战士。”

“战士？”

“不是一定要到战场上厮杀，才能叫战士。我们都有挑战生活的意志。你的意志力量说不定比我和雁雁的都强悍。”

“我不明白。”

“你肯定明白，只是没必要用语言表达出来。”

朱琪芬低头。她听见傅星挪动身子，鞋底摩擦石板的声音。抬头后，傅星已在她旁边，紧邻着她坐下。她想挪开，他靠过来。朱琪芬猛地站起来，说：“你干什么？”

“我——”傅星也起身，但是在他站直之前，朱琪芬已转身，抱着双臂快步往前走。

“小朱！等一下！”

朱琪芬后脚跟定住了，身体还保持着前倾的势头。

“我不是要欺负你！”傅星的声音很急切。

朱琪芬想吼一声“别说了”，但她突然发现自己失声了，于是只好头也不回地往前走。心脏剧烈跳动，大脑晕眩。回到家门口，她发现自己没有带钥匙，而大门已锁上了。

“爸，妈，我回来了，开门啊。”

她一再敲门。

门长久紧闭。

间奏之一：1990，救苦救难

完

中部

我觉得我只是比较幸运，
逃过一劫的人。

01 天台上

中部

夜里十点。

十三株高耸的白杨树列队乡间小道两侧，指向德心敬老院。的确是十三株，自从初次经过此地，胡一曼就记住了，左七右六，当仅有左侧一抹树影倒映在车前盖上时，就是路的尽头，不容易倒车了。德心是全市收费最高的养老院，坐落在连路都没有铺的村庄后方，像一块白玉落在泥潭里。胡一曼在门口警卫室前稍停，展示 VIP 停车许可证——只有缴纳二十万年费的老人的家属才可拥有，安全杆徐徐升起，她驶进大院。院子中央伫立一尊古装老翁铜雕，长袖飘飘，举杯对月。

胡一曼下车，“轰”一下把车门摔上，奔进主楼，前台接待说：“请登记。”她不理会，猛按电梯按钮。电梯停在四楼，下行按钮一直亮着，她转进防火通道，三步并作两步冲到五楼。正在拖地的年轻女护工认识她，指了指大楼南翼，同时朝旁边让开。一名从旁边屋子里出来的护士说：“轻声一点。”她不理会，来到通向天台的楼梯前。

副院长僵在前方，一看见胡一曼，眼镜随着两侧头皮耸起而往上抬，说：“来了。”在副院长旁边，一名男护工坐在椅子上，一护士在包扎他的头。男护工抬头，指着自己太阳穴对胡一曼说：“他用输液架砸我，抢我钥匙。”胡一曼不搭理，对副院长说：“还在上面？”副院长说：“在在，走，走。”

通向天台的铁门锁已经被打开了，胡一曼冲上去的势头极猛，以至于铁门回弹，差点撞到副院长的脸。刚感受到天台的冷风，她就看见北侧栏杆之外的边缘，站着一个秃顶矮小男子，没有抓着任何支撑物，双手自然垂下，双肩微微发抖。她感觉有一只沉重的鱼钩穿透了她的心脏，狠狠往下一拽。她在尽量抑制声音的情况下快步往前，离男子还有十步距离的时候停下，说：

“爸。”

她的父亲胡云志回头。他不到六十岁，但看起来远比其年龄衰老。他突然伸出左手，朝着女儿做出阻拦的手势，说：“你站住！不要过来！”

“爸，是我，一曼。”

“这里是犯罪现场！”他稍微弓腰，伸出右手食指放在耳边，“你听，有青蛙在叫，死人……在叫，活人也在叫。跟着声音，就有线索……”

他转向左边，慢慢往前走，右边脚掌有一半悬空了。

“爸！”

“小胡啊小胡，”他继续接近天台边缘转角，之前严肃的脸突然展露出微笑，“你立了大功，马队一直很看重你，你兢兢业业，一步一个脚印，实现了破案率的突破，为人民群众的生命财产安全，作出了很大的贡献……”

胡一曼紧咬嘴唇。她回过头，对副院长做了一个“过来”的手势。待副院长靠近，胡一曼轻声说：“你放松点，配合我。”副院长迟疑片刻，点点头。胡一曼右手一把夹住了副院长的脖子，强迫着他一起移动到月光更亮的地方，用更惯用的左手从皮带扣腰包里拿出了一把折叠刀，对着副院长侧脸。副院长身体抖动了一下，胡一曼说：“别动了，出事都是你的责任。”然后她抬高声音：

“打劫了！”

胡云志停住了，把头转过来。

“喂！”胡一曼大幅度甩动折叠刀，“有人打劫！”

父亲看着这一幕，眼神中满是迷惑，仿佛要在弥天大雾里找出一根蜘蛛丝。他沉默不动，胡一曼也不动，右胳膊能清晰地感觉到副院长脖颈上的胡茬子。

对峙的持续时间比胡一曼想象中要久。她感觉有一只看不见的沙漏替换了她的身体，沙子无情地从她的脑部方向簌簌落在脚步方向，等全部落下去了，她除了冲上去抓人，估计也没辙了。

“报告马队，发现情况！……好，我就在现场，我立刻处理，”父亲朝着没人看的方向说完这句话，然后转向女儿，“冷静一下，我是警察，快放开他。”

“你过来我就放开他。”

“快把刀放下。”

“你先从栏杆翻进来。”

胡云志又沉默了一会儿。然后他双手按着栏杆，往上一撑，简直可称矫健。但这一把没撑上去，身子反而往下缩。胡一曼差点惨叫，而父亲又加了一把力，这次撑上来了，腹部压着栏杆边缘往前一转，屁股着地。他按着膝盖徐徐站起，似乎是因为摔了这一下，刚才很严肃的表情变得有些蒙。胡一曼后退两步，说：“你过来。”他眨了眨眼，也就慢慢地跟了过去。胡一曼迅速收起刀，一把推开副院长，上前抱住父亲，感受到手掌心满满一把正在颤抖的皮包骨，她呼出一口长气。

下楼梯的时候，父亲仿佛已经完全变了一个人，一只手紧紧搂住胡一曼的腰，头部靠在她锁骨上。这让她不适，但她不能松手。

“英子，天冷了，回家吧。”

英子是他年轻时对胡一曼母亲的爱称。

“好，我们回家。”

在护工的帮助下，她把父亲送回卧室。给他盖上被子后，他抬着头看着天花板，眼神中有一种隐现的愁绪，嘴唇闭得死死的，但他的手依然紧紧握着女儿的手。胡一曼不得不把父亲的手指一根根掰开，收回被子里。

她和副院长走进办公室。一关上门，她说：“你们天台就不能安装铁丝网吗？”

“怎么可能呢？我们是敬老院，不是牢房。来参观的老人家，一抬头，看见楼顶上都是铁丝网，他们会怎么想？而且这本质上不是我们的……”

他把话咽进去了。

“你想说不是你们的问题？”胡一曼说，“是这个意思对吧？安排给我爸那个护工，你不是说他是摔跤队退下来的吗？我看着他一身横肉累累的，怎么连我爸都拦不住？”

“胡先生趁他回头，抄着输液架就砸，一点预警都没有，谁拦得住啊，我们也不能把他捆起来。”院长意识到自己态度过于急躁，咳嗽一声，在皮椅子上坐下，放低了声音，“小胡，你爸爸情况很特殊，大部分情况下人很老实，但有时候就突然翻脸不认人……你要是觉得我们管理疏忽，我们可以改进，但说到底，我们是敬老院。”

“我明白。不是精神病院。我当然明白了。”

“你阴阳怪气有什么用，这是事实。我们资质有限，不是什么情况都能处理的。为了令尊的晚年生活，你得仔细考虑接下来应该怎么办。”

胡一曼沉默着，把头埋在双手之中。她只能承认，副院长说得句句在理。

“胡小姐，”副院长双手交叠放在桌面上，身子往前倾，“我不想过分干涉。说到底，你是他女儿，在家属同意书上签字的人是你。你有决定权。你明白我的意思吗？”

胡一曼抬起头转向侧面，朝柜子上的镜子看了一看自己的脸。她看上去很疲劳，而且不管如何努力调动，都做不出嘴角上扬这么简单的动作。她用手稍微整了一下被风吹乱的头发。

“小胡？”

“给你们添麻烦了。我刚才没有伤到你吧？”

“没有。”

“你说的我会考虑的。我走了。”

胡一曼离开了副院长办公室。她来到父亲卧室门口，门已经锁上，她通过门上的窗口看了一眼，父亲已经睡着了。

谭怀胜认为自己最大的优点，就是不会让负面情绪占上风。他看过亚马逊创始人贝索斯早年的一个采访，对此心有戚戚。

贝索斯说，当他情绪低沉、犹豫不决时，就会强迫自己朝着目标作出一些最基础的行动，比如打一个电话、写一封邮件。只需要这么一点点直面问题的行动，立刻就能从泥沼中拔出腿来，重新掌控主动权。这一段访谈，看得谭怀胜直拍大腿。这不就是我吗！

相对地，他非常讨厌社交媒体时代的新兴富豪代表，尤其是扎克伯格。像许多富有抱负的企业家一样，谭怀胜特别热衷于吸收成功经验，所以当伊璇偶然和他提到，她很喜欢《社交网络》，那是一部讲创业史的经典电影，他立刻命令助手下载一部到他的安卓平板上。

皱着眉头看了三十分钟之后，谭怀胜气愤不已地把电影删掉了。这些美国年轻人，似乎只是开开派对、泡泡妞、在键盘上打几个字母，就有亿万美元砸到了脑袋上，根本毫无学习价值。而且这电影直击他的痛处：起步太晚。三十余岁的他依然觉得自己一无所有，根本不能和这些幸运儿相比。

在和投资方开会的时候，他也屡次遭受刺激。对面有年龄不到三十的顾问，英俊得像电视演员。一想到这些小崽子可能决定自己的命运，会前会后得朝着他们赔笑，谭怀胜就胃痛。

还是贝索斯好。当然，他也是网络时代的富豪代表，也在四十岁之前就赚到了第一个十亿美元。但他更像一个脚踏实地的生意人，而且很重要的一点是，贝索斯从二十岁开始看起来就很老相，毫无年少成名、飞扬跋扈的气质，所以让谭怀胜觉得亲切。当看到新闻说，美国媒体批评亚马逊工作流程过于严苛，仓库员工被迫在塑料瓶里小便，谭怀胜对着屏幕冷笑，说："你们懂什么，这就是细节管理。"

当公安就发现孙强尸体一事询问他时，他就遵照贝索斯原则办理了。没有必要慌张。他交代了几乎所有真相，主要阐明自己想弄清楚在火锅里下老鼠头讹诈的事，隐瞒了他曾经软禁逼问孙强，反正尸体也不会说话。他和局里领导打了声招呼，不希望有人到店里去侦查，以免产生不好的影响。领导说："我们做事凭证据，你只是报案的人，换个角度来看也是受害者，我们当然不会没事去打扰企业的正常生产经营。”

他还隐瞒了孙强说过幕后主使者是傅长松。如果警方去找傅长松的麻烦，他无所谓，但问题在于他下令把傅长松揍了一顿，如果节外生枝就不好了。

这件事办完之后，谭怀胜心里舒服了不少，但是在投资合同完全敲定之前，还不能放松。要是被投资方发现竟然揽上一桩谋杀案，那就倒大霉了。

他需要一切保持正常，这也包括严格遵循已有的日程表。今天是星期二，他去上每周两次、每次一个小时的泰拳课。想到伊璇，瑜伽、普拉提、爵士舞样样来，又想到那些因为拍纪录片，以及帮谭珺物色童星经纪而和伊璇联系上的影视圈男人，谭怀胜下定决心减减肚子，所以找了泰拳私教（贝索斯原则的再一次成功运用）。今日训练的时候，看着沙包，他不断出现幻觉。那沙包上的凸起和凹陷，越来越像有一具僵硬的尸体藏在其深处。为了驱散心中的寒意，他打得非常卖力，就连教练也夸他：“谭总你今天状态很好，打得真帅。”

中午回到办公室，谭怀胜一身酸痛，呵欠连连。他在房门外挂上“勿打扰”的牌子，将手机调成静音，在办公室沙发上小憩。醒来后，已是下午两点半。他常备两个手机，一个工作用，一个方便家人联系。他翻身坐起来，发现胡一曼给他个人手机发了信息，说有急事想见他。一般来说，只有当事情和谭家人有关的时候，胡一曼才会这样联系。谭怀胜回复：“我有十分钟，你在的话就尽快来我办公室。”

三秒钟之后就有人敲门了。

“进来。”

胡一曼进屋。她看起来非常迟疑，像正要越过一片不知其深浅的沼泽地。

“你等什么？有事直说。”

“谭总，”她说，“我想问一下，能不能给我爸爸转院。那家敬老院不太适合他。”

谭怀胜一边把手指当作鞋拔子，撑开鞋帮，把脚掌塞进去，一边抬头皱眉看着胡一曼。

“转院？”

不等胡一曼接话，他继续说：“帮我倒点热水。”

胡一曼拿起茶几上的玻璃杯，走到房间另一角。在背对着谭怀胜，用保温壶倒水的时候，她想，肯定不会顺利，但该说的一定要鼓起勇气说出来。她回到茶几前，把杯子递给谭怀胜。谭怀胜从衣兜里拿出一个小药盒，服用两小粒药丸，觉得起床气快收敛了，又沉默地盯着胡一曼看了一会儿。谭怀胜说：“德心是我们全市规格最高的敬老院了。我知道你孝顺，但是这没法再升级了。要是转到外地，那也不方便。”

“不是待遇的问题。我爸现在精神状态很差，可能要去正规的医疗机构。”

“他怎么了？你带医生去看过了？”

“没有。但是昨天副院长紧急叫我去，因为我爸突然打人，然后还逃到了天台上，差点跳下去。”

“那么夸张？”

“是真的。您可以问……”

“我说你撒谎了吗？”

胡一曼沉默。

谭怀胜站起来，来到镜子面前，整理衣襟和头发。在觉得自己可以出门见人后，他转过身，在胡一曼面前站定了。谭怀胜说：“小胡，我和你说实话。你这次趁我忙着跟公安打交道，瞒着我帮嘉烁搬家的事情，我非常生气。甚至可以说，我火冒三丈。你自己想想，我辛辛苦苦照顾你爸，帮他付一年二十万的看护费，让你什么都不用担心，而你呢，却和我那一天到晚脑子里不知道在想什么的女儿来欺骗我。换你，你会怎么想？”

“……对不起。”

“说对不起有用吗？我也不能开除你，我们两家认识这么多年了，我几乎是把你当女儿看待，你让我骑虎难下啊。而且你最近时间观念也不太好，听说你在上夜校？学的什么？”

胡一曼心中猛地震颤了一下。这本不应当让谭怀胜知道，至少他知道得越晚越好。她记得，自己在无意之间和相熟的员工提过一两句。只能怪自己不小心。

“哑巴了？”

“学建筑设计。”

正是为了希望有朝一日摆脱对谭怀胜的依赖，胡一曼才在夜大进修。她最重要的工作就是接送伊璇和谭珺，下午六点之后极少需要工作，所以才有时间。

“建筑设计。呵。学得进去？”

“还行。”

“不是我说你，关于前途和人生计划的事情，你完全可以和我商量。你一个女孩子，都二十八岁了，又不是什么美国名校毕业，学出来之后也很难办的。国家名义上是承认夜校学历，但正式的建筑单位看不看得上你的文凭，又是另外一回事了。你要是想靠工程挣钱，还不如找我，我认识的包工头多的是，让他们带你入行快得多。而且我跟你说，不要听到包工头就觉得是太阳底下晒得像块炭的老爷们，他们之中值得嫁的好男人也很多的。”最后这半句话，谭怀胜自认说得比较俏皮，有效消解了紧张气氛，但胡一曼毫无反应。于是他深深地叹了一口气，仿佛胡一曼逼他做出了特别艰难的抉择。

“你爸的事情，我放在心上。老胡是我这辈子最好的朋友，我非常希望他能安度晚年。你说他有精神问题，这肯定不是我们能贸然下结论的，我会安排医生给他检查，然后看情况决定。说到底，你要是想让他转院，手续还是得我来处理。去年才和这家敬老院续约了三年，要是现在不住了，我还得和他们扯皮退钱的事。”

他拍了拍胡一曼的右臂，微笑着说：“我今天批评你，你得承认，批评得有道理。但我也了解了，你确实是一个有抱负的年轻人。只帮我开开车、送送人，觉得对未来没什么把握，我也理解。放心吧，我不会干涉你求学，技多不压身嘛，但是我也打算给你提供更多的机会，让你熟悉一下整个企业的运转，这些我都会安排的。行了，你去忙该忙的，我要打个电话。”

胡一曼只好道别，离开办公室。

谭怀胜走到门前，瞅一下猫眼，确认胡一曼走远了。他想，有其父必有其女，贪得无厌。

他回到沙发上拨打电话，电话接通，他脸上也渐渐洋溢起交友时的笑容。

“喂，周院长？是我。哎，上次送你的眼部按摩机用得怎么样？什么？送给你老婆了？哪个老婆啊……哈哈，不开玩笑了，说正事。老胡的女儿，就是胡一曼，她最近去了你们院里一趟，说是出了点情况，好像挺严重，她家老头要跳楼。我就奇怪了，怎么没人通知我呢？”

02 乔迁之喜

中部

谭嘉烁的新居是个三十八平方米的一居室，位于四楼，没有电梯，临窗可见菜市场，每天有半日叫价砍价，热闹非凡。凌晨四点卡车列队卸货，载着冷链箱的四轮推车，碾压着有地砖翻起的人行道，污水四溅。墙内水管偶尔能传音，不知哪层楼幼崽号哭、桌椅拖拉、夫妻吵架，声音不断隐约回响但可辨识，像水泥深处埋了台电视机。对大部分刚工作两三年的年轻人来说，这样的住所也许不算差，但是除了大学寝室，这是谭嘉烁住过最局促的房子。她计算一下预期收入，大概能保证支付一年房租，接受现实，签订了合同。

她最珍重同时也最贵重的随迁物品是八大箱书刊画册，母亲的相册也放在里面，箱子全部满满当当，没有一箱她能亲手抬起半寸，只能拜托搬家师傅搬运，并按楼层收费。搬完之后和经验丰富的朋友聊天，才知每层多收了二十元。小小书架不堪摆放，只好把每个箱子沿着墙角推到底，导致床边没法下脚。

搬家消息一传出，朋友聊天群里一片惋惜，诸如“家里好好的房子不住，大小姐体验生活”“那边治安不好”之类怀着所谓好意的废话，令她烦躁。片刻之后，谢静私下说：“正好老同学过来，周末聚一聚，祝贺你乔迁。”谭嘉烁本无心情，但谢静现在既是老友，更是重要工作伙伴，不该拒绝。

星期六晚上五点，谭嘉烁看了看粉底盒化妆镜里的自己，焦虑又缺觉的状态，都张扬地体现在额头痘子和黑眼圈上。简单扑粉遮瑕，一时找不到聚会常用的鞋子，穿了双懒人一脚蹬出门。她叫了出租车，没想到路上堵得厉害，比所有人晚到半个小时。半路上谢静发微信消息说，来四号包厢。谭嘉烁有不好预感，这一聚似乎要比想象中隆重。

她无论如何没想到，方鸣也在场。

包厢里的雅致长桌边，除谭嘉烁一共坐了九人，方鸣在最外侧，对面没人，他朝她微笑，左手做了一个打招呼的手势，但肘部没有离开桌面。谢静朝左边挪了一个位置，坐在方鸣对面，让出自己原来的地方，对谭嘉烁说“快坐我旁边”给她解了围。

方鸣是谭嘉烁大学时的男友，或者说准男友。他和高中结交的女友异地恋三年有余，分手之后两个月，提出想和谭嘉烁在一起。她答应了。相处七天之后，她决定结束这段没有真正开始的关系。

谭嘉烁不是不喜欢方鸣。或者说，他是一个能让大学女生很容易去遐想一段美好恋爱前景的对象。在两人做朋友的三年里，方鸣不乏追求者。他头发柔顺漆黑，笑容富有包容性，身高傲人，手掌宽大而骨节分明，待人接物很有礼貌，相对地有些缺乏幽默感，但是在男生像猴一样活泼的大学环境里，这显得成熟。

让谭嘉烁自己也闹不明白的是，口头确认心意之后，日夜“请安”，漫长而无目的的交谈成为常态，过去那些互相憧憬和拆解谜语的乐趣就完全消失了，就像河底泥沙涌起般，挤破了水中美丽的小气泡。她为此也疑虑过好一段时间，怀疑自己是传统言情小说中的女二号，适合调情不适合谈情。后来一位女室友开解她，其实你早一点和他发生关系就没事了。但问题在于她没感觉，一设想和他裸身相对，她会感到烦闷和疲惫，甚至还有些滑稽。

直到今天，她依然感激方鸣相对平静地接受了分手，没有让这件事大范围地成为校内谈资。

“你们几个人好几年没见过烁宝了吧？”谢静双手高高抬起，像海军打旗语一样夸张地做出迎接手势，“来，欢迎大画家入座。”

有人很配合地开始鼓掌。谭嘉烁多少有些尴尬，但她迟到这么久，桌上还是一个菜都没有，说明大家为了她把点菜时间延后了。她不能忽视这样的好意。

“别瞎说，”她笑着说，“我只是一个濒临失业的落魄画工。我旁边的谢静编辑，是我的‘大腿’。”

“失业了？这么巧，我也失业了。”方鸣说。

“你怎么也失业了？”方鸣旁边的一个男生说，“你不是上个月才高升主管吗？”

“我没接受，有计划走走别的方向。说失业，可能不太准确。”

谭嘉烁几乎产生了怀旧感。这确实是典型的方鸣式对话。从一种轻松的调子开始，似乎预示着机智或者幽默的转折，但是来回一两轮之后，变成一本正经的陈述。

她看了看方鸣，和他的眼神相触。

“不愧是方鸣，这就叫有实力的人，手上有绝活心里不慌张。我现在经常加班十二个小时，我还想换家公司呢，但是得骑驴找马啊。”另一个男生说。

从这里开始，对话进入老同学聚会的常见套路。菜一一上齐，该说的话题也一一说透，工作甘苦、旧日重叙、婚姻愿景。稍微碰几杯之后，不胜酒力的谭嘉烁也放轻松了不少。她话不多，但感受到了微醺时独具的参与感，就好像每个人都在发光，每张脸都变得更亲切，每句话都像吸引赌徒的骰子一般掷地有声。她也单独和方鸣说了一些闲话，有关酒的甜度、料理的工序、某部即将上映的电影续集。她情绪很好，完全忘记了就在聚餐之前，眼前好几个人还在群里说过让她非常不开心的话。

“烁宝，脸朝我这边。”谢静突然说。

此刻自我意识没那么强烈的谭嘉烁，完全不在意谢静为什么突然提这个要求，只是喝了一口酒，把虾肉送下去，然后转向她。

谢静凑近她，左手抬起相机，右手在脸颊边比出V字，说“看镜头，笑”，然后拍了一张合影。她低着头，看了看照片说“还行”，然后开始迅速打字。

“为什么突然拍照？”谭嘉烁说。

“我要发张照片。”

“发给谁？”

“泰阳老师想看看我们在干吗，”谢静仍然背朝着谭嘉烁，一边低头继续打字一边说，“没事，我随便回几句。”

谭嘉烁皱眉，沉默。思维和情绪反应都变慢了，脑中像有薄薄一层雾气，待它们都消散后，她才想明白谢静刚才所说的几个字的含义。她感觉喉咙中酒液残余的甜味，似乎瞬间变质了，转化为一种过于饱满刺激的酸味。她把还有四分之一酒液的杯子放回桌面。

谭嘉烁突然很想对谢静大吼：你为什么要这样做？

平心而论，谢静是一个很好的朋友。她帮了自己很多，而且谭嘉烁也很习惯借助她弥补自己在社交方面的不足。但哪怕是在泰阳这件事之前，也多次有这样的时刻，让她想抓着谢静的肩膀使劲摇晃，说“你够了，你够了”。今天，她依然选择忍耐。

“谢静，你在和谁打小报告啊？”一个话很多的男生说。

“没什么，”谢静转过身来，把手机屏幕盖在自己领口下方，“是工作，已经解决了。”

“工作？是男朋友吧？”一个女生说。

“男朋友？怎么不叫过来啊？”先前的男生说，“让我们都看看素质怎么样，看了说不定我就对谢静死心了。”

谢静直视着这个男生，突然沉默了，把大家的注意力都吸引过去，一同屏息等待她的回答。在众人期待即将崩塌成冷场之前的一刻，她洒脱地把落在胸前的长发撩到肩后，笑眯眯地说：“我劝你还是趁早死心吧。”

这引起了众人空前的起哄。那个男生假装用餐巾纸抹泪。有人走到他背后，给他捏肩膀；有人鼓掌，或是手握成拳，像握着隐形话筒一样对着自己成〇形的嘴发出惊呼。这轰然的声浪，让谭嘉烁大脑嗡嗡作响，桌子似在震颤。自从入座以来，她头一次觉得好吵。酒精带来的欢欣感在迅速消失。她以几乎听不见的声音说了句“我去洗手间”，不理会有没有人听见，扶着椅背站起来，有些摇晃地走出包厢。

她来到洗手间门口，闻到了一种更强烈的酒臭和些微小便气味，顿时只想寻求新鲜空气，于是走到了餐馆外。她在马路边扶着防撞护栏蹲下来，感觉反酸，但除了一点唾液，什么都没呕出来。她能看见唾液中有一点点奶糊状的残渣，应是藏在齿颊里的虾肉。她再次感到一阵恶心，赶紧站起来，迎着清风吹过来的方向，使劲吸气。

“我暗恋你三年，你给了我七天。”

谭嘉烁转过身。方鸣站在前方不远处。可能是因为清醒了些，加上远离群体，谭嘉烁觉得这是今晚第一次看清他的模样。两人毕业不到三年，谈不上多大变化，她能明辨的唯一改变是他的左手腕，那儿曾是廉价的运动手环，现在变成了昂贵的商务腕表，勃艮第红色表盘，皮质腕带。

“我想吸引你的注意力。”方鸣说，“想来想去，没想出什么有意思的，只好陈述事实了。”

“暗恋的意思就是不一定有结果，不用我教你。何况你那时候有……”

谭嘉烁停住了，那都是过去的事。她不想进入这样的情绪。

“算了，我们不要说这个。”

谭嘉烁觉得自己有把话题引至平淡无味的义务，继续说：“你怎么到这儿来了？”

“刚才吃饭吃到一半的时候我和你说过了。”

“不好意思，我……”

“没事，你是有点喝多了。我来实地考察一下周边城市的营商环境。有几个朋友，可能合伙创业。”

“哦。”谭嘉烁停顿片刻，低声说，“祝你顺利。”

“我想知道这个城市值不值得我留下来。”

谭嘉烁没接话，从他身边走过，回到餐馆里。

饭后，谢静提出换个地方再喝。谭嘉烁说：“你们继续，有师傅要上门修水管，我要先回去。”

她背着包离座。一些人敏锐，明白这是借口，但没有为难她。他们纷纷挥手，说：“这么早，好可惜，下次聚。”

方鸣对她点点头，说：“再见。”还没走出酒店，她隐约听到他们在背后谈论：“哎，你们有没有觉得，她比大学时更内向。”

她打车回家，半路上打瞌睡，司机在闯红灯的行人之前一个急停，把她震醒。回家之后，本想收拾一下家什，实在精神匮乏，稍微洗漱就睡了。

第二天早上醒来，她依然头疼，脚步虚浮，看来昨晚不知不觉饮酒过量了。谭嘉烁打开手机，昨天到家之后半小时，方鸣给她发了一条微信消息：“到了家吗？报个平安。”她左手按着额头，心想，我什么时候加了他微信？她大学毕业前就把他删除了，而且这个号看起来是全新的。为了确认这一点，她检查好友列表，突然发觉不对劲。她在同一个位置上下滑了几遍，终于确定，傅宝云把她拉黑了。

这是两人唯一的联系方式。最初，谭嘉烁在傅家村打听到认识傅宝云家庭的人，随之找到了她的工作地点，但是不知她的住址和直接联系方式。

谭嘉烁本打算搬家结束后，立刻就联系傅宝云。虽然傅宝云严词拒绝了她，但是她非要见傅长松不可。

不久之前，她发现自己和母亲的一张合影，背面所写下的日期，是母亲身亡之后两日。朱琪芬死于 2003 年 6 月 12 日，这毫无疑问，当年的记录十分清晰。没有证据表明 6 月 14 日就是照片拍摄当日，也不知是谁在照片背面留下字迹，但它造成的疑问，在她思维中如黑洞一般高速扩张、侵蚀。询问谭怀胜毫无意义，反而不利于她。除父亲之外，她所知道的、唯一在 2003 年见过朱琪芬的人，就是傅长松。

这让谭嘉烁完全失去了收拾屋子的意愿。她想了想，觉得不应该太不礼貌，给方鸣回了句：“多谢关心，昨天我到家就睡了，没看见。”然后立刻简单收拾，出门。

八点半，她来到了傅宝云曾经工作的洗车场。员工说傅宝云不来上班了。洗车场老板老张说：“我还有她电话，我帮你打个看看。”

“您拨打的电话已停机。”

谭嘉烁要来号码，在附近公园绿化带坐下，接下来四小时，打了无数次，依然是“您拨打的电话已停机。”

希望只是欠费，没有换号，她想。

第二天，电话仍然打不通。

谭嘉烁预感不会有别的结果。

她在家里来回踱步，脚掌不时碰到满地都是的纸箱。然后她意识到了，还有一个人能帮上忙。

谭嘉烁从来没见过胡一曼这么憔悴。一开始她以为是因为阴云密布，光线太暗，但胡一曼整张脸发青，眼球布满血丝。通常，若发信息给胡一曼，她会第一时间回。但这次，谭嘉烁邀约咖啡馆见面，半个小时之后胡一曼才回复，并且比约定时间晚到了快一个小时。

“你没生病吧？”谭嘉烁说。胡一曼回答：“没有，睡眠不太好。”

“好吧。有件事我想问问你。”

“不能电话说吗？”

“有点复杂。是这样……”

在独自等待的一个小时里，谭嘉烁已经组织好了台词。既然找胡一曼聊这件事情，就有事情暴露给父亲的风险，必须谨慎。她沉默片刻，重新筛选了一下自己要说的话。

“我听说，最近我爸叫几个手下把一个人给打了。那个被打的人叫……傅长松。他有一个女儿叫傅宝云。我想知道……你有没有……听说过这件事？”

胡一曼的思绪立刻回到那一天。她站在监狱门口不远处，听见了谭嘉烁的手机铃声。

看来，一些也许和她无关的可疑事情正在酝酿。

“……一曼？”

“我听说过傅长松。你找他有事？”

“我主要是想找她的女儿。我和她……联系过，后来我不小心把她的联系方式弄丢了。”

“你从哪儿听说谭伯伯叫人打了傅长松？”

“就……我爸办公室里的人。”

“那你怎么不去问他们？为什么来问我？”

谭嘉烁欲言又止。完美规避了核心问题的谎言往往缺乏逻辑，外人听起来千疮百孔。

“嘉烁，”胡一曼的嗓音有些哑，“你爸不想让我见你。我帮你瞒着搬家的事情，他发现了。他对我非常生气。

“远不止是生气。他用我爸爸的生命来威胁我。他说会帮我爸爸找医生，不需要我操心，但他想表达的意思是，一切都由他来控制。除了他借给我的车钥匙，我一无所有。

“如果我再瞒着他帮你做什么事，他完全有理由把我开除。”

“不好意思，我不知道他……”

“你应该知道。你比谁都更清楚他的脾气。你是他的亲生女儿，都千方百计地要从他身边逃走，你觉得其他人会怎么想？当然，也有很多人赖着他，恨不得天天在他面前端茶倒水，说‘谭总，我可以干这个、干那个’。但是我想说，谭嘉烁，靠你爸来养活，但是不想给他跪着磕头的人，不止你一个。”

话音刚落，胡一曼有些后悔。她看见谭嘉烁稍微朝后靠了一下，就好像有一阵强风骤然吹过。胡一曼有怒气，但这些根本没胆量对着谭怀胜发泄半分的怒气，却用来迁怒感情上和自己站在同一战线的谭嘉烁，让她觉得自己特别胆怯、无能。

尤其是在谭嘉烁面前。

谭嘉烁身子微微靠前，从桌面下抽出右手，有些迟疑地伸过去，轻放在胡一曼攥紧的左拳上。不是紧握，也不是抚摸，而是像自由飘落的裙摆一样停留。

“我知道。”谭嘉烁说，“我了解你。”

“如果你了解我……”

胡一曼觉得喉咙里仿佛有温热的肿块，她尝试吞咽，垂下眼睛，把手收回来，用更清晰的声音重复了一遍。

“如果你了解我，就不要再用这些幼稚的话骗我。你和你爸爸之间发生了什么，我无权过问。而且，我觉得我也不应该知道。但是既然你找我帮忙，就把你的目的说清楚，不要遮遮掩掩的。我想和你正正常常地说话。”

虽然抽回了手，但是她的心跳随着这番话在逐渐加快，几乎难以承受。她还有一两个句子没说出来，却不得不停下。

“我想弄明白我妈妈是怎么死的，只有傅长松才能给我答案。我联系上了他女儿傅宝云，但是在我爸让人打了傅长松一顿之后，傅宝云不信任我了，她删掉了我们之间的联系方式。中间还有一些细节，但就是这么一件事。对不起，我不该在你面前躲躲闪闪的。”

“我没有傅长松的联系方式。但我有他……不对，是他女儿的地址。”

她在手机备忘录上写下霖中路 31 号旺秀小区，把屏幕转过去，给谭嘉烁看。

“我不知道具体在哪一栋，你可能要自己找一找。这小区不大。”

“没关系。”

谭嘉烁抄录了地址。胡一曼把手机收起来。

“谢谢你。”

两人之间沉默了一会儿。在往常，这就是胡一曼说“再见”，钻进车开走的时刻。但现在她只想在这里多留一会儿，和谭嘉烁待在一起。窗外积云很重，但一直没下雨。如果下雨了，也许她会下定决心再坐一下，无论那有多老套。她尴尬地意识到，自己桌上空空的，因为刚来的时候情绪很差，什么喝的都没有点。

“对了，还有一件事。”胡一曼说，“你认识秦东和余三这两个人吗？”

“秦东我有点印象。就是那个戴没有度数的眼镜，有撇小胡子……”

为了形象描述，谭嘉烁无意识地把右手食指横在鼻子下面，比作胡子。这个出乎意料的动作几乎把胡一曼逗笑，让她沉重的心稍微放轻松了一些。

“对，就是他。那个总和他一起混的光头，就是余三。是他们俩对傅长松下的手。所以你小心一些，避开他们。”

“好的。”

“不管你打算做什么，傅长松再怎么说也是杀过人、坐了二十年牢的人，你不要在任何场合单独和他在一起。”

“我懂。”

“那，我们今天说的话……”

“我爸不会知道的。”

胡一曼点点头，她看了看窗外，心跳总算恢复正常了。

“嘉烁，那今天还有别的事吗？”

“我找你就是特地说这件事的。你是不是要忙别的了？”

“我不忙。我是想说……我觉得我们应该少见面，免得谭伯伯起疑心。如果是我工作分内的事情，那当然没问题。但如果是你不想让谭伯伯知道的……”

“你说得对，我也有这个意思。我不能老为自己的事麻烦你。”

“如果没有别的什么事的话，我还想再坐一下。”

“那……我先走了。”

“嗯。”

谭嘉烁站起来，离开咖啡馆。胡一曼把头转向右侧，朝着窗外。片刻之后，她看见了谭嘉烁从前方的人行道上有些匆忙地远去。以往的分别，总是胡一曼驾车，把谭嘉烁远远地甩在身后。今天她决定成为那个留下的人，目光追逐她的背影，试图找出她选择的方向。看看就好，因为她们无法同行。

03 卧室里的冰柜

中部

荣华街口曾有四大去处：海鲜粥店、电影院、桌球城、洗浴会所。现在电影院倒闭了，桌球城因为赌球频繁被查封了，洗浴会所老板买下了海鲜粥店，打桌球去休闲区，看电影去影音房，也有麻将棋牌，各产业整合，喜聚一栋楼，只是年轻恋人们再也不爱来了。这里充斥着成倍的青壮年男子，大多是熟客，他们吃夜宵时进去，夜半时出来。有人烂醉，有人身边多出一女子，这些女子们装束风格近似，不带出租车标识的客运车已在路边静候。总有至少一打代驾司机守在会所门外，谈趣事，谈往事，谈梦想。

这些代驾司机是傅宝云夜宵摊的第一批常客。摊位在荣华街口往南走的第一个小巷里。出摊第一天，三个代驾逛到巷口，其中一个说："这儿开了个新摊子，要不要尝一尝？"另外两人犹疑时，宝云赶紧说："大哥看看吃什么，各种炒菜炒面都有。我们刚开业，米饭免费，酒水七折。"代驾说："妹子，我们搞代驾的，给我们推销酒，要害死人啊。"傅宝云脸红。代驾笑着笑着，也就坐下了。

他们吃着聊着，一个人谈起，他前日在有小孩的车里不小心打了个喷嚏，客户便叱责起来，持续到下车。第二天这人还不依不饶地投诉，说："我现在一只手打电话，一只手放在我儿子脑门上，烫手的，你知道吗？"最后老板为息事宁人，退了费用又扣了他三百，他心痛不已。又提到家中老人病重，东拼西凑医药费，只能饮泣吞声。

一人欲安慰，拍他大腿说："别想那么多了，傻子天天有。"反而惹得那人激愤，说："钱没扣到你头上，你插什么嘴？"又一挥手，把一盘小炒肉掀翻，盘子摔得粉碎。正在颠勺的傅长松看了一眼，说：“没事，小兄弟，这盘不算你的，我再给你炒一盘，下不为例啊。”于是这三个人第二天又来了，第三天带着双倍的人来了。

一开始，傅宝云担心父亲没做过这行，干不来。但傅长松在牢里，因为表现良好，各种岗位都做过，包括犯人们都向往的厨房。那里没有带铁栅的窗户，四壁是用心擦洗就会发亮的瓷砖墙，是整个监狱最不像监狱的地方，而且在那里有机会掌握菜刀，意味着你得到了狱警极大的信任。做牢饭，唯一能教会一个厨师的，就是用量准、手脚快，而这就是在夜宵摊炒菜的诀窍。至于口味，舍得用油，多倒生抽，就好办。于是很快演变成父亲掌勺，女儿切配上菜。第一天，他们带了两张供食客使用的折叠小圆桌，六张小板凳。两周后，他们备上了三张圆桌，十二张板凳。这些东西，加上一些食材和工具，已经是他们小推车的载物极限了。

傅宝云觉得，如果是她和母亲，肯定做不出这样的成绩。母亲手脚更利索，但她身子一直没有明显好转，饭量也小。而且有父亲在，她能明显感觉到，一些客人不那么友善的目光从她身上移开了。

今天生意也一样喜人。傅长松整个人被烟火环绕。他说：“宝云，豆芽不够用了，炒完这两盘就不卖了，你先到刘阿姨那里去借一点。”

宝云擦擦手，走向街对面。一个刘姓老太太，六七十岁，独守一个小摊，除了炒面、炒米粉不做别的，多了做不来。听说家里有一个老伴，但宝云从未见过，也不好问。夜宵讲究个气氛，往往客人到了她摊位前，只感受到一股冷气，也就走了。于是她又悻悻坐下，双手合十，指尖朝下夹在膝盖间。

“刘阿姨，我想借一点豆芽。”

“好。”

刘阿姨笑着站起来。虽然不是客人，但她一向欢迎傅宝云来和她说说话。她拿出一个一次性塑料袋展开，把摊位上的豆芽菜往里塞，直到几乎装满。

“够了。”傅宝云赶紧把袋子接过来，“明天我给您算。”

这已经是第三次从刘阿姨这儿借菜了。刘阿姨生意不好，所以傅宝云不会按量归还，而是收摊后或者第二天，以略高于菜市场的价格付给她。第一次，刘阿姨推托，最终还是收下。

“你爸炒的菜越炒越香噢。”刘阿姨说。

“还行吧，做习惯了。”

和刘阿姨说话，让傅宝云觉得自己是个小孩子。刘阿姨总会问她诸如有没有吃饱、天是不是太热、是不是穿了新衣服之类的话，还会夸她“宝云好能干噢”。刘阿姨就爱和她说这些小学语文课本里那样的词句，仿佛面对着一个刚入学的孙女。

傅宝云回到自己的摊位，父亲看看她，朝着自己的锅点点头，她掏出一把豆芽扔进锅里。这时，一个没戴头盔留板寸的胖子骑着电瓶车在摊位面前停下。宝云认得这人，他来过好几次，给包工头打下手，常批量购买夜宵送到工棚。

“哥，十份炒饭、十份炒粉，每份摊一个煎蛋，加急，我过会儿来拿。”

一说完，不等回答，他就骑车飙走了。

“这脑子缺根弦的，没看我们多忙吗？”傅长松皱眉。

“要不分一点给刘阿姨吧。”

傅长松看了看胖子远去的方向，确认他没有回头，又看看刘阿姨的摊位，说：“让她做五……六份炒粉。用我们的猪肉，比她家的新鲜。”

“好。”

这让傅宝云心情舒畅。她带上食材，即将再次穿过马路时，突然听到旁边的声音：

“傅宝云。”

她知道是谁，转过身，看见了谭嘉烁。谭嘉烁看起来有些紧张，站得笔直，右手紧紧捏着单肩包的带子，身旁电线杆的阴影划过她的头顶。

“你怎么在这儿？”

“我花了一点时间找过来的。”

谭嘉烁根据胡一曼提供的地址找到旺秀小区，从邻居那儿问到了傅家的楼号。但是对于直接上门，她心中有些畏惧，而且这样入侵性太强，肯定会带来不好的印象。于是她在街道对面的酒店里，找到了一个能看见小区出入口的房间，一整天盯着窗外，直到看见父女俩把摆摊小车推出来。今天两人一开始做生意，谭嘉烁就在附近看着了，她想等待他们比较闲的空当，但这个时机一直没有到来。她只好一鼓作气走上前去。

“我等下再和你说。”傅宝云说。随后，她赶到刘阿姨摊位面前，把事情交代了。刘阿姨也看出了她的不愉快，没有再闲聊，起身给炒锅下油。她回到谭嘉烁面前。

“我都把你删掉了，不明白我的意思吗？”

“我知道。打扰你真的很抱歉，但我一定要和你爸爸说说话。”

傅宝云看了看父亲，叹了口气。她本来以为自己可以放下这件事了，但是当谭嘉烁又出现在眼前，她想不出能用怎样严厉的词句，才能立刻拒绝她。

“你回家去，好不好？你这样我很难办。”

“我和我爸已经不联系了。”

“什么？”

“我没有资格代替我爸向你们道歉。他是他，我是我。我在这里做什么，我爸不会知道的。”

傅长松看向这边。他察觉到不对劲。

“宝云？”

听到父亲叫她，傅宝云只好回去。

“那是客人吗？”傅长松问。

“……不是。”

“你认识？”

傅宝云点点头。

“如果你有事的话，我们早点收摊。”

“没事。等会儿再说。”

傅宝云说完，托起刚刚炒好的一盘菜，送到客人桌上。她一直看着路面，心思纷乱。她不想让父亲知道，自己曾经为了钱，把谭怀胜的女儿带到他面前。客人在她背后说，麻烦再拿一双筷子过来，说了两次她才听见。

父女俩就当作没事发生一样，忙了一会儿。傅宝云看见谭嘉烁退到电线杆后面，在马路牙子上坐下刷手机。看来她是不会走了。

“拿一张凳子给她坐一下。”傅长松说。

傅宝云看一眼父亲，咬了咬嘴唇，抄起一张小板凳，快步走到谭嘉烁面前。谭嘉烁抬头，傅宝云放下凳子。

“这边路很脏的，你坐这个。”

“谢谢。”谭嘉烁挪到了小板凳上。

“你要保证，别把你想收买我的事情说出去。”

“那当然，我不会说的。”

傅宝云没辙了。话已至此，已没法再驱逐她。

“我也不知道什么时候会收摊，至少要做到一点钟。生意好的话就不一定了，两三点都有可能。”

“没关系，我等。”

“……这可是你自己说的。”

谭嘉烁看着傅宝云，点点头，从包里掏出了充电宝。

傅宝云回到摊位，傅长松不再过问。

两点四十五分，傅长松关掉了燃气灶。整个街口完全安静下来，偶尔可见成群结队的流浪犬来来去去。刘阿姨一个半小时之前就收摊了。傅宝云把扔在地上的饮料易拉罐一个个捡起来，倒掉残余液体，把它们踩平，扔进一个麻袋里。

“行了，我来弄，”傅长松说，“去找你朋友吧。”

“爸，其实……”

“怎么了？”

“她要找的人是你。”

“找我？”

“她是……”傅宝云深吸一口气，用些微颤抖的声音继续说，“她叫谭嘉烁，是谭怀胜的女儿。她想和你说几句话。”

傅长松神情立刻严肃起来。他从女儿身边走过，把桌子一张张折叠起来。傅宝云像罚站一样钉在了原地。

“爸，要不我们走吧，你不用理会她。”

“没事。”傅长松把桌子放到推车上，声音很平静，“你把她叫过来吧。”

傅宝云转过身。谭嘉烁因为腿脚发麻而调整姿势，到现在就没动弹过，感觉到对方的目光，抬起困倦的眼。傅宝云朝她点点头。

傅长松看清了那女孩。路边旅馆的霓虹灯招牌高悬，廉价的紫红色灯光投射在身上，让她显得更加忧郁疲乏。谭嘉烁在左脚踏进污水之后才突然察觉，像踩到蟑螂尸体一般身子一歪，朝旁边一蹦。她睁大眼睛，但眼神胆怯。于是傅长松立刻明白了，她不是来找麻烦的。

“别在马路上说话，到这儿坐吧。”

傅长松抄起三张板凳，到人行道上一家超市紧闭的卷帘门之前一一放下，自己先坐下了。谭嘉烁用脚尖把凳子稍微朝后挪了挪，慢慢坐下来。虽然腰部以下几乎完全隐没在夜色中，她还是拉一拉长裙，完全遮盖住了小腿和脚踝。

“你来吗？”傅长松对还在马路边上的女儿说。

“我继续收东西。”

“那你先忙。”

傅长松把注意力转向谭嘉烁。

“我女儿说你想和我聊聊，你们怎么认识的？”

“我想找你，先联系上了她。我们只见过两三次面。我爸是不是派人来骚扰你们了？”

“他手下的人打了我，摔坏我一个手机。后来又到我女儿上班的地方，对她动手动脚。我完全不知道他为什么要这样针对我。你知道吗？”

谭嘉烁摇摇头。

“有什么话你就直说吧。快三点了，我们回去还要休息。”

“是不是你杀了我妈妈？”

第一个问题应该是什么，谭嘉烁考虑过许多种可能，但从没想到过这一个。她是在两秒钟之前做的决定。

“如果你相信法律，那就是我杀的。但我没有杀她，2003 年 6 月 12 号，我没有杀任何人。”

“和她在一起遇害的男人是谁？”

“你是真的不知道，还是在看我会不会撒谎？”

“我不知道。我之所以想找你，就是因为我爸什么事都不告诉我。”

傅长松双手抱在胸前，沉默了，时间长到足够让谭嘉烁感到紧张。她用眼角余光扫了一下背对着这边、一直收拾东西的傅宝云。

“你说他什么都不告诉你，具体是什么意思？他不想和你谈这些事？”

“不是感情上的问题，他觉得所有人都应该忘记。”

“所以你来找我了。你心里不害怕吗？”

“有宝云在。我觉得你不会在女儿面前对我怎么样。”

“你今年几岁了？”

“二十四岁。”

“那当年你才四岁。”

“那……那又怎么样？”

傅长松把手放下来，搭在膝盖上。

“另外一个人叫赵英涛。”

谭嘉烁头一次听到这个名字。

“他是我的同事，也是我多年的朋友。他和朱琪芬都死在现场。现场发现了大约十万元现金。凶器是一把刀，公安说上面有我的指纹，这就是全部了。你还有什么想知道的？”

“当年报纸上只说了案发地点大概在哪个区，具体地址是哪里？”

“鹞子街 77 号，那里以前——很久以前，是木材加工厂，后来干不下去了，剩下一些仓库出租。5 号仓库是我的，他们的尸体在 5 号仓库一个放工具和报废设备的杂物房里面。我说过，赵英涛当时是我同事，所以我们会定时到那里碰头，处理生意上的事情。6 月 12 号就是这么一天。我们约好晚饭后，大概八点，我去找他，八点十分到仓库外头，但他已经死了。”

“是你发现尸体的？”

“不是。我根本没有见过尸体。我还在仓库外面的时候，就被抓了。后来到了局子里，我才知道发生了什么事情。我在审讯室里坐了一个小时，公安进来，头一个小时，咬定是我干的。我就实话实说。当天晚上进了看守所。第三天再提审，这一次他们好像又不那么咬定是我干的了，回头想起来也可能是唱红脸白脸吧，就详细问了一下我和他们之间的关系。我不认识朱琪芬，也从来没有见过她，至于她和赵英涛之间有什么关系，我不知道。赵英涛从来没有和我说过他认识这么一个女人。但最后还是定罪了，核心证据就是那把刀，那十万块钱，还有……”

傅长松低下头。

“还有什么？”

“这么说吧，我不是一个老实的生意人。如果那天不被抓，可能迟早也会被抓。能除掉我，对公安来说是一件功劳。”他自嘲似的笑了，“为人民办了一件大好事。”

这是他本不打算说出来的一句话。那两年，在全省铺开的打击黑恶势力行动中，每个地区都需要交出一份成绩单。傅长松明白，他是值得出现在那样一份成绩单上的。但是现在，他不太愿意回忆当年的生活细节。他曾是一个浑身带刺的人。二十年牢狱生涯，像起钉钳一样，日复一日地绞住这些钉子再掀起，试图把他打造成一个身体平整的、有资格安睡的人。它们留下的洞口永远不会愈合，若傅长松有片刻准许自己对当年产生怀旧思绪，血就会涌出来。

那天在洗车场，他轻易打倒了两个年纪不到他一半的人。那不是所谓“平等”的打架。他从后偷袭，用上了对方没有的武器。那是他出狱以来心情最好的五分钟，是那些伤口内的毒素仍然在蠢蠢欲动的明证。

“你从来没见过朱琪芬，那至少警方查案的时候你见过她的样子吧？”

“当然。我看过她活着时的个人照，还有尸体现场照片。”

“当年你认识我爸吗？”

“我们见过，只是见过，生意上和个人上都没什么来往，我也不知道朱琪芬是他老婆。他当时是怎么回事，你只能问他。”

“赵英涛还有家人在吗？”

“他爸他妈，我见得很少，也不知是不是还活着。他有一个老婆，叫卓丽，和一个当时在上幼儿园的儿子，我也没怎么见过，好像一般都在爷爷奶奶或者外婆那里。自从被捕之后，我再也没有见过他们。”

“你有卓丽的联系方式吗？”

“个人联系方式？没有，我只有她家座机号码。何况都已经二十年了。但如果你想知道，我可以把他们家当年的地址告诉你。”

“请告诉我。”

“双莲镇，城北路 7 号。”

“双莲镇？离鹞子街挺远的。”

“当然远，在县城。但是当时赵英涛基本上不住家里，他在鹞子街和我做生意，过他自己的日子。”

“爸，”傅宝云转过来，一边抹额头的汗水一边说，“一个人能收的我都收好了。”

“好。”傅长松回应了女儿，继续对谭嘉烁说，“你还有什么要问的吗？我们到家都快要五点了。”

谭嘉烁深吸一口气。她打开手提包，用手机灯照着，从里面拿出了那张合影。她把它轻轻递出去，继续用手机灯照亮其表面。

“这是什么？”

“我想让你看看这张照片。”

“能让我拿着吗？光线不好。”

“……可以。你手轻一点。”

傅长松不仅接过了照片，还出乎谭嘉烁意料，把手机也取走了。双手中突然空荡荡的，谭嘉烁的心随之下沉。她没有做好让其他人乃至任何人接触那张照片的准备。

傅长松说：“这是谁？”

“什么？”

“我没见过这个女人。”

“……你再看看。”

“感觉有些年份了。我确实不认识。”

“但是你见过我妈妈的……”

“这是朱琪芬吗？”傅长松把手机灯光换了个角度，又仔细看了看，“绝对不是。”

谭嘉烁沉默了。她伸出右手捏住照片一角，但是抽不回来。傅长松手里用力了。

“你在耍什么把戏？”傅长松说。

“还……请你还给我。”

他松手。谭嘉烁赶紧把回到手里的照片翻过来，咬着嘴唇抚平被拧弯了的一小部分，收回包里。

“没事了吧？”

谭嘉烁不回答，也不抬头，双手捏紧单肩包口，整个人仿佛定住了，成了整个午夜的一部分。

“谭姑娘？”

她站了起来，微弱地说了一声“谢谢，我走了”，然后转过身，没有和傅宝云打招呼，拉紧单肩包带子，低头快步朝前走。

“嘉烁？”宝云朝着她远去的方向说。

谭嘉烁没有回答。有两只野狗跟上来，追寻她的气味。如果是在平常，她一定会紧张，但是现在却毫无感觉。她只是走，也不管眼前是不是来时的路。

“嘉烁！你叫个车吧！”

听见宝云的声音，谭嘉烁走得更快，在转角处消失了。

“四点了，她一个人……”

“没办法。”傅长松说，“她现在不想理我们。快把剩下的弄好，回家吧。”

父女俩展开一张大防水布，把推车上的物件都遮住，然后一人牵住绳子一头，试图把它们整个捆好。

“不行啊，你这里根本没放整齐，捆不住。等下。”

有东西一直往外漏。傅长松只好把防水布拿掉，重新整理。

“对不起。”傅宝云说。刚才虽然在干活，但是她把对话听了个八九不离十，导致分心了。

虽然推车有个三轮车头，可以踩踏，但是因为太重了，加上路面不平整，还不如两个人推着走。傅长松在前方把握车头，傅宝云在侧方向加把力。父女俩就这样缓慢前行，仿佛赶着一头老弱病残、挪不动身子的老黄牛，长久地一言不发。

在城中央大道上，总有选择午夜现身的高级跑车飙过，引擎声轰然，仿佛要牵引着整座城市和它一同向着赤道的方向坠落。这些跑车从不单独出现，父女俩不得不在路边停一下。

“爸，”傅宝云说，“其实……你出狱的时候，我看见你了。”

傅长松难掩自己的惊讶。

“你去接我？”

“不是。谭嘉烁早就想见你了，但是她不知道你出狱的时间和地点，所以想让我带她去。”

“你答应了？”

“她答应给我钱。”

“你收了吗？”

“收了，后来又退了。”

“这姑娘真不简单。”

听过刚才两人的对话后，傅宝云觉得，就算她把和谭嘉烁做交易的事情说出来，父亲也不会责怪她。她猜对了。回头来看，那发生在她和父亲真正认识之前，是一件小事；它和父女俩昼伏夜出、辛苦而不乏满足感的生活比起来，是一件微不足道的事。

谭嘉烁起床、刷牙，拉上遮光窗帘，然后工作。她不吃东西，不关心屋内外的一切噪声，她在平板上做好了童书草图的待完成列表，然后仿佛变成了一台机器。一整天，她的双手几乎只碰触过水杯、胶囊咖啡机和触控笔。

下午四点，当脑中突然闪现鹞子街 77 号 —— 傅长松提到的朱琪芬身亡现场时，她停下了，在平板上打开搜索引擎，查询这个地址。翻阅四五页搜索结果之后，没有找到任何有用的信息，这多少是在预料之中。由于城市建设，鹞子街在行政区划上早就不存在了，当年的居民也大多迁移，如今它只是存在于少数市民脑中的地理记忆。

这短暂的分心，破坏了沉浸的工作状态，让一连串火花在谭嘉烁大脑中炸开。火花，占据她身心的词语，最简单的音符。妈妈、妈妈、妈妈、妈妈……往常，这会让她同时感到感伤和温暖，但是如今却觉得有无数蚂蚁从大脑沟回中爬出来，让她头皮发痒、呼吸困难。傅长松说那不是朱琪芬。谭嘉烁还没有做好准备接受，遑论处理这一信息。幼时记忆不连贯且模糊，但是总有一些时刻，像穿越云层的雪山峰顶，显露在自我意识的天空下。妈妈的笑容是真的，发丝是真的。她蹲下拥抱谭嘉烁时，随着裙子落下来的一阵轻风也是真的。

母亲的墓碑上没有照片。谭嘉烁记得多年前随口问过为什么，谭怀胜的回答是，你妈走得太早，在碑上放照片的话太多过路人指指点点，她在下面会嫌吵。这是一个很合理甚至足够温柔的回答，而且无照墓碑也很常见，所以她没想太多。就她所知，父亲的新家庭中，也没有存放母亲的任何纪念物，包括照片。她对此的一贯看法是，无论从感情和理智上如何看待，这是理所当然的事情。

这些曾经的理所当然，现在都化作了无数玻璃碎片，是一面通向过往的巨大镜子的一小部分。但她无从知晓它一共碎成了多少片，又有多少片飞溅散落在了某个她从未听说过的角落。

她做过心理准备。能和傅长松说上话，可能只是追寻答案的开始，但真相比她想象中要更遥远。她把平板电脑上的搜索页面划掉，趴在桌子上哭了一会儿，起来之后擦拭眼泪，用掉了十来张抽纸，然后继续工作。只有把自己整个人凝缩成一个光点，没入那无限延伸的线条和色块结构之中，才能暂时把力量灌入疲惫的身体。

夜里九点，谭嘉烁感觉到右手筋腱出现拉扯式的隐痛。她放下触控笔，又花了一个小时把已有作品整理好，附上一些说明发给了谢静。她本打算洗个澡，然后到床上躺着，没想到刚把热水器打开，谢静就来电话了。

“这是你刚弄完的？”谢静问。谭嘉烁回答:“是啊，我准备睡觉了。”

“这么快，你这几天画了多长时间啊？”

“有空就画呗。你们不是急着要吗？你明天早上发给泰阳老师？”

“不急不急，先给美编看看，汇总一些引导性意见，再分阶段发给泰阳老师，像给老人喂流食一样，让他好消化。你动作这么快，离截稿还早，你全发给他，他悠悠闲闲和你来一句，不够洒脱，差点意思，全给你打回来。”

“有道理，那就拜托你给他喂流食了，我可不干。我困了。”

“你休息吧。辛苦你了烁宝，爱你！”

完成工作的成就感，加上这一番社会化交谈，让谭嘉烁放松了一些。

半夜她醒来了一次，发现枕头上有泪水。

第二天早上，谭嘉烁神清气爽了许多。仔细想来，无论昨天有多痛苦，她终究是朝着目标前进了非常重要的一步。这一步思路打通之后，昨天晚上因为搜索已经消失的鹞子街而产生的如无头苍蝇一般的焦虑，也神奇地消失了。她赶到市图书馆，这里有新中国成立以来出版过的所有全市地图。

到了夏天，牢房里总是热得不可忍受。

但是牢房比家里的卧室要舒服。

蒋蕾的卧室里有一台空调，制冷装置坏了，只能以极大噪声的代价吹出温热的风，索性不使用。傅长松提出过找人上门修，蒋蕾说还没到开空调的时候，这事也就暂时搁下了。现在，两人依靠的是头上老旧的三叶吊扇，开到两挡以上它就幻想自己是反复起落的直升机螺旋桨，没日没夜摇晃。

自从回家来，夫妻俩还没有同在一张床上躺过。蒋蕾的床只有一米二宽，傅长松用竹席打地铺。自从生意有起色后，家里添置了一个庞大的二手冰柜。因为蒋蕾说放客厅难看，碍手碍脚的，宝云不好走路，于是还是放在他俩卧室，不仅让傅长松更没地方伸脚，又多了一个噪声源。

他不介意头朝着冰柜那一侧。白色的柜体让他想起监狱厨房里的白瓷砖。

早上五点钟才到家，现在快六点了，傅长松还是没睡着。他听见背后传来窸窸窣窣的声音。蒋蕾醒了，轻手轻脚下床，跨过丈夫的身体，走出房门。傅长松一直闭着眼睛。她扯亮厕所的灯绳，用完厕所后冲水，他都听得见。蒋蕾顺着原路，再次跨过丈夫，回到床上坐下。傅长松听到床板的吱呀声，以为蒋蕾又睡下了，但片刻之后，他感觉到蒋蕾在他背后躺下，双手抵着他的背部。

他听见妻子说："老傅，你没睡着？"

老傅。入狱之前，从来没有人这样叫过他。

蒋蕾的一只手放在傅长松肩膀上，说："你朝我这边。"傅长松说："睡觉。"蒋蕾说："睡不着。"傅长松说："安安静静就能睡着了。"蒋蕾说："静不下来。"

傅长松转过去。两人沉默了一会儿，蒋蕾把自己当作睡衣用的白色薄衫脱掉了。然后她去拉扯傅长松的背心，他就由着妻子。背心脱掉后，傅长松抱住了她，这是他出狱后第一次和妻子裸身相拥。在黑暗中，看不见妻子的脸，但是他非常清楚，双手之间的这副躯体，和二十年前的她已经没有任何相似之处。

结婚时，傅长松根本没设想过会和蒋蕾一辈子做夫妻。当时他父亲确诊晚期前列腺癌，自知时日无多，希望能抱孙子。傅长松在和自己有关系的女性之中选择了蒋蕾。她是一个家境贫寒的农村女孩，非常怕他，非常听他的话。婚后，她有时在街坊院落里，一边织毛线一边和邻居主妇聊天，几乎句句都是“我老公昨天”“我老公说的”“我老公不让”“我先问问我老公”。

他在黑暗中尝试了一下，往前推。过了一小会儿，蒋蕾说：“你是不是不方便？我现在胖了。”她把床上枕头拿下来，递给丈夫。傅长松把枕头垫在妻子腰下，双手撑起身体，又试了一小会，没有什么变化，就下来了。

蒋蕾说：“要不要到床上？好躺一点。”傅长松说不麻烦了。蒋蕾沉默了一会儿。他们肩并肩躺着。

蒋蕾说：“你陪我说说话。”

傅长松说：“好。”

“我算过了，再做一年，我们就可以盘家小店，不用这么辛苦了。当然自己开店也辛苦，那是另一种辛苦，划得来。”

“我们这个房子，小是小，现在门口的路眼见着就要通车，周边很快热闹起来，马上就升值。”

“我有没有和你讲过，我们这个鬼小区喔，那时候骗我们首付，说关系已经做通，房产证很快就下来。后头出了好多事，还有人组织去住建局催他们解决，幸好我没去，去了我看就要上黑名单，以后政府处理你的事情，专门给你拖。”

“你这段时间和宝云相处得多，你觉得她有没有处男朋友？”

“不清楚。感觉没有。”

“都怪我，那时候就应该坚定立场让她去复读，我自己再俭省一点，还是供得起她读大学的。她非要来陪我吃苦，我怎么就脑子一热，随她了呢。”

“有个事我跟你讲一下，住三楼的老板娘，开棋牌室那个，她儿子读完研究生在找工作，我见过一次，人有模有样，还蛮有礼貌。老板娘告诉我，这个儿子有出息，但是人不主动，不管管他，恐怕三四十岁都结不了婚。老板娘自己蛮喜欢我们宝云的，主动提要不要年轻人交换一下联系方式……”

“人家是研究生，这登对吗？你自己想想，不要老板娘说什么你都信。”

“哎，也有道理……”

然后蒋蕾继续说、循环说，这些话题就像散落在地上的金银财宝，她只能带走一件，却又不甘心，频繁地拿了又放下，放下又转而提起。她兴致勃勃，享受着和丈夫几乎是单方面的对谈。

傅长松猛地抬起身子，吓了蒋蕾一跳。她说：“你不睡了？”傅长松不睬。蒋蕾说：“是我不好，不吵你了，你继续睡。”傅长松说：“你就留在这屋里不要动。”然后他穿上衣裤，快步走出卧室，一脚蹬进凉鞋，打开大门下楼，没有关门。

晨光还隐在夜雾里。傅长松下来了，却并没想好该去哪儿。燥热像要把他的眼珠子融化。不远处的墙面上，铺着一些从小区外爬进来的藤蔓，像歪歪斜斜的墨绿色栅栏。他产生出一种冲动，上前一把抓住一股藤蔓，使劲朝外扯。他听到令人愉悦的破裂声，尘灰飞散，墙壁上露出坑坑洼洼的痕迹，藏在下面的小虫四处逃窜。

二十年。

他猛地把前额撞在墙面上，然后又撞了一次。集中爆发的剧痛，消减了让他发狂的燥热。他张开手，看着掌中断裂藤蔓的残肢和相伴它们的泥土。几乎乌黑的血从额头顺着面颊沟流下来，滴在掌心。他听见背后有人跑过来，他以为是妻子，转过头，说：“我不是说了让你别——”

但眼前一个人都没有。

04 遗像

中部

谭嘉烁坐在老旧的公交车上，失修的城郊公路颠得她晕乎乎。方鸣发来一条微信消息：“本来星期日要回去，和合伙人商量了一下，觉得应该更深入调研，要多留几天。”

这两天，他们有一搭没一搭地聊了十来句。谭嘉烁把这归结于自己对手机的依赖，而不是主动和他交流的意愿。她不想让方鸣觉得自己太不礼貌，这也是和老同学交流的麻烦之处，如果让其中一个人觉得不愉快，这样的负面印象会很快传遍小集体，而且就连他们共享的青春记忆，也会被反刍似的定义成“她以前就是这样”。

方鸣多次提到“调研”，显然是在等待谭嘉烁询问，具体什么调研呢，以此为契机铺陈他的自信，引诱她走进他的生活。谭嘉烁不在意，或者说，对这样的明显意图，不反感却漠然。就像在欣赏现代舞蹈时，舞者朝着无一物的远方伸出渴求的手，富有经验的观众预见到这样的艺术表达，不会感动流泪，只会想：接下来呢?

让视线在街景和手机屏幕之间来回切换，只会加重眩晕，所以谭嘉烁没回复，把手机收回口袋。她正前往昔日的鹞子街77号，凶案发生地，现在该地名已经消失，该地已被并入新开发区。进入鹞子街的标志是一座有三百年历史的石坊门，如今已经被拆掉了，取而代之的是不锈钢雕塑，一双紧握的手，底座上蓝底红字，写着“创新、实干、共赢”。

儿时她在城里上的学前班，回忆起来，从这里搬离是六岁左右，而那时的鹞子街已经完全被绿化带、像无数惊叹号齐聚的楼盘，以及更多尚待开发的荒地所替代。公交车停在创业大道，谭嘉烁下车后给方鸣回了一句：“那你有的忙了。”然后抬头看，眼前是更多的“惊叹号”，这一次是砖红色，至少在烈日下不会太刺眼。

谭嘉烁对照着从图书馆复印来的旧地图，绕了楼盘一圈。傅长松所说的木材厂仓库，已经了无痕迹。她想了想，走进售楼接待处。这里层高很矮，哪怕大白天，依然显得阴暗。左侧办公桌后有一个戴眼镜的男子，正在看直播，察觉到客人后赶紧站起来，一边拉直衬衫一边走到谭嘉烁面前，说道：“您好，请问对我们的楼盘有兴趣吗？”

在三四句客户和售楼员之间的标准对谈后，谭嘉烁问：

“这个楼盘以前是不是一个木材厂仓库？”

“对，早没有了，您这么年轻，怎么知道这个的？”

“我想问一下……”谭嘉烁犹豫片刻，继续说，“以前木材厂的 5 号仓库，在现在的哪个位置？”

“这个我不太清楚。要不您来参考一下这边的沙盘模型，我们为未来十年的发展做了非常长远的规划。”

“我想知道 5 号仓库在哪儿，能不能帮我问一下你们其他部门的同事？”

售楼员仍然保持微笑，但谭嘉烁看出来，他似乎有些警觉。

“今天上班的人不多。要不您自行取一下这里的说明资料，我还有事要处理。对了，能不能先登记一下您的姓名和联系方式……”

“不用了，再见。”

谭嘉烁转身离开。很有可能，售楼员受过的培训内容，包括如何避免谈起往年的一桩凶案。

之前绕着楼盘走一圈的时候，她只遇上少量新居民，没看见任何上了年纪、有可能熟悉木材厂过往的人。在下一轮工作压上来之前，她也许只有一天的自由行动时间，于是她决定赶紧去下一个目的地。现在是十一点半，动作快的话，下午三点左右能赶到县城。

另一段漫长而沉默的汽车之旅。

谭嘉烁在车上闭着眼睛，小歇一下，脑中蹿出一个念头：我要是当年认真学会开车，早一点把驾驶证给考了，现在出入也不用这么麻烦。

而这顺势引向了大学时的回忆，方鸣教她开车，那是两人暧昧的开始。在防风林后面的空地上，方鸣在地上插了好些树枝作为路标，然后坐在副驾驶座上，指导她练习绕行，有时两人的手都放在方向盘上。当时她想：他有女朋友在异地，这样好吗？还是说这样在异性朋友之间也没什么，是我多想了？

所幸县城的布局和二十年前没有太多变化，在人流最多的大道上，谭嘉烁看见了一家新开张的怀胜楼。

城北路 7 号是两层独栋，似乎刚刚才重新粉刷过，粉白耀眼。谭嘉烁上前敲门，询问来应门的一个中年女子，卓丽是不是住在这里。对方问：“你找她做什么？”谭嘉烁说：“我是她朋友的女儿，找她有事。”

对方说：“她不住这里了，这房子是我从她那里买的。”然后给了谭嘉烁一个新地址。

在河边有一排老平房，三十年来保持着同样风貌，只是日渐衰败。她敲开其中的一扇门，门开了，一阵风吹来，带来一股强烈的鱼腥味，出来一名干瘦的妇人。妇人眯着眼，仿佛下午四点的光线已经过于刺眼，在围裙上擦了擦粘着鱼鳞的手。

“你找谁？”

“我找卓丽。”

“我就是。你要买货？”

谭嘉烁本来想说“能不能进去再说”，但是鱼腥味和妇人背后的黑暗让她迟疑了。她发觉，没有像傅宝云这样和事情有直接联系的中间人引见，她不知该如何开口。

“哎，对，我想……我想看看货。”

“好的喔。进来自己挑。”

她们进屋了。屋子很小，又仿佛用杂物做了迷宫式的隔断，十分狭窄，且不像有他人共居。经过厨房时，鱼腥味最强烈，卓丽提醒她：“妹子你注意脚下，不要弄脏了裙子。”她们穿过了屋子，来到紧靠河流的后院，这里竖着一排排竹竿，晾晒着鱼干。

“这头是今天刚刚晾好的，这一排是不辣的，这一排加了辣，都好吃，你自己挑。”

卓丽一边说着，一边拿出了一个塑料袋递给谭嘉烁。

谭嘉烁两手各勾着塑料袋的一边提手，有点不知所措。她取下两块鱼干放进袋子。卓丽说：“就这点哪够吃，再拿点，这几片都很好的，你看晒得像花胶，透光，好嚼又不会长肉，我给你挑。”

最后挑完了，一上秤，三斤。

扫完付款码，谭嘉烁借着做了客户的一股气势，说：“阿姨，您以前的丈夫是不是……赵英涛？”

“我是他老婆，他早就死了。”

“我们能不能先坐下来，我有些话想和您聊一聊。”

卓丽眼中有疑虑，但她还是在一侧的竹椅上坐下了。谭嘉烁也坐下。

“您记得谁是朱琪芬吗？我是她女儿。”

卓丽沉默，稍微张开嘴。

“朱琪芬，就那个……”

“二十年前和赵先生一起受害的人。”

“我还不知道她有女儿。”

“您认识朱琪芬吗？”

“你先讲明白你找我要做什么。”

“我妈妈死的时候我才四岁，什么都不知道。现在我就想多了解一下我妈的情况，包括她为什么会遇上这种事。”

自从得知照片上的母亲并非朱琪芬，谭嘉烁的思绪产生了令她不适的裂变。在独一无二的“母亲”形象上，重叠了另一个人的影子。

为了调查，她还是只能遵循一直以来的观念，即不幸身亡的女性，是朱琪芬，也是她母亲。

“你这个妹子，有话不直讲，哄我说是要买鱼，脑子精灵啊。”

“我不是故意骗您的，这确实不好开口。”

“哎，聊几句就聊几句吧，我晓得的也不多。刚才你问什么？”

“您当时认不认识朱琪芬？”

“见过她，没讲过话。”

“那您应该认识傅长松吧？”

“那当然。从小机灵，爱闹事，坏心思多，和赵英涛早就是好朋友了。我谈恋爱的时候，就劝过他，以后我们成家了，你少和傅长松来往，那个人是铁了心不走正道的。哎，我哪劝得动，傅长松说东，赵英涛不敢往西看一眼。两个人天天混在一起，最后就搞成黑社会了。”

“傅长松前不久出狱了。”

“这种人放他出来做什么？就应该在牢房里面死掉。”

“他坚持说两个人都不是他杀的。”

“他说有什么用，你要是由着杀人犯去说，这个社会还有没有公德了？没有落一道雷劈死他，是老天没长眼，还让他到牢房里面，吃吃喝喝二十年。我老公呢，地里头喝西北风咯。”

“其实，我也找过他……”

“你找他做什么？”

“就像找您一样，问问我妈当年的事情。”

“妹子哟，你犯大错了，这种人你惹不得。再坐牢五十年，他都本性不改。哎，我老公又惨又倒霉，你妈也是，非要和这些黑社会男的扯不清楚。”

“……我妈妈怎么了？她和您说的这些黑社会有关系？”

“就是和傅长松嘛。”

“傅长松和我说，在凶案发生之前，他和我妈妈根本不认识。”

“我说了他本性不改的吧。他哄骗你的。”

“他怎么骗我了？”

“两人经常一起出出进进，我看见过几次，懂我的意思吗？”

“您说的是……什么时候的事？”

“当年我老公跟着傅长松到鹞子街做生意，他不让我同去，要我留在这里看家。两个男人，天天在外面混，我哪能放心，每隔两三个月，我就过去住一个星期，然后就看见了。姓傅的身边不止一个妹子，一个个妖里妖气，出事以后，我才想起来其中一个女的就是朱琪芬。”

“警察来找您问过话？那您说过这件事了吗？”

“没有。”

“为什么没说？”

“我哪里敢？公安当时到底是抓他还是放他，不一定的。妹子你这么年轻，你可能不知道，那时候社会比现在乱得多了。要是他没被判刑，或者很快放出来，找人一打听，发现我在他背后交代了这些事，那我不就危险了吗？反正他最后还是关了二十年，我交代不交代都无所谓咯。”

“情况要真像您说的这样，那您丈夫应该也认识我妈妈了？”

“当然见过，互相打打招呼。但我老公好歹老实一点，而且傅长松心眼子又小，我老公除了和她打打招呼也不会干别的。”

卓丽停顿片刻，身子稍微前倾，放低声音：“你是不是很想知道傅长松为什么下手？”

“想。”

“我也想啊。”卓丽叹气，“其实还有一件事，赵英涛和我讲的，哪怕是他，说这些的时候也要小心，免得有人听见。”

“什么事？”

“我之前说了，我也怕赵英涛在外面瞎胡闹，所以和他吵过几次。他和我说，我尽可以放心，因为傅长松这人，要是觉得你动了他的东西，哪怕是娘亲老子都不认。这些和他混在一起的妹子，有的有家室，有的也知道和傅长松不可能长远，最后还是会分道扬镳。结果呢，如果要和他分手，他会说自己在妹子身上花过那么多钱，要分手费。”

“傅长松会找女方要分手费？”

“对啊，六万、八万啊，再往上走都有。不愿意给，他就去找人家的家人，说些难听的话。实在拿不出，他就和别人说，那你在我这里做工，既能还钱，还有钱挣。做的什么工呢，去陪别人睡。我没有亲眼见过，这是赵英涛和我说的。后来公安说在杀人现场找到了十万块，我就想，我男人果然是倒了八辈子霉，牵扯到傅长松的那些破事里面了。妹子，不是我嘴贱，是你自己问我的，说的毕竟是你妈妈，心里面肯定不好受吧。"

"没事，我不怪您。还有什么您知道，但当时没有告诉警察的？"

"想不起什么了。哎，你真的不该来找我。"

"您放心，我肯定不会和傅长松说这些事的。"

"只能看你自己心里敞不敞亮了。我要去给刚剖好的鱼拌点盐。"

谭嘉烁谢过，站起来，跟随在卓丽身后，再一次穿越狭窄的迷宫。

经过一个柜子的时候，卓丽停下来，看着左侧墙壁上方，说："进来的时候你是不是没看到我老公？"

谭嘉烁抬头，看见挂在上面的赵英涛素描遗像。他额头凸出，鼻子宽而扁，眼睛周围有大量与去世时年龄不符合的皱纹。遗像绘制者给了他一种沉稳而不乏善意的神色。

"英涛，今天来稀客了。你走了二十年，除了我，还有别人挂着你。"

卓丽感伤的语气，让谭嘉烁不由得对遗像微微鞠了一躬。

"您还有一个儿子对吧？他不住这儿？"

"过年过节都不爱回来了。走远了也好，我一个人自在，不用我伤神。"

谭怀胜穿着睡衣坐在床边，双手撑着床沿，从已关掉的电视机屏幕上，能看见妻子的影子。伊璇正在小腿上均匀涂抹身体乳。谭怀胜上半身扭回去，沉默着看了妻子一会儿，然后说："宝贝，我们再生一个吧？"

"睡前护肤都做完了，你给我说这个。"

"我不是说现在，我是说近期，计划先做起来。"

伊璇涂完了身体乳，盘腿坐下，拉伸上半身。她抬起左手，带动腰部朝右倾，换个方向，各重复两次，才开口说道："现在珺珺的事情，要操心的越来越多，交给别人也不放心，等他上小学吧。"

“我早就想说生二胎，你说等儿子断奶，现在又说等上小学，再下一次我问你，是不是要改口说等他大学毕业啊？”

伊璇缩进了毯子里，只右手放在外面刷手机。

“你怕到那时候不行了？那你自己先去精子银行冻一试管呗。”

“我和你说正经事，你今天怎么老拱火呢？”

“我一听你说‘计划先做起来’就来气。说好了有条件就去冰岛玩，头一年说忙着开新店，让我先做计划。第二年说要找新一轮投资，又让我先做计划，而且不让我自己带珺珺去。两三年下来我攻略都记了三十页，你投资的事情还没完，所以今年我都懒得开口了。你刚才说的那件事倒容易啊，要么你躺着，要么我躺着，有什么计划可做？”

伊璇一提到投资的事还没敲定，谭怀胜就像困在了出故障的电梯里，还被告知维修工遇上车祸赶不过来，五种以上滋味不同的烦闷迅速填满胸腔，而本来也只是温吞状态的欲望，就被赶出了躯体。

如今资本都不看好火锅行业扩张，谭怀胜把战略确定为多样性开发，包括建立起怀胜楼品牌的专有食材供应链，推出送到家半成品火锅套餐等手段，才吸引到了投资方新一轮的注意力。他在纪录片里拍摄了自己亲手炒制火锅底料的镜头，就是为推出相关产品做预热。但是对方一些投资顾问看穿了怀胜楼火锅主业盈利不及预期，甚至可能需要关闭部分门店，导致谈判进展缓慢。

“你说话注意点啊，别把这种完全不搭界的事情放在一起比较，你也看不见我有多辛苦。”

“越是这样，那就越应该把注意力放在你的首要任务上。你现在嫌我说话难听，我跟你说啊，要是又怀孕了，激素一乱，我比现在还要烦。”

“总算承认这次是你自己态度不好了？”

谭怀胜和妻子并排靠着枕头坐着，盖上毯子。

“下个星期天就是珺珺的五周岁生日会，该安排的我都安排好了。”伊璇说。

“那就行。这我肯定不会错过。”

"事先和你说一声，我会把嘉烁请过来的，到时候麻烦你态度正常一点。"

谭怀胜沉默。

"怎么，不乐意？"

"看她那样子，感觉铁了心要和我断绝关系了，还得我求着她来？"

"嘉烁想独立，这本质上根本没错，你们俩是积怨已久，恰好这时候爆发了。而且她和你闹矛盾，和我、和珺珺又没矛盾。珺珺盼着他姐姐来呢，好几次问我最近怎么见不着她了。"

"璇，你也算挺有特色，一般当后妈的，恨不得把不是自己亲生的孩子赶出去。在我身边，也只有你一个人愿意这么护着她。"

"我们之间只差十岁，我多少能和她共情。而且我说句大实话，正因为我们只差十岁，她是成年人，不会抢珺珺的资源，所以我没必要另眼看待她。她要独立，那珺珺就多了一个能教育他的人，对我们娘俩有好处。珺珺确实需要多一些艺术气质的熏陶，不从他姐身上学，难道从你身上学？我说过无数次了，我的底线就是不要影响珺珺的成长环境。他已经在怀疑为什么姐姐不回家了，我不想到了生日会那一天，让他觉得你们之间剑拔弩张的。还有，别把'后妈'这个词用在我身上，从你嘴里说出来，听着尤其难受。"

"我也不明白，我到底哪儿对她不好了？你不是说，你能和她那个什么，共情。我怎么才能让她服帖一点，你出个主意？"

"明天再说吧。"伊璇躺下了，"今天我不想超过十点睡觉。"

"我也反思过，一个大姑娘家，肯定也不想让别人觉得老爸天天盯在后头。我看还是得找个条件好的男的管着她。"

伊璇嗤笑，过于用劲，鼻涕都喷出来了。她伸手去够床头柜上的抽纸。

"你笑什么？我说得不对？"

"没有，挺对的。有的女人就是爱多想，你管着管着，她们也就不想了。关灯。"

傅宝云注意到，今天父亲寡言少语。

平常他都会和客人，尤其是熟客，没事聊几句，小年轻们也喜欢把他的言论当作影响聊天走向的一个筹码，“大哥你怎么看”“大哥你说得对”“不愧是大哥，人生经验就是丰富”之类的话常挂在嘴边。

但今天，傅长松和客人交流的词汇量，几乎完全限制在“辣”“葱”“香菜”这几个单字，把它们当作问句来用。

她更担心的是另一件事。摆夜摊极辛苦，但父女俩互相信任的忙碌合作，能培养出满足感和成就感，以及一种温暖的火花。今夜，这些火花几乎隐身，还不如锅里炸出来的油点子耀眼。有一次，她递出一个不锈钢小碗，父亲如此粗暴地把碗拽过去，差点扭伤了傅宝云的手指。

也许是因为他今天累了，心情不好。也许是因为我松懈了，手脚太慢。

她能想出很多理由，把父亲今天的状态合理化。但这只是让她产生更多的自我怀疑：是不是哪里没做好，跟不上了？

然后傅宝云再次看见了谭嘉烁。她没有再像受惊的负鼠一样躲藏，而是从小巷入口径直走了过来。

“打扰了。”谭嘉烁说。

“离打烊还早。”傅宝云说。

“我知道，所以我是想先约一下，不知道你们白天……”

“想找我聊聊？”在女儿后面的傅长松，打断了谭嘉烁。

“不好意思，又要麻烦您了。”

“今天客人不多。你等我一下。”

傅长松花了半分钟，炒好锅里这盘菜，自己送到客人桌面上，回到谭嘉烁身边，对她说：“不要占用我的摊位。跟我过来。”随后又对疑惑的女儿说：“你先管一下。二号桌还有一盘青蒜炒火腿，火腿炒焦一些。”

不等女儿回答，他朝街对面刘阿姨的摊子走过去。谭嘉烁迟疑片刻，回头对傅宝云说了声“不好意思”，跟了上去。

看见有人走近，像往常一样清闲的刘阿姨站起来，脸上堆笑。傅长松说："刘阿姨，借你两张凳子。"

刘阿姨说："好，随便用。"

她的摊位没有桌子，只有四张小凳。傅长松抄起两张凳子，走向不远处一家已关门的商店，在遮雨棚下放下凳子。谭嘉烁也坐下后，傅长松回到刘阿姨摊位，用一次性塑料杯装了两杯凉茶，付了三块钱，回到遮雨棚后，递出去一杯，说："接着。"

在街对面看着这一切的傅宝云很诧异。一晚上都表现得十分沉闷，因此显得有些吓人的父亲，在这一刻似乎又活了过来。他像在招待客人。

"有话直说，快一点，宝云一个人在那忙。"

傅长松的反应同样也让谭嘉烁措手不及。她张嘴："我……我……"

话语像在扁桃体那儿绊倒了，她连忙喝了一口凉茶，让脑子和喉咙都顺一顺。

"我找别人打听过，和你给我的说法有点矛盾。"

"哪里有矛盾？"

"她说你在事情发生之前就认识我妈妈了。"

"有人这么说，很正常。当年一些公安就是这么想的。因为除了她，死的另外一个人是我朋友，他们自然会把这两件事联系起来。是谁告诉你的？卓丽？"

谭嘉烁不言。傅长松笑了笑。

"怎么，难道你以为我会想不到是她告诉你的？我给了你她的详细地址，而且离你上次来找我，只过了三天。你肯定也察觉了，她非常恨我，当然，她应该恨我。她具体是怎么说的？让我听听看有什么新鲜东西。"

"她说见过你和我妈妈……来往。你会威胁和你有关系的女人，出卖身体为你挣钱。"

"如果我说，卓丽一派胡言，我不干这种营生，她为了抹黑我什么都愿意说，那你会怎么办？"

"……我会怎么办？"

"你会相信我还是相信她？再回头去找她对质？除了求我们开口、

听我们说话，你还能做什么？”

傅长松身体绷紧，稍微往前倾，目光锁定谭嘉烁的双眼。

“如果我现在把你拖到没人的地方揍一顿，然后说，你要是下次再敢来，那就不光是揍一顿这么简单了，你会怎么办？你能怎么办？报警？哭着找你爸为你报仇？”

谭嘉烁深吸一口气，她垂下眼睛，搁在大腿上的双掌收紧指尖，然后稍微抬头，不再避开傅长松的眼神。

“现在我回答不了你，但那是我自己的事。”

傅长松放松，朝后倚靠。

“你不是神探，不是警察，也不是心狠手辣的人。你想要真相，但你学不会拿人把柄，更不用说逼供。”

傅长松并非有意打压谭嘉烁。她的执着多少让他有些好奇。一开始，他以为谭嘉烁只不过是从来没吃过一天苦的女孩子，怀着伸手就能拿到的自信，和踏进一小摊污水就会气焰尽失的叛逆，来尝试一局侦探游戏。但她竟然这么快就带着刚刚挖掘的线索，回到了他面前。而且经过女儿的描述，谭嘉烁处于这种状态至少已经一个月了，而她的决意，可能已经在心中生根了好几年。

“所以，这次我对卓丽的反驳，你信还是不信？”

“在听的时候我就有些怀疑，卓丽根本就没有确认我的身份，然后一口气对我交代得太多了。她还说二十年前，没有把这些事告诉警方，是因为害怕你报复，这我觉得有点站不住脚。她的说法可能只是一个她愿意去相信的故事，而重复这样一个故事让她觉得好受，她可能对很多人都是这么说的。我还是想再问你一次：你在事发前不认识我妈妈，而且也没做过逼迫别人出卖身体的生意。是不是这样？”

“对。”

“谢谢你。我今天想了解的就这么多。”

“你觉得我的话比卓丽的更可信？我提醒你，法院的结论是，我在撒谎。”

“你是当她在场的时候和我说的。”谭嘉烁望了一下街对面正在忙活的傅宝云，“所以我觉得你说的，至少比卓丽说的有分量。”

傅长松站起来，把凳子收好，还给刘阿姨，然后回到自己的摊位。他对女儿说“我来吧”，从她手中把锅铲接过来。他抬头看看，街对面的谭嘉烁已经消失了。

“爸，你们这次说什么了？”傅宝云问。

“没什么重要的。”

傅宝云感到父亲的神态和肢体语言有所改变。他的眉头不再紧锁，背挺得更直，仿佛刚才那番对话，无论是什么内容，让他从持续一整天的紧绷之中解放，获得了些许自在。她为此有些担忧和不愉快。

说到底，谭嘉烁是一个年轻漂亮的女孩。看见父亲和谭嘉烁避开了她单独交谈，难免让傅宝云警觉。

“她下次还会来吗？”

“我让她如果没有要事，就别打扰我们。”

“那就是允许她下次再来咯。”

傅长松用锅铲处理掉锅底的一些锅巴，把厨具平稳地放回灶台上，看着女儿。

“你是不是胡思乱想了？”

“我没有。是因为这次你都不愿意让我听，让我觉得有什么严重的情况。”

“上次是已经打烊了，这次我们还要做生意，所以我把她带到不影响做生意的地方，赶紧把话说清楚，就是这么回事。不是故意避开你。”

“我没有说你是……算了。”

“不说了啊。”

“不说了。”

和女儿的误会无关，在和谭嘉烁聊过之后，傅长松的心情确实有一种焕新感。今天，在打烊后，回到家中之前，他持续地思考着，以至于出现片刻走神，傅宝云不得不提醒他在马路前停下，先等等。

二十年前，为了稳固自己在鹞子街的地位，傅长松经常需要进行这样的对话。政府代表、商业对手、亡命之徒，或者只是一个让他感受到有些许抱负的搬运工，他愿意和不同社会阶层的人交谈。双方都需要保护各自利益，就算做出推心置腹的姿态，交代的依然不是真相，而是自己的底牌。双方可能达成协议，也可能产生新的恶意，而对这一切的推敲和控制是有乐趣的。

今天，在假装打压谭嘉烁自信，却得到她坚定回应的过程中，他就感受到了乐趣。

至于谈论当年的案件过程，一开始，这确实会让他感受到烦躁和痛苦。但今天他发现，烦躁消失了，对回忆的抗拒感也几乎消失了。越是直面它，越能产生一种解放感。得知二十年后，卓丽仍然在不遗余力地传播对他的恨意，这甚至让傅长松感觉到了一种应当如此的适意。

问题在于，卓丽在谭嘉烁面前的表现，可能不单纯是情绪发泄。他已经知道了，出于不明原因，谭怀胜在针对他。那卓丽的行为是否自然？至少在见到她本人之前，他没法判断。

想想而已，他没有和卓丽交谈的迫切愿望。二十年前，两人关系就非常差。他没有打算在二十年后还登门拜访去世好友的遗孀。

他感觉到了一种自己需要有所行动的冲动。行动是什么、目的是什么、目标是谁，都还没有答案。但那久违的冲动已经在场。它们就在动脉里，静待歌声和雷声。这让他觉得自己很年轻。

今天打烊早，父女俩午夜两点半左右就回到小区了。这个点，蒋蕾肯定在熟睡，所以他们回家的时候手脚非常轻。因为没有仓库，许多东西就只能留在推车上，用防水布包好，推车则锁在小区单车棚里。一些有价值且容易被窃的杂物，比如厨具和餐具，则会带回家。

傅长松提着新添置的折叠椅穿过没开灯的客厅，前往阳台。前脚刚跨进阳台，他就被绊了一下，椅子也脱手了。他赶紧用力踏出另一只脚，稳住身体，揽住椅子防止它们落地。借助月光，他看见了侧身躺在地上的蒋蕾。她在微弱地呻吟。

“你怎么回事？”

傅长松跪在妻子身边，伏下身去。听见阳台动静，准备进自己卧室的傅宝云吓了一跳，赶紧奔过来。

“好痛，”蒋蕾艰难地说，“痛得我……我起不来了。”

“哪儿痛？”

“肚子……你别……别碰我。”

“妈！”

“别喊，”傅长松对身后的女儿说，“快去叫个车，我把你妈带下去。”

05 井中面孔

中部

星期天，谭家给谭珺办五岁生日会。

下午五点半，谭嘉烁打车来到湖边别墅区，它有一个像管弦乐队头顶上放烟花的名字——煌心·天韵原著，父亲居住的第二期另有别名“倾云雅苑”。虽然二期八栋暂且只售出两栋，开发商已不在本地为楼盘打广告，而去转战江浙沪，但第四期还在火热建设中。

谭嘉烁走进大院，虽然天色只是灰蓝，但庭院两侧已亮起景观灯。她站在入户门前，按了按门铃。门开了，是伊璇。她微笑着，甜美可人，说道：“嘉烁，快进来，今天湖边风有些大吧？”

谭嘉烁说：“还好。”说完侧身入屋。伊璇回头，大声宣布“嘉烁到了”。

客厅里人不多。谭怀胜和伊璇父母都坐在沙发上，一个家政阿姨正在给他们添茶。还有负责生日餐的两名厨师在厨房里。

谭怀胜的岳父母都已满头白发，一个是中学退休老师，一个是居委会副主任。因为和他们年龄仅相差十余岁，谭怀胜并不会称他们父母。

谭嘉烁对伊璇父亲的容貌印象很深。他人不算很胖，但面部始终饱满，像一个形状完美的生煎包，两颊总是红扑扑的，善意的双眼眯成缝，薄薄的嘴唇也总是抿成缝，有力承担着从面颊上半部压下来的善意。

听说他创立的独门化学元素表速记法小有名气，市教育局一度号召广泛宣传。伊璇母亲烫了个好几朵蘑菇云开派对一般的蓬松发型，化了飞檐斗拱式的眼妆，大珍珠项链是女儿婚后送的六十寿礼。

看见谭嘉烁，伊璇父亲站起来，但没完全站直，膝盖是弯的，好像没确定这样是否合礼仪。谭怀胜说：“您坐。”他就坐下了。

伊璇母亲笑着，非常响亮地说：“嘉烁来了啊，好久不见了。”谭嘉烁问好。伊璇母亲说：“工作挺忙的吧？”谭嘉烁说：“还好。”

谭怀胜单手靠着沙发扶手，转向女儿的方向，问：“怎么来的？”

谭嘉烁说：“打车来的。”

谭怀胜的身体僵硬，让人闹不明白他是想好好和女儿说话，还是不想让亲家看见自己虽努力微笑却依然冷淡的表情。

谭嘉烁转向伊璇，稍微抬起拎着一个礼物袋的右手，问：“珺珺呢？”

伊璇说：“在二楼，和他的小朋友在一起。”

谭嘉烁说：“我把生日礼物拿给他。”

伊璇说：“生日礼物先放这儿吧，吃蛋糕之后再拆，你去看看他，他盼着你来呢。”她把礼物取了过来。

“一曼不在吗？”谭嘉烁说。

“没，你爸安排她去办事，办完了应该会来，也方便送你回去。这里打车很难的。”

“好吧。”

谭嘉烁朝着楼梯走。谭怀胜对她说了一句：“你不是有钥匙吗，还让别人开门？”

她说：“太久没用，忘记带了。”谭怀胜说：“自己家钥匙都不拿。”

伊璇背朝着自己父母，对谭怀胜皱了皱眉头。谭怀胜转回来，对岳父母说：“刚才聊到哪儿了？对了，我现在就是希望和政府之间的交流渠道更加畅通，关于怎么把我们这些民办品牌升格成支柱品牌，提了不少书面意见。”

岳父反复点着头，说：“对，扶植私企发展，眼光一定要长远。”

岳母说：“怪了啊，这茶三泡比二泡还香，一般的茶不这样。”

谭珺的游戏室里有五个小朋友，有的在用 65 寸电视屏玩 Switch，有的在占据了房间六成空间的超大型模拟玩具车道上比赛。谭珺属于玩赛车那一群，他趴在桌子上，把一辆玩具赛车翻过来检查轮子。一看见谭嘉烁，他直起身子，说：“姐，你来了。”

谭嘉烁不会管伊璇叫妈，不会管伊璇父母叫姥爷姥姥，但和谭珺一贯是姐弟相称。大部分小孩没注意到进来的人，继续忙手上的事，一个小姑娘用几乎听不见的声音说了一句“姐姐好”，好奇地看着她。

“小寿星，你今天早上给我发的什么视频，看都看不懂。”

早上十点，谭珺给姐姐发了一个短视频，一群形状古怪的 3D 建模人形载歌载舞，然后拿出机关枪和大砍刀，陷入一场混战。紧随这条消息之后，谭珺连发了十句“快看”“看起来”。谭嘉烁回了一排问号，谭珺也不回话，就发表情图，两人斗图斗了五分钟。

“没看懂？我一发完，手机就被我爸抢了，我冒风险发给你的，金刚族第七次王座战争，以前的也给你发过啊，你还说好看。”

“说好看又不代表我看懂了。”

“下次我再给你发个别的。我们去院子里面，给你看个东西。”

谭珺冲到前面，拉着谭嘉烁的手下楼。

“不陪你的朋友玩了？”

“他们自我管理就行。”

谭珺上儿童马术课，谭嘉烁曾经去陪伴过一次。她记得讲师对这些四到八岁的孩子说，骑马是一种重要的人生自我管理训练。

“姐，你的手是不是变瘦了。”

“我一贯瘦。”

“不是，像没吃东西。”

谭珺说对了，除了一个茶叶蛋和一杯脱脂牛奶，谭嘉烁今天没吃任何东西。她失去食欲已经好几天了。有时候肚子会叫一下，但是挺过那一小段时间，又会暂时一切正常。

这些日子，她觉得自己像灌满水却被扎了几个洞眼的气球，就算可以补充水分，精气神还是处于持续的泄漏和流失之中。

他们到了后院。谭珺邀请姐姐进入自己支起来的野营帐篷。他从折叠起来的小毯子里面取出了两把塑料刀，这是一种易收纳在书包里的玩具，最近在八岁以下孩子之中十分流行，有家长以宣扬暴力为由，联名要求学校禁止这类玩具进入校园。谭怀胜也不允许谭珺玩，这两把刀是他偷偷藏起来的。他把其中一把递给谭嘉烁。谭嘉烁盘腿坐着，和弟弟玩砍杀游戏。

伊璇掀开帐篷的时候，正好看见谭嘉烁左手捂着她儿子的嘴巴，右手反持刀具在他腹部比画“嚓嚓嚓”的动作。伊璇说：“吃饭了，是你们闹得太欢了还是这帐篷隔音好，都叫了几声了。”

吃饭的时候，谭怀胜用客厅电视播放剪辑完成的纪录片正片。谭怀胜说：“这个是我们今年的宣传大制作，所有门店都会循环播放。”

片中保留了谭嘉烁盛赞父亲坚持传统家庭价值观的镜头，看到这里，伊璇母亲说：“真的是嘉烁啊，我还以为是哪个大明星呢。”

谭嘉烁尴尬万分。伊璇母亲本来打算继续具体夸几句，但是看了一眼谭嘉烁的表情，就转而夸赞谭怀胜掌勺的模样有大师风范。伊璇父亲只是笑，夹一点菜细嚼慢咽，然后继续笑。整顿饭，他没有说超过二十个字。

八点半，有一些家长陆陆续续来把小孩接走了。剩下两个小孩，等待胡一曼回来送。家政阿姨很快把桌子收拾好了。厨师在给用剩的食材打包。这些都是用生日会的专有预算买的，所以不必放回冰箱。

伊璇父母，或者至少是母亲意犹未尽，并不想走。她说自己要代表居委会参加一个票友戏曲比赛，天天勤学苦练，然后就站起来，要给大家表演一个唱段。她唱的时候，在座的没有人会伴奏，只是击掌打节拍。

谭珺知道此时离开不礼貌，所以斜靠在沙发上，姿势像一个周末刚下班的成年人，右手抵着脸颊，左手把玩着朋友送的一枚玩具金属钱币。

谭嘉烁以打电话问胡一曼什么时候回来为由，走到屋外。别墅区的天空比市区透亮，夜里能看清少量星星，湖水中央也可见片片鱼鳞状的光芒。她用语音发了句：“一曼，你大概还有多久到？如果快到或者开车不方便的话就不用回话了。”

放下电话，站了一会儿，背后传来父亲的声音。

“吃好了？”

谭嘉烁转过身。父亲看着她，表情显得平淡，没有不愉快。这让她回想起父女两人之间少有的平静时刻。大学毕业后不久，有一次，她坐在父亲的车上，出于一种想要主动惹事的心理，把自己在学校里找过一个男朋友，但只谈了一个星期的事说出去了。

父亲说：“真的？就谈一个星期？”

她说：“就一个星期，谈不拢。”

父亲说：“谁？谁提的分？”

她说：“我提的。”

父亲说：“你提的那就行，男大学生要阅历没阅历要钱没钱，没意思，真的。”

她说：“指不定有钱啊。”

父亲说：“那也不值得。”

“吃好了。”从往日回忆里抽离出来的谭嘉烁说。

“口味怎么样？还行吧？”

“挺好的。”

“今天这两个掌勺的想升主厨，我正好叫过来，考考他们。”

“你付人家工资了吗？”

“当然付了，你老爸有那么抠门吗？我看你蛋糕几乎没吃。”

“太甜了。”

“那确实。生日蛋糕，吃个意思。”

沉默片刻之后，谭怀胜说：“自己找的房子还满意吗？”

正是在这一刻，谭嘉烁明确地感受到了自己的勇气有消磨殆尽的风险。今天来这里，她不后悔。她知道，自己仍有欣然撤退回这个舒适家庭空间的可能性，哪怕这个舒适仅仅是物质上的。这些天，她已经如此努力，她不能允许这样的退缩发生。

“爸，我有事要问你。我希望你诚实回答我。”

谭怀胜无言，眼神中有些轻慢，就好像女儿即将在万般无奈之下，拿出一张不及格的数学试卷。

“怎么突然情绪这么差？我看你今天吃得挺好，和你弟玩得也挺好，就这么享受一点和平美好的家庭时光，不满意？”

谭嘉烁看出来，父亲想使用惯常的战术，无论面临何种来自女儿的难题，他首先尝试用堂皇的家庭道德来打压。既然家庭和谐的神圣原则颠扑不破，那么他作为家长的权威自然容不得质疑。

让谭嘉烁觉得可笑的是，父亲甚至在她提出问题之前，就故伎重施，这说明父亲是永不会改变的。这反而强化了她的行动决心。

他就这样了，只有我怎么做才重要。

“我搬家的时候，发现了一张我和妈妈的合影。在照片背面，写了一个日期。”

她不打算让父亲亲手碰触照片。她掏出手机，其中存下了照片的正反面图片。她把反面展示给父亲。

“2003,6 月 14 日。啥意思？”谭怀胜说。

“你看得出是谁的字吗？”

“谁看得出这个？”

“我妈妈是6月12号出事的。6月14号有没有发生什么特殊的情况？”

“12 号出事，12 号晚上叫我去认尸，13 号，14 号我能好吗？差不多三天三夜没睡觉，脑子全乱了，张罗着办丧事，钱都付了，是警察提醒我，才想起来为了配合办案，治丧的事情只能往后拖。还要照顾你啊，只能急着给你找保姆先照看一下，结果人家听到了闲言碎语，因为我们家刚没了一个人，她们要么不愿来，要么坐地起价，哎……我怕你是不记得了。你就想问这？”

“那你看这张图，这是合影的正面。”

“怎么了？”

“图本身没什么问题。所有妈妈的照片，还有我和她的合影，都放在我那儿了，除非还有什么你没给我看过的。”

“你想要的话我可以给你找一找。”

“为什么所有这些合影里，你都没有出现？”

“你和你妈的照片总得有人按快门吧，我不就在镜头后面吗，你看不见而已。我自己不爱照相。你看现在，除了和你姨的、和谭珺的，还有商务需求的，也根本找不到我别的照片。要说我们二十年前的一家三口合照，可能也有几张，你要想看，我得花时间找。”

不知为何，谭嘉烁非常确定，“花时间找”就是父亲能给出的最后答案了，这个行动承诺是不会有后续的。

“我还有最后一个问题。”

谭嘉烁看了看照片中女性的眼睛。两人间隔着手机屏幕背后的 1 和 0，间隔着氧化的相纸，间隔着迷雾一般的二十年。她在征求她的同意。

“爸，我非常清楚地记得，她是我的妈妈。照顾我，喂我吃饭，给我讲睡前故事……但她是不是朱琪芬？”

“我不明白你在问什么。”

“那我简单地说。照片里这个抱着我的女人，是不是你二十年以前遇害的前妻，朱琪芬？”

“……你说是不是？”

“我不知道，所以才问你。”

“你脑子坏了。”

谭怀胜转过身，朝宅门走去。谭嘉烁追上去，抓住父亲的手腕，强迫他转过来。谭怀胜的表情，从困惑和不耐烦，迅速转变成几近狞恶。

“爸，回答我的问题。”

“你不认你妈了，你总认得我吧？啊？”

“我要你给我证明。还有没有留下来的老文件，比如你和我妈当年的结婚证，我要看。”

“一样的，可能有，我给你找找。”

“别骗我！”

谭怀胜突然火起，上半身扭转，几乎抡出一个半圆形，甩开女儿的手。谭嘉烁身子一歪，手机掉落进道路旁边的引水渠。她赶紧蹲下去，把它取出来。

虽然里面水很浅，但还是有链条状的水珠子从机身滑落。她发现屏幕似乎开始闪动，赶紧先关机。

谭怀胜没有马上离开。他比刚才平静了一些，但此刻的他反而更让谭嘉烁心神不宁。他眉毛和鼻梁之间的皮肤皱缩着，像有针线穿过布料然后拉紧了。他似乎要拼命忍着，避免说出太伤人的话，使劲收敛刚才因发怒而突出的嘴唇，脸盘下半部变得像断崖一样平整，鼻腔中的热气顺直而下。

“刚才的问题，都是谁让你问的？”

“没有人指挥我，都是我自己。”

“你是不是计划很久了？”

谭嘉烁没回答，她不希望暴露自己一直以来的行动。

“不说是吧？呵。一直以来，我以为你只是觉得我不像你一样，对你妈有这么强的怀念，所以我一直让着你撒泼，想着只要给你安排一个好的生活，你迟早会懂事。原来你心思比我想象的还要混账得多。你睁眼睛看看，你现在站着的这片草地，看看你刚才和你弟切蛋糕的这套别墅，我花了二十年才终于拥有这些，同时还要又当爸又当妈把你养大。这些话还要我对你说多少次？你对我吃过的苦是一点都不关心，反而脑子里只想着……”

谭怀胜停顿了。谭嘉烁看出来，父亲在寻找词汇。他不是担心找不到用来骂女儿的合适词语，而是为了避免激情冲动之下，吐出一些他不想交代的蛛丝马迹。

“我只是问你一个简单的问题：她是不是朱琪芬。是的话，我要看证据。就为了回避这个问题，你需要说这么多？”

“哎——嘉烁啊。”

他脸上那种似要沸腾的情绪，突然缓和了。

“没办法，你永远都是我的女儿。听爸一句劝，好好过日子，别再胡思乱想。否则，往后，你肯定会为今天的事情后悔，你会想，唉，有我爸在多好，可以给我解决多少问题。别人巴不得想拥有的人生，你别一任性，撒手就扔掉了。别让爸为你感到可惜，我才不信我有那么傻的宝贝女儿。别人都说什么父爱如山，我对你呢，我这是父爱如地毯啊。”

谭嘉烁一时不知如何回应。她并不困惑，她非常清楚眼前发生的一切。之前父亲为了寻找词汇而停顿，正是这片刻的中止，让他成功转换了自己的情绪。他一度因为遭到意外质疑而产生莫大的愤怒，濒临爆发。

当时，谭嘉烁预测的是：我们会断绝关系。父亲在她眼前完成了一次熟练而机智的蜕皮，在发作之前，他变回了那个身价千万的谭总。

就在此时，他们都听见了车子停在门口的声音。院门打开。胡一曼走进来，看见父女之间氛围不太对，僵住了。

“一曼来了。”谭怀胜说，“嘉烁，今天没事了吧？你想先回去还是再玩一会儿？”

谭嘉烁无言。

“一曼，有两个小朋友要麻烦你送回家。还有嘉烁，她也要回去了。不管顺路不顺路，你先把小朋友送到家吧，别让人家父母担心。”

胡一曼应了一声，走到谭嘉烁身边，问：“走吗？”

“行了，”谭怀胜拍了拍女儿的胳膊，“就这样。对了，手机不能用的话和我说一声，给你换一个。你想独立生活就独立呗，但区区一个手机，老爸还是能赞助得起的。”

说完，他进屋子里，把两个需要送的小朋友领出来。他们往前走到胡一曼身边，回过头，谭怀胜看着他们，稍微弯下腰，充满活力地挥手说再见。

谭嘉烁转过身，赶在小朋友之前推开院落大门走出去。

谭怀胜回到客厅时，伊璇正在陪父母小声聊天。

“嘉烁走了？”伊璇说。

“回家了。”

“我和你说点事。”

伊璇站起来，挽着丈夫的手，走进空无一人的厨房。

“你们刚才是不是吵架了？”

“你坐在客厅都听得见？”

“有几句挺大声的，我爸妈都听见了。出什么事了？”

“没事，她一天不和我闹别扭就皮痒。你听好，这次是特殊情况，下次真的别再单独叫她来，一定先提前和我说一声。”

“好吧。我去把我爸妈弄走，不然我妈能要我陪她聊到十点，我看我爸都困了。”

“等一下。”谭怀胜拉住妻子的手臂，“你明天联系一下电视台，麻烦他们重新检查一下素材，看嘉烁还有什么镜头能用，让他们多剪一些进去。其实就是想办法让我们的家庭形象更圆满一点，如果需要补拍也行。”

伊璇答应下来，回到客厅。

谭怀胜留在厨房倒了一杯水喝，喝了一小口，他察觉到一丝铁锈味，把水吐掉了，然后用餐巾纸擦擦嘴，发现嘴唇内侧流血了。

这是刚才和谭嘉烁谈话正激烈的时候，他为了抑制情绪咬紧牙关而咬破的。谭怀胜最后一次到谭嘉烁之前住的房子里，和女儿大吵了一架，但说到底，那依然只是一次普通的吵架。

这次不一样。女儿对他造成了威胁。越是这种时候，就越要以退为进，不能因为一时冲动而让敌人的愤怒有了更多的理由。

女儿也可以是敌人，不稀奇。

上车之后，胡一曼说：“你和后面那两个小家伙不顺路啊。”

谭嘉烁说：“先送他们。”

胡一曼应了声：“好。”

车子右转弯，胡一曼顺势看了看谭嘉烁，她神情淡漠，仿佛她所在的那一侧空气都透着寒意。小朋友静了三分钟，渐渐开始打闹，胡一曼提醒他们坐稳，他们也没回应。一路上，车子后半截热闹非凡，前半截两人坐得僵直，一言不发。小朋友先后下车后，胡一曼转向谭嘉烁住处方向。

临近十点，她们还在路上，依旧在沉默。胡一曼想问“谭伯伯说什么了”，却问不出口。上次在咖啡馆，是她主动说“我们应该少见面”，现在她后悔了。有这句话在，就给她们以后的每一次见面增添了难度。

“新家住得还习惯吗？”

“卧室位置不太好，有点吵。别的都还行。”

对话停滞了。车子在斑马线面前停下，八十秒的红灯。车子重新前行之后，谭嘉烁开口。

“今天不谈我爸的事吧。”

“嗯，不谈。”

“如果让你过上另外一个人的生活，你愿意成为谁？”

“我有多大的选择范围？”

“全世界。只要是活人。”

“我没仔细想过。”

“想到谁就是谁。”

“嗯……考特尼·道瓦尔特。”

“那是谁？”

“一个极限马拉松女选手。”

“什么是极限马拉松？”

“是普通马拉松好几倍的距离，而且还是在特别艰难的自然环境里面跑。完成一项比赛可能要好几天。她是全世界女选手中最厉害的，一年之内能参加三个 100 多公里的极限马拉松。”

“为什么会想到她？”

“我跑过半马，所以对这方面有兴趣。几年以前自我训练过一段时间，希望以后有机会跑全马，就是那时候头一次听说极限马拉松。我看过她的一些跑步视频剪辑，在峡谷中、山顶上、湖边，什么地方都有。有一个镜头是傍晚，夕阳的光照在她背上，像金色的披风。不知为什么，我老忘不了这个镜头。”

谭嘉烁没有立刻接话。

“你怎么没反应，我好尴尬啊。”

“我在想象你描述的这个镜头。跑那么长时间不难受吗？”

“当然难受，我跑半马都觉得像整个人被揍了一顿，更不用说跑极限了。但跑完了，我就想，幸好我没有打退堂鼓。可惜现在没时间沉迷这些了。那你呢？”

“我？”

“轮到你了。你想成为谁？快，就说脑子里第一个答案。”

“我也要做你说的那个考特尼。”

胡一曼发现，谭嘉烁终于微笑了。

“你回避问题！”

“不好意思，我这么说确实不诚实。我觉得刚才你描述的她的生活方式，很了不起。不过我不爱跑步。”

“快告诉我你脑子里在想什么，出现了谁的脸。”

“我正在想的……是有一个人。但她不符合规则。”

“为什么？”

“她可能已经不在了。”

车道变窄，胡一曼减速。她看向右边，捕捉到谭嘉烁眼睑下垂的那一刻。那是从轻松——虽然谈不上愉悦——滑向哀伤的一瞬间，像翅膀受伤的小鸟归巢，旋即隐藏在浓密阴暗的树冠中。

胡一曼心中感到难言的刺痛。

三分钟后，车子来到了谭嘉烁住处楼层下。车灯照亮了一个女子，她站在一个邮筒旁边，不易及时发现，胡一曼赶紧刹车。谭嘉烁抬头，发现是熟人，赶紧下车。

“谢静？”

谢静眯着眼睛，看清了站在光源后方的谭嘉烁，焦急地说：“怎么不接我电话？急死我了！”

“我手机进水，关机了……你怎么了？”

“你打车回来的吗？快让师傅等一等。你身上带了什么？就一个包？”

“我弟生日，我刚回来。”

“快上去把你的数位板，还有别的需要的工具都拿下来。然后我们就走。”

“去哪儿？”

“去泰阳老师工作室，十万火急，必须去，快！我等你。”

谭嘉烁从来没见过谢静这么焦急。她只好和胡一曼交代了一句，随后跑步冲进居民楼。谢静立刻坐进副驾驶座，长长地叹了一口气，然后立刻拨打电话，说了句“我终于接到她了，马上就回去”，放下手机。

“你就是谢静？”

“哎？对。你认识我？”

“我刚才听见嘉烁说的。我是她家司机，听她提起过你。”

“原来是这样。她家还会雇女司机？前卫家庭啊。肯定不是嘉烁给你发工资，是她爸吧。全包？包吃包住？……”

胡一曼本来只想表示友好，没想到陷入了一场旋风式的询问和猜测之中。她只能有一搭没一搭地回应，直到谭嘉烁下楼，气喘吁吁地跑过来。谢静半个脑袋探出窗外，说：“坐后面，我带路。”谭嘉烁一钻进车里，谢静便说：“走。”

“可以解释怎么回事了吧？”

“上次和你说过，这套书在申请省重点文化工程，在那之前要提交资料，包括所有主要的插图设计元素，结果截止日期提前了五天，明天下午五点之前就要全交上去。”

“提前五天都没通知你们吗？”

“通知了，本来觉得提前没问题，也用不上你。但是今天早上我和泰阳老师一复盘，发现有很多内容还达不到标准，而且还缺东西，只能赶工了。忙到晚饭时间，实在没办法，必须搬救兵。”

“合同上的部分我已经全做完了。”

“我知道，但是现在火烧眉毛，你让我怎么和泰阳老师说？别打扰嘉烁？我能说得出口吗？你不用担心报酬问题，肯定都会算清楚。”

“那除了我们，还有其他人在？”

“对，又不是你们孤男寡女，慌什么？而且我肯定全程负责，不会丢下你们的。”

谢静这么一说，从情理上而言，谭嘉烁放心了许多，但她依然极不愉快。

“不好意思，一曼，害得你回家又晚了。”

“没事，我今天又没课。”

谢静分别看了两人一眼，说：“你们俩是不是关系挺近的？”

“先不聊了好吗？”谭嘉烁说，“到工作室之前，我们都歇口气。”

泰阳的工作室是坐落在城区僻静处的独栋二层楼。谢静拿出钥匙开门，带着谭嘉烁进屋，看见泰阳正坐在客厅中低着头，双手按在太阳穴上逐渐往上，按摩自己的头皮。听见有人进屋，他抬头，双眉紧锁。

“来了？情况都和嘉烁说明白了吗？”

“她都明白了，那剩下的时间，我们全力以赴就好。”

“好，小谭，今天要辛苦你了，工作间在这边……”

“我先去一下洗手间。”

“我带你。”谢静说。

两人一同进入洗手间。谢静关上门，对谭嘉烁低声说：“烁宝，我知道你肯定不开心，但你听我说，这也是一个难得的机会。以前是我们有求于泰阳，今天是他有求于我们。如果今天顺利了，我可以帮你争取和他联合署名。”

“合同里不是说了有署名权吗？”

“对，但那只是插画师待遇，封面上不一定有你名字。要是和他联合署名，那对你未来就太有帮助了。加油，我相信你。”

“行了，你先出去吧。”

“好。”

谭嘉烁上完厕所，在水池前洗手，刚想用一下旁边的洗手液，发现已经见底了，根本挤不出来。在旁边的架子上挂着一条毛巾，仍然带着湿气，她不太想用，只好拿出身上带的一小包餐巾纸，抽出一张纸巾擦了手，扔进废纸篓。

谢静把谭嘉烁带到工作间。屋中摆了一张胡桃木长桌，三男两女围坐，都正在数码画具上忙活。见有新人进屋，他们抬头，脸色都很疲乏。

“大家稍停一下，”泰阳走到谭嘉烁旁边，把右手放在她肩上，“这位是谭嘉烁，你们也见过她负责的作品了，我都是非常满意的，多余的话我就不说了，大家专注工作，胜利就在前头。我也和你们一样，很辛苦，在我书房里写材料，只要你们不睡，我也不能睡。实在饿了的话有泡面，在微波炉旁边。小谢，剩下的交给你了。”

泰阳离开了，谢静让谭嘉烁用 App 加入在场所有人的工作小组，然后统筹发布任务。谭嘉烁惊讶地发现，自己竟然是在场画手里年纪最大的，他们之中甚至还有两个二十岁的在校生。她想，如果泰阳的目的是找省钱又卖力的人，那么这些人确实很合适。

在谢静的引导下，谭嘉烁很快承担了组长的职责。

这些孩子经验不足，她既要赶制缺乏的内容，又要在他们碰上难题的时候指点方向，有好几次都忍不住接过对方的数码笔自己演示。在谢静提醒这样太浪费时间之后，她才把工具还给别人。

不是每一个人都态度紧迫，有人在不知如何下笔的间隙，抽空玩手游，还有人打瞌睡。十二点左右，整个房间充满了泡面的气味。十二点半，谢静去泰阳房间看了一眼，回来说：“泰阳老师已经睡着了，你们说话声音小一些。”

因为疲累加上心情松懈，项目越接近完成，效率越低。等谢静说“全好了”的时候，已是凌晨四点。

谭嘉烁用几张纸巾隔着捏紧鼻翼。她感觉掌心变湿，不知是汗水还是鼻血浸透了纸巾。胡一曼侧过身子帮她扣上安全带，然后踩下油门。

通过后视镜，谭嘉烁能看见泰阳的屋门还开着，离他们越来越远，像烟灰在白桌布上灼出的一个孔。胡一曼说：“去医院吧。”

谭嘉烁摇摇头。胡一曼说：“那找个诊所，刚才我过来路上就有，不花时间。”

谭嘉烁点头。

五分钟后，车子在一家社区诊所外停下。谭嘉烁的鼻血已基本止住，但在胡一曼的坚持下，他们还是进去了。大夫检查后说，无大碍，只是毛细血管破裂，鼻头撞肿了，没骨折。冷敷十分钟后，她们回到了车上。

车内气氛端凝。胡一曼把右手搭在变速杆上，没动弹。

“一曼，你看见了吗？”谭嘉烁低声说，声音有些焦急。

“你趴在地上。他……他可能碰到了你的小腿，想拉扯你。别的没什么。”

“真的？”

“当然是真的。”

也许是冷敷起了一些镇定作用，谭嘉烁现在平静了不少，但这不代表她已经挥别了不久前感受到的恐惧。她像从沼泽地中爬起，择准了回家的方向，但天还黑着，树影仍满怀恶意地晃动着，而仍有毒蛇在不知哪块石头之下潜伏着。她转过去，看着依然忧心忡忡的胡一曼，想说谢谢却不那么容易说出口。这个词太轻了。

“我没想到你会来。”

“昨天晚上你回家里拿东西的时候，我顺手和谢静交换了联系方式。今天早上，想到你手机进水关机了，我不太放心，给谢静发微信，问了问情况，她说她带着人在吃饭，你累了一整个通宵还在休息，如果想接人的话我可以直接过去。然后……我停了车，发现门开着，就进去了。她怎么这样？怎么可以把你一个人留在那儿？”

“我也想问她。”谭嘉烁停顿片刻，再开口时，声音喑哑了，“我一直有预感，可能会出这种事，但……我得工作啊。我不能一边随时警惕着这种事情，一边……”

“别怪自己，都是那个老混账活得不耐烦了。有我做证人，你可以告他，什么玩意儿。要不要我带你去找谢静，把话说明白？”

“我想回家。”

“行，先回家休息。”

车子发动之后，谭嘉烁说：“……我应该先去修手机。”

“好，我知道个地方，老板比较靠谱。”

“可能要多麻烦你一下。我没带现金和银行卡。”

“只要是你的事，我都不觉得麻烦。”

胡一曼只是脱口而出，没想太多。但是谭嘉烁的沉默，让她高度意识到自己用词中的讨好意味。她清了清嗓子，脸颊一阵温热。

一个多小时后，谭嘉烁打开修好的手机，看见有三个来自谢静的未接电话和一连串留言，要求赶紧联系。

谭嘉烁回了一句“明天联系你，今天别打我电话了，我不会接的”。她查看昨晚加入的工作群组，发现自己已经被移除了。

现在，她没有任何方式可以直接联系泰阳。

“这边离我家不远，”在手机铺外，谭嘉烁对胡一曼说，“我自己走回去吧。”

“没事，上车吧，反正……”

“我想散散步。”她打断了胡一曼，“真的很谢谢你。今天这些事，我不想让我爸知道。”

“我懂。”

步行回家后，谭嘉烁一直半躺在床上，刷她常逛的同人群组和常看的短视频，持续好几个小时全身上下只有右手食指在动，偶尔看到可爱小动物犯傻，无声地笑一笑。

入夜了，她仍不想动，打开外卖 App，看着缩略图里那些色泽过分艳丽饱和的肉块，毫无食欲，只想去冰箱里拿一瓶酸乳酪。左脚落在地面上，踩进拖鞋的时候，她发现小腿肚侧面有一块之前并不存在的青紫，验证了胡一曼的说法。她戳了一戳，不痛不痒，像胎记。

因为持续吸收高频率刺激而僵化的大脑，又活跃起来，如触了蜂巢，每一处记忆中的细节都化成一只凶狠的马蜂，盘旋不去。哪怕是弯下腰打开冰箱门的一瞬间，都觉得背后发冷。

谭嘉烁回到床上，把只吃了一半的酸乳酪放在床头，侧躺着。屋里所有灯都开着，她静静地看着窗帘皱褶之间形成的阴影。它们若晃动，她的眼珠子也跟着挪动，像一个损坏的木偶。

第二天早上八点半，她翻身起床后的第一件事情，就是给谢静打电话，要求见面。

06 血地毯

中部

傅家夜宵摊上，一名男客用筷子点着盘子说：“老板，这豆腐好咸。”正在炒河粉的傅长松不抬头地说：“下饭菜总是有点咸的。”

男客说：“不是，你这咸得发苦啊。”

傅长松抬头打量了一下对方，说：“你等会儿，我给你再弄一盘。”

男客说：“算了算了，没那必要，下次你记着就行。”傅长松不言。片刻后，男客捏着盘子一角把它抬起来，轻微地左右颠着，把在盘底积聚的酱汁展示给同桌朋友，说：“看这酱油，黑得像煤油，难怪咸呢。”

他的声音不大，也不是特意说给傅长松听的，但傅长松把锅铲往锅里一扔，走到男客面前，抄起那盘家常豆腐，用筷子横扫，扫得盘子哐哐响，把残余物都扫进了垃圾桶里。快步回到灶台前，说：“你要投诉直接找我说，谁让你像打广告一样在那儿喊，你等着，我这就给你炒。”

男客说：“我客观评价，不用这么火大吧。”傅长松抬头，看了看这一桌。同桌人低声对男客说：“算了算了。”然后又对他耳语了一些旁人都听不见的话。男客便收声，不太高兴地默默吃东西、喝啤酒。傅宝云送上来第二盘豆腐，他们收下了，再不多嘴。吃完后，他们起身，那男客在离开时清晰地说了一句：“以后不来了。”傅长松听见了，又停下动作，抬起头来。傅宝云不得不拍拍父亲的胳膊，说：“别理他们。”

她发现，自从那天把母亲紧急送到医院后，父亲做生意时的耐心少了许多，而且还有日益恶化的倾向。母亲患有严重胃溃疡，做了部分胃切除手术，仍在住院，傅宝云自然也为之情绪低落，但她隐约觉得，父亲的变化从那天之前就开始了。

母亲入院，傅宝云最怪罪的是自己。因为俭省，在餐饮店打工的时候，母亲经常把剩菜带回家，甚至未经过雇主同意，但她从来不会让女儿吃这些。母亲也有意无意提到过，她还在当班的时候，也会偷偷吃店家剩菜，这不仅不卫生，还导致饮食极不规律。

在父亲回家之前，母亲就曾毫无征兆地晕倒。傅宝云产生过把母亲强拽到医院的念头，但总被母亲的说服打消，如今她很后悔，自己在这件事上实在不够坚定。她从来不把母亲“房子会升值”的幻想当真，某种程度上，她比母亲更在意存折里的数字。

它就像通天梯，只能往上攀升，往上攀升，要是下面失去一截，已经踩上去的母女俩就会摔得粉身碎骨。穷人能吃苦，吃苦就意味着对身体的逐渐崩塌有高耐受力。与之相比，一次意外医院之旅带来的财务负担反而更可怕，毕竟他们已经在用健康换取希望，而存折数字的雪崩式滑落，则会埋葬希望。

母亲无法工作后，光靠父女俩也无法完成食材的准备，更不用说这会严重损耗他们所剩无几的睡觉时间。他俩商量过雇个帮工，但暂时安排不过来，只能买一些半成品食材救急，综合成本增加了许多。再加上客人敏锐地感觉到了老板情绪的变化，有的熟客经过时都不太愿意坐下来，这两天的利润极低。她想和父亲聊聊解决对策，但看他整日沉郁的神情，不知如何开口。

现在是十一点，本应当是生意兴隆的时候，但三张桌子只占用了一张半，有半张是独一个客人在吃炒粉。所以，当巷口出现一群陌生年轻男性的时候，傅宝云自然地怀着希望，把目光投过去。

但她突然感受到强烈的不安，仿佛有人朝她身上倾倒了一桶蚂蚁。因为那些人衣着各异、步伐凌乱，却散发出一种绝不友好的统一性，径直朝她的摊位走过来。

领头的人看起来三十岁左右，中等身材，眼神蕴含着一种生发于自信而不是同情心的和善，须发浓密但修剪齐整，穿着米白色翻领衬衫和卡其色山地军裤，比身后的所有人看起来都整洁干练。

他们在摊位面前站定了。领头的看了看傅宝云，在她避开眼神之后，转向了傅长松。

“吃点什么？”傅长松抬头，扫了一眼众人。

“老板，位子不太够啊。”领头的身后的另一男子说。

“先坐下几位，其他人等一下呗。你们点好菜，等该上的时候就会有座位了。”

单占一张桌吃炒粉的人，忽觉光线被遮挡了，抬头发现了这一群人，赶紧把剩下几口扒完，扫码结账，迅速离开。余下一桌人，本来在高声聊感情挫折，回头打量了一下，把椅子挪得朝桌子更近一些，埋头默默进食。

“去对面拿几张椅子过来就够了，我们坐一会儿。”领头的对刚才嫌位置不够的人说。后者穿过街道，走向刘阿姨的摊位。刘阿姨没有站起来，也不说一句话，眼睁睁看着他抄走了自己的三张小凳，顺带一句“借走了”。

“怎么，你们要包场？”傅长松说。

“倒是想，怕您累着。”领头的说。

“你认识我？”

“可惜您不认识我了，傅伯伯。”领头的人笑了，“我是赵敬义。赵英涛的儿子。”

“赵敬义？”傅长松说。

“您不相信？”

“你说赵英涛的儿子，我知道。赵敬义这个名字，对我来说就陌生了，他还真的从来没有在我面前提到过，他一般都是称呼你……”

“核桃。我刚出生的时候，他嫌我小得像一粒核桃。多少年没人提醒过我还有个小名了，真难为情，呵。”

“是因为早产。你出生当天，我就去恭喜你爸妈，自然也看见你了。后来就没怎么见过你，所以对你印象最深的，还是那一天的样子。看你现在，营养还行啊，你爸妈当时不用那么担心。”

“挺巧的，我爸一死，再也没人叫我小名，我终于开始长个了。但毕竟有爸妈基因在那儿，最后也只是长到和我爸一样的高度，倒是落下了贪吃的毛病。”

“行吧。我再问一次，吃点什么？”

“您不能早点收摊吗？我想和您聊一聊，叙叙旧什么的。”

“那不行。我做生意的办法简单，只要找准了有客人的地方，就尽量天天到岗，该照顾到的事一件不落，让人家觉得哪儿都有你，啥时候都能见到你。除非你有什么办法让我今天没法做生意，否则，等我打烊。”

“都听见了吗？可不能搅了傅伯生意。”赵敬义抬高声音，不回头地说，“都坐下，点菜。”

在他们交谈间，最后一桌客人也已付款，悄然离开。赵敬义一群人，加上从刘阿姨那儿搬过来的几张凳子，把三张圆桌围得满满当当。

“你去招呼吧，”傅长松对女儿说，“就是普通客人。”

因为没有印制菜单，菜品都写在摊位旁边立着的一块薄木板上。当客人多的时候，傅宝云必须走到每一桌面前，用纸笔记下客人所需。她有些忐忑地走到其中一桌旁边。

要是在往常，这些一看就来路不正的小年轻，会向她投去可疑的目光，不在意她是否因此而尴尬。但这群人不一样，他们像一群被迫面对试卷的中学生，注意力只在点菜这件事上，几乎没有人抬头看她一眼。

唯一和她对上眼神的，只有赵敬义。“就点这些，够了，每桌加一打啤酒，谢谢。”显然，他的手下是遵从了他的命令，才态度和善。

和普通客人不一样的是，这伙人有意点了超过一般分量的菜。因为重量问题，傅家每次出摊，只会装载少量的酒水，这些人很快就消耗完了，然后自行到不远处的店铺买酒水回来继续喝。三张满桌，摊位持续热闹到了十二点，准备的食材已所剩无几。

赵敬义说：“大伙都吃得差不多了吧。”众人纷纷放下筷子。

傅长松对女儿说：“收摊吧。”

傅宝云开始收餐具，而赵敬义手下主动把桌子折叠了起来。

傅长松说："你们挺闲的，但是我不需要人给我们打零工。"赵敬义说："傅伯，您指挥就行，让他们活动活动，这样早点收干净，我们也好聊正经事儿。"

傅长松盯着赵敬义看了一会儿，没有直接回答他，转而叮嘱女儿说："宝云，他们愿意帮我们收摊，你来交代该怎么做，让他们注意一点就行。"

宝云有些犹疑，低声说："爸。"

傅长松说："没事。"

两人走到人行道内侧。

"傅伯，多谢你招待了。"

"称不上招待谁，这不是明码标价做生意吗。"

"我们一边散步一边聊？"

"行了，饭也吃了，酒也喝了，我建议你有话直说。"

"我想和您合作。"

见傅长松沉默，赵敬义继续说："看吧，直话直说，反而把问题复杂化，所以我才先带着大伙吃顿饭，就当是一个缓冲。我和您都二十多年没见了，更不用说那时候我还是个小孩，我觉得需要先让您重新认识我。"

"那你应该更诚实一些。你朝后看，车轮子旁边，穿蓝条纹的那一个。我记得他前几天已经来过了。"

"不愧是傅伯。其实，我也需要重新认识您，所以得做点准备工作，让他先探了探路。今天见到您本人，聊了这么几句，我心中有一个想法更加明确了。我十分相信，您是坐了二十年冤狱。"

"你妈妈认定是我干的，她应该也会这么教育你吧？"

"那确实。其实头一两年我都不知道我爸是怎么死的，我妈说是车祸，后来她可能憋不住了，说我爸是交友不慎，害死自己。到了第三年，她才直接点出您的名字，说肯定是您干的，二十年判少了，枪毙才解恨。”

“你不相信她说的话？”

“我更相信我爸说的。他还活着的时候，虽然我们俩不怎么见面，但是关于您，他和我说过太多了，说如果没有您，那就没有他，也没有我们家的好日子，还说您是他的救命恩人。稍微长大一些之后，我自己也了解了一些情况。这么一综合，我觉得答案很明显，您根本没有理由会去对付我爸，不管是为了女人，还是为了十万块钱，都不值得。至于我妈，随她去，她想些什么对我没有任何意义。”

“你想知道是谁干的？”

“想不想？那当然是想的。但是我没打算在这件事上费心。二十年前公安都没解决的事情，现在更是什么证据都没了，解决不了。在我看来，您不光是坐了冤狱，更是为我爸坐了冤狱。”

“怎么说？”

“我爸死得不明不白，如果没有人为这件事坐牢，成了悬案，他在旁人眼里就成了个冤魂。您坐了冤狱，非常不幸，但对我妈，还有我爸身边的其他人来说，事情总算有个交代，这件事大家也忘记得比较快。有的事忘了好，忘了才能好好为以后做计划。要是二十年了，还有人在说，你知道赵英涛吗，当年那桩悬案，现在还没破。那他们看见我本人，头一个想到的也会是，他爸死得冤，案子还没破，可怜的孩子。正是因为您坐了牢，事情才妥了，我爸才能入土为安。不管您愿不愿意，您都做了非常大的牺牲。我一直在等着您出狱，亲口把这些话告诉您。”

“你现在做的什么营生？”

“和当年你们俩在鹞子街做的一个方向。贸易方面的，五花八门都有。我之前说的是‘合作’，这个词可能用得太重了。这么说吧，看见您现在这么辛苦，还带着女儿一起，我心里不好受。我非常诚心地希望您可以过得舒心一点。”

这句话让傅长松回想起一些过往。他和赵英涛，若要说服商家接受只利于他俩的条件，也常常这么说话——大家都舒心一点不好吗？少点摩擦不好吗？在两人都有孩子之后，这些话显得更加有说服力。一切都是为了孩子。

“我是有点好奇，这么多年你妈是怎么把你带大的？不过今天实在时候不早了。”

“您不用急着回答我。我想过，如果您不乐意，我就做一个普通常客也不错。接下来两天我有别的事，但还是会有弟兄来照顾生意的。就他吧，既然您都认出来了，就刚才说的穿蓝条纹的。如果您想找我，和他说，叫他小吴。”

“行。”

赵敬义一行人离开了。傅长松查看了一下推车，所有物件都收纳得紧凑而整齐。谭宝云走到他身边。因为有多人帮忙，今天收拾之后，她并不像往常一样疲乏。

“回去吧。”他对谭宝云说。

“爸，你们刚才一直在聊，所以我没说。”

“怎么了？”

“结账的时候……他们打了五万块。”

这足以支付蒋蕾做手术和住院的费用。

谭嘉烁打电话要求见面，谢静一口答应下来，但晚些时候，以工作加急为由推掉了。第二天，又以工作加急并附加家人生病为由再次推掉。第三天早上九点半，谭嘉烁来到了谢静供职的编辑部门外，给她打电话，说自己就在门外，如果今天仍不见面，就直接进门找她。

谢静回话说：“嘉烁，我午休就出来，我们找个不那么显眼的地方好吗？附近同事很多。”

谭嘉烁说：“出版社南门对面的咖啡馆，我们坐外面的位置，临街，车来车往，没人会偷听到你在说什么。”

十二点二十五分，谭嘉烁看见谢静从斑马线走过来，手里拿着一个饭团。她在谭嘉烁对面坐下，说：“我早上没吃，现在很饿了，稍微等我一下。”

在谭嘉烁沉默的注视下，她略急促地吃完了紫菜金枪鱼饭团，左右看了看，没有垃圾桶，有些尴尬地把半透明的饭团纸捏在掌心，然后略微皱眉，抬起眼睛，对上了谭嘉烁的眼神。谢静轻咬右边嘴唇，仿佛在思考一个令自己困扰，但不值得过分担忧的事情，比如为什么做坏了一道拿手菜。

“泰……他当天就给我打了电话，说——”

“你等一等。”谭嘉烁打断了她，“先回答我一个问题。你那天为什么把我一个人扔在那里？”

“怎么能说我把你‘扔’在那儿？我试过了叫你一起去吃饭，但是你不醒，我想让你多休息一会儿，和我们睡一个屋的女生可以做证。”

“泰阳是怎么和你说的？”

“说……你们发生了一点冲突。”

“别遮遮掩掩的。如果他说得这么简单，你不会躲着我。”

谭嘉烁尽量让自己声调平缓、语气冷静，并不是因为她想做一个所谓“懂事”的人，而是她很清楚，谢静一定会准确抓住她情绪上示弱的一瞬间，再次扮演保护者和赞助人的角色，试图重掌质问的主动权。

“到目前为止，我还没有解释到底发生了什么事。要么他对你说了实话，当然，我觉得这不可能；要么，他对你撒了谎。无论答案是哪个，你都心知肚明，他伤害我了，所以你现在脸上都是罪恶感，你自己没感觉吗？你不想交代他的说法，那我先来。”

谭嘉烁把自己醒来之后的经历简单说了一遍，她用“袭击”一词带过泰阳在她身后时的行为。

“轮到你了。”

“……喝茶的事，他提过。他说看你起床之后，精神很差，就泡了一点茶，想帮助你醒醒神。你喝了一口，开始抱怨，说自己晚上被叫过来，有多辛苦，从来没受过这样的待遇，如果不加薪就不干了，还骂他老糊涂……他想劝你冷静，结果你把他推倒，撞坏了屏风。然后你的司机进来，狠狠踢了他一脚，把你带走了。”

“你相信他？”

“我看见屏风确实坏了。”

“工作室一楼的布局，你肯定比我更清楚，你知道茶桌和屏风隔了有多远，为什么我会喝了茶，结果在屏风前面把他推倒？而且，我的司机在场。我有证人，他没有。实话说吧，就算要撒谎，我也比他有优势。他还说了什么别的？照实告诉我，别再替他打掩护。”

“嘉烁，你先冷静。”

说完这半句话，谢静停顿，想从谭嘉烁那儿得到一种预示着态度软化的肯定，但除了冰冷的眼神，什么都没等到，她只好继续。

“他说不想用你的作品了。我连打了好几个电话劝他，总算让他松口，说如果你和司机一起登门道歉，就可以视你们的……态度……”

“你自己也知道这有多荒谬。你都没办法把他的话都复述一遍。难道他还想告我们人身伤害？”

“他提到过，但肯定不是认真的，只是人在气头上了。”

“谢静，到目前为止，你没有一句话是站在我的角度考虑。我知道他对你们出版社很重要，但我们认识七年了，我陪你过了六次生日，可能因为你朋友多，这对你都不算什么——”

“别这么说，你对我也很重要，但我实在没想到他会……我知道他有一点心术不正，所以和他提过，你爸不是一般人，你还有私人司机呢。这个没脸没皮的老东西，怎么不脑溢血死了算了！”

伴随着“死”这个字，谢静狠狠拍了一下咖啡桌，然后脑袋朝下一坠，肩膀一抖，流下泪来。

“我爸是谁，和你应不应该这样对待我，一点关系都没有。”

“别钻牛角尖了，我也很苦啊，你不了解！公司最近换了一个领导，和提拔我的上一任领导关系很差，一直针对我，如果不是因为手里还有这个项目，她早就把我扫地出门了。我现在不能丢工作，我男朋友三个月没班可上了，家里天天像个火药桶，没有人可以替我解决，我也不想总是哄着那个老东西……”

谭嘉烁还沉浸在刚才谢静一拍桌给她带来的震惊之中，并且发现，自己竟然也有了想哭的冲动。这不是因为谢静打动了她，恰恰相反，她发现没法调动自己的同情心。相处七年的朋友——无论这个词是否还适用——在眼前抽泣，她没法相信这眼泪，并且为导致两人陷入这场痛苦交流的一切而感到疲乏。

“你听好，他不想和我合作了，我求之不得。但是，是你们出版社和我签下的劳务合同，我想你们也不至于因为他的压力，单方面撕毁合同。就按照规定的时间点，给我打钱。”

谢静一边用掌底抹泪，一边点头说：“你的稿酬已经交给财务处安排了。钱，总不会坑你的。”

谭嘉烁本来没有期待太多，她就是想讨个说法，确认自己不会因此遭受进一步的损失。她本来预计会面对更多的谎言、更无耻的否认，而对话比她预料中进行得要顺利。除此之外，她还彻底看清了谢静的态度。她们再也不会是朋友了。这算不上是损失。

但是，这样就结束了吗?

她不能就此止步。

“还有一件事。”

“什么？”

“我知道你有他工作室的钥匙，借给我用一下。”

“你别这样。我回去上班了。”

谢静站起来，要离开。谭嘉烁在她经过身边时，抓住她的手腕，抬头盯着她。

“拿出来。”

“害死我，你就满意了？！”

谢静像委屈似的重重叹一口气，从包里掏出了一小串钥匙拍在桌上。

“还有，既然我不想被他发现，你也不要和他通风报信。”谭嘉烁说。

“我不会做这么无耻的事情，但我怕你不相信我。”

在谭嘉烁的咖啡杯旁边，放着一小沓对折的餐巾纸。她捏住一角将其展开，露出一个黑色铭牌似的电子设备，比她手掌略小。她说：“今天的对话，我必须录下来。既然他都开口说想告我了，我这样做是应该的。”

“什么时候开始录的？”

“你过马路的时候。”

谢静意识到，她如何聊新领导、男友，以及那句“老杂碎”，全都录进去了。

“你怎么……怎么变成了这么可怕的人？”

“你觉得可怕的人是我？”

谢静快步离开。她没扔掉的饭团纸在桌面上缓慢地展开，像不幸遭到啃噬的花瓣。谭嘉烁把那串冰冷的钥匙捏在手里，强迫自己熟悉它的手感。

今天中午，胡一曼到敬老院看望父亲胡云志，正好遇上护工推着小餐车，把午餐送进她父亲的房间。

“他在房里一个人吃吗？”胡一曼拉住了护工。

“是啊，今天饭菜很好的，是胡先生喜欢的口味。”

“我不是这个意思。以前中午不都是到大食堂吗，光线好，我爸可以顺便和别人聊聊天，吃完了就在外面散步，一直是这样的。他不喜欢一个人闷在小房子里吃饭。”

“这我们没办法，是院长安排的。上个星期，胡先生就是在食堂吃午饭，本来好好的，突然说什么要搜查、找证据，去打扰别的院友，还打翻了一碗热汤，把自己脚掌给烫了。你去看，他有几根脚指头皮肤还没长好呢。后来院长就说，先安排他一个人在房里用餐，观察几天。”

“我爸没有传染病，也不是来坐牢的。”

胡一曼进屋，走到父亲的床边。胡云志坐在床上，背部弯曲得厉害，看起来像一根倒伏在地、弯头朝上的拐杖。

“爸，我来看你了。”

胡云志慢慢地转过头来，看向女儿。

“一曼回来了。”

今天他的眼里有光，胡一曼松了一口气。

“爸，我们去食堂好不好？在床上坐着吃，对肠胃不好。”

“食堂？今天大队食堂不开门。”

“开着的，我刚刚经过了，我们去吧，吃完了散散步。”

“好。”

“听见了吧？我爸要去。”胡一曼转身对护工说，“有我在，你怕什么？”

“哎呀，到时候院长怪罪的是我们，不是你啊。”

护工抱怨归抱怨，却没有再阻拦。

胡一曼带着父亲来到大食堂，占据了最后一个靠窗的桌子。她花了几分钟时间，才让父亲确信他今天还没有吃午饭，而吃午饭也正是他们到食堂来的目的。胡云志似乎没食欲，吃得很慢。胡一曼说：“爸，我陪你一起吃吧。”

胡云志说好。于是她走到供餐点，要买一份给自己。

厨工说：“这都是为老人牙口和营养需求定制的，年轻人未必喜欢，你要不要试一下员工盒饭，有三种价格档位。”

“行吧，来个中等的。”

她回到父亲对面坐下，打开饭盒，发现自己的配菜里有父亲爱吃的蚝油烧菌菇，就分了一些给他。胡云志把菌菇夹起来，在阳光下观察片刻，放进嘴里。

有女儿陪着，胡云志进食确实更积极了一些。两人默默吃着，直到饭盒见底。胡一曼左手撑着额头，发了一会儿呆。她的目光向着塑料饭盒底部凸起的一小排字，但是在数秒钟后，才真正排除食用油光泽的干扰，看清了那是什么字。

怀胜楼。

她赶紧仔细看了看饭盒盖子，又看看底部。

这确实是怀胜楼定制的饭盒。

吃完饭，胡一曼陪父亲散步一个小时，把他送回房间，和他暂别。随后，她来到食堂后厨，找到了刚才卖盒饭给她的厨工，寒暄片刻，然后说："师傅，我看见饭盒下面印着怀胜楼三个字，想起来，城里有一家火锅连锁店叫怀胜楼，你们是从它家订的餐？"

"妹子，你别乱说话，当然不是订餐，我们都是现做，卫生标准严着呢，不然这么多老人家岂不是不答应？我们只是从这家叫怀胜楼的公司进材料，包括饭盒。至于这个怀胜楼是不是做火锅的，我就不知道了。"

"附近村里就有养猪场，还有蔬菜大棚，你们从别的地方进货，成本是不是太高了？"

"这我不清楚，我们就负责做菜、送饭、伺候老人，老板省下来的成本也摊不到我们工资里啊，对不对？但它家东西确实拿得出手，我跟你说，有的家属不放心，非要到后厨去检查食材质量，一点毛病都挑不出。"

"我就是因为这个才和你打听。我家正打算在市中心附近开饭店，正在找品质可靠的供货商，当然也不能太贵了。这家怀胜楼的送货员什么时候会来？我直接找他们问问。"

"今天就在，车还没走，后门仓库外面停着，你要去快去。"

胡一曼谢过，小跑着赶到了敬老院后门。三辆颜色统一的厢式货车并列停着，哪怕不看车厢侧面印刷着的大字，胡一曼也一眼就能认出，这是怀胜楼的运输车队。两名貌似司机的男子在一旁抽烟。胡一曼上前亮出自己同为怀胜楼员工的身份，和他们闲聊。本来他们看胡一曼是女性，又不太像厨工或者服务员，就忽略了她的问题，只是好奇她在怀胜楼做什么。但看到胡一曼的高级员工证，意识到她是管理层或者谭老板身边的人，他们态度就端正了不少，老老实实地回答她的问题，其中一人甚至把烟给掐灭了。

司机告诉她，他们是从怀胜楼自家仓库直接拿货，每周送两次，已经干了两年，每年的货品价值约八百万。

听见这句话的一瞬间，胡一曼突然觉得脑子里闪过一道光，心里顿时轻盈许多。胡云志在此地养老，每年二十万费用，由谭怀胜代出。但是，原来他每年还同时通过给敬老院供货，得到上百万收益。考虑到怀胜楼和敬老院之间紧密的商业合作，那么谭怀胜每年是否真的需要为胡云志承担二十万的开销，也存疑了。

谭怀胜有恩于胡一曼，这依然是事实，但他通过不断强调“二十万”，使胡一曼头顶不断累积的重岩逐渐碎裂、崩塌。

她甚至开始自我批评，为什么没有早点想到？这太合理了，他毕竟是谭怀胜。

司机问：“妹，你笑什么？”

胡一曼说：“没什么，其实我家里也有人住在这里，你们这么辛苦，他能吃好睡好也是多亏你们了，我也不知道你们爱抽什么。这是一点小意思，自己买条烟吧。”她一边说一边掏出皮夹子。

对谭嘉烁来说，这是陌生的景象，在黑夜中，泰阳工作室显得臃肿。上次来，她几乎是被谢静急急忙忙地推进屋，而第二天中午逃离时，她不愿回头，因此没有捕捉到整栋建筑的全貌。现在她看见了，仅靠对面街灯点亮些许轮廓的双层小楼，像一只在蜕壳中途变得僵硬的黑色甲虫，弥漫着一种错置的静谧感。

她右手插在裤子口袋里，捏着那串钥匙。她解释不清自己为什么会有这个打算。断绝与泰阳的任何联系，尽快忘记这个人，应当是最容易下的决定，如同扯断一根头发丝。但她在一种冲动的驱使下，逼谢静交出了钥匙。

这冲动并不神秘，只是她和它还不太熟悉。自从最后一次和父亲见面，也是最后一次争吵后，她就觉得体内的愤怒产生了一些质变。它们不再只是朝着自己内心延烧，在徒劳的互相啃噬之中冷却，而是朝外迸发，灼痛着她的指尖和太阳穴，催促她行动。

泰阳袭击了她，她需要反击，哪怕只是象征性的行动。在心中把这一切简化成黑与白、作用力与反作用力之后，她更坚定了。

从外面观察，楼内无灯、无声。现在是晚上九点，泰阳熄灯睡觉的可能性很低。谭嘉烁再看看周围，没有人和车，附近别的楼房里没有探出窗户的脑袋，因邻近郊区，摄像头也不多。至少在这一刻，她没有做任何可疑的事情，她只是拿出钥匙，轻轻开门，步入屋子，关上门。

除了窗框上透进来的少量鹅黄色灯光，以及挂式空调上的电源指示灯，屋内一片漆黑。不知是否错觉，谭嘉烁闻到些许茶香。也许下午曾有人在客厅。也许在这天下午，泰阳对另一个人说："能让我亲手沏茶的人可不多。"

谭嘉烁打开一只手指长的手电筒照亮脚下，小心地确保这光线不会通过窗户射到外面。她越过茶桌来到放置屏风的客厅，心跳开始加速。电筒缓缓朝上移，在一整片黑暗中勾勒出了衣帽架的轮廓。那顶帽子不在衣帽架上。衣帽架的左侧仍是屏风，看来泰阳重新把它竖起来了，但还未修复，有一部分木架之间的布料撕开一个大口垂下来。

然后，谭嘉烁看见了自己摔在上面的那一部分地毯。如果她当时身体再往前两寸，就会直接撞到木地板上了，所以这地毯救了她，或者说和她一样成了不幸的受害者。

虽然地摊上的花纹是暗紫红色的，但干涸的血迹依然明显，其覆盖的面积也比她想象中更广。如果泰阳真的要诬告她，那么这地毯就是谭嘉烁最有利的证据。她蹲下来，歪着脑袋夹着手电筒，掏出美工刀，把染上她血液的地毯裁下一小块，放进小密封袋里。

就在这时，她听见了前门被推开的声音。下一秒钟，玄关处的灯亮起来了。有陌生人声音问道："在哪个房？"然后是泰阳的回应："就在一楼，往里走。"

在客厅北侧，有一张写毛笔字用的宽大书画桌。她连忙跪下来，手脚并用地爬过去，藏在书桌后，缩起身体。就在下一秒，客厅的灯也亮起来了。她看见自己腿部的影子稍微突出在书桌的阴影之外，她立刻把腿收得更紧，双手抱实膝盖，不允许身体有一丝松懈的迹象。这导致大腿压迫到腹部，让她呼吸困难。

谭嘉烁曾考虑过拜托胡一曼来为她放哨，但因为不想索求太多而放弃。现在，她后悔了。

“就这张地毯？”陌生的声音问，“哪里脏了？”

“这个角落。”泰阳说。

“这是什么？是血吗？”

“你管它是什么，先卷起来吧，你们能清洗就清洗，实在修复不了的话再说。”

“不光脏了，还少了一块。”

“少了？”

“我一开始以为是一道划痕，但其实是破了一个洞。你自己来看。”

谭嘉烁听见泰阳弯腰发出的疲乏呼气声。

“行了，先弄走。我也有可能不要了，或者裁掉一部分。”

“好嘞。您让开一下。”

谭嘉烁低头。不仅是书桌一角，她的臀部也压在地毯边缘。

“拉不动，先把桌子挪开。”

“手脚轻一点，千万别在地上拖，”泰阳说，“那是东非运过来的黑黄檀。”

两名工人走到书画桌两侧，一左一右，倒数三、二、一，把它抬起来。他们体格健壮，但也费了很大劲，把它往墙边挪，又在泰阳“千万别擦到墙”的抱怨下，往回挪了一寸放下。

谭嘉烁能看见其中一名工人的背影，以及他弯下腰时裤子口袋垂出两根指头的手套，她屏住了呼吸。在他们接近书画桌之前，她及时转移到墙角，把身体夹在一个半人高的小柜子和墙壁之间。如果这名工人转过身，或者对面的工人抬头，就会看见她。

“可以了，”泰阳说，“来收毯子。”

两名工人走出谭嘉烁的视线。在泰阳的指挥下，他们把毯子卷起来运出屋子。泰阳用脚掌在谭嘉烁留下血迹的地方蹭了蹭，确认血没有从地毯渗到木质地板上，有些不愉快地哼了一声。客厅的灯关上了，玄关的灯关上了，门也关上了。几乎把自己憋得眼前发黑的谭嘉烁，重重地吐出一口气。她站起来，拍拍后背上的灰。经历了险情，总算能确认今夜是绝对安全的了。虽然不合时宜，但一种近乎雀跃的心情在她心中升起。

谭嘉烁是来获取证据，而泰阳是来消除证据。她一度以为自己此行是多此一举，没想到泰阳竟也考虑到了染血地毯的问题。这让她庆幸自己的决定，同时也觉得泰阳更加可恨，这说明他对这类事情有经验。

她从书桌前走过，衣服一角扫到书桌上的笔架，把一支毛笔带落到了地上。她有些慌张，第一反应是把毛笔拾起来放回原位。但在弯下腰之前，她想了想，站直，一脚把那支毛笔踩断成两截，又把它们踢到了柜子下面。

谭嘉烁等待心跳恢复正常，然后走上二楼。二楼比一楼更黑，但她已经不害怕了。她从自己睡过的卧室，以及劳累了一夜的办公室门前径直走过，没有看一眼。走廊的尽头是泰阳的书房。她上前握住球状门把手，无法转动。她把钥匙串上另一把较小的钥匙插进锁孔，打开了。她想，泰阳应当是对谢静有相当的信任，才会把这串钥匙交给她。

谭嘉烁突然想起傅长松说过的话："你不是神探，不是警察，也不是心狠手辣的人。"

她依然不是这几类人，但她有足以促使她行动起来的理由。泰阳敢在这里对她动手，是有理由的。这屋子足够偏远，不是他本人的家，又有工作室这一名义作掩护，是他在私人家庭之外构筑的权力空间。他动手不会是纯粹的一时冲动，而是这地点令他精神上舒适，产生自信。这里应当有让他对自己男性魅力产生盲信的源头，也许是战利品，也许是一种图腾。

她把门推开。书房不大，书柜里陈列的大部分是泰阳本人作品的多种版本，最上层摆放了三个相框，都是他在庆典类场合与他人的合照。她今夜来此，不是为了了解他的成就，她把手电筒移向别处，掠过一张窄小的简易床，锁定在他的书桌上。

书桌上有一台一体式电脑和一块立式白板，上面写了一些待办事项，没有什么可疑的。她把抽屉一个个拉开，里面大多是办公用具、稿纸等杂物。在右手边抽屉的最里侧，谭嘉烁摸到了一个约B5大小的皮革本子。她把它抽出来，在皮面上感觉到了岁月的积累。这是活页本，合在手中的时候，就能发现纸张是新旧不一的，并且与皮革、金属扣环的气味混合起来，让她觉得自己握着一件被屡次翻修的古董。

谭嘉烁用大拇指按住最后几页，往前迅速拨动，自然地碰触到放置了金属书签的一页，并且看到了她自己的照片。

那是对开的两页，左页上方贴着一张她的侧影。她认出了照片角落的背景：谢静供职的出版社。这照片抓拍的，应当是她在出版社的一次工作会谈。她只和泰阳见过两次，一次是在酒店大厅面试，一次就是前几日。可见远在初会之前，泰阳就已经通过其他渠道来了解她了。再仔细看，她面对着的那张桌子，桌上的一个古风人偶摆件属于谢静。当她和谢静谈工作的时候，某个人——也许是泰阳，也许不是——从侧后方拍下了她的照片，然后贴进这个古旧的、能清晰看见手指捏弄痕迹的笔记本里。

在照片下方，写着她的名字和出生年份。对开的右边一页，是好几段文字，以通信的口吻写成：

谭嘉烁：

第一次发现明眸善睐的你，是在怡人的……

她不可能往下读，但眼睛难免捕捉到了散乱的词句：“我们的故事”“如电流”“也许是”“品味”“美好愿望”……她立刻“啪”的一下把本子合上。

她的页面之后，尚是空白，而在她之前，还有上百页。她深吸一口气，再次把它打开，迅速地往前翻，发现并不是越往前，纸张就越旧——泰阳会用活页对其中内容做增补和调换。绝大部分人都占了数页，并不像她那样，只是一张照片和一页文字。

无人的风景照、半身像、裸照、隐私部位特写、短诗、涂鸦、几乎溢出纸页的文字，所有这一切，是许多人被笔记本作者侵入的那一部分人生，再次被揉碎、摊开，陈列在比手掌略大的黑暗中。

这并不只是单纯的战利品日记，而恰恰是这一点，反而让谭嘉烁更觉得难以承受。她所挖掘出来的，无论令她多么焦虑，都是泰阳的真实所在。她明白为什么泰阳会把笔记本放在这个房间了。假若那天的事情完全按照他的意愿发展，他就能第一时间续写他和谭嘉烁的故事。

谭嘉烁一时不知该如何处置这笔记本，她既不想让它停留在手中，也不想把它塞回抽屉深处。犹豫之间，她的大拇指长时间停留在第一页。就像记录她的部分一样，泰阳记录下的第一个女性也只占用了对开两页。她的照片很小，应当是从一张合照中撕下的一角。与之相配的字迹，与后文相比也稚嫩得多。

从服装来看，她是来自上一个时代的中学生。这让谭嘉烁非常后悔翻到了第一页。她想合上本子，但突然怔住了。

手电筒不自然的直射、照片严重老化留下的黄色斑点，还有年龄差异，都没有妨碍谭嘉烁从少女眼眉中辨认出记忆里属于母亲的脸。

右侧的文字是：

钟雁：

你是我今生的第一位挚爱，可惜命运作弄，你不曾属于我。

07 燃烧

中部

晚上九点，夜雨果然落下了，而傅长松已有准备。

他绑了一条环绕头部的布条，并且在两侧贴近耳朵的地方各折出一个朝下的小三角形，这样有利于引导雨水避开眼睛，从脸颊流下。十分钟前，他给带来的五名帮手下了令，让他们也照办。六人按照计划，藏在这片樟树林之中的不同方位。傅长松手里没有武器。

前些天，因为女儿收下了五万元，傅长松找到了赵敬义，要和他谈谈。对于赵敬义这堪称强硬而声东击西的手段，傅长松虽有些不愉快，但无法否认其诚意。在赵敬义经营的一家桌球室里，两人之间的交谈持续了不到两分钟，就有一个头上包着染血绷带、一只手吊在石膏里的中年男子找上门来，说有急事。一见到赵敬义，他就跪下说：“赵老板，他们坏事做尽，恶事做绝，求求你帮帮我！”赵敬义对傅长松说：“傅伯，你也听一听。”

来者是金龙涧村的村民，名叫杨全福。金龙涧是贫困村，乡政府提供每亩 40 元补助，划出一片公益林区，分配给村民们种植、养护樟树，未来将用于城市绿化，除此之外的任何用途都是非法的。杨全福认领的那一片林子，多次有村匪夜里来盗伐树木，他试图理论，却被村匪围殴，自家养的一群鹅也被毒死。村支书对他的控诉置若罔闻，村里派出所说这是林业局的事情，他们管不了。于是他到乡政府报案，在局里录了口供，回村路上遭埋伏，挨了至今最重的一轮毒打，还被浇了一身粪水。他一遭罪，妻女也不敢出门，他只好带着伤来城里寻找他所知道的、唯一有可能主持正义的人。

安抚杨全福后，赵敬义把屋子里所有人都赶出去，只留下他和傅长松，说："傅伯，你看，不管是什么时代，都少不了这样的事情，哪里是法外之地，人心就是法外之地，这些人在贫困村破坏扶贫，把自己当成什么人物了。"

傅长松说："从金龙涧村到城里来找你，不容易啊，一定是觉得你有求必应。"赵敬义说："倒不是我有求必应，我没那么神通，关键是老杨觉得公道应当站在他那边，他相信我是懂公道的人。"

傅长松说："是该有人替他站出来，既然他说有四个偷树的，那有六个人就可以对付了。"赵敬义问用得着六个人吗？傅长松说需要。

于是赵敬义叫了几个手下进屋，对他们说："这是傅伯，我爸当年最铁的朋友，大家正式认识一下。"

这活抵消不了五万元。但傅长松知道，这是他无法拒绝的。

作为外人，直接到村里堵人有点太显眼，且容易节外生枝，所以傅长松选择在林地里守候。他猜想，村匪把受害者狠狠教训了一顿，在得胜心理的驱使下，会很快再次犯案。

他猜对了。埋伏的头一个晚上，他已经和手下排演过偷树贼可能的行动路线。今夜，当林中出现一阵纷乱的脚步声，还伴随着大大咧咧的说话声时，虽然四周一片漆黑且雨声连绵，但傅长松脑中已经勾勒出了四名偷树贼的位置。

傅长松悄悄接近，已经适应黑暗的眼睛看清了四名偷树贼的轮廓。他大声吼出被欺负村民告诉他的偷树贼的名字，那四人冲上来，他转头就跑，和他们保持着危险的距离，并且故意发出惊恐的求救声，让敌人感受到追逐弱者的兴奋。跑到林地中一处较开阔的地方之后，他吹响了挂在脖子上的哨子。四个方向同时亮起了令人不得不闭上眼睛的强光，那是他让手下们准备的高亮度手电筒。偷树贼一阵慌乱，一名手下抛出一根铁棍，傅长松接住了。离傅长松最近的偷树贼勉强睁开眼睛，还没看清眼前人衣服的颜色，肚子就被铁棍前端狠狠捅了一下，闷哼一声栽倒在地。无需什么章法，甚至也不用花太多力气，众人冲上去一顿乱棍，混合着拳打脚踢，偷树贼哀叫连连。

三分钟后，有的偷树贼躺在地上动弹不得；有的跪着，双手死死护住后脑勺，像是要把面部埋进泥泞之中。手下揪出其中一个，让他躺在地上，然后每人拉住他的一只手朝上扯，像要强迫他做出投降的模样。

傅长松走到此人身边，居高临下地看着他，说：“就是你们把杨全福的手给打断的？”

“大哥，别……别这样……”

“我问你是不是。”

“是，是。”

“树也是你们砍断的了？”

“这树，我们村里的人都有一份，大哥你是哪路英雄啊，能好好说话吗？我求求你了。”

“把他按紧。”

其中一个手下单膝跪下，压住偷树贼的手腕。傅长松高举铁棍，朝对方双手的肘关节狠狠砸下去，惨叫声几乎震落了树冠上的积雨。然后他又挑出一个偷树贼，对他做了同样的事，放过了剩下两人。事后，手下问他，为什么不每个人都这么教训一遍。他说：“浪费力气。如果把四个人都打废了，他们会团结起来，不如留下两个被打废的和两个被吓废的，他们就会互相看不顺眼，这样更有用。”

躺在病床上的蒋蕾问女儿：“你们几天没出摊了？”傅宝云说：“三四天。”蒋蕾说：“不止吧，太长时间不去，位置都被人占了。”傅宝云说：“没事，我爸会管的，我多陪你几天。”

这话一出，她有些后悔，因为这通常会引来母亲旁敲侧击的询问，傅长松会不会来医院。但这一次母亲只是说：“冰柜里的菜，你们多吃点，不然浪费了。”

然后，母亲再次谈起要让女儿和邻居的研究生儿子交换联系方式的事情——如果不是她得了急病，这事早就安排上了，而这就是傅宝云想离开医院的时候。

四天前，傅长松嘱咐了傅宝云一句："我出去找人说件事，今天不出摊。"

当夜，他打了一个电话，说："今天晚上我不回来了，留在朋友这儿办点事，你也休息休息，照顾你妈。"

自那以后，傅宝云再也没有打通父亲的电话。父亲不见了，母亲和女儿生活的直接联系消失了，傅宝云便觉得自己成了一个无所事事的游魂。母亲暂时只能吃医院提供的流食，不需要她准备饭菜营养品，如果她在医院待太久，只会觉得无聊又碍事，而在家里就是成天瘫着打《王者荣耀》。当然，所谓的休息，也就这么一回事。

游戏间隙，有好几次她打开支付宝，就为了看那条信息：收入¥50000。如果仔细算算他们的开销，尤其是花掉医疗费之后，这笔钱也不是那么多，但是作为一次性收入，它短暂地给傅宝云带来了一种陌生的舒适感，就好像若随时倒下，都会有一片厚实又柔软的云彩接住自己。但这云彩并不是父亲吹一口气就会飘过来的，他为此有所付出，消失四天，就是他正在付出的证据。

第五天夜里，傅宝云还是没有父亲的消息。一个念头闪过：如果他再也不回来了，那该怎么办？她走到荣华街口附近的巷子，一辆宏光MINIEV停在他们出摊的地方，上了轮胎锁，看来是暂时不打算移开。

她看看街对面，刘阿姨还在。她走过去，打了声招呼。正在搅拌汤汁的刘阿姨看见她，把炉灶转成小火，用毛巾擦擦双手后迎上去。

"好久没看见宝云了欸。怎么都不出摊啊？"

傅宝云本来想说母亲生病的事，话到嘴边咽回去："我爸在忙别的事，所以休几天。刘阿姨，你知不知道对面这车停多久了？"

"前天还是大前天？反正从你们不出摊，它就停这了，其实我一开始还以为是你们家用来占位的。"

"这里又不是停车位，没人管吗？"

"那我不懂。它要是敢停在外面大路上，肯定会被拖走，这边人少，没人管。”

“好吧……我要买一根炸火腿肠。”

傅宝云小心地啃着足以烫掉嘴皮子的炸火腿肠，回到宏光 MINIEV 旁边。她想，如果父亲近期不打算回来，那么她就必须考虑别的办法。她用手机拍下了车牌号，然后掏出给客人点菜时用的便条纸，写了一张“诚意高价收购此车”，附上自己的电话号码，把它夹在雨刷后面。

K 歌厅包厢里，无数斑点状的蓝紫红色灯光环绕着墙壁滑行，没有人在唱歌，只是任由音乐响着。在樟树林出了力的几名手下轮流给傅长松敬酒。

酒过三巡，傅长松有些惊讶，自己遭到压抑的酒量比起二十年前并不差。他熟悉这样的节奏：眼球逐渐肿胀，五脏六腑在烧灼之中兴奋不已，膝盖似乎有了自我意识，在催促他站起来。

有一个特别“爱现”的人趴在地上，模仿偷树贼求饶。赵敬义干笑两声，把啤酒杯往桌子上一顿，上前说：“丢不丢人，快起来！”然后冲着那人后腰来了一脚。那人“哎哟”叫唤一下，一边乐呵呵的，一边因为疼痛而快速喘气，赶紧站起来给傅长松赔不是。

傅长松隐约听到有人敲门。因为屋内太喧闹，所以敲门声很小，但现在开门不是他的职责。在那人连敲十几次之后，总算有一个手下听见，上前开门。进屋的是一名年轻女子，穿亮片连衣裙，拎着黑色百褶面小包，好像不太确定自己应该和谁打招呼，笑得很努力，举起右手朝房间各个方向挥动。

赵敬义见到她，拿起遥控器，把电视声音调小，然后对女子说：“到了啊，快来认识一下，这位就是傅大哥。”

女子上前，有些忐忑，微微欠身说：“傅大哥好。”赵敬义介绍，她是杨全福的侄女，叫杨忆，因为杨全福回医院复诊，也不能喝酒，所以她就代替杨全福来致谢。在赵敬义指示下，她坐在桌子侧面。

一坐下，她就弹起来要敬酒，感谢傅长松救了她叔叔一命。她表示，叔叔太老实，心眼子不灵活，想挣钱总是挣不到，国家给他分配公益林，倒是让他全身劲头都上来了，天天说“国有资产交到我手里了那我就得拼命保护”，像圆了年轻时的参军梦，如果不是人那么犟，恐怕也不会被打这么惨。

傅长松说：“虽然把那些人教训了一顿，但还不清楚他们有什么后台，还是要嘱托你叔叔一家小心点。”赵敬义对杨忆说：“你叔叔这件事，我们肯定是包到底，不用担心，但是今天不是谈这个的场合，我们就负责一件事，让傅大哥开心。”

杨忆笑着说：“对。”

杨忆很会热场子，唱歌、猜色子、划拳样样来得，几名手下都围着她转。傅长松宁愿这样，不要所有人都把焦点放在他身上。半个小时后，赵敬义凑近了，对他说：“傅伯，我们出去聊一下。”

赵敬义带着傅长松穿过走廊，来到安装着铁艺围栏的阳台上。

“其实到这里来庆功，是兄弟们的主意。”赵敬义说。

“他们这么爱玩？”

“主要是他们服您，想和您一起热闹热闹。”

“到村里堵人的事情，他们恐怕没少干吧，这很稀奇吗？”

“是不稀奇。看到不顺眼的人，抽把刀出来嗷嗷嗷冲上去，谁不会？但您这事不仅干得很干净，关键是您一板一眼地做了计划，然后身先士卒地当了诱饵，让他们觉得自己在参与一件……”赵敬义停顿片刻，继续说，“一件很重要、值得拿出去吹牛的事情。我这些兄弟，自以为是头斗牛，盯着谁就撵谁，其实一只只都是螃蟹，横行霸道觉得自己挺威风，只要有一点浪花就会被打散。有计划、有规矩很重要，要不为什么军队训练第一件事都是走正步。”

“听起来你不太信得过自己人。”

“不是信不过的问题，是绝大部分人只有这个水准，不能怪他们。他们就喜欢过日子、找乐子、没原则。您可能不这么想，但是做人要有原则这件事，可以说我爸从您身上学了不少。”赵敬义放低了声音，

“他和我说过，以前你们手头特别紧的时候，碰上一个难得的机会，可以很快解决资金问题。我爸当时很动摇，但是您坚持原则，把这个机会放过了。”

“冰毒？”

“您果然记得。”

“如果我当时做了那种生意，就不是二十年可以解决的了。”

“您不光是自己没做，还把那些说有渠道的人赶出了鹞子街。”

“我当时有两三个伙计，‘溜冰’把人‘溜’废了，看着难受。你别夸我了，你爸胜过我的地方也很多：打篮球、下跳棋，没有一样是我学得来的。你知道吗，他是鹞子街蝉联三届跳棋比赛冠军，还有奖杯的。”

“原来那奖杯是跳棋比赛得的啊！”赵敬义用手掌狠狠拍了拍栏杆，“我都问过我妈是哪儿来的，她说不知道。那个盖可以揭开，密封性还挺好，被我妈用来装腌酸菜了。”

两人一同笑了。

“傅伯，”赵敬义拍了拍傅长松的肩膀，“提前谢谢，以后也要麻烦您照顾我这些兄弟。”傅长松没说话，点点头。

“我去上个厕所，要不您先回包厢去吧。”

傅长松又点点头。两人一前一后回到走廊，赵敬义拐向厕所，傅长松回到包厢前。手放在门把手上的时候，他就感觉到屋内变得异常安静。他进屋，发现只有杨忆一人在屋里，而且那些倒在桌面上的空酒瓶也不见了。杨忆跷着二郎腿坐在沙发上，静静地抽烟，屏幕上的歌仍然播放着，无人歌唱，慢慢推进的字幕上的光像白色光环，映在她的面庞和脖颈上。傅长松上前，在她身边坐下。

杨忆把手中烟递给他。傅长松接过，食指和拇指覆盖在嘴唇上，吸了两口。

“好抽吗？”杨忆说。

“一般。”傅长松吐出烟雾，把烟递还给杨忆，“不抽也没损失。”

杨忆接过烟头，把它抛进还剩余少许啤酒的玻璃杯里。火星熄灭了。

她看着傅长松，慢慢地把自己连衣裙的肩带褪下去，裸露上半身。傅长松未动，杨忆伸出左手，覆盖在傅长松的右手背上，说：“你的手好冷。”

夜里十点，谭嘉烁走进一幢烂尾楼。说它是烂尾，太抬举了——它只是浇筑了混凝土的楼房架子。其外墙是城市特有的战场：街头涂鸦爱好者、包治性病的地下金融推广员，以及时刻准备用白漆掩盖一切美与丑的管理者，在这里上演着反复的征伐和游击。

它本来将成为写字楼，所以一楼是宽阔的大厅，因未通电，有一长段漆黑路段，但在建筑外仍然有夜灯亮着，有足够光线照亮此刻已站在中央的泰阳。两人之间有十余米距离。这是谭嘉烁头一次因为看见泰阳而真心产生想笑的冲动。也许是因为害怕被下套子，泰阳戴上了帽子、墨镜和黑色口罩，就好似在这荒郊野外，真的会有人从草丛钻出来找他索要签名。

“这也好，我不想看见他的脸。”她想。

泰阳说：“说好在五星广场见面，我到了，又打电话说改到水产街，然后又换到这儿，小谭，你是在寻我开心吗？”

谭嘉烁不接话，从手提包里拿出皮质笔记本翻开，把页面朝向自己。

“小谭，我警告你，我知道你们年轻人法律意识淡薄，但你现在有严重的违法犯罪嫌疑。你以为你能从我家里偷走东西还能不留下线索？”

谭嘉烁看着翻开的一页，说：“徐自强，以前是市文化局局长，六个月前升任省文旅局副局长。去年三月份，是他亲自给你颁发文化劳动者重大贡献奖章。你和他当时的合影，就放在你的书柜上。这笔记本的86到92页——”

“别说了。”

“看来你很清楚我想说什么。”

谭嘉烁本来再也不想翻开泰阳的笔记本，但她没有选择，她需要找到一些有利于她自保的信息。那几页所记录的，是徐自强前妻的女儿。

她参与了泰阳主持的创意写作训练营，当时有一个年龄相仿的男朋友。按照泰阳所写的，他曾经对这名女子说：“让人愿意背叛另一个人的爱，是最热烈最真诚的。如果我现在有妻子，我必定会第一时间为了你背叛她；只不过是你恰好赶在我面前而已，而这也就是我为什么如此珍重你。”他们的段落结束于泰阳看上了训练营的另一个学员。

谭嘉烁不得不承认，这笔记本里没有任何能敦促警方处理泰阳的内容。他把一切都记录成一个看似你情我愿的爱情故事，而这显然是有意为之。若仔细阅读，她能找到一些关于真实情况的暗示，比如记叙了女方坦承两人的关系是“一件错事”，但这在法律上无意义。在不打扰女方当事人的情况下，谭嘉烁能用来吓唬泰阳的，只有她刚才引用的这一段内容。

“你真是像蛇蝎一样恶毒的女人！”

“你不是作协副主席吗？轮到骂女人的时候，就这点陈词滥调。你听好，我没有勒索你的打算，只要你愿意诚实回答我几个问题，我就会当整件事根本没有发生过——包括这个笔记本，也包括你曾经对我动手。”

“我不信你。我怎么知道你是不是想找到更多勒索我的理由？”

“我只想问关于一个人的事情。”谭嘉烁停顿片刻，继续说，“钟雁。”

“……你为什么要问这个？”

“别为我费心。你只要考虑该怎么如实回答我的问题。我已经把徐自强办公室热线设置成快速拨号了。这个点不会有人接电话，没关系，既然事实掌握在我手里，我就有机会让他们对我说的感兴趣。”

泰阳似乎想说些什么，但还是疲乏地点了点头。

“她是你记录下的第一个人。从照片来看，她应该是十几二十年前的中学生。她是你的同学吗？”

“不是。”

“别让我逼着你挤牙膏。把她的情况交代详细一些。”

“她是六中90届的高中生，我当时读四中，我是通过我哥哥认识她的。”

“你哥哥叫什么？”

“傅星。星空的星。”

“你们也是傅家村出生的吗？”

“我在城里出生。我们家长辈都是傅家村出来的。”

拿到笔记本后，谭嘉烁在网络上查到了泰阳的原名，傅瀚。没有任何资料说他有一个叫傅星的哥哥。不过“星”“瀚”两个字之间有明确的内在联系，让她相信泰阳没有说谎。

“你们兄弟俩和钟雁是什么关系？”

“我没有太多可以告诉你的。她是我哥哥的朋友，但是我爱上她了。那是非常纯粹的青春的憧憬。”

谭嘉烁想起钟雁照片旁边的简短描述：“你是我今生的第一位挚爱，可惜命运作弄，你不曾属于我。”

“命运作弄”四个字，用得十分沉重，这让谭嘉烁直觉上认为这背后还有故事。

“她是一个什么样的人？”

“我没法向你描述。那是90年代初，你没经历过那时候的社会环境，你不会明白为什么钟雁是那么特殊的一个人。”

“你和她不同校，那她来过你家？你们算是朋友吗？”

“她对我很友善，也许把我看作朋友，但说到底我只是傅星的弟弟。我暗恋她，努力在他们面前隐藏我的感情，没有什么见不得人的事。”

“给我傅星的联系方式。”

“没有。”

“你们不联系？”

“我没法和死人联系。”

“……他去世了？”

“去世三十年了。”伴随着叙述，泰阳愈加激动，“他打算悄悄拿家里的钱，然后离家出走。家里人发现了，把他抓了回来，关进放柴火的偏房，每隔一天让我去送饭。我第三次进去的时候，发现他在里面，已经去世了。”

谭嘉烁用左手捂住嘴。她提醒自己，现在必须坚强，不是对这个人产生同情的时候。

“然后，钟雁就……”

“我不知道。她的家人、她的朋友，我一概不知。没有人告诉我，自从哥哥上吊以后，我也不敢找人问。我说过，我们本来就不读同一所学校，所以她立刻就从我生活里消失了。如果我了解更多，百分之百会告诉你，因为我不想再让你有理由找我麻烦。你怎么不说话了，小谭？是不是没什么要问的了？”

“你说的六中，是现在的市六中吗？”

“是当时在鹞子街的市六中，初高中合校，现在已经撤销或者迁移了，我不清楚。”

谭嘉烁叹了口气。

“我问完了。”

“满意了吧？还给我。”

谭嘉烁往前走了两步，停下了。她伸出脚，从泰阳之前没注意到的黑暗中推出了一个祭拜用的小号烧纸桶。

“你做什么？”

“我从来没有答应过把本子还给你。我只说过，我会当作这一切都没有发生。”

谭嘉烁掏出打火机，点燃了本子一角。泰阳冲上去。谭嘉烁撒手，本子垂直落入桶中。桶底已经事先喷了汽油，很快燃起火舌，照亮了谭嘉烁的半侧身体。

“你疯了！”

泰阳脱下外衣，要扑灭火焰，一抬手，把墨镜撞掉了。这个举动让谭嘉烁吃了一惊，她赶紧上前当胸推了一把泰阳，把他推倒了，自己也因为用劲过猛而崴了一下脚踝，摔倒在地。泰阳挣扎着赶在谭嘉烁之前站了起来，谭嘉烁以为要挨打，赶紧用手掌撑着身体后退。但泰阳只是站在原地，弓着背，把手指插进头发里，随后扯掉了口罩，泪流满面地高喊：

“这是我的人生啊——”

泰阳是直接把外衣从头顶扒出来的，翻过来的右手袖口卡住了手腕，现在不容易直接穿回去。难以言喻的仇恨和悲戚在他脸上交织，五官仿佛要容不下这冲破堤坝的情绪，他转过身跌跌撞撞地跑出了建筑，穿不回去的外衣像另一个人的虚影，在背后紧随着他。看不见人影了，谭嘉烁却还是能隐约听见他的哭喊声，也不知是不是幻听。

她站起来，看了看烧纸桶里的状况。她特意做过功课，这是能保证不烧到自己，又不容易引发火灾的最好办法。

谭嘉烁转过身，走出烂尾楼，把手掌平放在胸口上，感受心跳逐渐恢复，并且努力吸进新鲜空气。

胡一曼靠在墙边，看着她。

“结束了？”

“结束了。”

“我听见他大喊，想冲过去，但是发现没必要。”

“又麻烦你了。”

“我什么都没干。笔记本你打算先留着？”

谭嘉烁低头，看看自己的单肩包。泰阳笔记本的内页好好地躺在里面——焚烧的只是笔记本封套和一堆她打过草稿的活页纸。这就是为什么她刚才特意把内页朝向自己，假装念诵其中内容，又必须在泰阳试图灭火的时候赶紧把他推开。

“我先留着吧。”

“嗯。这样既多多少少惩罚了他，又可以防止他报复。”

“不光是这个原因。”

胡一曼发现谭嘉烁突然变得消沉。

“如果只是为了自保，就允许我私藏着让这么多人痛苦的秘密，我觉得……没法接受。我希望我能为她们做点什么。”

“你自己也说过了，这里面的东西根本不足以证明泰阳违法。他很狡猾，在记录的时候就特意做了打算。”

“是的。而且我也不能代替她们做决定，揭开旧伤口。但是我……你知道吗，我现在根本不敢打开这个包，往里看一眼。”

“别哭。”

胡一曼不由得伸出右手，把她揽到自己身前。

“别哭。我觉得受了这一次教训，他肯定没胆量继续做这样的事了。你成了制止他的人。”

“我觉得我只是比较幸运，逃过一劫。”

胡一曼伸出左手绕过谭嘉烁的背，和自己的右手相触。现在，这是一个勉强及格的拥抱了。谭嘉烁把额头抵在胡一曼的一侧锁骨上，双手木然地垂下。片刻之后，她后退一步，依然低着头说：

“我想回家了。”

“好。”

08 生存率

中部

与泰阳发生冲突之后的隔日，谭嘉烁收到了出版社寄来的劳务费。作为一种休战的表示，她把钥匙寄还谢静，毕竟有了笔记本，那把钥匙也没用了。如果保存太多属于敌人的东西，会让她觉得自己是只会收集腐败橡果的松鼠。这件事办妥之后，她感到一种久违的神思清爽。

当天下午，她打了一会儿盹，在临近睡梦边缘时，迟来的记忆回溯突然敲醒了她：父亲曾谈到年轻时的经历，提过他也是六中的学生，89或 90 届，她记不清了。她立刻打开电脑，搜查六中的资料。

第二天，谭嘉烁乘坐公交车出门。市六中还在，只是迁移到了新开发区里更显眼的地方，且因为其学生优异的高考表现，在五年前升格成省重点中学，外墙上装有大型金色边框牌匾，陈列着考取 985、211 学校的光荣榜，周围房价骤涨。在豪华大门的两侧，两年前加装了电动四柱单通道闸门，而这些闸门如今已不再使用，只是让学校入口显得局促，像从两侧碾压过来的钢铁牙齿。

为了追寻线索，谭嘉烁不得不再次利用父亲的名字。她说自己是毕业生，糊弄过门卫，走进教职工办公室。她看中一名比较和善的老师，说父亲是这里的学生，她来帮父亲找一些当年的资料。那名老师的声音远比外貌冷漠，他问：“你爸是哪一届的，要找资料做什么？”

谭嘉烁掏出手机，让老师们看大众点评里的怀胜楼，说：“我爸叫谭怀胜，这个连锁火锅店是他开的。”另外一名老师说：“是吗？怀胜楼我去过几次，他家挺好吃的。”

有人捧场，事情就容易多了。谭嘉烁说：“我爸想做一点回馈母校的事情，比如出资赞助设备或者学习资料之类的，都还在筹划阶段，所以让我来找一点信息。”

老师问：“你具体想找什么？”

谭嘉烁说：“比如当年值得纪念的档案啊，还有他恩师的联系方式之类的。”

有人请示过教务处主任，得到明确支持的答复，于是把谭嘉烁带到档案室，让一名年近六十的档案管理员接待她。他姓马，把谭嘉烁领过来的年轻老师称呼他“马大帅”，据说因为他是象棋高手。

老师离开后，管理员一边帮谭嘉烁寻找当年资料，一边与她闲聊：“谭怀胜，90 届的吧，我记得我记得，他人学习蛮好，但是不听话，现在这么有出息了？”可谭嘉烁问起，他具体怎么不听话，管理员说：“那我就不记得了。”

管理员找到了谭怀胜当年所在班级的毕业学生名册，虽陈旧，倒还算平整，易于翻阅。考虑到以后不太方便重返此地，谭嘉烁说：“这里面好多人我爸想联系，都联系不上了，能让我复印一下吗？”

管理员说：“好。”

在翻到谭怀胜那一页后，谭嘉烁稍作停顿。那是她的父亲，比起现在，头围和脖颈小了两圈，眼神显露出一种僵硬的端正感，仿佛在拍照时把自己当作一件标本。她很难想象，父亲曾经是一个面对镜头会感到紧张的少年。

复印完后，谭嘉烁把名册交还，管理员说：“我看看复印了多少张，一张一块钱，你扫我。”

谭嘉烁觉得没有收获什么有用的东西，因为名册里没有钟雁。犹豫片刻之后，她问：

“大伯，应该有一个叫钟雁的女生，和我爸是一届的，您记得这个名字吗？”

“钟雁？”管理员皱眉。

“对。”

“刚才你复印的资料里面没有？”

“好像和我爸不是一个班的。”

管理员神情有些躲闪。谭嘉烁猜想，他应当听过这个名字，但是不便说。

“我爸和她关系特别好，但是联系不上了，这次让我来，我爸特别嘱咐我想了解一下她的情况。”管理员不说话，打开档案箱，把名册放回去。

“大伯，您知道这个人吧？就当我爸欠您一个人情，我会和他说……说您帮了大忙，他肯定会好好谢谢您。”

谭嘉烁从没有在生活中真心实意说出这类话，也不知道是否可信，只是把自己说出了一胳膊鸡皮疙瘩。

“谭怀胜说他和钟雁关系特别好？”管理员问。

“嗯。”

管理员转过身，走到房间里一张靠墙摆放的办公桌前坐下，拿起保暖茶壶给自己倒了一杯茶，然后拍拍办公桌侧面的一张小凳子，看着谭嘉烁说：“你坐一坐。”

这是很常见、通常会被认为很温馨的景象：一位老年人在有阳光照射的桌前备好一杯茶，邀请她坐下。但谭嘉烁却登时觉得，有看不见的冰碴子从斜刺里飞出来，扎向她的胸口，心跳猛然加速。

“小谭，你过来坐，”管理员说，“我和你讲。”

这次不一样，我没有危险，我没有危险，谭嘉烁在心里对自己重复着，上前用脚把椅子稍微挪远一点，坐下了。

“你们家现在过得挺不错吧？”

“嗯。”

“是吧，家庭生活肯定也和睦幸福。”

“还……不错。”

“那你问问他，干吗要来翻这些旧账呢？”

“我……我不知道您的意思。”

“你爸说他和钟雁关系特别好，我看不像是真的。”

“他是这么说的。”

“钟雁的情况，我和你说一点吧，你自己考虑要不要回去告诉你爸。不是我吓唬你，这种事情，影响家庭和谐。”

“您说吧。”

“钟雁是一个捣乱分子，无心学习，道德败坏。她是单亲家庭，就一个妈，妈也不怎么管她，就因为她女儿早恋问题，我们把她叫来学校好多次，她浓妆艳抹地就来了，也不把我们说的当一回事，好像学校要害她女儿一样。依我看，这个当妈的，道德品质也很有问题。钟雁和你爸不是一个班的，而且你爸成绩确实挺好，和她至少在学校里没什么来往。他和钟雁有没有私下搞什么把戏，我不知道。”他喝一口茶，咽下大部分之后，把一小口茶汤啐进脚边的废纸篓里。

“我爸也……道德败坏？”

“谈不上，但是天天围着一个女同学转，有时简直是形影不离。你爸当时在学校成绩排第二名，和他频繁来往的另外一个女生排第一名，叫朱琪芬。”

谭嘉烁身子一震，椅子腿在地上发出刺耳的挪动声。

“你激动什么？”

“没什么。朱琪芬和我爸同班吗？”

“同班。”

“那为什么刚才的名册里没有？”

“这是毕业名册。朱琪芬没毕业，档案撤掉了。可惜了，那么好的苗子。那一届的老师都觉得，她可能是我们学校第一个考上清华北大的。”

“她为什么没毕业？”

“后来出事了。钟雁要和社会上一个男的一起离家出走，朱琪芬帮了他们一把，但那两个人没跑成，家人闹到学校来，要严惩朱琪芬。男方是傅家的，说起来都是老黄历了，你回去可以问问你爸，傅家村出来的老板，叫傅玉柱，家大业大，黑社会性质，招惹不起。男方是傅玉柱的侄孙。没办法啊，学校必须给个交代，但是考虑到她成绩好，双方各退一步，学校给她保留了学籍，当作休学一年，送去矫正学校，看看效果，如果正确认识到自己的错误，就让她回来。”

“是少管所吗？”

“少年犯才会进少管所，朱琪芬还没有到违法犯罪的程度。有一种学校，专门收有过错但是称不上犯罪的青少年，以前叫工读学校，现在不这么叫了。学生在里面，要抓学习，也要抓实践劳动教育和思想教育。她去的是全市唯一一家，叫春梅中学。但后来，她没有回六中。”

“为什么？”

“我不知道。你不是来问钟雁的吗？怎么对朱琪芬那么感兴趣？”

“朱琪芬……是我妈妈。”

“喔，原来她和谭怀胜结婚了啊？”

“是。”

“那你还来问我，直接找你妈去。当然她可能不太愿意和你说这些往事。”

从神情看来，管理员确实不知道朱琪芬的案件。

“因为您恰好说到我妈了，我感兴趣，就多问了几句。既然像您这么说，那估计这里也找不到钟雁的档案了。”

“早就没了。事情一出，马上开除，就当没这个人。”

“那关于她，您还知道一些别的什么吗？比如家庭、住处……”

“没了。”

“那有没有别的老师——”

“都快三十年以前的事了，老师都换了好几批了，哪还有别人知道，你又不是警察，怎么没完没了地打探呢？”

“那好，谢谢您。”

谭嘉烁站起来，顺口说了句：“您以前也是这里的老师吗？对钟雁和她身边的人知道这么多。”

管理员转过身，又朝废纸篓里啐了一口茶，说：“我做过她的班主任。”见谭嘉烁对这句话有反应，他低着头快步走到办公室出口，把掩着一半的门推开，紧攥着门把手。谭嘉烁只能离开。听着逐渐远去的脚步声，管理员抬头，打量了一下离去者的背影，回到办公桌前。

他早就学会把那些事实掐头去尾地挑拣出来，像一个个烟圈，轻易地吐出口，成为一些惹人发笑的轶事。

上午十点半，杨忆穿着灰蓝色工装，长发已扎好，收进鸭舌帽。她驾驶着一辆祥菱小型货车，行驶在邻近小镇边缘的国道上。开放式后车厢上，堆着两排杂货箱子，以防水布遮盖。

前方路面上，浮现出一团深棕色的影子。杨忆及时停车，距离足够近，能看清那是头躺卧着的大黄牛。它还活着，背脊骨两侧的肌肉缓慢起伏。她使劲按几下喇叭，黄牛没有反应。她摇下车窗，把头探出的同时将左手伸出窗外拍打车门，就好像这能比车喇叭更响亮似的。她深感挫败地啧了一声，下车，朝水牛走过去。一个头发粘满灰土、上三颗衬衫纽扣都没扣上、露出黝黑胸膛的精瘦男子，像是突然从道旁土坡上生长出来，走到牛犄角旁，说：“妹子，你怎么不早点停车哎，撞上咯。”

他语气不焦急也不愤怒，反而带着一种友好的愉悦，就好像他只是想提醒杨忆快下雨了记得收衣服。杨忆说：“你瞎了眼睛，谁说我撞到的？”

男子点着头说：“撞得好重，怕是不行了喔，你只能找点东西来赔。”

在他说话时，就有另外三个男子——两个青年和一个中年人，出现在道路两侧，朝杨忆和货车走近。杨忆慢慢后退。领头男子从后背腰带里拔出一把匕首，说：“我们就想看看你拉的什么货，解决一下这头牛的问题，你不要动不要跑，越跑越麻烦。”

他走到车辆侧面，朝车窗里看看，没人。然后他来到后车厢旁边，割断了固定着防水布的绳子，和两名同伙一起把它掀开。袒露出来的箱子侧面印刷着“缦鑫首饰”的字样，那是十余公里外的一家高仿珠宝加工厂。他笑了，说：“先搬下来，动作快点。”

一名同伙攀上去，把箱子捧起，传递给站在下面的人。搬空垒在上

层的箱子之后，他把腰弯得更低，去够底层的箱子。正在这时候，箱盖从里侧被推开，一只紧握着砍刀的手从里面伸出来。他受到惊吓，大叫一声，身体僵直，小腿肚撞在车围栏上。从箱子里一一现身的，一共三个人；车内还有另外两人，包括傅长松，都藏在改装过的座位下。他们把座位朝后推倒，随后打开车门，带着各自的武器跳出来。

杨忆走到路旁，摘下令她觉得闷热的帽子，把头发解放出来，又脱掉工装外套，露出里面的吊带背心。她把外套的两只袖子系在腰间，掏出烟盒，点燃了一支香烟。在她眼前，男人们挥舞利器或钝器奔跑、躲闪。他们高声吼叫，像围绕着小货车玩了一场没人遵守规则的捉迷藏。有一个人爬进车底，傅长松抓住其脚踝，把他拖了出来。在那男人的惨叫声中，有一瞬间，奇妙地出现了像是在歌唱的音调转折，让杨忆觉得有些滑稽，她不出声地笑了笑，弹掉一小截烟灰。

约十分钟后，除了逃跑的脚步声，一切都安静了。杨忆从车上拿出一个装着水的塑料油桶，将水倒在路面的几处血迹上。手下们把只装着破烂的箱子踢出马路，一半人留在后车厢上，看守一老一少两个被绑得严严实实的俘虏，一半人钻进车内。杨忆和傅长松坐进后座，由手下开车。小型货车绕过了正在大量流涎的黄牛。

二十分钟后，他们在一处长途汽车休息站前停下。傅长松头一个下车，走到稍远处，给赵敬义打电话。有人给俘虏松绑，把他们轰下车，左右挟持着带进休息站隔壁的招待所。杨忆走进饭馆，对服务员说：“3号包厢，已经订好了，姓杨。”在服务员的引领下，她进入包厢，用圆珠笔在点菜单上快速勾选了十几道菜，然后静静等待。

一个半小时后，傅长松和杨忆躺在他俩的卧室里，窗帘的遮光效果很强，让他们几乎看不清彼此。傅长松左手食指掠过杨忆腹部的彩色文身——迪斯尼红发小美人鱼爱丽儿，她的面庞在杨忆肚脐右上方微笑，她的鱼尾在杨忆小腹皮肤上掀起一片海浪。傅长松的指腹能在鱼尾上清晰感觉到一条略略突起的瘢痕。

“别老摸那儿了。”杨忆把他的手推开。

“你没告诉过我，是男孩还是女孩。”

“老问老问。和你有关系吗？”

“我知道就不会再问了。”

“男孩。生下来就有 10 斤，要了我半条命。”

“你多久回去看他一次？”

杨忆坐起来，转过头看着傅长松，说：“你今天怎么回事，说话像公安似的。什么‘你想不想过年回家看儿子’‘你想看着儿子健康成长吗’，真烦。”

傅长松伸手，想放在杨忆的后颈上，但她转过身子去拿烟，让傅长松摸了个空。黑暗的屋子里亮起了一个橙黄色的光点。她是一个老烟枪，一天能抽一包，这让傅长松想到，两人相识的当夜，她只抽了半根，一定忍得很难受。

傅长松很快察觉的另一件事，就是他百分之九十确定，杨忆并不是杨全福的侄女。那只是在头一个晚上，提供了让她进入 K 歌厅包厢，坐在傅长松身边的正当性。像正规大公司一样，他们做事很讲排面。傅长松不得不暗自佩服，赵敬义深谙此道。

他是前辈，赵敬义也需要他扮演前辈，但说到底他还是需要出力的。赵敬义给他提供了一些较轻松的机会，而傅长松愿意主动承担像今天这样风险大的职责。为了抓到这群车匪，他们已经在路上来回跑了三天。赵敬义的计划是逼这些人到警察局自首，所以傅长松之前在揍人的时候，特意收了手，以免出事招致警方怀疑。当然，这不是什么英雄行为。至少有三家工厂，都遭受过这群车匪的侵害，每一家都给了赵敬义丰厚的好处费。

这一整个程序，都让傅长松觉得自己还年轻。

“那图案是你自己选的？”

“当然。”杨忆的声音依然不太高兴，“文身师和我说，在小肚子这里文身的，一般都是简单的图案，花啊、羽毛啊、翅膀啊比较多。我说那多没意思，我就要小美人鱼。”

“为什么？”

“为了提醒自己再也不要生孩子。如果怀上，她就变丑了。”

傅长松的手机响了，他接听。

“傅伯，在歇着吗？”赵敬义说。

“歇着。”

“您女儿找上门来了。”

“什么？她到哪了？”

“我想问问，您要不要回城见她，要回的话我让她等一等。”

傅长松明白，他需要立刻给出答案，这个答案也将成为一次态度的展示：他是在组织中彻底安下了心，还是依然强烈记挂着家庭。这就是为什么赵敬义特意不透露傅宝云的意图，而是直接问他是否回城。

傅长松的无名指摸到手机壳上的一处凹陷，这仍然是女儿帮他挑选的那一部手机。虽然碎掉的屏幕已经换了，但外壳上的凹陷没法修复。

“我现在就回去。”

放下电话后，他下床，一边穿衣一边说：“我有急事要回城。”

“是家里人找你？”

“你怎么知道的？”傅长松顿住了，回头看着杨忆。

“听你声音就知道了。”

傅长松继续穿衣服，然后坐在床边，把脚踏进皮鞋。

“你还不穿衣服？”

“你想要我跟着去？”

“不用。”

“那我为什么要穿衣服。我想在屋里待一会儿，这里舒服。”

傅长松站起来时，杨忆说：“你该不是怕会有其他人进来吧？”

他打开门，看了她一眼，关上门离开了。

杨忆笑了笑。她发现有一小簇烟灰落在了床上，于是拎起床单一角，把烟灰吹掉。

傅宝云坐在棕红色的人造革沙发上，因为手机电池被拿走了，屋里又空无一物，她心中的烦闷迅速积累。

之前，她在车窗上留下自己电话号码的那辆车，正属于赵敬义的手下。她等待了数日，总算有人打来电话说："是你想买我的车吗？"

她犹豫了一下，说："我是傅长松的女儿，我要找他说话。"

对方立刻把电话挂断了，她再打过去，没人接。二十分钟后，另一个陌生的号码打进来，让她在荣华街口等待。荣华街口，一辆显示有客的出租车在她面前停下，把她接到了这家 KTV。

如此枯坐四个小时后，门打开了，傅长松进屋，背后还跟着一个人。他停下来，对后面的人耳语几句，那人点点头，后退。他关上门。

傅宝云立刻察觉到，父亲依然是父亲，但他身上的某些东西改变了。具体的东西她说不准，也许是气味。她深吸一口气，手一撑沙发，迅速站起来。

"爸。"

"宝云。你怎么找到这儿的？"

"不重要，你问问你的朋友就行，他们知道。我是来带你去医院的。"

"你妈应该快出院了吧？当时说只住一个星期。"

"本来是这样的，但是后来医生不太放心，给妈又做了一轮胃镜活检，昨天结果出来了，她得了胃癌。"

见父亲没有立刻回应，傅宝云继续说："幸好还是 I 期。医生建议马上手术切除，需要你签字。这么多天联系不上……"

傅宝云突然停住了。她看见手机的上半截从父亲裤子口袋里露出来。她上前，把它抽出来。

"这就是你原来那一部手机。为什么这么多天都打不通？"

傅长松添加了一张组织内专用的手机卡，禁用了原来那张，而且暂时删除了微信。他的想法是，至少在加入这群人的头几天，不要和家人有太多直接联系。但他没有仔细考虑过，该什么时候解除这个期限。

“我好不容易找到这儿，结果又让我枯等了好几个小时。快走吧！”

“等一下。”

“还等什么？”

傅长松把手机从女儿手中取回，走出房间，关上门，和赵敬义通话。赵敬义让他赶紧去，并且不忘提醒他，晚上还有事要办，要快去快回。他回到屋里。虽只相隔了不到一分钟，但是眼前的傅宝云，神情比一分钟前加倍懊恼。女儿的凝视让傅长松觉得有千万根针扎在后颈上。哪怕面对狱警最严厉的搜查，他都不曾如此紧张。

半个小时后，他们赶到了医院，首先和蒋蕾的主诊大夫会面。最初诊断报告出来的时候，他不太愿意直接和傅宝云详谈，一直强调“最好有你家其他长辈在场，比如你爸”，是傅宝云再三坚持，他才细说情况。

今天，患者的丈夫赶到，大夫的话就顺了许多。他的意见是，只要手术顺利，术后积极配合治疗，五年生存率在 95% 以上，同时重点关注一下她高血脂、高血糖并存的问题，保持健康生活的话，长期存活也不是不可能。他说，不用太紧张，心态放平，沉着面对。傅长松签下手术知情同意书，隔天就可以做手术了。

然后，他们走进蒋蕾的病房。

傅宝云站在父亲的后面。她并没有期待太多，但她依然对父亲的表现感到失望。夫妻俩进行了一番最缺乏实质的谈话：“来了”“你来了”“感觉怎么样”“还可以”“你这几天忙吗”“比较忙，在朋友那儿找了个活”“有的忙是好事”。

他们之间的情绪交流深度，可能还不及在早餐烙饼摊前排队时偶然相遇的人。然后傅长松就退出了病房，傅宝云追上去。

“爸，你这就要走了？”

“我晚上还有事。”

“做手术那天你来不来？”

“医生说了，手术没什么大风险，有你在就可以了。如果我来，会提前告诉你。到这边来，我和你交代一些事。”

他们走到走廊尽头，远离病房的狭窄窗户下。

“你生气了？”

傅宝云不接话。

“我现在有办法负担家里的费用，你不用为你妈妈担心。医生也说了，手术过后要配合治疗，所以家里那些锅碗瓢盆、工具啊什么的，都处理掉吧，免得你妈到时候又想自己干活。”

“你不愿意回家？”

“我们俩出摊的时候，我能半路走开吗？换你，你也不会这么做。现在有这么一份工作，如果我干得好，收入会不错，老板要求我日常都在岗位上，当然不能没事就回家。我知道你妈希望我们三个人时常在一起。但如果吃不上饭，或者没钱给你妈治病，那就没意义。”

傅宝云无法反驳。

“而且，除了照顾你妈妈，你也应该多为自己考虑考虑。我坐牢二十年出来，不是为了看着我女儿陪我一起吃苦的。”

话说到这里，傅长松非常明确地意识到，自己有多爱女儿。或者说，这是一个经历二十年牢狱之后、再次投身到一个可疑泥潭中的人，所能表示的最大程度的爱。虽然现在的傅宝云神情很不愉快，但傅长松觉得，只要一直看着女儿，医院的嘈杂声会在脑中渐渐消失，就好像这个世界只剩她，以及围绕着她喧闹忙碌着的光阴。他从来没预料过自己竟然会有这样的想法。这种如此强烈的爱意，让他想对着不存在的虚空喊叫，直到失声。对他这样的人来说，这是尴尬且痛苦的。

“等你二十年的是妈妈，不是我。”

“她等到了。原来的电话号码我会再用上，没事不要常打。”

然后他迈出步子，与女儿擦身而过。

“你至少和妈说一声再见！”

傅长松没有回头。

傅宝云在原地站了好一会儿，回到病房里。

“你爸走了？”蒋蕾说。

“嗯。”

“他应该确实挺忙的。”

“谁知道。我觉得他心里只有自己，根本不听我们说。”

“别说他了，你经常也不听我的话。我老让你加那男孩子的微信，你就不加。”

“这不一样。”

“要不是我住院，这事都不好和邻居交代……”

“行了，我加，我现在就加。”

傅宝云掏出手机，找到母亲推给她的微信名片。她知道自己是一时冲动，但还是按了下去。她之所以生父亲的气，就是认为他有满足母亲期待的义务，这是他应该为自己缺席的二十年所付出的代价。而母亲出于维护丈夫的角度，突然表示傅宝云也不是一个随时满足母亲期待的女儿，虽然绝非严肃的责备，但还是让傅宝云心中坚持的公正感有所动摇。

“你看，我加了，等他回。”她把手机屏幕推过去。

“对啊，这挺好啊，也不是多大一个事。你们聊得来就多聊聊，聊不来就当多认识个朋友。”

“……我也要回去了，晚上再过来。”

“不过来也没关系的，又不用你带饭。”

傅宝云刚要出门，蒋蕾说：“等一下。”

“嗯？”

“你和我说过，之前给你爸打电话，他不接。你是在哪儿找到他的？”

“在……在一个地方。”

“什么地方？”

“K 歌厅。”

“店叫什么？在哪儿？”

“我记不清了。”

“你骗妈妈的吧。这有什么不可以说的，我以前也在 K 歌厅上过班，说不定就是这一家。你说说看。”

“金佰禄。应该是叫这个。”

蒋蕾没接话。

“那我走了。”

“早点回家。”

女儿离开之后，蒋蕾转过头，看着窗外灰蒙蒙的天，左手紧紧捏着被子角。她把床头柜上的手机拿过来。

晚上六点，傅长松回到了金佰禄 KTV，和稍晚赶到的赵敬义吃了一顿饭。饭后，他们几人在办公室里交谈时，一名手下不敲门就急匆匆地进了屋，说：“有警察来了。”

招待把四名警察暂时“拖”在前台。但是赵敬义赶到的时候，只有两人在此。另外两名警察随机挑选一些包厢，朝里面看几眼。有客人刚刚从电梯里走出来，看见这情况，转身又回到了电梯里。

赵敬义对留在前台的队长说：“警察同志，我是经理，发生什么情况了？”

队长说：“我局接到报案，说你们这里容留卖淫。”赵敬义说：“我们是正经生意，绝对没有这种事。”

队长回答：“有了报案就必须处理，反正你就留在这儿，等我们的干警同志抽查一下，如果没发现可疑的情况，那就没事了。”

见警方态度也并非特别热衷，赵敬义暂时放下心来。警方抽查夜间娱乐场所，也不是什么稀奇事。

片刻之后，队长说：“还有一件事，你这里是不是有一个叫傅长松的员工？”

赵敬义本不打算直接回答，但他身后一些手下的眼神露馅了。队长说：“有吧？看来是有。把他叫出来。”

傅长松知道自己不应该直面警察，所以从办公室出来后，预先藏到了员工使用的茶水间。赵敬义的手下转了五分钟，才终于找到他，把他带到警察面前。

队长把傅长松领到大厅角落的一盆盆景旁边。傅长松明白，他特意选择了一个能让赵敬义看见却又听不见的角落。

“你是今年六月份才出狱的，对不对？”

“对。”

“抢劫过失致人死亡，关了二十年。”

傅长松点点头。

“说话。”队长说。

“对，是抢劫致人死亡。”

“你在这儿上班？”

“是想来上班，还在谈待遇。”

这是他和赵敬义事先商量好的答案。

队长上下打量了傅长松一下，继续说：“二十年都过来了，改过自新，重新做人，这个道理不用我和你讲吧。”

“我没有犯事。”

“我知道你没犯事，不然就不会这么简单了。”队长回头扫了一眼，继续说，“你年纪也不小了，这种诱惑大的地方，少来。要严防特防一念之差，记住啊。”

“记住了。”

“你走吧。去前台那里，和他们一起站着，等一下。”

傅长松走到赵敬义一群人附近。队长在大厅里小范围来回踱步。十分钟后，负责抽查的干警都回来了，表示没任何可疑之处。

队长和赵敬义打了声招呼，带着手下人离开了。电梯门关上后，赵敬义转向傅长松，说：“傅伯，你解释一下。”

赵敬义的语气很礼貌。傅长松很清楚，这种礼貌的廉价和脆弱。

蒋蕾做手术那一天，傅长松没有来医院，也没有联系母女俩。这在傅宝云预料之中，但没有缓解她的失望。翌日，傅宝云收到来自傅长松号码的短信，说想见她。她回复，想见面就来医院。对方的回应是直接给出会面时间和地点，没有谈及其他。傅宝云痛恨这种让她没有选择的行为。她内心挣扎，是否应该就顺着父亲的想法，除了银行账户里偶然一笔往来资金，就当作他不存在。

夜里十点，她还是站在了荣华路口，离之前的出摊位置不远处，默默等待。雨刚刚才停，那一辆宏光 MINIEV 不见了，留下一块相对干爽的路面。这里一切都变得陌生了，除了还在街对面卖炒粉的刘阿姨，两人眼神一度对上，傅宝云对她笑了笑，低头刷手机。

两个男人朝傅宝云走过来。她一开始没有意识到他们是朝着她来的，因为她以为，会有一辆出租车出现，就像上次一样。但两个男人在她面前停下了，其中一人说："是傅宝云吧？"

她抬头，皱眉，有些不自在。男人说："我们是来接你去见你爸的，走吧。"她没接话，把手机收好。

两个男人往前走，傅宝云踩着碎步跟上。她很快警觉起来，因为他们没有朝着大路走，而是走向路灯稀少的小巷深处。她停下脚步，刚想问话，其中一个男子就架住她的胳膊，强迫她继续走。

她说："去哪儿？"

男人说："说了去见你爸，听不懂吗？"

她说："让我先联系他。"

男人说："他等下就给你打电话，不要站在路中间。"

他们把傅宝云推到了青苔丛生的老砖墙面前，不知哪片屋檐上积累的雨水滴在她耳朵后面。她害怕起来，感觉自己像站在漆黑铁路隧道的最中央，左边和右边的尽头有光，但那光又遥远又模糊。一个男人，她不知道是两个男人之中的哪一个，问她："是不是你报的警？"

这句话一出，傅宝云立刻知道他们为何前来。做手术的前夜，母亲接了一个电话，一开始傅宝云没在意，但是母亲说一句"我在住院，没法去"，语气有些焦急，促使傅宝云把电话夺过来追问。

对方说是公安分局。双方互相了解一些情况之后，过了一个多小时，一名派出所民警来到了医院。他对傅宝云说："你母亲这种行为属于报假警，按规矩要处以5日以下拘留处罚，但是考虑到情况特殊，这次就算了，以后你要积极关注母亲的心理健康。”

此刻，面对男人的询问，傅宝云说：

“什么报警？”

“肯定是她干的，是吧？”两个男人互相应和着，仿佛她不在场。

“我爸呢？”

“现在倒是喊着要找爸爸了，报警的时候怎么不替他想一想？”

一人把傅宝云的双手反剪到背后，按住。另一人拿出一大块黑色方巾，走到她身后。她挣扎，想叫喊，有一只大手伸到前面，掐住她的面颊，使她不能发声。然后她感觉到，十分粗糙的布料碰触到了她的眼眶，其两侧像刀刃一样从耳郭上方迅速滑过并收紧，压得眼球一阵胀痛。她不相信这两人正在对她做的事，会是傅长松的主张。

一个陌生而嘶哑的声音突然爆发出来：

“有小偷爬窗户！”

不仅是一声叫喊，而是不间断甚至有些机械性的重复，声调抑扬顿挫保持着同样的节律，让傅宝云想起小时候和同学互相朝着对方的脸大叫，比试谁能坚持到最后。有哪儿的灯亮起来了，已经遮上黑布条的眼睛，隐约看到一层淡淡的黄色光芒。

她听见那两个男人低声咒骂，在背后钳制着她的双手先收紧又松开。其中一人也许是推了她一把，也许是撞了一下，总之她感受到一次让她肩膀酸痛的冲击。过了漫长又短促的几秒后，身边有陌生人紧贴着造成的不适感消失了，没有系紧的黑色布条自然落下去。片刻后，两名男子仓皇远去，而那持续不断的叫喊声也戛然而止。

傅宝云明白了，刚才之所以觉得那求救的声音陌生，是因为她从来没听过声音的主人使用这种音量说话。眼前的人是刘阿姨，看起来比她还慌张，弓着腰，伸着脖子，想弄明白那两人是否真的离开了。

胡一曼坐在自家客厅里，面对着笔记本电脑屏幕等待。在这样正襟危坐之前，她已经花十五分钟调整了几次屏幕的角度和壁灯的亮度，试图让自己在摄像头中看起来自然大方一些。

自从上次发现谭怀胜给德心敬老院供餐，牟取不菲利润之后，胡一曼的愧疚感几乎完全消散了。她认真考虑着是否要违背谭怀胜的意愿，把精神疾病日益严重的父亲转到能对症下药的医院。她已经咨询了敬老院的院长，院长表示当初签署入院合同时，是胡一曼和她母亲联合签名，所以如果要出院，也最好需要她和母亲统一意见。

她正是在等待着和母亲视频通话。她们约好了晚上八点，现在已经八点二十五了。她突然觉得渴，有一种嗓子会哑的预感，于是就去倒水。刚刚从橱柜里拿出玻璃杯，还没来得及碰触水壶，电脑“叮”地响起了通知声。她拿着空玻璃杯回到桌前，坐下接收视频通话的请求。对方摄像头像素不高，光线也太亮，胡一曼隐约看见一个几乎全白色的身影在对面坐下，她叫了一声“妈”，但立刻发现自己叫错了——屏幕中是一个戴眼镜的中年男子。

“……彭叔叔。”

“哎，一曼，你好。”

对方是母亲的第二任丈夫。他端正礼貌得像挂在政府机关公告栏上的受表彰人物肖像。他也曾是警察，早年从公安系统退休，如今在律所工作。

“最近怎么样？身体挺健康吧？”

“还好。我妈呢？”

“你妈妈把这个情况和我详细解释了。她希望我代为转达她的立场。”

“她不打算直接和我说话？”

“就遵照你妈妈的安排，我们先讨论，好不好。你放心，我会如实向你妈妈传达你的想法。”

“行吧。”

“你爸爸现在精神状况如何，我们虽然不清楚，但自然相信你的判断。如果他的病情向非常不好的方向发展，你妈妈心里也不会好受。但是你首要应该考虑的，还是你自己的生活。如果现在拒绝你老板的好意，把你爸爸从条件不错的敬老院接出来，那一切物质负担，还有精神负担，都会压到你头上，这你肯定是心里有数的吧？”

“说白了就是，如果我因为爸的事情找她要钱，她是不会管的，对吧？”

“她确实是不想在这方面承担更多责任了。这是她和我商量后的结论。”

胡一曼有种感觉，母亲肯定是单方面决定的这件事，彭叔在这方面的意见不那么重要，他只是在忠实背诵事先准备好的台词，为妻子分担道德上的指责。这就是她嫁给他的原因。

“但是这完全不代表她希望你去吃这些苦。实际上，既然已经有人替你们母女俩分担了这部分责任，那从实际情况来看，确实没有改变现状的必要。”

“那我想问，如果有一天我爸去世了，她还愿意来看他一眼吗？”

“你稍等。”

屏幕又闪过白光，然后开始摇晃，是对方端着笔记本电脑在走动。他换了一个房间，关上门。他坐下来，再次开口，语气比之前松弛了一些。

“你怕我妈听见？她在家，对不对？”

“唉，你妈妈不是不想直接和你聊，她是担心你聊着聊着情绪激动了，她也跟着情绪激动，最后大家不欢而散。你刚才那句话，我不会告诉她的。”

“随便你。但我不是在吓唬人。”

“你爸爸的病……目前有生命危险吗？”

“不是你想象的那种危险。他上一次发作，把自己当成要执行任务的警察，跑到敬老院楼顶上查案，如果不是我及时赶到，他早就摔下去了。”

彭叔惊讶地“噢”了一声，身体略微朝后靠。

“那确实要认真对待。”他低着头，展露愁容，片刻之后继续说，“一曼，你听我说，你比我更清楚，你妈妈是个很善良的人。如果我把这些话原封不动地告诉她，就好像在逼迫她赶紧做出一些行动，你明白吗？”

“你刚才还说会‘准确传达’。”

“是，但我非常明确地告诉你，如果她知道情况有这么严重，百分之九十九不会坐视不管。她会觉得自己有道德上的责任，很可能选择和你一起承担这件事，但心里又会非常纠结——当年不得不和你爸爸分开，对她来说是非常惨痛的经历。”

胡一曼不言。她记得当年闹离婚的时候，浴室里都是母亲大把的落发，家里薄薄的墙壁日夜承载着她的哭泣声。

“事情之所以会变成那样，我也有一部分的责任。你别误解我的意思，虽然我和你妈妈当时就认识，但完全只是一面之交，普通朋友也算不上。你应该也知道，我那时候和你父亲同属一个分局。我曾和他关系不错的，我亲眼看见他是怎么从一个有干劲的好警察，变成了一个人见人嫌的样子。他太想在公安机关做一番事业了，但实在有点太心急了，所以好不容易立了一个大功之后，在人际和工作关系方面都变得特别冒进，同事之间关系迅速恶化，而且给你妈妈造成的精神压力，也是从那时候……”

“他立过什么大功？”

胡一曼第一次听说这件事。

“他破了一桩抢劫致人死亡的案子。关键是凶手的身份，不是普通人，是我们局里当时扫黑除恶要重点打击的一个对象。”

“彭叔，你说的这个凶手叫什么？”

“名字记不清了，应该是姓傅，对，因为是傅家村的人，所以这个姓我一直忘不掉。杀人案发生的时候，你父亲第一个赶到现场，他当场抓获了从犯罪现场逃出来的凶手。”

09 等待呼吸

中部

谭嘉烁发微信消息说：“我打车来，还有一分钟就到。”站在市美术馆门口的胡一曼，望着十字路口的那一排出租车，右手握拳搭在路边栏杆上，像捏着看不见的啤酒杯。

八十七秒后，绿灯亮起，一辆红色出租车在驶过路口后减慢速度，似乎要朝右边停靠。为了掩饰自己的期待，胡一曼转过头，看了看美术馆入口，等听到刹车声后，再转回来，正好看见谭嘉烁关上车门朝她快步走来。

“你剪头发了？”

“嗯，随便找了家店剪的，有点后悔，”谭嘉烁轻触了一下落到肩部的头发，“回城之后又到熟悉的店修了一下。”

“你刚才说回城？这几天在外地？”

“也不是，主要在新开发区，还到县城跑了一趟。那我们进去吧？”

市美术馆大部分时候都只展出名头响亮的书画作品或古玩，今天成为一批国际建筑大师巡回展的场所之一，实属难得。夜校老师提到过这次展出，但是几件烦心事一凑上来，胡一曼也就忘记了。当谭嘉烁在微信里说，想请她一起去看展的时候，胡一曼不自觉地用大拇指划过屏幕，还以为是系统错误，把她某个同学的名字显示成了谭嘉烁。

谭嘉烁发来消息：

“你该不会已经去过了吧？”

胡一曼回复：“还没有。”

“那就好。哦对，你还没答应我呢——想去吗？你之前帮了我那么多忙，我就下决心，下次再找你开口，不能又是有事要麻烦你。我自己也挺有兴趣，去吗？”

“好啊。”胡一曼回复道。

“我星期二以后都可以，你哪天有空？”

“我来买票？”

谭嘉烁回复道：“呵呵，做梦。”

今天是星期四，参观者寥寥。展品包括建筑摄影、设计图纸复制品和微缩模型。虽然胡一曼立志做建筑师，但她并非名校生，从不盘算着自己能在三十岁以前认识多少普利兹克建筑奖得主，对职业前景有所规划，所以对这些名家及其作品，谈不上烂熟于心。倒是谭嘉烁做了不少功课，不断说出她曾见过、读过或查询过某件作品或某个人，而作为受过充足正规美术教育的人，建筑本身的美感确实能让她兴奋。

谭嘉烁成了引领参观节奏的人，胡一曼希望自己能多给出生动丰富的回应，但有些力不从心。

“你不用一直跟着我的节奏。”进入第二个展厅之后，谭嘉烁说。

“你不需要我和你一起看吗？”

“不是这个意思。是我请你来看，而且你是专业的，和我的兴趣角度肯定不太一样。如果有哪些你想仔细研究的，我等你就好了，没必要一直迁就我。反正人这么少，我们也不碍着谁。”

“对。轻松自由就行。”

谭嘉烁这么说之后，胡一曼自在了许多。她意识到，不浪费这个难得的参观机会，才能更好回应谭嘉烁的谢意。

于是，她们各自和展品独处，对图片中光影的意外碰撞表达欣赏或疑惑。她们顺着自己的性子观赏，微笑或沉思。美术馆这一建筑中陈列着无数概念化的建筑影像，而在她们之间，一种稳固的结构也在逐渐筑成。有时候她们看着某件作品，镜框的角落恰好反射出对方的身影，重叠在平面化的门廊或立柱上，就好像她们的目光和对方之间，存在着一座隐形但可靠的桥梁。

胡一曼希望这一切带给她的新鲜感，并不只是她个人的自得其乐。

展出规模不大，约四十五分钟后，她们俩在礼品商店会合。在三心二意地翻看一些明信片和画册之后，谭嘉烁拿起一顶以屋顶为设计灵感的红绿撞色毛织帽子，用手掌撑开，转过身，朝着胡一曼抬起手。胡一曼不由得朝后闪躲了一下，但谭嘉烁还是成功地把帽子戴在了她头上。

“可爱！”谭嘉烁说，“你自己看看。”

她轻推胡一曼的胳膊。胡一曼转过身，面对试衣镜。她看出自己有些紧张，嘴角上扬的角度有点像电影《惊魂记》里杀人魔留给观众的最后一笑，她绝不会用“可爱”来形容自己，“可笑”也许更恰当。但镜中谭嘉烁诚恳的目光与她略微倾斜过来的身体，让胡一曼心情愉悦起来。她曾经服从谭怀胜的命令，以冷漠的情绪监视谭嘉烁，这一刻两人之间的舒适气氛简直让她觉得不可思议。

“你也试试。”

胡一曼面朝谭嘉烁，把帽子摘下来，套在她头上，大拇指碰触着她的耳郭和发丝，掌根靠近脸颊，能感受到皮肤上薄薄的一层汗渍。谭嘉烁抿了抿嘴唇，把帽子取下来，在手里转了一圈，发现后面标注 ¥398 的标签。她瞪大眼睛，将其展示给胡一曼看，像在默默地说不敢相信。胡一曼摇摇头，把帽子放回货架上。

“好像到这儿就逛完了。”胡一曼说。

“嗯。”

“你下午有事吗？不急着回家吧？”

“不用。二楼有个大平层露台，是个茶座。我们要不要去坐一下，吃点东西再走？”

“好。”

她们进入美术馆前，阳光尚充足，如今已是乌云密布。露台上只有两桌客人，除了她们外，还有一对正在讨论儿女学业的中年主妇。她们点了两份意面和一杯咖啡。虽然桌子窄小，但胡一曼觉得两人此刻的距离要比半个小时前两人各自站在展厅两侧的时候更远一些。

“上次……那以后，那个作家没有再找你麻烦吧？”胡一曼说。

“没有。还有负责搭线的编辑，除了一些合同收尾的工作邮件，我们再也没有直接联系了。”

“那就好。”

两人沉默了一会儿，谭嘉烁深吸了一口气，然后开始叙说她过去几天的经历。胡一曼察觉到谭嘉烁有所准备，而她也希望话题如此发展，至少她不用担心该怎么开口询问。谭嘉烁谈到如何循着泰阳提供的线索，追查到了父母当年所在的学校，又是如何借助父亲的名义混进了资料室。

谭嘉烁似乎忘记了胡一曼对她迷雾般的过往并非了如指掌，胡一曼有好几次打断她，提出疑问，谭嘉烁也就毫无保留地解释。就在不久前，她还曾经对胡一曼怀有戒心，害怕她会向自己的父亲通风报信。过去的理所当然，如今已退化成了一种荒谬。

在离开六中之后，谭嘉烁找到了后来收留母亲的春梅中学，再次搬出“我爸爸想赞助这所学校”的理由，但因为谭怀胜和该校并无实际关系，所以这次计策失败了，谭嘉烁一无所获。

当夜她暂时还不想回到市区，总觉得自己还有什么能做该做的却没有做，在小旅馆脏兮兮的床单上辗转反侧，突然心底就生出一股气来——气的是自己。她冲到楼下那家看似百年老铺的理发店剪了头发，当时觉得是合理的情绪宣泄，第二天早上起来一看镜子却悔不当初，正好找到正当理由回市区。

“别误解，我不是只为了找机会说这些才请你来看展的。”

“我知道。那接下来你有什么计划？”

“暂时没主意了。到底有没有自白剂这种东西？能不能给我爸用一点？要是有就好了。”

“其实我也有件事……现在告诉你，应该不会太突兀。”

谭嘉烁挪得离桌子更近了。

“我应该和你说过，我妈早就改嫁到外地了。这件事情，我爸要负全部责任。但他也经历了许多，事业没了，人的脾气也越来越古怪，到我成年之后，他连自理都成了问题，凭我一个人真的照顾不了。你爸爸和他是朋友，我也不知两人感情有多深，总之谭伯伯提出愿意把我爸爸送到敬老院，他来承担全部费用。这就是我一直觉得亏欠谭伯伯的原因。但是这样长久下去不是办法，一方面我欠的人情雪球越滚越大；另一方面，我觉得应该让我爸到正规的精神科医院治疗。所以我想办法追查这件事，有点像你在做的，到处找人问，想厘清我爸和谭伯伯的关系。就在前几天，我妈妈现在的丈夫——也是我爸爸过去的同事——告诉我，当年傅长松的案子，是我爸主办的，是我爸第一个赶到现场，抓住了傅长松。”

有十余秒，谭嘉烁困惑地看着胡一曼，像是要强迫自己理解一种陌生的语言。

“真的？”

“我也是刚刚才知道，要不然我早就告诉你了。”

谭嘉烁从包里掏出一个小笔记本，纸页侧面贴了许多彩色标签。因为近日了解到的线索日益复杂，她前几日在旅馆里做好了这个备忘录。她翻开“傅长松”标签所指示的一部分，目光追随自己的字迹，同时说：“傅长松的说法是，他和赵英涛说好了，晚上八点到一间仓库会面。他稍微迟到了，八点十分的时候来到仓库外面，还没见到尸体，就被警察抓住了。”

谭嘉烁想到两种可能性。一是作案时间要早于八点，所以远在傅长松到场之前，已经有目击者发现尸体，报告给警方，而警方在初步调查之后确认傅长松是犯罪嫌疑人。

另外一种可能性是，首先发现尸体和抓住傅长松的是同一个人——胡一曼的父亲。

两种说法的可疑之处是共同的，即傅长松当时的状况。假设他是凶手，为什么在那么短的时间内回到现场？而且那仓库不是什么公共场所，而是他和赵英涛商讨生意的约定地点。

傅长松没说过是否有关键证人指认他，把他送进监狱的核心证据是凶案现场留下的刀上有他的指纹。对他更加不利的是，他当时在鹞子街是几乎无人不知的黑道人物，警方早就在策划着将他捉拿归案。

两名受害者死去多年，傅长松也不会再改变他的说法，那么现在只有胡一曼的父亲，掌握着谭嘉烁急需知道的关键信息。

“你告诉过我，我爸很多年以前就和你家有来往了。”谭嘉烁抬头，把笔记本合上，“他们俩关系很好吗？”

“谭伯伯说过，我爸是他‘这辈子最好的朋友’，所以才愿意出资照顾他。说实话，我爸离婚之后几乎不和外人来往，我也很难想象他那个样子还能和别人保持友谊。”

“一曼，我想再多问一句，希望你别介意。”

“没事，你问吧。”

“你爸爸变得精神不稳定，在你看来，会是什么原因导致的？”

“我不敢说有什么具体原因，而且我整个青春期也不怎么关注他，只是嫌他讨厌，自己过得一团糟，还天天挑我毛病。是他同事和我说，我爸那时候天天盼着立功升职，办了这件案子之后人变得特别冒进，顶撞了不少人，所以被开除出公安系统，这对他打击非常大。”

“那……你爸爸现在方便见外人吗？”

“我刚才也在想，可能你需要和他见一面，才能问清楚。”胡一曼停顿片刻，继续说，“他很多年没见过陌生人了，我也不知道他会有什么反应。但是我觉得……不去一趟确实不行。我们要不要动身？”

“现在吗？”

“看你的。反正我爸哪儿都不去。路有点远，要是太晚，院里可能就不接待访客了。”

朝着敬老院行驶时，在一长段沉默的路程后，胡一曼说：

“换了我是警察局领导，也会把我爸开除。他不是一个好人，他会偷偷把在外面认识的女人带回家。现在想起来，他被开除的最大原因，可能是他和局里的人发展了不正当关系。更不用说平日里，对我和我妈动手，简直是家常便饭。”

她自己也知道这听起来有多突兀，她就是忍不住想说。

谭嘉烁看着胡一曼，一时不知道该说什么。

“那时候我非常恨他，在心里发誓，如果家庭就是这么回事，我一辈子都不会结婚。现在他老了，脑子也不好使了，失去了伤害别人的能力，我反而开始每天都很担心他。同时又觉得，如果他……不需要我管了，那我说不定会轻松很多。其实，现在就不需要我来照顾他的日常，但我还是没法走开。”胡一曼继续说了下去，“其实你今天请我来看建筑展，我有一点心虚。我学得不算好，以后能不能靠这行谋生都难说。我害怕的事情就是，如果到最后我夜校白上了，又不必再管我爸了，那我想不出以后我还能做什么。”

“我也有类似的感觉。有时候，会觉得未来是一片白茫茫的，没有什么东西值得自己向前看。虽然每个人都不一样，但我觉得这种想法还挺普遍的。还是别总这么想。”

“我怕你不爱听。其实……就算恋爱对象，我也从来没说过。何必拿这些事去烦别人呢？”

在诉说父亲带给她的纠结之前，胡一曼是在心里酝酿了许久的。但是这一句话，超出了她的预料，甚至一出口就令她后悔。

车子驶过相当不平坦的郊外街道，剧烈震动了一下。在视线尽头，胡一曼能隐约看见通往敬老院的乡道边的十三株白杨树。

“第一次听你说恋爱对象的事。”

“很多事都是今天第一次和你说。”

谭嘉烁发现，胡一曼表露出一种友好但勉强的笑，让她想起父亲初次把这名家庭女司机介绍给她时的情景。

像往常一样，胡一曼在德心敬老院警卫室前出示了VIP停车许可证，对方头也没抬，把拦车杆升起来。待车子在院里停定了，两人下车，一名警卫上前来，看了看谭嘉烁，对胡一曼说：“带了访客要登记。”

“不是在大厅前台登记就可以了吗？”

“安全制度升级了，在警卫室就要先登记一次，跟我来吧，很快的。”

“那我们云吧。”谭嘉烁说。

他们走到警卫室门口，胡一曼突然拉住谭嘉烁，低声说：“我觉得不应该让谭伯伯知道你来过这里。你就随便填一个名字，说是我同学就好了，没问题的。”谭嘉烁点头。

他们站在警卫室窗口，接过工作人员递过来的表格。谭嘉烁按照胡一曼所说，随意填写。对方接过表格，说等一下，右手把一个不易察觉的小摄像头推过来，对着谭嘉烁的脸。

“怎么还要留照片？”胡一曼说，“变这么复杂了？”

“很快的。稍等一下吧。”

不到十秒钟，警卫接了一个电话，说了一句“我知道了”，挂掉电话，对胡一曼说：“胡小姐，你只能一个人进去。让你朋友等一下。”

“怎么回事？以前没这规矩啊。VIP 可以带两个人，免登记。”

“我说过我们的安全制度升级了。”

“那她至少能到院里坐一下吧？不进宿舍楼。”

“不行。不是亲属，或者不是和胡先生有直接关系的熟人，都不行。”

“没空和你闲扯。我们走。”

警卫从房间里走出来，拦在她们面前。

“胡小姐，您别破坏我们院里的规矩。”

“那我去问问别的 VIP，看是不是有你说的这些规矩。”

胡一曼又往前。警卫随之稍微退了一小步，依然坚定地拦在面前。

“这是院长直接下的命令。你情绪别激动，否则我也没办法让你进去，院里要绝对保证安静和谐。”

“刚才和你通话的是院长？”

“是上级领导。具体是谁，你不用管吧。”

“算了，”谭嘉烁说，“我们走吧。”

胡一曼没说话，转身走向停车场。警卫一直跟着，看着她们上了车，目光追随着车子离开大门。

“不好意思，”胡一曼说，“我没想到会这样。”

“感觉我们被针对了，应该是我爸动了手脚。”

“有可能。”

胡一曼看了看车表盘上的时钟，说：“今天没时间想别的办法了。我还要去接伊璇姐和珺珺。”

“那去忙你的吧，免得我爸更加怀疑。我看见前面有公交站了，你把我放下来吧。”

“我还可以再送你一段——”

“不用了，真的。”

胡一曼停车，说：“这件事留到下次再说吧。”

“好。”谭嘉烁看着她，“就算不提这个，我也很高兴把你约出来了。”

“今天你还算开心吗？”

“当然了。”

“我不只是开心。”

谭嘉烁笑笑，下车了。

胡一曼朝前行驶。在后视镜里，她能看见谭嘉烁朝着车子驶离的方向挥手。

稍晚，她到达马术俱乐部，等待谭珺结束课程，把他们母子接回家。

在谭怀胜别墅面前，伊璇先把谭珺带下了车，然后回到后排坐下。

“怎么了？”胡一曼问。

“你最近是不是经常和嘉烁在一起？”

“没有啊……为什么这么说？”

“自从嘉烁搬出去独住，这车子平常除了你，也就是我和珺珺还在用。所以，一旦有嘉烁常用的香水，气味就会特别明显。”

胡一曼没说话。

“没事，我就随便提一句。你谭伯伯的石头鼻子是闻不出的。”

10 宝云

中部

在床上躺了太长时间，蒋蕾逐渐觉得背部消失了，和床单融为一体。在皮肤和织物的皱褶之间，隐藏着一种活力十足的燥热，像蚂蚁在爬。在过去几十年里，她曾把各式各样的平面当作床：公园草坪的水泥隔离带、菜市场上用来堆蔬菜的帆布、长途巴士后座、她曾以观光为目的而攀登的山峰上的一块以清凉闻名的石头。如此平躺在洁白平整的床单上，且持续多日，对她来说是陌生的体验。她几乎觉得这是错误——她应该在哪里劳作才对。

她把右手轻放在腹部。她好奇，为什么医生拿掉了大部分的胃，肚子却似乎一点都没有变小。这一生中，只有和傅长松结婚之前的一年，她的身材才比较苗条。

婚后她立刻就怀孕了，而宝云刚生下来时，瘦小得令她落泪，几乎让她怀疑自己在孕期是不是贪心地拦截了大部分营养。从那以后到傅长松入狱之前，蒋蕾几乎没有一日不担忧这婚姻的期限。她在自己身上，找不到任何可以让傅长松放弃别的女人、仅仅忠于她的优势。

没想到，二十年后他们仍是夫妻。这远远超过了蒋蕾母亲当年的预期。有几次，她在心里对去世十余年的母亲说：“你老嫌我不够好看，嘴不够甜，手脚不够灵巧，肯定留不住他，也守不住这个家，但我守住了，也用不着像你一样生六个。”

她单单用左手翻阅着女儿带给她的《七剑下天山》。她试过看现在更流行的仙侠，不习惯，还是古龙、梁羽生写的有意思。她听见有人走进病房，她的直觉是宝云，因为没有听见医生白大褂边角互相摩擦的声音。

“这么快就回来了？”她说着，视线没有从书页上离开。

她听见椅子脚划过地面的刺耳声音。然后是她熟悉的傅长松刚刚坐下来时喉咙深处挤出的沉吟。“你来了。”

“宝云不在？”傅长松问。蒋蕾回答：“她早上在，后来去刘阿姨那里了。”

“刘阿姨？”

“我也没见过，听她说的，在你们摊位旁边卖炒面的一个老阿姨。”

“哦。她去做什么？”

“说是她家换了一个机顶盒，不会弄，让宝云去帮帮忙，她请一顿饭。老陪着我，估计她也闷得难受，有人陪着说说话也蛮好。”

蒋蕾把书本翻过来，盖在枕头旁边，转过头看着傅长松。她想：他穿的是哪件衣服，之前在家里没见过，是新买的？不错，人看起来又精神又年轻。她想夸夸这件衣服，但傅长松的沉默，让她打消了这个念头。

这么多年了，若直视他的眼睛，且不说话，还是会让蒋蕾有些畏缩。但是现在没有什么空间可供她后退了。

“你上次走之前和宝云吵架了？”

“别管那个。上次我走了以后，是不是你打电话报警的？”

蒋蕾不言。傅长松站起来走到门边，左右看了一下，关上门，回到椅子上，放低了声音说：“是你报警找人抓我？”

蒋蕾只是面带愁容地看着他。

本来赵敬义并不催促傅长松交代女儿找上门的原因，表面上对其家庭私生活并不干涉。在公安搜查KTV后，傅长松不得不主动将实情说出来。金佰禄KTV非常干净合规，不惧怕搜查，所以赵敬义才能将此地作为主要办公室，但是任何来自警方的关注都很危险。

傅长松一开始就提出，让他去询问是谁报了警，赵敬义婉转地拒绝了，只是拍着他的肩膀说：“没关系，犯不着为这个紧张。”

两天之后，赵敬义对他说：“傅伯，这几天不忙，你要不要回医院看一下？”

傅长松推测，赵敬义已经以他的方式做了调查，但没有得出答案。

“我不明白你在想什么。这对你、对宝云，没有一点好处。”

“你是不是又在做坏事了？”

“什么？”

“你是不是又去做坏事了？”

“不，我听见你说的了。现在轮得到你问这个吗？”

“你回家才不到两个月，后来又要摆摊，我们天天时间错开，三个人一起吃饭还不到十次。”

“我是去做生意，不是什么‘坏事’。你看看你，身子不舒服，就天天憋着也不和我们说，结果攒出个大毛病，你想想这医药费是怎么付的？靠你和宝云那一点点积蓄吗？要是公安又把我抓回去了，你们俩怎么办？”

“我没有和警察说你犯法……”

“但你肯定和他们提到了我的名字。公安把我单独揪出来，又想给我做思想教育。你承不承认？”

“我……是我不对。”

“岂止是不对，根本是荒谬绝伦。你到底是怎么想的？算了，问你也没用。我明白，你是想吓唬我，让我不要出去闯，最好是能把我锁在那破房子里面。可惜这医药费不会从天上飘下来。蒋蕾，我已经被锁了二十年，你是不喜欢让我见光吗？”

“我不想你去做坏事。”

“你管得着吗？你这么爱干净，当初可以不和我结婚啊。我提亲的时候，你一没哭二没闹三没上吊，更没提过退礼金，那时候怎么不嫌我干坏事，嫌我脏？二十年前你也不过是吃我的、用我的，现在不过是一眨眼，我们继续，你凭什么觉得自己有资格破坏这样的生活？我直说吧，这二十年，你让宝云过上了一天好日子吗？最近也是，老让她去和邻居那个谁加微信相亲，难道你看不出来她有多讨厌这件事？你就是想早点满足你自己抱孙子的幻想。你对我们的女儿不好！现在有能力对她好的人，是我。”

蒋蕾开始啜泣。傅长松意识到自己激动起来，身子靠得太近了，唾沫都溅到了床单上。他朝后靠，叹了口气。

“……其实也很正常。是我把你想得太复杂了。你什么都做不好，不管是想害我，还是想好好和我过日子，你都不是经过仔细考虑之后才下决心的。说实话，我已经忘了自己刚坐牢的时候，心里的恨有多深。但是你这一次的行为，让我多少想起来了，你知道我想起什么吗？他们把我抓进去的那一天，整个下午，一直到吃完晚饭，我都和你在家里。这是我的不在场证明！你为什么不和警察说？”

“我……我说了。”

“他们说没人证明我在家！”

“我真的说了！”

身后房门响动，傅长松转过身。是一个陌生的护士。

“你们怎么了？在吵架？”护士皱眉。

“没事，一点家事，不好意思。”傅长松说。

“你是她家属吗？”

“我们是夫妻。”

“喔。注意点啊，病人不能激动的。”

护士离开了。傅长松再次看着蒋蕾，深吸一口气。蒋蕾用被子的一角抹干泪水。

“我已经把情况解释得非常清楚了。不要打扰我，让我在外面好好干活，你们母女俩生活都不会有问题。懂了吗？”

蒋蕾紧闭眼睛，点点头。

“我需要你保证，绝对不会再做报警打扰我工作这种蠢事。”

“我保证不会了。”

“如果你害怕我会牵连你们俩，这也好解决，我们离婚。就算离婚了，我至少会负担你接下来一年的医药费。”

“……那宝云呢？”

“你放心，我会管她一辈子，直到我没法管。你觉得怎么样？”

蒋蕾不回答。

“我估计你也不会立刻答应的。也行吧。虽然不能买吃的，我还是给你带了一点东西。”傅长松从衣服口袋里掏出一个厚厚的信封，还没放在床头柜上，蒋蕾就说：“你不用交给我，病房里放这些东西也不安全，直接给宝云吧。”

“我又不打算天天过来。她晚上肯定会来看你，你交给她，要不然先自己收着。”

“你拿走。你就看着她的眼睛，亲手交给她。”蒋蕾的嗓音已经不再颤抖。傅长松甚至能从她刚流过泪的眼里，看到一种久违的清澈。他把信封收起来。

“那我走了。”

蒋蕾不应。

“生活有不方便的地方，就和我联系，或者让宝云带话也行。其实我的要求很简单，不要做我和女儿的累赘。”傅长松带上门，离开。

在进入电梯之后，他有些惊奇地发现，自己心胸中的怨气几乎已经全部消散了。也许在进入病房之前，他感受到的压力，更多的是来自赵敬义，而不是蒋蕾。该做的都做了，该说的都说了，傅长松甚至不想再重复，自己会如何在经济上支持她。他在赵敬义那里工作的时间还没那么长，这段时间的医药费，加上今天准备好的三万块，已经几乎是他能拿出来的全部。如果再重复强调这件事，他害怕自己的怨气会积累，以后会反悔。而且他还要把足够的钱留给女儿，这是最重要的。

傅长松走出医院大门。人行横道在左侧两百米外，为了方便，他直接从眼前的围栏跨过去，进入车行道。

就在这时候，他听见了背后那猛烈的坠落声。他一惊，回过身。他看见停在专用车道上的一辆救护车，顶盖边缘凹陷，沾染了溅射状的血迹，车玻璃也被震碎了。他突然觉得脖子右侧有一丝刺痛，伸手一摸，有血，看来是玻璃碎片造成的擦伤。

有人尖叫，人们聚集起来。傅长松耳朵一阵嗡鸣。他目光朝向救护车的底部，以及附近的地面，并没有看见尸体，也没有看见血，就好像蒋蕾在作出这个决定之后，手离开窗台，就这样在空气之中平静地消失了，而那坠落声，则属于另一出与她毫无关系的剧目。

母亲死了，傅宝云是在下午两点接到医院电话的。

那天中午，她在刘阿姨又窄又黑的房子里吃了一顿饱足的饭。一点钟回到家，在沙发上与饭后昏睡的欲望几度搏斗，直到电话打来，号码陌生，对方说有急事，让她去医院一趟。她问出什么事了，对方不答，只是催她动身。下楼之后，睡意逐渐散去，恐慌一阵阵袭来。在医院门前，傅宝云看见警车、警戒线，以及在街道角落聚集的人群，第一反应是自己是不是走错地方了：这是哪儿的犯罪现场？

几名认识她的大夫正在聊天，发现了她，纷纷把目光投过来，仿佛有什么重要的事情正等着她做决定。

一男一女两名警察走上来，问道：“你是傅宝云吗？”

她已经说不出话，只是点头。他们要带她到院子的林荫里先休息一下。她问：“我妈呢？”

警察说：“你母亲出了一些意外，具体的情况还在调查，我们先坐下好不好？”傅宝云用双手推开警察，冲到警戒线面前，守在旁边的人把她拦住了，而她已通过不远处白布下露出的脚掌，认出了蒋蕾。

那一瞬间，傅宝云觉得自己先是变得渺小如微尘，然后被裹挟着巨大重量的黑雾碾碎了。她没有哭太久，很快便失去了意识，醒来的时候躺在病床上，她一度忘记了自己为什么会在这里。陪伴她的警察问她，家里还有哪些亲人，让她联系一下。

傅宝云低头，茫然地在白色被单上四处寻找手机，警察把手机交给她，说：“之前掉在地上，我替你保管着。”

傅宝云说：“谢谢。”

同时笑了，她不知道自己为什么会笑。她在手机通讯录上划了几下，手指颤抖不听使唤，按错了别人的号码，取消后，终于看准备注为“爸”的傅长松的名字，按下去。

接到电话的时候，傅长松离医院并不远。

这之前，当他看见染血的救护车，整个人愣住了，随后涌上来的第一个念头是：警察会来，而他是蒋蕾最后见到的人——警察会包围他、质问他，说不定会给他戴上手铐。

他转身离开，但是不知该去哪儿：不应该回 KTV，也不能回蒋蕾住处。他在不远处的公园坐下了，心脏剧烈颤动，不是因为悲伤，而是出于震惊。他一贯以为，以吃苦为常态的人，通常也比较执着于生命，而蒋蕾尤其如此。他甚至生出一股怒意——就凭自己说出的那些话，她何至如此。

他在脑中计划着，如果警察询问，他应该怎么应对。他身上带着三万块钱，警察若发现他带着这么多现金去见蒋蕾，又带着它们离开，可能引起怀疑。他也考虑了是否应该回去，早些操办丧事。但大部分时间，他脑子里什么都没有，像是一块经历了海浪退潮冲刷的石头，处于冷漠的麻木之中。

宝云打来电话。她说：“爸，妈出事了，在医院。”

傅长松一度想装作还不知道这件事，但他想，这样太可疑。他说：“我马上就过去。”

傅长松回到医院。在见到傅宝云之前，警察找了他单独问话。就像预料中一样，他们知道了他是蒋蕾坠楼前最后见到的一个人。他们问：“她对自己得癌症的事情是不是表现得比较悲观？你是不是说了什么不该说的话，刺激她了？”

问归问，从他们的语气中，听不出认为傅长松和妻子的死亡有直接关系的意图。问话只持续了五分钟，警察很快收起了记录用的小册子，拍拍傅长松肩膀说："这不是刑事案件，但是属于非正常死亡，会由我们公安部门尽快出具死亡证明。同时你可以把丧事操办起来了，要不先去看看你女儿？她的情绪不稳定，需要亲人安慰。节哀顺变。"

傅长松说："我先联系办丧事吧。"

傅宝云再次见到父亲，是当晚六点。她在家里沙发上坐着，傅长松开门进来，说："我下午联系了做丧葬服务的人，回来拿户口本，你知道家里的户口本还有你妈的身份证这些东西放在哪儿吗？"

傅宝云不应，站起来，从电视机柜里摸出户口本，交给傅长松。

傅长松问："身份证呢？"

傅宝云没开口，等着父亲翻开户口本，夹在里面的身份证掉落在地。

傅长松拾起户口本，站起的时候，感觉女儿像一个眼瞳没有涂上颜色的人偶。这让傅长松心痛且焦躁。他迫切希望和女儿有一些交流。

"家里只有我们两个人，你想守夜吗？"

"我还有两个舅舅。"

"她和我说过，他们已经三年不联系了。你有没有他们的联系方式？"

"没有。"

"那就很麻烦。而且这种都不上门的亲戚，干脆等办得差不多了再联系他们，免得他们多嘴出主意。那依我看，就不守夜了，我让他们别搭灵棚，到时候在殡葬馆做个告别，你看怎么样？"

"你安排吧。"

"行。别的事，明天再商量。我去洗个澡。"

"你要在这里洗澡？"

"怎么了？"

"去别的地方洗吧。"

“你不想让我在这里过夜？”

“我想一个人。”

“宝云，你今天晚上一个人，我真的不放心。”

“没什么不放心的。除了户口本、身份证，还有什么要拿的？没有的话，你快走行吗？”

傅长松决定不再争辩了。到目前为止，女儿还没有问蒋蕾坠楼的时候他在哪儿，他也不希望女儿问。父亲离开后，傅宝云洗完澡，走进蒋蕾卧室。地上还铺着傅长松打地铺的褥子，她用脚把它拨到角落。

母亲的床很平整——是那天她得了急病送到医院之后第二天，傅宝云收拾的。她突然想起，在某个夏天的夜晚，家里的空调坏了，她枕在母亲的大腿上，背部和颈部感受着从母亲手中摇扇一小股一小股推过来的轻风。她无法构建出一个准确的自己，当时是几岁，有多高，因为她非常肯定这样的事发生过不止一次。

傅宝云在床上坐了一小会，站起来，双手叉在后腰，四下看了看，也不知道自己到底要寻找什么。她打开衣柜，母亲的衣柜很小，冬夏衣服混杂放在一起，若拿取的时候不小心，它们就会滑落。她慢慢地坐下来，把脸侧身埋在母亲的衣服上，闭上眼睛闻着古旧织物那并不清爽但充满土壤和树根质感的气味，睡着了。

火化之后，傅长松在殡葬馆灵堂办了一个简单的告别仪式。蒋蕾生前偶尔会到寺庙烧烧香，傅长松就请了僧人念经超度。来告别的有五六个人，都是旺秀小区的邻居。虽然联系上了蒋蕾的两个哥哥，但他们都说赶不及，来日再祭奠。父女俩商讨过，决定暂时不下葬，由傅宝云保留骨灰。

在简短的仪式中，傅宝云哭得不多。她把自己收拾得很整洁，让傅长松稍微放心了些。有几次，傅长松察觉女儿从某个不易察觉的角度看着自己，眼神中像是不认识他。

仪式开始前，傅长松一度询问女儿今后的安排，包括住处。她说：“我要自己考虑。”傅长松说：“你有什么打算，直接说就好了，爸都支持你。”

她没有答话。

此刻两人之间这种刺骨的冷漠感，让傅长松回想起来，他曾在透过医院窗户的阳光下，感觉到内心对女儿极度饱满的爱意——那样的爱一度让他觉得无畏，为了她可以牺牲一切。如今这爱意还在，只是仿佛在寒风的劲吹下，它们僵住了，那热切的一面从里向外翻转成了一种恐惧。而也正是在这一刻，傅长松对蒋蕾的怨气达到了最高点。

“你可以不用死。这下好了，你没了，你女儿也像丢了魂。她要是能早点忘记你才好。”

仪式快结束了，傅宝云已经在送客了，却来了新的吊唁者，送来了最大最昂贵的一个花圈。傅长松也很惊讶，赵敬义之前没有和他说过会来。他想说些什么，但赵敬义打断了他：“傅伯，没事，你不用客气。这不光是我一个人送的，也是兄弟们的意思。”

“谢谢了。”傅长松放低声音，“我女儿在那边。你不用……”

“我懂。我不会打扰她的。”赵敬义回答。他的手下们把花圈摆上去。他走到遗像前，烧了三炷香，深深鞠躬。他转过身，从左右两排无人使用的黑色长椅中间走过。傅长松正在门口附近等待。赵敬义看了看右侧，傅宝云背对着这个方向，正在角落里往随身包里收拾什么东西。

“傅伯，下葬日子定了吗？”

“暂时不办了，就只把骨灰领回去。”

“好，那……”

这时，傅长松注意到女儿朝自己快步走过来，就中断了和赵敬义的对话，转过身。

距父亲还有三步的时候，傅宝云右手一扬。傅长松只看着她的眼睛，并且在那一瞬间，被那眼瞳之中重现的光泽吸引了，所以女儿扑上来的时候，没有动弹。

赵敬义迅速展开身子，把傅长松朝后一推，然后右臂骤现一阵剧痛。傅宝云双手握着一把四寸长的利刃，刺进赵敬义右小臂，擦过了尺骨。她双手往前推的时候，用力过猛，刀刃把她自己左手虎口处划出一道深深的伤口。不知属于谁的血，溅在赵敬义的皮鞋上。

傅长松这才意识到，刚才女儿眼中的光泽，并不是阳光的倒影。

中部

完

间奏之二：1991，恋爱简史

我希望钟雁能得到幸福。

今天谭怀胜带来的是小鸡炖蘑菇，据他说，是和他爸爸关系特好的一个东北大叔教他做的。我朝后挪，然后站起来说：“我要回去了。”

他低声说：“我带你翻出去吧，很容易的。”

我说：“马上九点半了，舍管要检查。”

他懊恼地抓抓后脑勺。我看他不说话，也不想走，就说：“你今天先回去吧。”

他说：“我明天再来。”

我忙说：“最好隔天，还有，别把今天的事告诉别人。”

他回答：“好吧，那我走。”

但他没动。

我催促：“你说了走，怎么不动？”

他说：“你转过去，多的别问了，先转过去。”

我照办了，听见他站起来往回走，发出窸窸窣窣的声音。背后传来一声遥远的“嘿”，想必是他攀上墙壁，翻过了铁丝网。

我坐下来，打开饭盒。不会有人看见我在校园角落的黑暗中吃一份小鸡炖蘑菇，但我还是非常小心，头几乎埋到饭盒里。我看不清眼前的食物，只知道嘴巴一抿，鸡肉就顺滑地从骨头上脱落下来，舌尖上满是混合着香菇味的鲜甜肉汁，很香。

他们都说，春梅中学的分班数字是有秘密的：奇数班收的是有主动犯罪倾向、无药可救的学生；偶数班收的是有不良倾向，但多半是出于家庭影响和非自愿因素，主观上仍积极向好的学生。

我相信这是真的，因为我刚来的时候被分在三班，在连续三次考试都拿到第一之后调到了六班。

这里的课堂学习比六中要容易太多，因为教学不以考大学为目标，更鼓励学生投入职业和劳动培训中去。宿舍条件不好：是顶高五米的大仓房，一个宿舍睡二十多个人，床是砖砌成的，硬得可怕，但至少不是人挤人的大通铺。老师大多很和善。我喜欢照料花草和菜地，但讨厌军训，往往在军训中被罚做俯卧撑的时候想哭，在心中自问；为什么我的生活偏离到了这儿？到底是哪一步开始做错了？

自从傅星和我独处那一夜，我有三个月没有见到他和钟雁了。偶尔碰上钟雁，她也会有意避开。所以傅星肯定告诉她了，至于是怎么说的，我就不知道了。

有一天放学后，差不多是在我和钟雁初次搭上话的地方，她又主动走到了我身边。我本已做好了为自己辩解的准备，但她说："阿芬，我想去看医生，你陪陪我。"

我问："你生病了吗？"

钟雁不敢上鹞子街附近的医院做检查，所以一周后的星期六，我们坐上大巴，前往隔壁县城。傅星也在。我不想见到他，但他当然得在。

我一个人坐在前排，偷偷转过头，目光越过两个座位靠背之间的缝隙偷看他俩。他们虽坐在一起，但身体并未紧靠，钟雁看着右边窗外，傅星则无神地垂下眼睛。

我们找到的乡下诊所是一间四通八达的大平房，里面特别冷，湿气也重，不同诊室之间只用布帘子隔离。钟雁在做检查的时候，我坐在诊室外一张长椅的最边缘等待着。傅星坐在另一侧，但在沉默五分钟之后就挪过来。我起身，靠着椅子旁边的墙壁站着。傅星没有停止挪动，到了我刚才坐着的地方才停下。我总不能离开诊所，于是就任由他坐在我身边，低着头，把脸埋在双手里。

他说："自从那天晚上把诗单独念给你听之后，我至少有一个月没写东西，最近总算能再次开始写诗了，甚至有一种脱胎换骨的新鲜感，但是一想到要来检查，还有我们的未来，又写不出了。真是奇怪，生活的波澜应该带来灵感才对。"

要是在过去，就算我不回答，也愿意一直听傅星说下去。他惯于在日常对话里使用通常只出现在课本里的书面词汇，一开始挺让人害羞的，但是习惯之后，有傅星在身边，会让我觉得自己的生活比它看起来更重要。

但今天，哪怕只是听见他的声音，我也会觉得腻烦，就好像看见了在湖水中漂浮着的、让水面变得浑浊不堪的大片绿藻。

我说：“你别说那么多了，她在里面做检查，就好好地等不行吗？”

钟雁出来的时候，我和她对上了眼神，她看起来就像是一只出生不久就被人从母牛身边抱远的小牛，流露出一种求救似的迷茫。

我们回到车站的时候，才知道前往鹞子街的大巴下午五点就不再开了，只好找一家小旅馆住下。

傅星想和钟雁住一间房，前台老板问：“你们是夫妻吗？不是不要乱来，有时候有公安来检查的，两个女娃住一间。”

订好房间后，我们到旁边的馆子吃饭。傅星一口气点了八个菜，还不断给钟雁夹菜，殷勤得有些不像他。钟雁突然尖叫起来：“不要吵我！”整个饭馆的客人都把目光投过来。那顿饭我完全没吃饱。

晚饭过后，我们回到各自的房间。因为折腾了一整天，加上心理压力，九点刚过我就想睡觉了。我对钟雁说：“我想休息了。”

她说：“好，我也躺着吧。”

虽然这是所谓的双人间，但其实只有一张一米五的床，加上两套被褥。我们钻进去，关上灯。

五分钟之后钟雁开始哭。我沉默了一会儿，不敢动，但是她似乎越哭越幽怨，我听着心里有点发毛，而且也不好完全忽略她，就翻身起来开了灯。

我下床，想找纸给她擦眼泪，但这破旅馆的房间里几乎什么都没有，哪怕上厕所需要纸也只能找前台要。钟雁明白了我的意图，说：“别找了，回来吧，你不冷吗？”

我又关了灯，钻回被子里，面朝着钟雁，能隐隐看见她用被子角擦眼泪。

钟雁说：“发生这件事，我不后悔。”

我不知该怎么回答，只废话似的说了一句：“只有我们三个人知道，我不会说的。”

她说：“哪怕你说出去也没什么，真的，反正我不怕，要真说出去，我整个生活都改变了，那也未必是什么坏事。”

她说：“阿芬。”

我说：“怎么了？”

她说：“你和我说实话，你们之间到什么程度了？”

我就知道今天晚上会面对这个问题，但当它实际来临时，我还是没做好任何准备。

钟雁继续说：“在把你介绍给傅星之前，我就有预感，他如果看见你，眼睛一定会发亮的。”我不明白这句话算是赞美，还是在说我作为一个朋友，从一开始就越轨了。

我说，我们之间什么都没有。

钟雁突然笑了，说：“真的喔？”

这个笑突然让我有些气愤。而她翻身下床，说：“我出去了，你自己睡吧，一个人好好休息。”

我失去了两个朋友，更糟糕的是，这让我怀疑也许我们从来称不上朋友，也许只是因为他俩的关系过于热切，和周遭格格不入，所以找上我这样的一个三好学生来作为平衡。就好像有一尾小木舟，他俩依偎船头，我独坐船尾，让小木舟不至于因为他俩拒绝分离而倾覆。

但生病，难道不是一件比小船倾覆可怕一万倍的事吗？我想，如果这件事发生在我身上，那唯一的解决办法就是消失，不是离家出走，不是去死，是消失，就连母亲也忘记了我出生过。

对我而言，傅星当然不是“对的人”，所以钟雁的不信任尤其让我心碎。在诊所那一天，她以冷笑面对我的解释，而傅星也似乎无意解决这个误会。

钟雁似乎笃信我和傅星之间曾发生过什么，这把我推向更深的烦恼——虽然理智告诉我，这一切都没有证据，但我就是没法摆脱这一推测。

也许正是这自作多情的罪恶感，让我充满了为他俩坚守秘密的责任感。我觉得自己像一个搁在悬崖边上的存钱罐，充满敌意的风从四面八方吹来，只为了摔碎我，夺走我肚子里唯一一枚亮闪闪的钱币，那是做了坏事的人暂时存放在我这里的贵重赃物。

每一次老师要单独和我说话，我都紧张万分，生怕他们说出的第一个词是“钟雁”。爸妈也嫌我话变少了。我不需要钟雁和傅星感激我守口如瓶，我只想做不犯错的那个人。

所以，当钟雁再次找上我，说她想和傅星一起离开，我简直不愿意往下听，因为存钱罐已经快遭不住了。那是星期日上午十点，我按照周末放学时钟雁递给我的纸条，和她在离我俩的家都很远的一座老庙见面，看来她也有惧怕他人目光的时候。通常寺庙什么时候都有烧香的气味，但是这里没有，只有下雨过后古旧廊柱渗透出的霉臭。

“你们真的商量好了？”

“其实我们早就做了计划想一起离开，这件事只不过是让我们更早下定决心。”

“为什么要告诉我？”

“你不想知道吗？”

“从诊所回来以后我觉得你们俩都在疏远我。我无所谓傅星会怎么想，但是你……你还是觉得我和他有别的关系吗？”

“我向你道歉，好吗？我现在不再那么想了，那是因为我当时心里很乱。”

“你还说有预感，傅星看见我就会眼睛发亮。”

“对不起，确诊那一天，我觉得自己整个人被别的东西控制了。我最近的情绪不稳定，这可能就是原因。你刚才说的这句话，完全是我当时临场想的。我从来没有觉得，介绍你和傅星认识，是一件错事。”

“说不定你过几分钟又情绪不稳定了。”

“我不敢说没可能，所以才要趁清醒的时候告诉你，我真的没有怪你。和傅星一下这个决定，我就想立刻告诉你，如果不让你知道，我觉得是不对的。”

说这句话的时候，钟雁上前握住我的双手看着我，说完之后，又把额头贴在我的肩上。我感觉到她温热的鼻息顺着我的衬衫轻轻滑下去。

在那一刻，我再次领会到为什么我无法割舍和钟雁的友情——她会袒露一些让我觉得永不会有第二个人在我面前重现的情感表达。

我有一种奇怪的想法：是不是母亲就是这种感觉？

当然，凭我的经验不可能做出这样的判断，但她就这样轻易地把我拉回她的世界，而我心甘情愿地怨气尽消。

我把她倾斜的身体扶正了，说："你们打算去哪儿？去做什么？"

"总之是到别的地方去生活，应该是广州或者深圳。"

"但是你们没有身份证，不管到了哪儿，总是不大方便吧。"

"能解决的。我们可以买假身份证，这都不是什么大问题。"

她总是有办法让我惊讶。她竟然说这不是什么大问题。

"傅星甚至愿意立刻就走，是我让他先等一下，因为如果要出去生活，就不能两手空空。"

我差点说出"傅家不是很有钱吗"，幸好咽了回去。

对于如何才能摆脱两手空空的境况，钟雁语焉不详，我感觉他们仍没有做好准备。她也不像是在暗示我从经济上伸出援手——首先，如果她真这么想，一定会直说；其次，这个忙我也帮不上，除非去卖血。

我希望钟雁能得到幸福。

真奇怪，我过去从来不认为钟雁和傅星一起离开这里，是一件会让我觉得不自在的事。我已经不太记得那是怎么发生的了，只记得情绪上的震颤和极度不愉快。奇怪的是，我时常会刻意回想他，甚至在课堂上为此走神。这不是因为怀念，而是出于一种强烈的想把这事"想明白"的冲动。

许多人愿意记录亲人在弥留之际的一言一行，大概也是出于同样的心理。弄明白了坏事是怎么发生的，才能在心里画下句点。

但有一个细节是我始终没有弄清的：我是否对傅星产生过足以让他误会的好感？哪怕只有一瞬间。现在已经没办法追究了，除非时间倒流，让我能亲口质问过去的自己。

过了一个星期，我又和钟雁约在寺庙见面，但到场的却只有傅星一人。一看见他，本来在横栏上坐着的我立刻站起来。他看起来相当疲劳，我们整个谈话过程中，他的背都没有挺直。

“钟雁呢？”

“她今天来不了，有个亲戚去世，她跟着她妈去奔丧了。”

“那……那我回去了。”

“你别担心，我们之间的误会完全解除了，她愿意让我一个人来这里，也是为了证明她对我的信任。”

他觉得那是误会？我不觉得是。

“那你今天来，是想说什么？”我只能单刀直入，和朋友见面无需特殊理由，但是和他得有个目的。

“她已经和你说过了，我们俩下了离家出走的决心，不会变。其实，我的决心可能比她还要大。”

“但真正有危险的人是她。我听说，你家到哪儿都有关系在，要是事情被戳破了，我觉得警察也不会对你怎么样。”

“你是这么想的吗？觉得我可以完全依赖我的家庭？如果我是这样的人，那就不可能顾及她了。小朱，这个家给我带来的只有痛苦。家里的所有事情，不是我爸爸，而是我大爷说了算。你知道我大爷的，还和他握过手，但你肯定不清楚他是什么样的人。如果他明天突然对我爸说‘把傅星写的诗稿全部找出来，烧掉’，我爸就会照着办。如果我不是今天逃走，就是明天逃走，否则一定会死在这里，哪怕还活着，但是精神上彻底死掉。但我现在很高兴，真的。我不光要走了，而且是带着我最好的朋友一起走。”

“光是从检查出结果开始算，也已经有一个多月了，留给你们的时间很紧了吧。”

“是啊，只有你明白我们的情况有多紧迫。所以你今天一定要答应帮我们的忙。”

“我能怎么帮？”

“我家里有一个保险柜，应该存了不少钱，我已经知道了密码，就差最后一步。我们对你的要求不多，只是希望你能帮我们把把风。”

傅星和父母，以及一个叫傅瀚的弟弟住在一起。他母亲双腿残疾，白天黑夜都不出门，而父亲除了上班，也不爱出家门，家中仅剩傅星一个人的情况，一年都未必有一次。而他和钟雁已经没法再等了。唯一的机会是星期五晚上——街坊的文化宣传组织要在小广场放露天电影，是残疾人身残志坚为人民奉献的题材，邀请傅星妈妈到场，因为会在电影放结束后进行一个公开表彰。

傅星要利用这段时间，搜刮家里的保险柜。广场离他家很近，而他的父亲不爱看电影，有可能中途退场，所以我的职责就是盯准他父亲的动向。一旦发现不对劲，就按照设定好的暗号，立刻通知傅星。

到了行动当晚，我才知道他还给我安排了别的任务。

星期五晚上七点，我们三人在傅星家屋子南侧杂草丛生的小土丘上会合。傅星迟到了十五分钟，据他说是吃完晚饭后，想找个理由让父母允许他出来特别困难——他父亲看新闻联播的时候爱让他陪着。

他们两人早就把计划盘好了，关键是要向我交代清楚细节。小土丘下方西侧是即将播放电影的小广场，这时候我们看见已经有人在那儿摆放椅子、竖起幕布了。傅星家在北侧住宅楼的二楼，从我们的角度，可以看见他父母卧室的窗户。他俩交给我几支钢丝棉烟花，叮嘱我一旦他父亲提前回家，就点燃烟花并大力摇晃，以此作为信号。

我问傅星：“你弟弟呢？他在家吗？”

“在，”傅星说，“我们有办法的，你不用担心他。”

我看了看钟雁。钟雁说：“对，没事。”

这也许会是决定他俩命运的一晚，但我看起来比他俩更紧张。也许是因为他们早就下定了决心，而我还在怀疑自己在整件事中所处于的位置。一方面，我很高兴他们愿意让我参与；另一方面，我不爱做太有风险的事情。

但是，比起风险，我更不愿意他俩在暗中完成这一切，然后不辞而别。就算帮不上太大的忙，我也甘愿做一个证人。

七点二十分，傅星对钟雁说：“你先过去吧，等新闻联播一放完，我爸就会带着我妈下来了。”

“好的，”钟雁转向我说，“都靠你了。”

说完后，她从不远处的斜坡走下去。

“她去哪儿？”我问傅星。

“先去站好位置。等下她负责拖住我弟弟。”

“她和你弟弟认识？”

“小朱，你听我说。”

傅星的语气突然严肃起来。其实我一贯不喜欢他叫我“小朱”，每当他用这个称呼强调他比我年长，接下来就会说出一些我不喜欢听的话。

“你看见我家住宅楼后面的自行车棚了吗？”

“看见了。”

“雁会把我弟弟引出来，在那自行车棚里和他聊几句。我希望你也留心一下他们俩。”

“我不明白。”

“我的意思是……他们会不会做一些不该做的事。主要是我弟弟这方面……这么说吧，他们见过一两次面，而我弟明显对她有意思，他几乎是直接和我这么说的。所以只要雁多说两句，我就不用害怕我弟会中途跑回家。”

“这是谁的点子？”

“我俩共同的计划。”

事到如今，我没有对计划流程提出异议的资格，但心里突然有一种可憎的烦躁。

“你弟弟人品不好吗？那你有没有警告过钟雁？”

“我直接和她说，反而会让她觉得我对她放不下心。”

“车棚离我那么远，不可能看清的。”

“棚里有灯。你能不能别纠结这个细节了？如果真的什么都看不见，那就算了。关键还是我爸爸的动向。”

“你说事后再告诉你。不是说如果拿到了东西，你和她就立刻动身吗？我哪来的机会和你说话？”

“你不想和我们告别吗？最好的情况是我爸妈直到电影放映结束才回家，那样我们的时间就会非常充裕。总之，如果你看见我下楼了，或者是看见在我办完事之前我爸提前回来，那就赶紧到之前说好的路口去等着。不管有没有拿到东西，我们俩都会在那儿和你碰头的。行了，我也该回家做准备了。之前下过雨，这边树叶上可能有露水，小心不要把烟花打湿。”

傅星猫着腰，从土坡侧面半是滑半是奔跑地下去了。

从他的话看来，他更担心的是弟弟行为不端，而不是钟雁。但这一点并没有令我的烦躁减少半分。如果他百分之百相信钟雁，那么就应该事先和她商量，而不是趁她不在，交代我同时监视两个方向。

他们是在离家出走，两人要共同斩断过去的一切，寻找前途未卜的一段新人生。但旅途还没开始，他就思虑着依靠第三者来监督钟雁是否忠诚。

事到如今，我也只能照办。

七点三十五分，我戴着一只塑料表盘的手表，表盘不会发光，需要用打火机来看时间。天色已经完全暗下来了，老实说，我一个人蹲在这连着一座矮山的小土丘上，四周无人且漆黑一片，心里有点发毛。为了消除不安，我把注意力集中在眼前的情况上：自行车棚里有灯，但就像预料中一样，我没找到钟雁的身影。

小广场里陆陆续续来的人已经抢光了所有矮凳子，还有人围在周围站着。活动组织者正在用扩音器讲话，让大家调整位置。然后我看见了傅星的父母。因为楼层里没有斜坡也没有电梯，我不知他父亲是怎么办到的，他刚把坐在轮椅上的妻子推出来，立刻就撒手，在旁边弯着腰大口喘气，这立刻让我觉得这对夫妻很可怜。

他们还不知道，大儿子马上就要洗劫他们的保险柜，然后永远离开他们了，而我也是这起罪行的参与者之一。说是罪行，恐怕没什么问题。

主办方给傅星父母留了位置，他们坐在前排。

七点四十八分，电影开始放映了。有那么两分钟，幕布上的电影画面让我有些走神。它的亮度比想象中要强一些，让这一整片的可见度都稍微提高了。

我赶紧望向自行车棚，发现钟雁出现在了一个我能勉强看见的位置，车棚里的光照在她背后，她走到居民楼墙边，右手朝上一振，似乎是扔出了什么东西。然后，我看见二楼的窗户朝外打开了，隐约能看见一个人影探出上半身，很快又缩回去。不久之后，一个男生下楼了，脚步很急，走向车棚。想必那就是傅星的弟弟。

那么现在家中只有傅星一个人了，但我根本不知道他正在做什么，是否顺利。他父母的卧室里一片漆黑，我想为了避免引人注目，他肯定是不会开灯的。至于车棚那边，我能看见钟雁和那个男生，准确地说是只看见了男生的背影。他正站着，像是在说话，别的没什么可疑的。钟雁应当是在他的阴影中。

然后我要做的，就只是等待。我听见身后的草丛传来窸窸窣窣的声音。不知怎么的，脑海里突然出现一些鬼故事里的景象：山中的枯井、树枝上摇晃的尸体、若隐若现的白影。我觉得耳边一凉，往后睁大眼睛看，但这让我回过头来后，心里更加紧张。我抱着膝盖，使劲闭眼，直到眼珠子发胀才再睁开。

我再次把视线投向小广场的时候，发现前排最显眼位置上，坐在傅星母亲旁边的他父亲不见了。我愣住了，在那一瞬间忘记了自己应该做什么。我身子往前挪，靠近土丘边缘，找到了他的身影。他正迅速地从人群旁侧走过，向着住宅楼的方向。

我赶紧把搁在手边的一把钢丝棉烟花拿起来，摸着黑捋出前头的引燃红纸，用打火机点燃。我觉得一次性点得太多了，非常亮，噼啪作响，甚至让我害怕会引起山火。

事实证明这担忧是不必要的，因为这些烟花质量似乎非常差，我甩了六七秒就燃尽了。我根本没法知道傅星是否看见了我的信号。正焦急间，我感觉脚踢到了什么东西，低头一看，原来还有两支烟花，之前没有一并点燃。这两支燃烧得稍微久一些。它们也灭掉之后，我仍然没看见傅星从楼上下来。不过他并不需要在他父亲回家之前逃跑，只需要拿到保险柜里的东西，从卧室里出来。

没有什么我能做的了。我使劲踩了几脚燃尽的烟花，确定没有复燃的风险，然后立刻奔下山坡，前往之前说好的碰头地点。

再次见到他们两人的时候，已经是八点半了。我一度丧失了今夜能等到他们的信心，但是看见傅星牵着钟雁的手，一人稍前一人稍后地从黑暗中跑向我，那一瞬间，我难掩激动的心情，好像自己真的参与了面向新生活的一种伟大开拓。

“你们没事吧？”我说。

“没事，”傅星说，“我爸什么都没发现。但是他回家之后就不太愿意出去了，打算电影放完再去接我妈，所以我还得找个理由跑出来。”

“我这边也很顺利。”钟雁说，“我看见你爸回家了，在那之后我又拖了你弟弟好几分钟，才把他放走的。我当时想，既然你爸已经提前回家，那不管成不成，我拖着他太长时间，也没什么意义。”

“东西也拿到了？”我说。

傅星点了点头，但他似乎不太高兴。

“有多少钱？”钟雁说。

傅星不说话。“怎么了？”我问。

他依然不应。

钟雁去扒拉傅星的军绿色单肩包。傅星一开始有些抗拒，按住单肩包一角，让它紧贴身体。钟雁最终把手伸进去，一阵掏摸。

“轻一点，”傅星似乎有些气恼，“别弄坏了。”

钟雁最终拿出的，只是一沓稿纸。虽然我们身边的路灯光线很昏暗，但是连在旁边的我也可隐约看清，稿纸上是傅星的字迹。

“……这是什么？”

“这是我从来没投过稿也没给人看过的诗，都是最近三个月创作的，是我最好的作品，我必须带在身边。”

“保险柜里该不会只是这个吧？”钟雁说。

“你真的打开过保险柜吗？”我说。

“当然了！你们以为我很容易吗？要是被我爸发现，我就死定了！你们觉得我在撒谎？”

“小声一点，阿芬不是这个意思。星，你直说吧，到底是怎么回事？”

“那里面根本没钱，只有一个……账本，我觉得是账本。我翻看了一下，有我大爷的名字，和他们生意有关的。我想过把它拿走算了，但是这对他们来说肯定是比钱还重要的东西，我不希望我们俩以后到了天涯海角，还是甩不掉他们，所以我就放回去了。”

钟雁说：“那……你之前只是猜保险柜里有钱？不光有钱，还有珠宝，这都是你和我说过的。”

我不知道钟雁怎么还能保持平静的声音，我觉得自己快气晕了。

“我……我怎么可能想得到呢……”

傅星说完之后，看了看我，又看了看钟雁，然后视线越过她的肩膀盯着远方。我想他是故意这么做的，因为此刻若低下头来，等于承认自己犯了让今夜一切努力都显得可笑的极大错误。

昏暗的灯光下，我们三人站成一个圆形，脚下的影子像逐渐漫开的污渍。我从钟雁手里拿过来那叠稿纸，迅速地翻看了一下，倒不是真的想看清傅星写了什么，而是当作一种表达不满的手段。我得看看这些诗，再盯着傅星的眼睛，让他明白就为了这些，根本不值得我们冒险。

我把稿纸都塞回傅星的单肩包里，因为很用力，他上半身朝我的方向歪斜了一下。我觉得肚子里积了一万句不好听的话，像一大堆臭袜子。但说到底，要和傅星一起走的人不是我。我转身面朝着钟雁，希望她尽快做出一个能让我放心的决定。

“星，我们走吧。”她说，“就按原计划，去车站。买车票的钱还是有的。”

傅星的眼睛亮了。

“除非你不想和我一起走。”她又说。

“我当然想。本来我们就等得太久了。”傅星说。

我一直都觉得，他们俩之间有一种我难以理解的狂热。无论说是因为天真，还是因为无知，他们互为对方的柴薪，而他们之间的火仿佛是不会熄的。也许极度以自我为中心的人，并没有在互相碰撞之中碎裂，就有可能变成他们这样。

“可是，你们以后的生活……”

“不欠家里什么，这样我反而觉得轻松了。”傅星说。

钟雁抱住我。她的胸膛很热，但她的手指冰凉。

“谢谢你，阿芬。等我一安顿下来，就会给你写信。”

然后她松了手，走到傅星身边。他们离开了我，步伐轻巧，像两个追赶海浪的儿童。

我呆立在原地，有一种巨大的失落感。我不觉得自己帮上了忙，也称不上所谓的见证人。如果说在这件事上，我没有一点私心，那是撒谎。

我想知道他们往哪儿去，就像觊觎落在蛋糕包装纸上的糖霜。这一切都是他们的舞蹈，我以为自己是临时舞伴，但其实我只是一个受到感染蹿到台上，因为舞者的专注才没有被立刻赶下台的观众。

但不知怎的，我的脑海之中又闪过了那个不愿回忆起的夜晚。

这个像无知小孩一样带走钟雁的傅星，只是傅星整个人的一部分，而且从我的角度来看，是很小的一部分。和他不一样，钟雁哪怕是在最脆弱的时候，也会选择奔向他。

那一次交流，对我来说，很不好受；对她来说，那可能是唯一的选择，但也是自愿的选择。

他们不是到远方游玩，而是要改变自己的人生。我没办法想象，在两人未来漫长的人生中，作为钟雁知己、名为“傅星”的那一座雕像，能否永远不会因刮擦或者风吹雨打而露出本色。

我突然感觉一阵惊恐，脖子上满是汗。面对着一个从来没有预料过的问题，我给出了答案——

她不会安定的！

不仅如此，如果这样发展下去，她这辈子都会远离安定和幸福了！

我跑回傅星家楼下，在心中反复倒数了七次“三二一”，终于下定决心，上到二楼，敲响他家房门。他父亲打开了门。我说道：“傅叔叔，我是你儿子傅星的朋友，他刚才离家出走了，正在去长途汽车站的路上。”

因为十分害怕，我说的时候，几乎是闭着眼睛的。

谭怀胜觉得，我们依旧是好朋友。

讽刺的是，和校外男生联系，这绝对能让教导主任把我从偶数班调回奇数班。也许这就是“坏学生”再也教不好的佐证。我们的步幅和能触及的世界，早已经被清晰地划定了。

谭怀胜问了我好几次同一个问题，那就是如果我是当时的钟雁，会不会开始那一场离家出走。我非常反感他问这样的问题。

但别的问题，我还是会诚实回答的，比如我后不后悔当时告密了。当然后悔。傅家的人把离家出走的他们找回来之后，不仅没有感谢我，还指责我是全过程的怂恿者，给他们出谋划策，而我所谓的良心发现，并不会让他们高看我一眼。

当调离学校的通知下达的时候，父母的反应就不说了，连相信我会考上重点大学的物理老师都哭了。我倒是不怎么伤心，经傅家人在我的父母和老师面前多次闹事之后，我早已麻木。

就这样吧，反倒清净。

在几乎军事化管理的校园生活中，每两周会有一个校外假日，允许学生回去探亲。当然，并不是所有学生都有这个机会。而且所谓的校外假日，也只是允许我们吃过午饭之后再出校，真正的自由行动时间也只有半天。

我总是回家见父母，而谭怀胜也想要索取我半天时间。

“你们学校管得太严，外面人能翻进来的地方快全被封死了，而且现在经常有警卫巡逻，我晚上都不太敢过来了。你不出去找我，那我们就见不上面了。”

见我犹豫，他说：“这样吧，你出去了，不光可以见我，我还可以带你去见傅星和钟雁。”

“真的？他们在哪儿？”

“就在他家附近，不过说不清楚，去了就知道了。”

从出走失败的那天夜里算起，过去一年了，我再也没有见过他俩，也没有人告诉我他们的消息。谭怀胜的确是了解我的弱点。

于是到了星期日，为了能提早出去见他，也能多挤出一些时间见父母，我午餐没吃几口，就向舍管申请了提前出校。

十二点四十分，我和谭怀胜在他家附近的公众篮球场边上见面了。我不喜欢这里，因为一些认识我俩的六中学生在这里打篮球。看见我俩站在一起，足以让他们结合想象造出一些丰富的谈资，而这可能本来就是谭怀胜的意图。为了避开他们的目光，我带着他走到离篮球场稍远的一堵老砖墙后。

谭怀胜问：“你吃过了吗？”

“我时间不多，你快带我去。”

他不说话，看起来有些为难。对这类事情有经验的我，立刻就意识到自己可能受骗了，但完全没有料到真实情况离我所想的偏差有多大。

“其实地方不好找。”

“是你说我一出来，就带我去见他们的。”

“我也蛮惊讶你还不知道……我怕你知道之后心情不好，担心你，所以不想大晚上的，和你躲在学校里那些黑漆漆的地方，说这些坏消息。其实是我爸告诉我的，他最近在和傅家做生意。其实也不光是我爸这么说……”

“不管你从哪儿听来的，快说。”

“……傅星去年人就没了，听说是上吊。其实就发生在那件事之后不久，那时候你都还没转校。然后钟雁就不知道了，她妈也搬家了。”

我的思绪瞬间回到那天夜里，看着他俩离去的那一刻。原来他们确实不是在嬉闹中要赶跑海浪的小孩，他们是要把自己投入海浪。我靠着墙滑坐在地，抱着膝盖放声大哭。

谭怀胜慌了，想安慰我却不知道该怎么办，深深地蹲下来，低下头，双手架在膝盖上往前伸，应当是很苦恼，但显然没有发现他这样看上去像在蹲茅坑。

三个月后，我听见了这起离家出走事件最后的回响。在学校的图书馆里，我翻阅到了半年前出版的一本青少年文学杂志。在“青春诗苑”这个栏目，我发现了三首诗，署名是“泰阳”。一开始，我以为是巧合，但仔细读一读后，发现这的确是傅星从家里带出来的、他从未投过稿、自认为最优秀的作品。

我的第一反应是十分生谭怀胜的气，他竟然骗了我，难道就为了看着我哭来逗乐子？

我皱着眉头迅速把杂志翻完，在最后几页看见了“本期作者介绍”，其中包括“泰阳”，还有一张照片和简历。哪怕我没认出那张照片，也不可能看错简历中的信息。他是傅星的弟弟，傅瀚。

我看过的原稿完全是傅星本人的字迹。唯一的解释是：傅星人没了之后，他弟弟把他生命中最后创作的诗作当作是自己的，并且顺利发表。他甚至不需要重新构思笔名，因为“泰阳”两个字就署在某首诗下面。

傅星去世了，但他的诗还在。很奇怪，这给了我一种空洞的安慰。我把杂志合起来，塞回书架上最逼仄的一道缝隙里。

间奏之二：1991，恋爱简史

完

下部

崩溃是一时的。

她会再次出生。

01 一眨眼

下部

在灵堂里打起来的事情并不鲜见，但有人动了刀子，恐怕是这家殡仪馆开业四十年来头一次。隔壁另一间灵堂，有三心二意的吊唁者听到了动静，溜到这边来看热闹，被赵敬义的手下拦在外面。有人伸长脖子，兴奋地宣告自己的发现：“有人流血！我看到血了！”

空气中的咸腥穿透了线香的气味。

赵敬义右手中刀之后的一瞬间，左手往前一挡，把傅宝云推倒在地。有手下骂了一句脏话，冲上去要揍人，傅长松醒过神来，对那人吼了一声“站住”，一步跨到女儿面前，俯下身托住她的肩膀，把她上半身扶起来。傅宝云眼神凝住了，眼球湿润，胸腔急速起伏。

“医院。”赵敬义对手下说，因为呼吸急促而吞掉了一两个字，然后在众人簇拥下快速走出灵堂，刀留在手中，地面洒下一连串鲜血。出门前，他回头对傅长松说：“傅伯，你自己解决，完了再联系。”

之前嚷着看到血的那人，没察觉到应该让路，面门上结结实实挨了一拳。他们钻进车里，车上有医药箱，手下用止血胶管把赵敬义的手臂绑住，然后发动车子离开。

傅长松把傅宝云的左手掌翻过来，发现虎口割伤严重，边缘的皮像野草尖端一样翻起，整只手完全染红。因为肾上腺素的作用，傅宝云暂时没有感到疼痛，在父亲碰到她的时候，只觉手上凉飕飕湿漉漉的，低头一看，觉得不仅眼中的手指不像自己的，好像腿和身体也很陌生。

那把刀是她今天早上出门前就放在包里的，但是她并没有策划这一切，她甚至不记得自己如何产生了朝着父亲刺去的念头。带上刀的时候，她根本没有想好刀刃应当朝向谁。她手上还保留着刚才刺入人体的触感，这和做饭时切肉断骨完全不一样，有一些既黏滞又坚硬的物体紧紧裹着刀刃，像要把它吞掉，然后通过指甲缝钻进她体内。

在殡仪馆，有人悲痛晕厥是常事，所以有药材比较齐全的医务室。傅长松赶紧把女儿带去治疗。在医生清洗伤口的时候，馆里的小领导走到门口往里看。

傅长松走出门外，解释这都是家事，请求不要报警也不要宣传出去，如果有什么损失他来承担。

在医务室临时消毒包扎之后，傅长松带着女儿打出租车到医院去缝合。走出诊室之后，傅宝云说了事情发生以来的第一句话：

“妈的骨灰还留在那儿。”

“没事，回头再去取。”

“现在就去。”

傅宝云的声音很轻且略微颤抖，仿佛在顶着狂风勉强说话。她低头，快步走向电梯。

傅长松追上去，说：“你跑什么？你要一个人去？”

傅宝云不回答。电梯门开了，人群涌出来，父女俩随后走进去，一左一右，靠近各自的角落站着。

“你别自己瞎走，”傅长松说，“我叫出租车，我和你一起去。”

女儿依然不应。

五分钟后，他们俩刚上出租车不久，傅长松收到了一条赵敬义发来的信息：

“傅伯，有空了吧？到盛兴旅馆来。让小傅陪着你一起。”

盛兴旅馆在郊区，比较隐蔽，也是赵敬义的产业。傅长松没有立刻回复，他看了一眼坐在左边的女儿。她望着车窗外，但并没有真正在看着什么。傅长松突然感受到来自前方的目光，他抬头，发现司机正通过车内后视镜看他们。被发现后，司机立刻把目光移开。傅长松不奇怪司机会感到好奇，由于这沉默而冷淡的氛围，他俩看上去不太像父女，再加上傅宝云包扎得厚厚实实的左手，更容易引发陌生人的窥探欲。

直到这一刻，傅长松都没仔细想：为什么女儿会朝着他刺过来?

如果用“杀”这个字，可能和现实不太相符。从傅宝云误伤赵敬义之后的反应看来，她当时并没有一种无情的决心。她像被自己的行为吓住了。

赵敬义这条信息，就像他所有言谈一样，话中有话。这不是一次赔礼道歉就能作数的事。更不用提是赵敬义眼疾手快，替傅长松吃了一刀。

傅长松对司机说不去殡仪馆了，然后给了个新地址。司机说了声“好”，在前方打了个 U 形弯。

傅宝云看了看父亲，说：“要去他那边？”

“至少去给人家道个歉。”

傅宝云不接话，继续看着窗外。她想起学生时代，曾有一次在生物课上，她用打火机点燃了自己正解剖的青蛙尸体，闹得整个教室恶臭难闻。多年后，她已完全忘了当时为什么要这么做，但有一种感觉和今日是共通的: 有的东西, 她想去亲手破坏掉, 而且也没有为自己辩解的打算。

盛兴旅馆坐落在一条大多是货运和农用车经过的城郊马路上。父女俩下车，走到旅馆后门，有两人已经在此等着了。他们一前一后夹着父女俩从消防楼梯走到三楼，来到赵敬义的办公室前。

“您一个人进去就行。”守在门口的大汉说。

“她呢？”

一名穿着员工制服的中年女子上前，毕恭毕敬地对傅长松说：“我带姑娘到茶水间歇一歇。”

“跟她去吧。”傅长松对女儿说。

“这边来。小心点，别磕着手了。”

不等傅宝云回答，中年女子托起她受伤的那只手臂，引领她往走廊深处走。傅宝云没有丝毫不配合的意思。

傅长松走进办公室。

赵敬义坐在沙发上，可能是因为失血，脸色比平日苍白。他右手整只前臂都包扎上了，包裹在医用吊臂带里。在桌面上有一个银色的圆盘，其中放着傅宝云的刀，刀尖朝着赵敬义右侧。

“傅伯，坐吧。”

傅长松在赵敬义对面的单人沙发上坐下。

“欠你人情了，”傅长松说，“谢谢你帮……”

赵敬义伸出右手，打断傅长松。

“那些话不提也罢，我们说说别的。”

“好。”

“在你确定小傅不会报警，也不会再做别的疯癫事之前，我只能让她留在这里。”

“我会快一些和她把话说清楚。”

“不急，我觉得也该给她一点情绪缓冲的时间。傅伯，我和所有兄弟都说过，你是我尊敬的前辈。但并不是所有人都知道你年轻时候的经历，甚至也不知道你坐过牢。所以，他们一开始可能不理解我为什么尊敬你。但这件事，我完全不担心。这段时间，你在我这儿出了不少力，他们都看在眼里，知道你是有手腕、有胆量，尤其是有经验的人。我为什么这么急迫地要把你招揽过来，他们渐渐都看明白了。就说今天去送花圈这件事情，大家都很积极，挽联上该写什么，有几个人还出谋划策，真以为自己读过两天书似的。但至少，这说明他们心意在，不是坏事。”

赵敬义说得清晰而又有节奏，仿佛眼前有一架看不见的钢琴，而他说出来的每个字，都准确地击打在了不同的琴键上。只不过，这钢琴音并不是优美悦耳的。

“但我们现在有个问题。”赵敬义把银色盘子上的刀转了个向，让刀尖朝着傅长松，“小傅的刀是冲着你来的。哪怕本来是冲着我来，都好接受，我就是一个这辈子还得多吃几次刀子的人。当兄弟们看见，你一个老前辈，怎么和女儿关系就这么……不好看……我倒是好解决，要不让小傅亲自掏腰包请我吃一顿，就当道个歉，这不难，呵呵。但兄弟们会怀疑，怀疑你是不是一个在自己小家庭里都站不住脚的人。而帮你挡了一刀子的我，那就更难看了。”

“我明白你的意思。你想怎么解决？”

“道理和以前一样。不靠解释，不靠我去教育他们，靠你自己的行动。老实说吧，这件事我早就希望你能帮上我的忙，现在看来，只能提前了。”

“你尽管说。”

“我想要傅玉栋的‘遗产’。”

“他都死那么多年了，哪里还有什么遗产留下来。”

“有的，这也是我爸告诉我的。当年你们的感情真好，不管什么事都互相交代干净。我爸特意说过，那些东西是为了备用，只有和傅玉栋关系最近的几个傅家亲戚才能拿到。我想，你和你爷爷傅玉栋的关系，总不至于比你和女儿的关系更差吧？”

傅宝云坐在昏暗的茶水间里，桌上放着领她来的大姐给她泡的绿茶，她一口都没有喝。门已经从外面反锁上了，而旁侧墙壁上的窗户都安装上了铁栅栏。

十五分钟后，门打开了，是傅长松，右手握着那把刀。

“这个先不能还给你。”

“我无所谓。”

傅长松把刀收进挂在腰带上的中古皮夹子里。他依然站在门边，没有进一步靠近女儿。

“你为什么想杀我？”

坐在长脚圆凳上的傅宝云转过身来，看着父亲。她那冷漠而消极的情绪似乎远去了，背部挺得很直。

“妈妈为什么跳楼自杀？”

“我不知道。”

“我问过医院了，妈妈跳楼前的十分钟内，你还在病房里，但你根本没和我提过这件事。如果你能回答为什么妈妈会选择那条路，我就能回答，为什么我要这么做。”

傅长松很久不接话。傅宝云继续说：

“两个问题的答案，说不定是一样的。”

“宝云，我有事要办。今天你暂时就不回家了，我会找个人来照顾你。你放心，这里安全，没人会对你怎么样。”

“我没问题。”傅宝云面朝茶杯的方向，不再看着父亲，“这里至少比在你身边安稳。”

傅长松离开房间，再次把房门反锁上。

这天一早，胡一曼在寻常时间来到怀胜楼总公司楼下，发现一名男同事站在她使用的车库外面。

胡一曼打了声招呼，同事说：“小胡早啊，今天有个变动，把你的车钥匙给我。”

“车钥匙？”胡一曼问。

“没错，就是你在用的车，今天开始换我开，接送夫人和公子。”

胡一曼一愣，产生了短暂的疑惑，又旋即消失。终于来了——自从上次把谭嘉烁带到敬老院，她就明白，不可能完全没后果，而今天“靴子”终于落下了。

交出钥匙后，胡一曼觉得自己不必在公司附近逗留了。谭怀胜不和她直接交流，也不给出惩戒的期限，显然是想让她主动道歉。她坐上公交车，回家。

胡一曼的情绪不算太糟，也许因为她早有心理准备。在公交车上晃悠的时候，她突然意识到：只要她不坚持依赖于这份工作，那么谭怀胜能打压她的手段并不多。她和公司签了正式劳动合同，就算谭怀胜不再给她发工资，那么也必须按照正常程序走。

万一到了那一步，她也未必会完全失去生活来源。过去两年实在缺钱花，且确认不会惹麻烦时，她曾私下用谭怀胜的车接单。因为不够胆大，担心眼尖的谭怀胜通过行车里程数发现蹊跷，她没挣到几个钱，但借此加入了好几个本地客运司机的微信群，里面时常有司机找搭子，换班开车。

上半年还有老司机办成了一件大事，在群里呼朋引伴，拉了一群不想跟旅游团的中老年驴友到大西北自驾游。两个月每个人挣了二十万，现在谁想和这位老司机说上话，还得送酒送烟。她在群里潜水太久，但只要想揽活，总会有机会。

到家之后，胡一曼往床上呈大字形一躺，盯着从窗户玻璃反射到天花板上的一点亮光，把刚才脑子里想到的情况前前后后又筛了一遍，觉得没有什么问题，心情突然就舒畅了。她翻身起来，打开老司机微信群刷了一两分钟，恰逢有人晒自家小孩，于是她发出了三个月来第一条留言："哇，好可爱的宝宝，这么快就会走路了！"算是社交破冰。

本来想再闲扯几句，但是没过两分钟，就有两个陌生人找她私聊："原来这群里还有美女姐姐，好稀奇，认识一下？"她没理会，把群关闭了。她想：今天先不急，散散心吧。

胡一曼下午独自去看了场电影，晚上去上课，度过平平无奇的一天。入睡前，她想："不知嘉烁现在在做什么？"

两天以后的中午，谭怀胜给胡一曼发了信息，让她下午三点过去一趟。胡一曼十分诧异，她本来以为谭怀胜应该会吊着她十天半个月的。她甚至做好了再轻松一星期的心理准备，而这意外的消息又让她紧张起来，令她吃不下午饭。她在饭桌前左手撑着头，手指滑进头发里，盘算了很久，设想谭怀胜可能会有哪些话术。

说到底，谭怀胜不太可能从她身上获取什么利益，最多也就是诱迫她监视谭嘉烁。谭怀胜虽然有不干净背景，但他首先还是一个上了电视的正经老板，他做不了太出格的事情。

胡一曼准时赶到谭怀胜的办公室外，在敲门的一瞬间，再次紧张起来。

"进来。"里面传来谭怀胜的声音。

她深吸一口气，走进房间。

“谭总。”

正在翻看一沓文件的谭怀胜，没有抬头，说了一声：“等等。”

胡一曼只好在原地站着。谭怀胜一边翻开文件，一边在上面勾勾画画，持续了快五分钟。胡一曼不得不认为这是在故意消磨她的耐心。

“好了。”谭怀胜把文件整理好，又把钢笔盖上笔帽，“你也看见了，我今天挺忙的，速战速决吧。”

谭怀胜脸上全无胡一曼熟悉的那种非常轻薄而不可信赖的友善。他表情并不凶，也谈不上放松，而像一个真心沉迷于行政工作的公务员，让人不由得佩服他由里及外的专注。

他从上衣口袋里拿出一张折成方形的小纸片放在桌面上，用食指往前推，然后在上面敲击了两次。

胡一曼走到办公桌前。她低头看着那小纸片，它像是对折了再对折，依然很薄，隐约可见有字迹透到背面来。在空调的风力下，那开口轻微抖动、张合，像是从蜻蜓身上撕下来的翅膀。

“别发愣了，拿起来看看。”

胡一曼拿起纸片展开，把有字迹的一面朝着自己。

“念出来。”

“借条。因本人年老体衰，缺乏照料，因入住德心敬老院需求之故……”

胡一曼停下了。

“继续。”

“……今收到谭怀胜以转账出借的人民币六十万元整，借期三年，年利率百分之八，二〇二三年十二月一日到期时本息一并还清。如到期未还清，愿按月利率百分之六计算逾期利息……立此为据。”

胡一曼不再念了。字是打印的，纸条末尾有父亲的个人信息和红手印。借条上提到的是转账，她一直以为谭怀胜代付敬老院费用是用的现金，或者从他那边直接出账，看来还有一个为她父亲住养老院准备的专有账户。

她仿佛觉得有一股滚烫的液体突然倾覆在她的胸腔里，空调的风声演变成巨响。她的右手虽然还紧紧捏着纸条的一角，但是却感受不到自己手的重量，只能感受到纸的重量。

“这个利很好算，到期七十四万左右吧。”

“可是你说住院费 ——”

“我做了两手准备。我是没打算让他还的，但是亲兄弟明算账，程序总是要走一下的。你不用质疑，这手印是他本人的。”

胡一曼心里清楚，没必要问为什么父亲会按下手印——以他的精神状况，这很容易推断。父亲可能根本不记得这件事发生过。她立刻意识到，为什么谭怀胜不想让她父亲接受精神科治疗了。这不仅仅是为了控制他，如果诊断结果认定胡云志是无民事行为能力人，那么这借条就可能失去法律效力。

“我原来计划得很好，等到了期限，把这借条撕掉就行了，一切当没发生过——哎，小胡，你可别动这个心思啊。”谭怀胜露出了胡一曼熟悉的笑容。他用钢笔指了指背后置物架上的摄像头，“我这有录像呢。我不是不信任你，主要是我吃过这种亏，一朝被蛇咬十年怕井绳。前几年我和一户农民签了合同，说好他家蔬菜大棚里的产出都供给我，结果这龟孙子嫌我价低，又和别人签了一模一样的合同。我就站在他家田埂上和他好好沟通，他非要看一眼我手上的合同原本，我想着旁边还有公安站着，我不怕，就把合同递给他。他竟然一口就吞下去了，狗吃屎都没这么积极，公安乐呵呵地看着根本不管，只说什么大家乡里乡亲的，商议解决嘛。从那以后，我多长了这个心眼。”

“我爸……没这么多钱。我更没有。”

“我知道你爸没有，但是这其实和你没什么关系，一听就知道你法律知识不足。你爸还不起，也轮不到你还，因为他没有让你做担保人。当然，如果我真的追究起来，法律上不是大问题，可以向法院申请拍卖胡云志名下的房产。他就一套房子，你住的那一套。”谭怀胜转向笔记本电脑，开始打字，“我查一下啊，清岳小区，现在一平大概是……”

“谭伯伯——”

谭怀胜把手从键盘上移开。

“现在知道叫我谭伯伯了？刚进门的时候不是叫谭总吗？我没把你怎么样，我就是公事公办。我和你谈感情，谈了这么多年——哈哈，这样说不太对，应该说我和你讲人情，可以说为你们父女俩考虑得面面俱到，我真是闹不明白为什么你要再三和我作对。上次我们严肃谈话的时候，我已经非常明确地表示过了，我可以为你在企业里提供更大的发展空间。我相信你是一个成年人，做事有自己的方法节奏，就没催你。你想在我这儿混吃混喝，我由着你；你想积极上进，我万分支持你。没想到你还是背着我——”

谭怀胜重重叹了口气，像是被迫做了一单严重亏损的生意。

“把借条还给我。”

胡一曼照办了。

“是，我和我女儿有矛盾，那说到底也是我的家事。我说过我几乎把你当作我的女儿，但你自己得有点清晰认识啊。你这一天天的……哎，算了，说多了我也真的难过。我早就可以把借条拿出来，对你说‘小胡啊，这个借条怎么了，开不得玩笑’。你脑子得清醒一点。我为什么拖到现在才说？被你逼得走投无路了啊。”

“……你想让我怎么办？”

“我不想让你怎么办。我忙得很，今天也没空说别的了。你回去，啊，该干吗干吗。你得把事情真正想通了，我们再聊，否则没有意义。”

胡一曼回家。关门之后，她换鞋，察觉到地毯上多出了一些白色粉末。她知道，是刚才自己关门太用力，一些干裂的墙皮落下来了——这毕竟是一套很老的屋子，也是她唯一能称之为家的屋子。

客厅中央的地毯是父亲搬到敬老院之后，她才重新拿出来铺上的，因为总算不会有人喝醉酒后吐在上面了。

地毯中央是一张实木四方桌。她把路上买的装着冷冻速食的塑料袋搁在上面，看着塑料袋四周慢慢塌陷。

她把左手伸到桌子下方，手掌翻转，指尖感触着桌沿里侧那一整排小小的划痕。

小时候，她在这桌上做作业，走神了，就不自觉地用小削笔刀在那儿刻出痕迹，抬起手的时候掌心里都是木屑，然后她走到窗边，把它们吹到空中。妈妈捡拾滚落到桌底的一个纽扣时，终于发现了小胡一曼的“罪行”，把她关进屋里训了一顿，但是没有告诉丈夫。

胡一曼很早就明白，家里拥有的东西不多，她拥有的东西不多，曾有的朋友也多半因为结婚育儿远去。

母亲已选择别的家庭，父亲仿若身陷牢笼，有时候在夜里，孤独从房间四壁渗透出来，逼近胡一曼，她会想：虽然她无法想象自己成为一个男人的妻子，但如果没有家庭，没有日复一日共同生活的争执和摩擦，一个人是否真的完整?

确实也有人能独自生活得很快乐，或者是不快乐但自洽，但这些人通常有所依凭。而谭怀胜，这个拥有更多的人，竟威胁要夺走她的一切。

手机响了。是伊璇打来的。

“一曼，今天怎么换人了？老谭是不是为难你了？”

“对，撤掉我了，具体的你还是问他吧。”

“我都不用问就知道他会说什么，我想听你本人说一说，出了什么差错。”

“姐，对不起，我现在真的没什么心情谈，反正我没生病，这也不是我自愿的，我要是说多了谭老板更有意见，这边有事，我挂了。”

胡一曼对伊璇没有任何不满。谭怀胜不在身边时，伊璇和儿子如何表现，胡一曼最为清楚。谭怀胜在的时候，伊璇会更活跃；若丈夫不在，她会显得松弛，甚至是一种懒惰，懒惰在这里不是坏词。胡一曼能清晰地感觉到，谭怀胜身边像永远存在着一大圈看不见的栅栏，栅栏内外的伊璇并不完全是同一个人。她有自己的世界。而拥有自己的世界，恐怕是能和谭怀胜日夜相处又不失控的秘诀。

吃过加热的速冻食物后，胡一曼给母亲发了信息，说想视频通话，并且特意备注：不是说我爸的事。

母亲回复："好，等我十分钟。"

胡一曼拿出笔记本电脑，在客厅坐下。十二分钟后，见对面没动静，她发出了视频通话邀请。过了一小会儿，母亲沈英惠出现在屏幕上。她擦擦眼镜戴上去，对女儿露出笑容。

"一曼，吃过饭了吗？"

"吃了馄饨。"

"就吃个馄饨啊？"

无特殊意义但必需的母女对话。虽然和同龄人相比，胡一曼与父母共同相处的时间不多，但她也知道，这就是家庭成员最本质的互相驱逐孤独的方式。用最俗气的语言，确定对方基本的生存需求已得到满足。

"一曼，你是不是心情不好？"

"没有啊。"

"我看你眼睛躲躲闪闪的。你小时候一回家这个样子，我就知道，肯定是又有考试成绩下来了。"

"别说我小时候的事了。"

胡一曼说得急躁。这就是她长期以来很少和母亲单独联系的原因——越是怀念一些远去的"小时候"，越会滋养她内心中永不会彻底熄灭的怨怒。她自认不是一个听话、能干的小孩，但也轮不到她在父母婚姻中搞什么破坏。

是他们犯了错，也许一方的过错大于另一方，可多年后，仿佛是她一个人仍然埋在地震后的废墟下。她想从废墟中爬出来，建造起新的栖身之地，但那些已经断裂、腐朽的建筑废料，早已无法重塑。

"你最近忙吗？"沈英惠问，"要不向老板请个假，来妈这里住几天？"

"这能行？"

"当然没关系，老彭也会欢迎你的。"

"我不是那个意思……"胡一曼上一句回答，是怨气影响下的自言自语，但仔细想想，这不是个坏主意，如果去深圳和母亲团聚一段时间，谭怀胜应该暂时会知趣地不打扰她。

但这不能解决问题。

“想来吗？”

胡一曼用左手撑住脑袋，像是有意识地防止自己点头。

“我不知道。”

“妈一看就知道，今天你有心事。”

“没有什么你能帮得上忙的。”

“不一定吧，你说说看。”

胡一曼摇头。

“妈等你说。”

“我说了没有！”

胡一曼往后一靠，相对朝前伸展的脚踢到桌子，笔记本震颤了一下。

在提出视频通话要求前，她没有完全想好要说什么，也许内心隐隐约约有求助的念头，也许现在她正在求助。但这就像正在溺水的人，不说明自己的遭遇，只是对远方的人高喊身上有些冷，而对方哪怕有千万种善意，也只能回应“多加一件衣服”。

“是钱的问题？还是……感情问题？”沈英惠不依不饶。

“我整个人都有问题。”

胡一曼用双手捂住脸，然后指头慢慢下滑，看见母亲取下眼镜，擦眼泪。

“我后悔以前管你管得太严了。妈知道你一个人辛苦，你觉得妈帮得上忙的就说，自己有什么想做的就去做。”

“你有没有后悔过和爸离婚？我不是说现在，我是说过去这些年。”

“没有。我唯一后悔的就是那时拗不过法院，让他把你留下了。我这辈子给自己拿过的最大一个主意，就是和你爸离婚。你现在，也到了什么事都该自己拿主意的年纪了。妈那时候看清得太晚，不知道自己想过什么日子。你一定不要犯和妈一样的错。几十年真的一眨眼就过去了。”

视频里突然传来模糊的敲击声。沈英惠回过头说：“没事，我和一曼在视频。”

“我下线了。”母亲再次面向屏幕时，胡一曼说。

“有事一定要联系我。”

胡一曼合上电脑屏幕。她想了想母亲刚才说的，想做就去做，几十年一眨眼就会过去。她倒是想一枪打死谭怀胜，一种情绪上的向往，然而没有动手的可能性。这种荒谬性把她自己逗笑了，虽是苦笑，但也让心情有了歇息的片刻。

该去上夜校了。胡一曼回到卧室，打算换衣服，于是先把这件衣服里的钥匙等杂物掏出来。“丁零当啷”一团金属和细绳缠绕的小物件落在桌面上。她看见了自己的高级员工证，心想，谭怀胜没让她把这东西交还，估计还是期待着她服软吧。她确定了，无论发生什么，她都不会服软的。

员工证本身是红色卡纸，包裹在亚克力板中。胡一曼盯着它看了一会儿，脑中突然透亮。枪击这种夸张事且不提，她知道自己能做什么了。她把员工证从细绳中解放出来，握在手里。

她一边换衣服，一边给谭嘉烁打电话。对方接听后，她说：

“嘉烁，你还是想找我爸聊一聊吧？”

“想啊。但上次我就进不去，下次肯定更加——”

“我有办法。”胡一曼打断了她，“但是我们俩都得下定决心。可能只有一次机会。”

傍晚。

这旅馆卧室堪称简陋至极，但是对傅宝云来说，也不比自己的家差太多。事实上，这张床要比她自家的床舒适。虽有窗户，但只能朝上顶出不到一寸的空间，何况这里是五楼。房间配色让傅宝云特别难受，窗帘是艳得吓人的紫色，一半墙漆成深绿，装饰画是粉色黄色相间的荷花池塘。

手机被收走了，傅宝云坐在床上无所事事。她确实也想不出有什么事情急着需要她去做，唯一惦记的就是还放在殡仪馆的骨灰。失去了母亲，她更加明确地意识到，自己过去几年的生活，几乎完全是围绕着“和母亲共同拥有一个还算宽裕的未来”。她知道，有的人会更加努力工作、生活，“麻醉”自己，但现在她脑袋一片空白，根本想不出世界上还有哪一种针剂能麻醉她。

门打开了。虽然傅宝云觉得自己已经不会害怕父亲身边的那些人了，但她还是条件反射似的缩到床里头，背部靠着墙。看清了进来的不是男性，而是一个年轻女子的时候，傅宝云产生了一种错置感，就好像事实上她没有被绑架，眼前的女子只不过偶然闯进了她订的客房。

“傅宝云，来吃饭。”

“你是谁？”

“出来啊。就我一个人在。”

女子说完就出去了，傅宝云下床，小心翼翼地走进客厅。女子正在把好几个塑料碗摆放在茶几上，饭菜冒出热气。

“我叫杨忆。来坐。”杨忆掰开一次性筷子，不等傅宝云坐下，先吃起来。傅宝云的确是饿，也坐下了。茶几上摆着肉末烧茄子、芹菜肉丝和一碗蛋花汤。傅宝云愣了一下。前两个菜，她家摊位上常做。杨忆催她吃，她夹了一筷子，确认这不是父亲做的，咸淡更合她口味。

傅宝云一边吃，一边暗暗打量女子。细看之后，发现杨忆没有第一眼看上去那么年轻，眼角已有些许纹路。

“你做的饭？”傅宝云说。

“当然不是我。”

“我爸呢？”

“你爸？我懒得去问。你真想知道？”

“不太想。”

“那就行。”

吃完饭后，杨忆把东西全部放进塑料袋，把大门打开一条缝，走出去，锁上门。傅宝云本来以为她今晚不会再回来，但是十多分钟后，她又回屋了，说：“刚才抽烟去了。”

傅宝云闻得出来。她说：“还有什么事？”

“其实也没什么。”杨忆把右手掌按在髋骨上，咬着嘴唇想了想，说，“要玩游戏吗？”

“游戏？”

“打游戏机……”傅宝云皱眉，抬了抬自己被厚厚包扎的左手。

“体感游戏，单手玩就可以。离睡觉时间还早，反正我也无聊。”

“……拿出来看看。”

杨忆走到电视机前踮起脚，浅蓝色针织背心随着动作朝上掀起，傅宝云看见了她腹部文身的一部分。杨忆把一个帆布包拿下来，从里面取出东西。转过身的时候，她注意到了傅宝云的目光。

“感兴趣？”她把背心卷起来一些，“看。”

“……这么大一块，不痛吗？”傅宝云有些害羞，把脸转过去。

“刚文上去的时候痛，痛是小事，痒比较难受。来玩游戏咯。有人问起你可别说啊，没人知道我放在这儿。”

那是一台老旧的WII游戏机，杨忆把它连上电视，对傅宝云说：“你到我左边站，免得碰到受伤的手。”

傅宝云照办了。杨忆把一只手柄交给她，然后说：

“我看看，一个手可以玩的啊……你要玩羽毛球还是保龄球？”

“羽毛球吧。”

“行，刚才我吃得比你少。这时候就比较有优势了。”

“不一定吧。”

游戏开始，傅宝云完全没掌握到挥拍时机，连失两球。

“我说的吧，吃得少的人占优。”杨忆笑着说。

“再来。”

她们玩了快半个小时，一开始傅宝云连续惨败，逐渐赶上来，最后杨忆在总成绩上险胜。

“好了，我要走了。”杨忆说。

傅宝云一边喘气，一边看了看自己在电视柜旁边镜子里的侧影。她发现自己笑了，而且心中并不把此刻的笑容视为一种错误。

杨忆把游戏机收好，放回原来的地方。

“明天还是我带饭，可能后天也是。你有什么想吃的吗？可以提前和我说。”

“想不出。随便你带吧。”

“行。”杨忆走向门边，突然转过身说，“对了，你别自己动那游戏机，不是我不让你玩，我怕晚些时候有人来看你是不是老实待着。”

“你和我爸什么关系？”

“没有任何关系。晚上好好休息。”

她离开了。

02 伪装者们

下部

在加油站，傅长松对赵敬义说：“车就停这里吧，剩下的走路。”

赵敬义说：“不是还有三公里吗？”

傅长松说：“再往前就没安全地方停车了，除非停在林子里面。我不知道现在民风怎么样，要是以前，过两三个小时再回来，发动机、轮胎、座椅全部被卸掉。”

赵敬义对前方的司机说：“听到了吗？停车。”

于是他俩和两名手下一同下车了，朝加油站的西侧走。和几个并非自己朋友的人在荒山野岭中前行，对他们四个人来说都比较无趣，而且为了照顾受伤的赵敬义，步伐不能太快。

傅长松发现，与二十年前相比，通往傅家村的路况没有太大改善。他们踏上不存在于傅长松记忆中的水泥路，但是路只延续了不到半公里就中断了。再往前，碎裂的滚石掩盖了半边泥泞地，另外半边上仍然能看到交错纵横的车辙印，可见还是有许多机动车或畜力车每日冒着风险从此地通行。

走了三十多分钟，他们看见路旁立着一块牌子：前方 500 米左转，前进村欢迎你。

傅家村已经很多年不叫傅家村了，但绝大部分对此地有记忆的人，根本用不上这个无比简单的新名字。它的名声是有历史的。

不知是不是山里的水有问题，养出过不少能人、狠人。大清时就有人在村里自立为天子，选定国号，发布诏书。1946 年前后，有一户从傅家村出去的地主躲回村里，号称拥兵三千，数字肯定是夸大了，但剿匪花了快半年才剿干净。再往后的大名人，就是企业家傅玉栋。

傅长松记得，1990 年是祖父名声最盛的时候。他从全市挑选了六名最优秀的学生，让他们坐飞机去北京观看亚运会。但因为有人劫机，飞机迫降，死了不少人。那次事件就是傅家衰落的开始。

傅长松的大伯为傅玉栋保管着一个账本，里面是贿赂各路官员的详细记录。这账本不仅是为了算清财务往来，也是傅玉栋为了自我保全而留下的最后一手。后来大伯家出了乱子——具体情况傅长松并不清楚——结果是账本记录泄露，而他的堂兄弟自杀了。一年半后，在一次颇为轰动的公审公判大会中，傅氏家系中共有十四人被判刑。无期徒刑的判决砸向了傅玉栋，但这就像用火箭炮轰向一只已经折了翅膀的秃鹫——仅仅三年后他就在牢狱中病故。又过了五年，傅家村正式改名前进村。

在村口，傅长松说："我不保证你想要的东西还在这里。"

赵敬义说："我有心理准备，来都来了，试试。"

傅长松说："那走。"

村中人口稀少，年久失修的瓦房如一排无法拯救的龋齿，错落歪斜地插进土地。整个村子破落得令人不安，哪怕最滥情的游客，恐怕也不会在这村里假意夸一句"远离城市喧嚣的质朴"。

四个城里男人有些显眼，走到哪儿都有村民盯着，但村民无意紧随，注意力很快又回到自己僻静而枯燥的生活中。

在傅长松的带领下，他们穿越村子，登上后山。下午三点，他们抵达半山腰，眼前是一间泥砖房，房屋前有一个小院子，地上晒着大片干辣椒。一位年近八十的老人坐在门前垒起来的几块砖头上，跷着腿抽烟。傅长松等人刚跨进院子，老人就喊："谁啊？"嗓音洪亮。

傅长松示意后面的人稍等，然后说："曹叔，是我，傅长松。"

"长松？你出来了？"老人的语气很随性，仿佛在问吃了没有。

"出来快两个月了。"

"你带了谁？"

“几个兄弟。”

“你一个人进来。”

傅长松转过身，对赵敬义说：“你们等一等吧。”

赵敬义对一名手下使眼色。手下把一个装着礼盒的袋子递给傅长松。傅长松接过，进入院子。其他人留在原地。

傅长松走到老人面前。

“曹叔，给你带了你最喜欢的茶叶——”

老人站起来，眼眉一挑，狠狠抽了傅长松一个耳光。

“出狱两个月了都不过来，来就送礼，你曹叔和你就这么见外？”

“真的不好意思，刚出来有很多事情要忙，我前几天还在帮蒋蕾办后事。”

“你老婆？她出事了？”

“也是没料到，生了个急病。”

曹叔的神情缓和了。

“我早就觉得那姑娘命不好。那你娃呢？”

“娃还行，和我过。曹叔，你不喜欢我太见外，那我就直说了。我来这一趟，是为了拿东西。”

“是你拿，还是你后面那些小兄弟要拿？”

“我们是一起的。规矩是我爷爷的东西只有我爸和我能动，现在只剩我了，但我一个人也用不上。我这些兄弟，也不是没关系的人。你看一眼，吊着一只手那个。他是英涛的儿子，叫赵敬义。”

“英涛的儿子？”曹叔朝院落门口看了几眼，“是挺像。你刚出来，那是你跟着他干？”

“我们合伙，人都是他的人。”

曹叔沉默片刻，然后说：“你让他们一起来吧。这事办完了，我心愿也了了。”

傅长松把赵敬义等人叫过来。曹叔没有和他们说话，只是打量几眼，转身就走。他们跟上去，穿过黑漆漆的屋子来到后墙和山崖之间。门后有一口井，上面盖着木板。傅长松注意到，石头砌成的井壁上并没有青苔——这说明井中没水。

曹叔把木板推到一旁，摇动井轱辘。看他模样挺吃力，傅长松要上去帮忙，被挥手拒绝。他把一个极大的黑色包裹摇了上来，傅长松再次上前，这次曹叔没有反对，两人一起捧着，把东西缓缓地放在地上。

曹叔蹲下，解开包裹，里面是十余支手枪和大量弹药。有一名手下显然没有做好心理准备，爆了句粗口。

“这都……能用？”另一名手下说。

曹叔抬头看了看那人，没理会，低着头看着这发出银光的枪堆，说：“你爷爷刚进去那时候，我每半个月就一支一支做保养，擦干净了上油，老觉得会有大事等着我要办。你爷爷的胆量，你爸真是一点都没继承，死得也窝囊。没想到你爸死了没几年，你也进去了，我就想，你爷爷的这些宝贝，看来是要永不见天日了。长松，其实我今天一看见你，就盼着你说是来拿东西的。你要是说只是来陪我吃个饭解解闷，那多没意思！那还不如明天就全上交，说不定还能奖赏我几万块。”

曹叔蹲下来，拾起一把手枪，把弹夹推出来看了看，说了句“好东西啊”，然后拉开保险栓。傅长松意识到了什么，但没来得及行动。

曹叔抬手开枪，正中方才质疑枪支是否能用的手下的头部。那人未出声就倒地了，右边眼眶粉碎。骂过脏话的手下惊恐地蹲下去，曹叔朝他膝盖打了一枪，此人惨叫着面朝地摔倒，曹叔又补了两枪，那人抖了两下，鲜血涌出，不动弹了，右手还压在胸腔下面。

这一切发生得非常快，曹叔立刻又把枪口对准了赵敬义，对傅长松说：“别动。”

枪声依然在远远近近的山壁之间回荡，像有看不见的巨人在天空中敲响了一面生锈的锣。

“曹叔，”傅长松说，“怎么回事？”

“你放心，东西我会给你，但是我也要你明白，交到你手里的是什么。看这两兄弟，这一刹那就凉了。你用过枪，但你没用它杀过人吧？”

“没有。”傅长松说。

“小赵，你呢？”

“我也没有。”

“我猜也是。现在只有你们俩了，这么多东西不容易拿下去，我帮不了你们，年纪大了，不爱上山下山的。还有这两个倒霉的人，尸体是无所谓，但是怎么向他们身边的人交代，都要你们去解决。枪就是这么回事了。这不像以前，现在你打出一发子弹，会飞回来一百种麻烦事。我要留这一把，剩下的你们拿走吧。”

傅长松蹲下，把包裹重新扎好，试着搭在自己的背上。很重，但这是次要问题，关键是太显眼。在回到车上之前，应尽量不要让旁人看见。

“我不留你们吃饭了。但是最好天黑了再下去。”

“我知道。谢谢曹叔。”

“快滚。我还要把这两个埋起来。这么一来，我对你家的恩情就还清了，以后你没事别来找我，让我好好过我的日子。”

仅剩的两人下山了。因为下坡路滑，在不少路段，只有一只手能用的赵敬义需要傅长松扶着走。两人沉默前行约五分钟后，赵敬义开口了：“曹叔和你们家是什么关系？”

“血缘上没有关系。1967年的时候他全家被清算了，他在我爷爷家里躲了三个月，后来在我家，什么苦活都愿意干。”

“那对你应该是有感情的，刚才就能看出来了。”

傅长松不答。

又过了两分钟，赵敬义停下来说：“傅伯，不好意思，他杀了我两个兄弟，这事不能就这样算了。”

“你想怎么样？”

“拿一支给我。我回去一下。”

傅长松皱眉，看着赵敬义。

“我这次对你没要求，我一个人去。曹叔自己也说了，打出一发子弹，飞回来一百种麻烦。可不能教了我们这些大道理，自己又不服从道理啊。”

“你也看见了，他是老手。而且你还有一只手不能用。”

“没关系。你是担心我，还是担心他？如果他把我打死，你就什么都不用担心了，这么一想，也挺好笑的。”

赵敬义眼中并没有兴奋或者愤怒，他看上去像在索取一串备用钥匙。

傅长松把包裹解下来，说：“自己挑吧。”

赵敬义很快拿起了一把，在手中左右看看，然后装满一个弹夹。

“等我回来。”

傅长松不说话，看着赵敬义沿着原路攀登。见不到人之后，傅长松在石头上坐下来等待。

在这深山老林里，人很容易对时间失去概念。傅长松大概等了三十分钟，与此同时，晚霞逐渐覆盖天空。若抬头，隔着树冠之间的空隙，远望那多彩的云，就仿佛能嗅到一种令人感怀的乡愁。

“傅伯。”

傅长松站起来，赵敬义回来了。从他消失到再出现，傅长松没有听见枪声。

“情况怎么样？”

“解决了。”

“那就好。”

“不过，我们恐怕得回去，现在有三具尸体了，而且我不了解他家的情况，我们得做一些善后。”

“确实有必要，那我们回去吧。实在弄太晚的话，我们就在他屋里过夜吧。”

“呵，就当度假看风景了。”

傅长松再次把包裹背起来，朝上走，赵敬义没有把那把枪还给他，毕竟，现在这些东西属于他了。

赵敬义把枪放进兜着手的吊带里，觉得挺合适。他们一前一后，回到已经没有一个活人的小屋。

傅长松和赵敬义把两名手下的尸体运到山头上的不同位置掩埋。

傅长松问赵敬义："这两个人有家室吗？尸体都不带回去，你打算怎么和家人说？"

赵敬义说："一个独身，另外一个和家里闹矛盾，把房子都烧了，他爸妈是不会在意他死活的。毕竟今天要办的事情很特殊，我是特意挑了这两个口风紧又没什么牵挂的兄弟。"

忙完之后，已接近八点。

山中黑到极致，他们打算第二天一早再处理曹叔。两人摸黑回到曹叔的屋子，在厨房找出四季豆、芽菜和挂面，扫掉挂面上爬着的小虫，在大锅里烫熟，凑合了一顿。后来又翻箱倒柜，寻找文件、照片等物，调查曹叔和山下的世界还有多少联系，会不会有关心他的人找上门来，最终确定他是孤身一人。

从下午忙到现在，耗了不少心神，他们搬了木头椅子，坐在院子里休息。

"你想拿这些做什么？在我那时候，枪就已经不是什么方便的东西了，反而会让公安更快提升办案等级，现在就更不用说了。"

"我想要东西，你也帮我拿到了。那不就够了吗？这世界上有人财产有几百亿，他也不会去细细想该怎么花每一个一百万。"

赵敬义笑了笑，像是把自己给逗乐了。

"直说吧，我觉得你以后是想转白道的。我二十年前也是这么打算的，所以才从来没认真想过要到曹叔这里来取东西，倒是你爸一直催我。手上一旦沾了火药味，转白道就没那么容易了。"

"傅伯，我知道你的意思，你想看看我有没有什么未来目标。目标当然是有的，我吧，想要一个迪士尼。"

"什么？"

"迪士尼那样的超大型游乐场。如果有这么一个游乐场，我就换上员工的衣服，站在过山车月台面前，把客人一个个送上去，检查他们有没有把安全锁放下来，然后去拉操纵杆，让他们到天上转一圈。等车回到地面，我会对每一个下车的人说：'谢谢光临。'然后再迎接下一批客人上车。看着他们一脸兴奋地上去，下来的时候一个个脸色惨白又忍不住笑，那我就知足了。不过必须整个游乐场都是我的，可以凭我的口味去装修过山车。”

“新开发区好像的确是划了地要做游乐场，你去试试投标。”

赵敬义又笑了，然后站起来，说：“傅伯，多谢你陪我说笑话，我一般很难找到人愿意配合。我要进去了，曹老头的床单没办法睡，我看看有没有什么别的办法。”

他拍拍傅长松的肩膀，走进屋子。

这天夜里，杨忆给傅宝云带来了一些包子和小米粥。她说：“今天客人多，厨房忙不过来了，随便吃点吧。”

傅宝云说：“都可以。”

她们坐下，杨忆把手往塑料袋里伸进去，傅宝云问：“姐，你也吃吗？”

杨忆说：“我也没吃晚饭啊，你还不让我吃了？”

傅宝云说：“不是这个意思。”

过了一小会儿，她又说：“是他们让你每一顿都陪我吃吗？”

杨忆说：“是我自己想来的，在这里找个能吃东西还清净的地方不容易，你这儿挺合适。”

傅宝云不应，默默吃起来。她拿着一个菜包，侧过身，慢慢地嚼着，眼神有些茫然。虽然嚼得很细，但咽下去的时候，还是稍微噎了一下，就好像喉咙拒绝和身体其他部位配合。自从遭到软禁，她就有这样的感觉，并非病痛所致，而是身体的某些部位失去了活动的欲望。她知道杨忆正在观察她，这也是她侧过身的原因。

“你爸和一些人出去了，本来今天就该回来的，但现在看来要拖一天。”杨忆说。

傅宝云点了点头，也可能只是一个辅助吞咽的动作，同时假装在点头。

“赵老板臂上那一刀，是你下的手？”

傅宝云低头，咬着下嘴唇。

“我给你带了吃的，还陪你打游戏，你陪我说说话呗。”

“……我不是冲着他去的。”

“那是怎么回事？”杨忆停顿片刻，继续说，“是冲着你爸？”

“是。”

“厉害了。怪不得他们让我看着你，没有找个男的来。”

“为什么？有什么区别？”

“怕激起你的性子。”

“我从来没有伤过别人。”傅宝云有些不高兴。她并不为曾经刺向父亲而后悔，但杨忆这话，说得她好像是一个会随时暴起砍人的武疯子。

“我懂，我的意思是，赵老板以为你还会那么冲，其实你只是冲着你爸。”

“我没想过向着他……”

傅宝云按捺不住，鼻子突然酸了，开始抽泣。杨忆没说话，递过去一小叠餐巾纸。傅宝云接过来，擦眼泪的同时闻到餐巾纸那种生硬的香气和手指上发酵面食的气味。在她哭的时候，杨忆并没有看她，转向电视机的方向。

“这些话可能你现在不想听，但是你人身安全没问题。赵老板还是挺愿意和你爸搞好关系的。”

“我的安全有关系吗？”

“当然有。”

“我不需要我爸关心我，我不想要他关心我。我妈已经死了。”

杨忆没有反驳傅宝云。她等待傅宝云这一轮怒气沉下去，才接话：“我比你小几岁的时候也这么想过，没人要我，不如早死。有一点不如你的，就是我想过对付我爸，可惜根本没来得及。”

“你是赵敬义什么人？”傅宝云语气平静许多。

“我在他一家公司里做账，管管杂事。”

“你和我爸呢？”

“你昨天问过了。”

“我想再问一次。我觉得你没说实话。”

“有一点男女关系。”

“我就知道。”

“为什么？觉得我看起来像？”

傅宝云不应。

杨忆浅笑着说：“我和这些货混在一起，谁看见了都会这么想，而且我也没打算装什么良家妇女，这样有时候会让你显得不好惹，省掉很多麻烦。”

“……也没什么。”

“嗯？”

“我是说，和有家室的男人在一起，也没什么了不起的。”

“你话里有话啊，展开讲讲。”

傅宝云张嘴，似乎马上就要说出一些什么，发出“咻”的吸气声，但旋即又闭上嘴。

“别小气了，你话到嘴边了。”

“我……我也和有妻子的男人谈过。”

“真的？”

“网上认识了几个月，他坐火车来找我。”傅宝云停顿片刻，内心里做了下斗争，决定隐瞒和对方是通过组队打游戏认识的这个细节，“他老婆很快就打电话过来，他还有胆子躲到饭馆外面接，被我听到了。幸好还没和他发生什么。”

杨忆笑了，拍了一下自己大腿，双手合十后又改用一只手捂住嘴。她看见傅宝云脸涨红了，似乎有些后悔交代了这件事。她明白，宝云在哭过之后，不想再继续示弱。

她对父亲抱有复杂感情，在这一刻恨意占了上风，她试图通过交代这个故事，显示自己能从这痛切而复杂的父女关系之中抽离。但这种行为又是矛盾的、自欺欺人的，这不能表达她真的不再关心父亲，只是一种强硬的伪装。

也是在这一刻，杨忆觉得自己该离开了。赵敬义和她说，看好这个姑娘，但也不要让她觉得大祸临头，她是傅长松的女儿，对她好一点。不是由傅长松来吩咐，更加说明了这件事开不得玩笑。要对傅宝云好，不代表需要认识她是一个什么样的人。

“我得去抽一口，”杨忆说，“不打游戏了。今天没什么餐具，你随便扔吧。你可以洗个澡，早点休息。”

“好。”

杨忆离开房间，关上门。她走到楼梯转角处，倚靠着靠近窗户的栏杆，拿出一支烟，叼在嘴里。在点上火之前，旅馆的一个男员工从她身边经过，走下楼梯之前，说了一句：“杨姐，老在这儿站着，是不是为了勾我？”

“勾个屁，滚。”

男员工呵呵笑着下楼了。

杨忆早已习惯了，这算不上调情，因为在赵敬义的地盘上，没有人真的敢对她动手。但在这一刻，这种习惯，突然让她心中一震，就像在每天都会经过的桥中央停留，却突然踩了个空。她对这些人没有一丝真正的情感，但她在此能感到舒适，一种在死胡同缓缓躺下的舒适。她是这个世界的一部分，傅宝云不是，暂时还不是。

很显然，傅宝云在短时间内没有离开这里的希望。就算没有男人直接腐化她，她为了自保，会寻求能和杨忆平起平坐的机会。她的逞强，会引导她靠近甚至模仿杨忆，就像刚才关于有家室男人的对话。

但是，如果要彻底拒绝融入这个世界，就连靠近已经身处其中的女人也是不行的。杨忆完全能预料赵敬义的策略，一旦傅宝云在她身边开始感到舒适了，赵敬义就会换掉她，选择一个男性继续下一步。

杨忆想，宝云不是我。她是在被迫进入这个世界之前，就刺出了那一刀的人。她应该有别的机会。

她把香烟收回烟盒里，回到那客房的门前，打开门。正准备走进浴室的傅宝云没想过有人会回来，受惊了，迅速转过头。

“我带你出去，”杨忆说，“不过手机不能还给你，不然我不好交代。”

“不合身？”胡一曼问。

“合身的。”坐在副驾座上的谭嘉烁一边说，一边稍微抖了抖领口，“就是这领子很硬，扎得有点痒。”

“因为是全新的，从来没人穿过。忍一忍吧。”

“没事。”

下午一点，他们坐在怀胜楼运送食材的厢式小货车里，两人都穿着运输车队制服。一个小时前，在专供敬老院的怀胜楼所属货仓，胡一曼用上了自己的高级员工证，谎称身边的谭嘉烁是总部派来的管培生，今天特意来熟悉一下配送流程。

货仓车队司机已经和胡一曼聊过几次，知道她是谭老板近旁的人，却不知她受到停职的处分，就大大方方地交出了车钥匙，得闲一整天。

车队制服全是男款，胡一曼只能挑一套尺寸最小的让谭嘉烁换上。怀胜楼货运车可以从后门开进敬老院卸货，司机不需要做访客登记，这是能绕过监视的唯一办法。讽刺的是，胡一曼的灵感是在遭到停职被迫交出钥匙后才产生的。

通往后门的路，要比大道颠簸，且与村落相邻，农用车来往频繁。胡一曼开得小心，车速慢，这让谭嘉烁的心情更紧张。当敬老院入口的铁栅门出现在前方不远处时，胡一曼说：“嘉烁，我再提醒一下，到了之后你不用声张，他们有人卸货，不需要你做什么。你就留在车里，等我带着我爸过来。”

“知道了。”谭嘉烁说。这个计划并不比她晚上偷偷到泰阳工作室里更危险，但因为成败几乎完全依赖于胡一曼，所以她更担心自己会弄砸。

大铁门朝两侧缓缓打开，货车驶入后院。警卫甚至没有朝驾驶座里看一眼。胡一曼在仓库前停车并熄火，对谭嘉烁说：“别下车就行了，要是有什么事，你就说你不是管事的，等我回来。”

谭嘉烁说：“好。”

胡一曼下车，走向仓库。谭嘉烁看见，仓库门口的员工站起来和她交谈。虽听不清两人说了些什么，但应该还算顺利。员工拿出一个皱巴巴的本子，胡一曼在上面画了几笔，回到车后头把货厢打开。仓库大门也打开了，走出几个工人，推出移动式的装货斜坡。胡一曼小步跑回副驾驶座车窗边，说：“一切顺利，我去住宿楼了，等我。”

谭嘉烁点头。胡一曼笑了笑，从车前头绕过去。

看着她的背影，谭嘉烁产生了一种不合时宜的温暖情绪。她认识到，自己在努力摆脱父亲的支持后，又依赖于另一个人的支持，当然，这两种支持不可放置在同一天平上。

在电话中讨论这个计划的时候，她问过为什么胡一曼要冒这么大风险。她在电话那边沉默了很久，至少两次发出过一些声音，却又把话头按下去，最后说：“我也有我的理由，你不需要有负担。”

谭嘉烁觉得，这一切都结束后，她应该找一个机会，和胡一曼说很多现在还难以开口的话。但她不知道终点线在哪儿，不知它是否存在。

胡一曼接近住宿部，意识到自己穿着外来工人服装太显眼，于是把外套脱掉，系在腰间。可能会有工作人员认出她，但这应当没关系，对他们来说，这只不过是一次普通的家人来访。她擦了擦脸上的汗，以免显得过于紧张。

午餐时间刚过。自从上次天台事件发生后，如果不是胡一曼主动提出，护工会强制胡云志在自己的房间里用餐。所以她猜想，这个时间点，父亲应该刚刚吃完饭，在屋里休息。护工通常会建议让病人好好午休，但如果她身为女儿，坚持要带父亲出去散心，护工也不会阻拦。

胡一曼非常小心地绕过领导办公室，赶到父亲的房间，床上空无一人。她找到周围的护工问了问，对方回答：“胡先生这两天状态不错，就允许他去食堂用餐了，不过也快到午休时间，你把他带回来吧。”

胡一曼说：“我去找找他，不过你不用等我们回来，既然他情况好，我今天多陪陪他。”

于是胡一曼又赶到了食堂。出乎她意料的是，还在大门外，就听见了父亲的声音。胡云志正坐在一张餐桌上，腿悬着，弓着腰，伴随着丰富的手势和四五个老头聊天。那些老头坐在椅子上，抬头看着位置稍高的胡云志，饶有兴致地听着。

“当时在场所有人，包括和我关系最铁的马队，没有一个支持我的调查意见，但我啊，心里不慌，我就非常直接地和他们说，你们瞎忙活，早一天回到我的路线方针上，早一天结案……”

胡一曼愣住了。小时候，远在父母的怨恨让家中饭菜不再香气扑鼻之前，她也曾经这样坐着小矮凳，听父亲说抓坏人的故事。多年后她了解到，父亲在警队中不仅表现平庸，而且树敌众多。但是他所塑造的那个神勇、睿智的自我形象，仍然让胡一曼幼时的想象世界充满了明朗、令人振奋的光辉。如果足够的谎言能在女儿心中构建一种对正义和公平的向往，那他在这方面也不失为一个有建树的父亲。

然而，胡云志的谎言破灭得太快。

她走上去，叫了声：“爸。”

胡云志转过头来，笑得亲切，声音也亲切，他说：“一曼回来了。”

胡一曼想：“回哪儿啊？我们可能会无家可归。”

她上前扶着父亲的手，胡云志倒也十分配合地从桌子上溜下来了。胡一曼看得出来，父亲现在的心智可称是“正常”，但他的自我认知仿佛存在于逝去的时间中。

父亲说：“我还没讲完，别拉我啊。”

胡一曼说：“下次再讲，现在我们回家。”

父亲说：“哦，要回家了。”听故事的老头抱怨了几句，等胡一曼带着父亲走出食堂，他们也就散去了。

护工说胡云志状况不错，所言不虚，他换上了干净的衬衫和西裤，看起来像一个普通的退休小干部，这为胡一曼提供了方便。她带着父亲，尽量避过可能有人认出自己的地段，成功地把他带出住宿楼，回到仓库前的空地。

胡云志看见车辆，说：“有车，我载你回去。”

“不用了，爸，我来开车。”

他们走到驾驶座面前，胡一曼打开车门，谭嘉烁不在车里。胡一曼左右张望，发现谭嘉烁站在仓库里，似乎有工人在不停对她说着什么。胡一曼只好要求父亲等一下，确认他停留在自己从仓库也能回头看见的位置，然后跑进仓库。

“怎么了？”她对谭嘉烁说，“不是说让你别下车吗？”

“他们说这批货有问题，我只好……”

卸货的工人看见又来了一名怀胜楼员工，立刻要把胡一曼拉过去，让她也亲眼看看今天的菜有多不新鲜。胡一曼的心情焦急起来，她回头看了一眼，父亲还在。工人说：“你看后面做什么，眼睛朝这里，最好现在就打电话和你们老板说，我怕你们走了就不认账。”

谭嘉烁说：“我们有急事，我来录个像，回去让老板看，行了吧。”

工人同意了。

胡一曼对谭嘉烁耳语：“我回去看着我爸，你动作快一点。”说完之后，她赶紧往回跑。

在工人的要求下，谭嘉烁用手机拍了快五分钟，又再三保证一定会对老板如实汇报，终于走出仓库。看见胡一曼站在车旁边，她总算松了一口气。

“嘉烁，”胡一曼说，“车是两座的，挤不下，我必须看好我爸，所以只能委屈你坐后车厢了。”

谭嘉烁这才发现，胡云志已经坐在副驾驶座上了。

胡一曼继续说：“总之先要把货车还到车库，不然会被怀疑，至少得要半个小时，这一路上你就好好想想接下来怎么办，要问我爸什么问题。”

“好的。”

他们紧挨着走到后车厢旁，胡一曼打开车厢门。

“里面可能有些难受，你忍忍。如果有什么情况，我们手机联系。”

谭嘉烁点了点头，攀进后车厢。这里弥漫着浓重的各类生鲜蔬菜混合的气味。她在离出口较近的地方坐下来，对胡一曼说：“我好了。”

胡一曼关上门，把门闩插好。谭嘉烁完全身处黑暗中，只能在车厢门的四周看见一丝微光。

胡一曼回到驾驶座，看了看父亲，说：“爸，安全带。”

胡云志不动，眼神比在食堂中消沉了许多，嘴唇紧闭。胡一曼只好侧过身子，替他拉上安全带。

“反正你迟早也得从这里出去。”胡一曼自言自语，看着前方发动了车子。

胡一曼把车开出了后院。趁车速还缓慢，谭嘉烁给胡一曼发了一段语音消息：“院里的人会不会很快就查出来？”

胡一曼回复：“所以我们不能太被动。我一会儿就给院里打电话，说我爸想家了，带我爸回去住一晚上，让他们不用担心。院里头也不想让谭总知道我在他们眼皮底下把我爸带出去，这显得他们多不负责，所以应该会暂时对外隐瞒。只要明天把他送回来，就没事了。你觉得有问题吗？”

“挺好。就按你说的来。”

半个多小时后，胡一曼打开后车厢。谭嘉烁坐在几乎贴着车厢门的位置，把埋在双膝之间的头抬起来。她脸色惨白，发丝凌乱地黏在两侧脸颊上。

“……你还好吧？”

谭嘉烁点点头，几乎诱发了刚刚压下去的呕吐欲。

“我们到停车场了。我得看着我爸，带着他去叫出租车，所以麻烦你把钥匙和工作服都还到办公室去，我们之前去过的。”胡一曼把一个纸袋递进去，“我的工作服已经放在下层了，你的衣服也在里面，换回来吧。”

胡一曼再次把车厢门掩上。

“我到路口去叫车了，你好了就过去找我，有意外打电话。”

“好。”谭嘉烁说。货厢内无法完全直立，她半弯着腰，在黑暗中换上自己的衣服，把工作服随便叠了一下塞回纸袋。

她跳下车厢，左右张望，在迟来的新鲜空气的帮助下终于想起来，她要去的办公室在前方约百米处。她一路小跑，走进办公室后看见之前做出车登记的大叔正在用电脑玩蜘蛛纸牌。

“叔，我来还车钥匙和工作服。”谭嘉烁把车钥匙和纸袋子放在电脑旁边。

“还车？哪趟车啊？”

“就今天下午开出去的，我是那个——”

“哦，管培生对吧，我想起来了。”

“车已经停好了。”

“行。”大叔左手扒开袋口，极快地朝里扫了一眼，“其实衣服不急着还也行，万一你们下次还要用呢。没事，你走吧。”

谭嘉烁正要转身，大叔突然说：“等等。”

“还有事吗？”

“我好像见过你。”

“今天中午我来过。”

“不是，好像在别的地方见过。”大叔眉毛一挑，“我们怀胜楼的广告里面那个……那个姑娘，就是你吧？”

谭嘉烁听说过，她之前参演的怀胜楼宣传片，经过重新剪辑之后在每家门店里滚动播出。但她并不知道，里面保留了她的镜头。

“难不成……你是谭总的女儿？”

谭嘉烁本来想直接逃跑，但她想了想，然后刻意放低声音：

“大叔，你少说两句。我爸叫我来实习，他想让我完全从头学起，所以找了一家离总公司远的门店。你千万别告诉任何人啊。如果让我爸知道就不好了，我麻烦，你也麻烦。”

大叔恍然领悟，接连应承了几声，坐下了。谭嘉烁道谢，转身离开。她无法保证大叔会遵守诺言，但总得尝试一下。

她经过停车场，来到马路边，看见胡一曼站在一辆出租车旁边朝她招手，她赶紧跑过去。胡一曼说：“你坐前面，我和我爸坐后面。”

谭嘉烁照办了。车开动后不久，谭嘉烁听见胡云志在背后说：

“一曼，这姑娘是谁？”

“我朋友。”

“你呢？”胡云志身体前倾，把手放在司机驾驶座的后背上，“你也是我女儿朋友？”

“他是出租车司机，你别打扰人开车。”

胡一曼把左手搭在父亲的肩上，轻轻往后按，引导他坐回去。谭嘉烁通过后视镜看了看胡云志的眼睛。这个远比其年龄看起来老的男子，眼神里有一种抽离感，像是透过水族馆的玻璃看着外界。

谭嘉烁已知道胡云志有精神疾患，所以对于自己能从他口中打听出多少关于二十年前的线索，她没有什么自信。她们已商定，不能带着胡云志在外面晃悠，最好的办法是带他去熟悉之处，让他保持情绪稳定，再做计划。

四点左右，他们来到了胡家。胡一曼带着父亲先进去，不得不让他在靠近门口的沙发边沿上坐下，换了一双拖鞋，因为在离家之前，胡云志从未有让地面保持洁净的心思。这是谭嘉烁第一次见到胡一曼的生活空间。

进屋前，胡一曼说了句：“家里可能有点乱。”

但这只是套话。谭嘉烁的感受是空。这是她见过的所有女性居住的屋子里最空旷简陋的一个，几乎每件东西的便利性都胜过美观性。比如在沙发前方不远，有一个和沙发、地毯都完全不配套的小矮脚凳，没有靠背，坐上去也够不着桌子，唯一的解释是，它是胡一曼看电视时用来搁脚的。

胡一曼注意到了，谭嘉烁的视线过久地停留在那矮脚凳上。她心里埋怨自己，怎么昨天晚上不重新把家里布置一下，可能是因为心里只惦记着今天的计划了。她上前，把凳子挪到与沙发相邻的墙边。然后，她们的视线都投向了胡云志。

胡云志站在门口，嘴巴微张，上下左右反复张望，仿佛眼前的空间有无限高远，需要他仰头或者下潜才能看清一切。她俩也默默地盯着他，一时不知该如何办。

“你妈呢？”他突然转过头，看着胡一曼。

“她……不在啊。”

“还没下班？”

“她在深圳。”

胡一曼走到父亲身边，扶着他的手，想让他在沙发上坐下。胡云志刚要顺从地坐下来，屁股离沙发一寸时，突然弹起来，走向自己的卧室。

胡一曼连忙跟上去。她从不使用父亲的卧室，也很久不打扫了，所以屋里一片漆黑，充满了静置尘灰的气味。胡云志摸到手边的电灯开关打开，白炽灯光展示出一张空荡荡的床，只有四角泛黄的床垫，没有任何床上用品。

“床单都没有，这怎么睡？”胡云志说。

“爸，你困了？”

胡云志不应，走到衣柜旁边，把柜门打开。胡一曼抢到前面，去拿出压在下层的床单和枕套。谭嘉烁进屋，胡一曼说：“让他睡一下吧，每天在院里饭后都要午休的，我看他也挺累了。”

谭嘉烁说：“好。”然后帮着铺床单。胡云志站在衣柜旁边，安静得像一株塑料景观植物。

两人把床勉强布置好后，胡一曼说：“爸，你要睡就睡吧。”

胡云志在床边坐下，却不动弹。胡一曼意识到，父亲已经习惯了让护工穿脱衣服。

她说：“嘉烁，你先出去坐一坐，我马上就来。”

谭嘉烁会意，走出卧室，掩上门。

胡一曼的房间就在胡云志卧室对面，没有锁门。她独身住，没有宠物，锁不锁门就显得不那么重要了。谭嘉烁想起来，自从搬到出租屋，父亲不会再突然来访，她出门前也会忘记顺手把卧室门关上。她面朝半开的卧室门站了一小会儿，没忍住，把上半身歪进去看了几眼。她看见一张尺寸极大、略倾斜的绘图桌，一台老旧、涂层脱色的打印机，墙上贴了许多建筑图纸和照片，唯有靠着床右侧的那面墙上，贴着一些女明星海报。如果不走近一些，恐怕看不清那都是谁，但她还是压抑住了好奇心，把身子缩回去，回到客厅沙发上坐着。

约十分钟后，胡一曼出来了，在谭嘉烁身边坐下，察觉到两人手肘相触，立时又挪开一些，留出约两拳距离，尴尬地笑了笑。她说：“一路上都没喝水，你渴了吧？”

她立刻又站起来，从冰箱里拿出一瓶矿泉水，给自己和谭嘉烁各倒了一杯。

“伯父睡下了？”

“老实了。本来指望今晚就能把我爸送回去，看来还是太乐观。”

“头一个计划更加不现实，”谭嘉烁喝了一口水，继续说，“还想着在你爸的房间里，就能把事情都问明白。”

“院里给我回信息了，说让我注意安全，明天把他带回去，补一个临时离院手续就行。他们应该没怀疑。”

谭嘉烁点点头。

两人沉默了一会儿。客厅里没有空调，老式吊扇发出尖锐的机械磨损声，它停留在三挡，这是它如今唯一能正常使用的挡位，少一挡无风，多一挡则仿佛随时会在惨叫之后坠落。胡一曼脖颈稍微偏向右边，看着谭嘉烁。她头顶的头发，随着电风扇的努力旋转，微微地朝着天空卷曲，两鬓停留着汗珠，不消失也不落下。她眼睛低垂，看着双手捧着的玻璃杯，指尖略微透出一些粉红色，可见非常珍视冰水的凉爽，捂得很紧。

没过多久，卧室里传出胡云志的鼾声。

胡一曼说，要不定个时间，早点把他叫醒，谭嘉烁说不必，随之打了个呵欠。胡一曼劝她也休息一下，谭嘉烁答应了。她坚持在沙发上打个盹就行，胡一曼就给她拿了一条薄毯子。看着她躺下闭眼之后，胡一曼回到自己房间。

她尝试着画建筑草图，却定不下心，半个小时过去，一根直线没画成，草稿纸上铅笔线条乱如杂草。约五点半，胡云志醒过来了，重重吸气，像是还魂。

胡一曼走出屋子，准备照顾父亲起床，发现谭嘉烁其实早就醒了，坐在沙发上，没吭声。在女儿帮助下穿好衣服后，胡云志走到客厅，说：“小谭还在啊，要不一起吃个饭？”

胡一曼和谭嘉烁都一惊，这一路上两人都未提到这姓氏。

谭嘉烁问：“您认识我？”

胡云志说：“我听到一曼叫你嘉烁，谭老板和我说过，她女儿叫谭嘉烁，一曼又在谭老板那上班，还能有谁，我没弄错吧？”

谭嘉烁说：“没错。”

胡云志笑着说：“你胡伯伯，老警察了，说话小心点，说不定抓到你们做坏事。”

谭嘉烁放心了些，这说明胡云志能记事。

他们从附近家常餐馆点了外卖，四菜一汤加米饭。多年以来，这屋子里头一次有别人吃饭，让胡一曼非常在意自己的一举一动。一个奇怪的搭配，她、父亲和谭嘉烁。她对所谓餐桌上温馨的合家欢气氛没有什么怀旧情绪。

事实上，从父母关系不和开始，她会有意逃离餐桌，这一切让她觉得脆弱。幸好父亲吃得很快，而谭嘉烁显然缺乏食欲，晚餐很快就结束了。

“已经过了六点了，”胡云志看看挂钟，又看着女儿问，“什么时候回去？”

胡一曼想起来，过了八点半，他们一般就不能离开住宿楼了。

她回答说：“爸，不急，我已经和院里打过招呼了，今天我们……今天小谭想问你一些事。”

胡一曼想把父亲扶起来，但胡云志一挥手，说：“地板是平的，你不要老把我当成病老头。”

这再次验证了胡一曼的想法，自从回到家里，父亲的意识越来越清晰，体力也恢复了，但与此同时，那勾起胡一曼不愉快回忆的那一部分，也在逐渐浮现，像气味刺鼻的墨汁逐渐从纸背渗透到纸面上。

父女俩坐在沙发上，谭嘉烁拿过来一张靠背椅，坐在他们对面，然后趁胡云志不注意，从随身包里露出录音笔的一小截，展示给胡一曼看。

胡一曼点点头。谭嘉烁按下录音开关，然后说：

“伯父，您和我爸谭怀胜，很早就认识了吧？”

谭嘉烁知道，不能笼统地问二十年前发生了什么。哪怕是过去了二十年，人们还是只愿意说出对他们有利的情况。

在她所了解的情况中，最大的疑点，就是傅长松坚称没有杀人、不认识朱琪芬，且确实缺乏杀人动机，但头一个赶到现场的警察——眼前的胡云志，迅速地逮捕了他。谭怀胜如今又千方百计地把胡云志控制在自己手中，甚至还进一步控制他的女儿。她坚信，父亲和胡云志之前有一些隐秘联系。

胡云志的精神状况对谭嘉烁的调查来说，是一把双刃剑。他也许会胡言乱语，让这一切努力可能毫无价值。但如果询问的是和案情看似无关的客观真相，还是有可能得到答案的，比如他敏锐地在这个陌生女孩和谭怀胜之间建立起了关联。

“啊，很久了。”胡云志回答。

“应该认识二十多年了吧？”

“二十？不止！今年是几几年了？ 22？”

“23。”胡一曼说。

“23 年，我看看啊……6，7，8……”胡云志掐着指头，“至少 40 年了！”

“那从小学就认识了？你们是朋友？”

“玩不到一块。那时候我家外面有一片篮球场，整条鹞子街唯一一个，谭家就在球场对面啊，楼对楼。他成绩很好的，我们那时候都叫他读书崽，经常对他的窗户喊：‘读书崽，下来打球啊。’其实他想和我们玩，但是老说要做作业，一点面子都不给，还把窗户关上，其实哪有那么多作业要做？后来我们就不叫他了。”

“再然后呢？还有来往吗？”

“陆陆续续有一点。地方就那么大，总会碰上。我从警校放假回来，叫了几个朋友吃饭，他也来凑一脚，又没人叫他来，脸皮厚得很。我就笑他：‘读书崽怎么不读书了？这么久见不到你，我以为你在清华。’他那时候已经开了一个什么商贸公司，给我们一个个发名片，说是总经理。我的老兄弟就笑他：‘去过总经理办公室，不如茅厕大’。”

“那您认识朱琪芬吗？”

胡云志沉默了。

“谭怀胜的妻子。”

“以前不认识。结婚的时候还给我送请帖，不就是想要份子钱。”胡云志的情绪突然冷却了。

“我爸结婚以后，你常和他来往吗？”

“当然没有。每个月马队都给我们做思想工作，现在 90 年代了，市场经济活动复杂，犯罪分子脑子也活了，我们做警察的，在防腐化工作上也要与时俱进。以前呢，是要防着贼眉鼠眼的、不三不四、一看就知道是犯罪分子的人；现在呢，要加紧防备那些西装革履、热情接待你的人。简单讲，就是少和当老板的牵扯关系。”

“那后来，我爸牵扯上了一件抢劫杀人案，你还记得吧？”

“什么案子？杀人？”

“我妈，朱琪芬——”

“‘6·12’抢劫杀人案！”胡云志的声音和整个人的精气神都扬了起来，他使劲拍了拍自己的胸脯，“我办的！”

“您可以详细讲讲那个案子吗？”

胡云志兴奋地说了一长串，那案子造成了如何恶劣的社会影响，而他的独立侦破又是如何让同事们全都对他表示仰望及佩服，仿佛他凭一己之力，重拳出击，把鹞子街的犯罪率揍成了水平线。

他的话语中不涉及任何办案细节，像是在当场口述并且润色一篇即将在机关刊物上隆重发表的表彰通稿。这些话，胡一曼已经听过了不止一次，她皱眉，低垂着头，双手捧着脸。看见胡一曼情绪不太好，谭嘉烁更加心急起来，希望把话题引向最核心的地方。

“那天夜里，您是怎么找到案发现场的？是偶然吗？还是……”

“我巡逻。”如谭嘉烁所料，胡云志的情绪又冷却了。

“您巡逻到了鹞子街 77 号的木材仓库？就这样巡逻，然后恰好就发现了杀人现场？”

“不是恰好，这是长期经验。我知道傅长松团伙在那里长期进行不法行为。别人下班了，我就去突击搜查，这种事我干得多了，只要为了人民群众的安全，我的警察生涯里没有‘休息’两个字。我跟你们讲，我到了现场，看到两具尸体，血流成河。我心里只有镇定，百分之百的镇定。换了别人，可能就留在现场，叫援助。但我一看，那血还在流，人死了不久，我脑袋里就好像有根高压电线，一瞬间通上了。你们不懂，那时候社会治安情况不乐观，突发性质的案件很多，在这种情况下，犯人往往没有时间策划逃跑路线，所以如果要破案，在缺乏人手的情况下，保护现场不是最重要的，重要的是迅速反应。现场只有一个出口，我立刻跑出仓库，在周围这样，”他手指悬空，在看不见的图纸上走迷宫，“然后就让我找着了犯罪嫌疑人傅长松，立刻把他制服。”

“傅长松当时生意做得挺大，据说杀人现场只有大概十万元，您觉得他为了这个抢劫杀人，说得通吗？”

“有什么讲不通的？你这个问题，我们局里讨论过不止一百次了。傅长松是什么人？恶霸！亡命之徒！看到一笔钱血气上涌谁都不认，你以为他真的想老老实实做生意？其实啊——”

胡云志又回到了强调案件的严重性，以及赞誉自己破案神勇果断的路线上。谭嘉烁叹了口气，对胡一曼低声说：“我和你说说话。”

胡一曼站起来，走向自己房间。谭嘉烁跟上去。两人进屋，掩上门。胡云志依然在自言自语。

“怎么了？”

“知道了他和我爸从小就认识，还是挺有用的，但在这个案件的细节上，他还是完全坚持最早的说法。”

“而你怀疑的就是这个说法不可信？”

“对。”

“我猜到他会是这样……这些话我也听过很多遍了。那现在你想怎么办？”

谭嘉烁低着头，咬了咬下唇。

“你直说吧，嘉烁，反正都走到这一步了。”

“我想带伯父到现场。”

“案发现场？”

“对。”

“你知道在哪儿？”

“我去过那一片地方，虽然还没有很详细地调查过。我觉得，伯父对一些客观的事实有反应，记忆中有非常清晰的细节，你看他说我爸小时候的事，就说得很明确。但是我们不能提醒他，这件事对他的警察生涯有什么影响，凡是说到这儿，他一定会把话题带偏。如果在现场，他可能会自然地说出一些更关键的东西。”

胡一曼点点头。

三分钟后，她把谭嘉烁送出屋门。

谭嘉烁回头说：“不用送我下去了。”

胡一曼说：“好。”又在谭嘉烁身影消失之前，补充说：“住进去了给我发个信。”

她回到屋里。胡云志已经从刚才的激情澎湃之中冷却，似乎五官和面部皮肤都耷拉下来，变回了敬老院中安静的房客。

谭嘉烁入住街道对面的小旅馆，订了一个能从窗户看见胡家居民楼入口的房间。当初寻找傅长松的时候，她也用过这个办法。旅馆淋浴头水压不稳，一会儿踩油门一会儿刹车，水忽大忽小还忽冷忽热。冲澡时，谭嘉烁感到髋部侧面一阵刺痛，对镜一看，破了一大块皮，想来是蜷在货车角落晃荡的时候磨破的。为了不留疤痕，她到楼下买了碘伏、纱布，回到房间后坐在临近窗口的沙发椅上清创。

这是今天她唯一感觉到心灵平静的一刻。正要盖上纱布，她看见一辆车停在对面街边。两个男人从车中蹿出，大力摔上车门，快步赶入小区。虽看不清那两人的脸，但他们的行为散发出目的性极强的急迫感，让谭嘉烁心中一紧。她忍痛把胶布迅速贴好，一边穿裤子，一边拨打电话。响了好一会，胡一曼接听了。

“一曼，如果有人敲门，千万不要开，也别出声音。”

“怎么了？”

“我会随时发信息给你。等我过去。”

谭嘉烁预感到，如果有意外状况，她暂时不会回来。她带好随身物品，冲出旅馆。胡一曼的家在四楼。爬到三楼时，她听见了使劲拍打房门的声音。在四楼之前的楼梯转角，她停下，发现那两名男子挤在胡家门口。站在后面的男子察觉到有人上来，回过头。他显然不认识谭嘉烁，把身子朝旁边让了一下。见谭嘉烁没动弹，他说：“看什么看，你住这的吗？往上走啊。”

谭嘉烁没回答，在微信上打字。这引起了正在拍门的另一个男子的注意，他回过头，很快和谭嘉烁互相认出了对方。他是曾经找过傅长松麻烦的秦东。

“谭小姐，你在这儿做什么？”

“这女的谁啊？”随从问秦东。秦东回答：“是谭老板的千金，你礼貌一点。”

谭嘉烁说：“我还想问你们呢。我和小胡约好了有点事，你们怎么在这儿？”

“我们是来……”

随从刚开口，秦东打断他：“你少说两句。”然后他说：“这巧了，我们也找小胡有事，不过是工作上的事。叫了半天没人应门，我们打了电话也没接。她是不是不想见我们啊？”

“可能没空吧，我帮你问问，她肯定会接我电话。”

“那太感谢你了。”

谭嘉烁举起手机，秦东说：“我们的公事挺重要的，可以用免提吗？让我们也听一听，要是谭老板问起来，也好交差。”

"当然。"

她拨打号码，按下免提键。数秒钟后，胡一曼接听了，清晰的说话声在楼道里回响。

"一曼？"

"嘉烁啊，什么事？"

"说好了今天晚上来和你一起追演唱会直播，我上门找你，你好像不在家？"

"不好意思啊，我在夜校。今天本不用来的，但是临时通知调课了。"

"谭小姐，"秦东说，"能让我和她说说话吗？"

"你先别挂。"谭嘉烁说，"我正好碰上了我爸的员工，他们好像有事要问你。"

谭嘉烁走上前，把手机递过去，但是在秦东接住之前，又把手抽回去。

"你干吗啊？别想拿我手机，就这么隔着说。"

秦东尴尬地笑笑，然后大声说："胡一曼，我是秦东，你还记得我吧。"

"当然记得。"

"听说你今天去了一趟德心，把你爸带走了，是有这回事吗？"

"有啊。"

"你爸呢？"

"我也是碰上突发事件，要回学校，所以在附近酒店开了一个房，让我爸先待着，等我上完课再带他回家。"

"这样不安全吧。"

"不是，再怎么样也是我们家的事，与你们何干？"

"你们出院没办手续，院长挺急的，万一出了事，那就是管理上的疏忽。"

"我都和院里说好了，明天去补手续。就算我和院长之间有矛盾，那也不必你们承担责任。还有事吗？"

"……没了。"

谭嘉烁挂掉电话。

“你们到底有什么急事？实在急的话到学校去找她。”

“看来是不在。”随从对秦东说，“要不给谭总打个电话，问问怎么办。”

“什么都还没办成就打老板电话，你没毛病吧？”秦东说。

“你们不走的话我走了。”

“谭小姐，那你现在去哪儿？我们一起去找她？”

“她还在上课，我干吗要去？她放我鸽子，我干吗给她那么大面子？我去找别的朋友玩。”

谭嘉烁转身，快步下楼。在和那两人搭上话之前，她已经给胡一曼发了一条“无论发生什么，都要假装不在家”的微信消息，但并没有商量好借口，幸好胡一曼反应快。过了一会儿，她听见那两人走下楼梯的声音。她加快脚步跑到小区外，躲在街道拐角之后。两分钟后，她听见秦东两人骂骂咧咧地回到了车里。她探出半个身子，看见车子加速驶离。她立刻给胡一曼打电话：“一曼，他们走了，等下肯定会回来。我们可能现在就要动身。”

夜里十一点半，傅宝云把右手放在口袋里，反复拨弄着钥匙串。这是她唯一能带出来的东西。

两个小时之前，杨忆领着她从旅馆后门逃出来，考虑到天色已暗，周围几乎是荒郊野外，傅宝云又没有手机，杨忆又给了她五十块钱，让她打车回城。

傅宝云说：“姐，你不会有事吧？”

杨忆说：“你想错了，我是他们的一分子。走吧。”

她离开之前，尚没有傅长松和赵敬义的消息。他们迟早会发现她逃跑，但她想，自己还有时间回一趟家。

五十块钱，不够直接打车到家门口。下车后，傅宝云又走了四十多分钟，一直低着头，以仿佛要朝前倒下的势头往前走。在离家只有一条街道的时候，她慢了下来。

接下来，我该做些什么？

傅宝云真真切切地觉得自己什么都没有了。也许唯一拥有的是，她还很年轻，但在这一刻，她看不见自己尚存的精力能建设出一个怎样的未来。

她一度停下来，考虑往回走。不要抵抗了，真的。虽然目前闹得很僵，但父亲会养她的。何况她也不会让自己被白白养着，她能做工，虽然不能像杨忆一样管账本，但她可以做别的。她不需要去真正打造什么，她的手里不需要砖块和瓦刀。

也许过几年，她就结婚生孩子了。如果结婚，傅长松肯定乐意，而母亲也会为她高兴的。应该找一个什么样的丈夫？她还不知道，心里唯一清楚的，就是不能好赌，花钱不能太大手大脚。除非他很有钱，有钱到不怕花。她会对自己的女儿很好的。男孩也行，她也不讨厌男孩，但她很难想象，一个男孩会像她一样爱母亲。

傅宝云把右手从兜里抽出来，抹眼泪。隔着泪雾，她能感觉到自己吸引了一些路人的注意力。她不想要这些目光，继续往家的方向走。离家越近，关于依赖父亲以及结婚生子的一切幻想，就消散得越彻底。她不可能和父亲生活，也不能留在这座城市，她要远离这一切。

不知不觉间，她已来到家门口。她掏出钥匙打开房门，进屋。夏天每次进门的时候，都能闻到一种让她联想到发霉的湿臭味，但在数秒钟之内就会忘记其存在。但如果是去朋友家做客，哪怕过了一整天，也会记得别人家里独有的异味，也许这就是所谓“家的味道”。

臭气也好，湿气也好，它们不是真正的异味，它们是生活的结果。

蒋蕾的遗物已经都运到了家里。至少，傅宝云并不会两手空空地到外地生活。蒋蕾的银行账户被注销，余额已经转到了她的银行卡。现在是夏天，也不需要打包太多衣服。除了必要的证件和资金，她还想带走母亲的一些贴身之物。最重要的东西，是母亲的骨灰，应当还存在殡仪馆，但她不能冒着风险去领取。

等在外地站稳脚跟之后，她一定会回来，把母亲带走。

傅宝云开始寻找有用的东西并打包。因为左手不方便，整个过程又耗时又耗力，不一会儿就满头大汗。伴随着时间流逝，她心中也逐渐紧张起来，害怕傅长松已经在赶回家的路上了。她在心里对寻找到的物件快速下论断，有用、没用、有用、没用——防止自己陷入怀旧以及感伤之中。

忙活了一个多小时，傅宝云觉得差不多了，唯一的行李箱只用掉约七成空间。她把目光投向客厅桌面上的一个大纸箱。这是从医院带回来的，里面存放着母亲生命中最后时日使用过的一些东西，傅宝云觉得不会有什么对自己有帮助的，于是还没打开。现在，她突然想再看一眼，最后一眼。

她用裁纸刀打开了纸箱，一股医院消毒水的气味涌出来。她在里面翻弄了几下，看到了几本厚厚的梁羽生小说。母亲想解闷，又嫌手机太刺眼，傅宝云就带去了这套母亲爱看的小说。一想到这是她最后为母亲花的一笔钱，她又想哭了。她自己从来没看过这些书，回头看了看行李箱，空间还够，就把书都拿了出来。

傅宝云发现有一个有些破旧的信封埋在书下，她对这个信封没有印象。她把它拿出来，抖了两下，希望里面有傅长松带过去的现金。她把信中物拿出来，那不是钞票，是照片。她眉头紧锁，把照片展开。

每张照片里都只有两个人：傅长松和杨忆。他们显然不知道自己正在镜头中。他们站在车旁边，杨忆有些烦闷地望着远处；他们在饭桌上，傅长松揽着她的肩；他们在床上，面朝着对方，裸身侧躺着。

03 坦白之海

下部

窗栅如刀片，把映照在咖啡桌上的阳光精准裁掉了一半。谭怀胜盯着那耀眼的一半，突然困意奔涌，打了个很大的呵欠。

“谭总，昨天一定忙到很晚吧？”坐在对面的方鸣说。

“还不是因为小谭，”谭怀胜撑着椅子扶手，连人带椅朝后挪了一下，免得桌角抵在肚皮上，“又让我操心一整晚。”

方鸣笑了笑：“我看出来了，您是大脑对咖啡因没什么反应的人，我也是。每天早上起来，要是真的困，哪怕连灌四杯美式，喝到手指头发抖，也还是困。”

谭怀胜预料到对方会转换话题，敷衍地点了点头。每次方鸣微笑，谭怀胜心里就生出一股轻蔑。他一直以来都坚信，这是对自己英俊程度非常自信的男人有意塑造的笑容。

昨天夜里，谭怀胜的两名手下去寻找把胡云志私自带出敬老院的胡一曼，没想到碰上了谭嘉烁，没控制住局势，最后一无所获。很显然，谭嘉烁的出现不是巧合，她和胡一曼一定在共同筹划一些什么。这让谭怀胜心神不宁，但三天以前，他就定下了今早和方鸣的会面，而商务会议是不能随意更改日程的，所以他暂时不能把精力投入在寻找女儿这件事上。

一个多月前，在和重要的潜在投资方会谈时，谭怀胜发现对方的一名年轻顾问很眼熟。对方自我介绍，谭怀胜立刻想起来，他是女儿大学时短暂交往过的对象。

会后，他们私下聊了几句。方鸣显然对谭嘉烁余情未了，有意再次追求。经过几轮试探之后，双方达成了至今没有直接挑明过的合作关系：

方鸣会推动投资方做出有利于怀胜楼的决定，而谭怀胜则为他追求谭嘉烁提供机会。

谭怀胜早就希望能有个男人可以管住女儿，方鸣是个不错的人选。问题在于，由于父女事实上已断绝关系，谭怀胜根本帮不上方鸣什么忙。他只能信口开河，捏造出一些他全方位夸赞方鸣，使得女儿面颊绯红的情景。

他承诺会说服女儿和方鸣联系，但毫无下文。方鸣不傻，他很快就脱钩了，如今只是因为发现促成投资，对他事业上有好处，所以暂时还在单独约见谭怀胜。刚才谭怀胜提到谭嘉烁，只是习惯使然，方鸣对此已无反应。

两人正式商讨。谭怀胜用来吸引投资方的愿景，是对怀胜楼品牌进行多样化开发，其核心是趁产业头部还没有下沉到本地市场之前，抢先建立并占领本地食材供应链。

本地农产品素来优质，就缺打造一个现代化的品牌，来帮助它们闯出名声。谭怀胜强调，他在本地市场“深耕”四十年，和各级政府长期融洽合作，没有比他更好的人选。

为了配合这策略，他下放了一些火锅店管理的日常权限，把工作重心放在和农户打交道、确定合作意向上。之前拍摄的纪录片，重点强调他是土生土长的企业家，也能起到说服政府的作用。

“这段时间，我和同事走访了您计划书里覆盖的 6 个县 25 个镇，包括所有重点农产品生产基地。当然，他们不知道我的身份，我只说是外地来采购的。之前也和您交流过了，这是为了调查您承诺打造的供应链的可靠性。说到底，这是从我们投资方的利益出发的，但是现在不可能要求您在这方面的准备工作做得万无一失，否则也就不需要新一轮投资了。所以我的想法就是，如果发现了什么问题，也提前和您交流一下，看能不能解决，让我们双方都希望推动的这个商业计划能令所有人满意。现在的问题就是，您承诺的和这些农户商定的独家供货协议，有一点站不住脚。”

“我说过了，现在还不能和他们一户户落实合同，这样拿不到最优的条件，最好是等投资敲定。”

“我知道，”方鸣拿着一支笔，在翻开的文件夹上悬空移动，“但经过我走访，发现情况可能更严重。当我对这些农户，还有村代表，提起和怀胜楼是否有独家合作意向的时候，至少百分之八十的人，含糊其词。”

“含糊其词？具体什么意思？”

“就是不承认，甚至否认和怀胜楼品牌有长期合作意向。我相信您肯定在这方面做了大量的工作，但现在看来，您向我们强调的个人‘深耕’的优势，有点站不住脚。如果投资到位了，半年内能不能建设起您承诺的、可以和产业头部相媲美的供应链，前景不乐观。这件事我是要如实汇报给上级的。”

“他们在我面前完全不是这么表现的。我预拟定的合同都给他们一个个看过了，光是请这些村代表吃饭——”谭怀胜停顿一瞬，重开话头，“我跟你说，还是因为钱没到位。我可以和他们单独签订合作意向书，但这不就绕回去了，不能保证新的投资，就不能保证最好的合作条件。”

“不好意思，我也只是负责调查和提供意见。根据我对领导的了解，如果您不能在下次会议前解答这些疑问，那他们可能会更加慎重地考虑这个决策。”

谭怀胜沉默了。他刚才没有撒谎，农户们在他面前，完全是另一套说法，简直要把他当作自家人。他们的精明之处在于，虽然爱讲情谊、排面，但对于利益还是十分敏感。谭怀胜不能持续强调自己的观察结果和方鸣的不一样，因为方鸣肯定也没有说谎，如果谭怀胜在没有实证的情况下反驳、否认，只会显得自己缺乏策略和风度。

他想到了另外一种可能性。

“你说他们对和我独家合作含糊其词，那他们有没有提到过别的合作对象？”

方鸣低头看着文件，露出一种让谭怀胜更讨厌的似笑非笑。谭怀胜明白他为什么沉默。这场单独会面本来就不该发生。他不能把自己为上级收集的信息，用来辅助谭怀胜做决策。

“我直说吧，我们这事，要是走漏一点风声，我的损失至少是你的一百倍。不管怎么说，我谭怀胜一辈子都会记得，有你这么一个朋友。”

方鸣依然沉默。他从文件夹中取出一张照片，摆在桌上。谭怀胜用手指勾了一下照片角，把它弹到自己面前。照片中拍摄了一些农民正在仓库前劳作，把蔬菜运上一辆货车。谭怀胜凑得更近些，看见货车侧面上有三个字：金佰禄。方鸣把照片收回去。

“这家公司的车子你见过几次？”

方鸣不回答，把文件夹合上。他的沉默就是答案。

在一些无关紧要的交流后，两人的会谈结束了。方鸣一离开，谭怀胜立即打电话，让属下仔细调查一家可能叫金佰禄的经营物流或者农贸的公司。还没放下电话，家人专属的手机又响起了——是伊璇打来的。

“有急事，你快回家一趟。警察来过了。”

“……警察？上门干吗的？”

“你见过的，还是为你之前在运诚广场那件事。快回来。”

谭怀胜站起来，看见方鸣桌面上的那杯咖啡，只喝了不到一半，那是他买单的。他突然产生了把这杯子高高举起来再砸掉的冲动。

四十分钟后，谭怀胜回到了家里。伊璇坐在客厅，把手机搁在茶几上，用单手刷着。

“多大的情况？还得我回来？”谭怀胜在茶几旁边坐下，拿起手边的空调，把温度往下调了两度。

“我怕警察找完我又单独找你，所以赶紧和你说一下。那个姓乔的警察，到公司找你找不着，就来家里了。你在运诚广场发现孙强尸体那件事，本来优先级不高，又没线索，就暂时放下了。但是他们最近新来了一个领导，‘上任三把火’，说这案子一定要重新办，他们就又忙活上了，结果找到了一卷连酒店老板都不知道的监控录像带。那破酒店平常人来人往，人员成分很复杂，但这个警察偏偏盯上了监控里出现的一个老太太，觉得她可疑。他问过了酒店老板，据说是临时勤杂工，去过两三次。我说这和我们有什么关系，他说他觉得在和怀胜楼有关系的资料里面见过这个老太太。他说心里没什么把握，这个事可能扯得太远了，但还是来问问。”

“什么资料？”

伊璇把手机推给谭怀胜。谭怀胜一看，这是当初孙强在怀胜楼里闹事，号称吃出一个老鼠头的那一幕。

“但这个视频……和你以前给我看过的怎么不太一样？”

“我当时就说过了，有不止一个视频传到网上，我给你看过的只是播放量好几百万、影响特别坏的版本。原来那警察早就把他在网上找到的所有视频，都当作案件资料存了下来。这视频拍下的，是我们之前没见过的一个角度。你看这里，有一个年纪挺大的服务员。你还记得她吗？”

谭怀胜不记得服务员的名字，但立刻就认出了她。

“是田阿姨。”谭怀胜说。他回想起这名老人在他面前紧紧绞着双手、不知所措的模样，背后一阵发凉。

谭怀胜盯着照片看了好一会，突然回过神来，说：“你怎么告诉警察的？”

“我没有当场拿主意，只能说不确定，得查一查。我强调过，这可能扯得也太远了，视频又模糊，所以可能给不了一个明确的回答。警察说他其实心里也明白，但领导催得紧，好不容易拉出一条线索，得有个交代。”

“你蠢啊！警察脑子不比你灵活吗？他这么说明显是让你放松警惕，如果不是心里有数，他不会来。”

“我怎么就蠢了？换了你，你一样会说等你回公司查一下。你有本事当场打消警察的顾虑吗？而且我记得非常清楚，田阿姨是临时工，没有正式合同。我当时不能直说，不然听起来反而可疑。所以我才立刻把你叫回来商量。”

“你确定她是临时工？”

“当然。”

“临时工也会留联系信息。我还得去找找……”

谭怀胜重重叹了口气。

“你也不用太烦心。”伊璇说，“我们是受害者。就对警察老实交代，如果和之前你的说法有点对不上，问题也不大。”

“我烦的不是这个。”

谭怀胜想：有人在他和傅长松之间火上浇油。

他在逼问孙强时田阿姨在场，当然是为了保证孙强说出她想要的答案；后来则是为了避免走漏风声，杀人灭口。

人未必是田阿姨亲手杀的——她在怀胜楼做临时工和出现在旅馆，都是做眼线。为了封口就杀人确实可怕，但孙强没有社会身份，无人牵挂，可见幕后主使者一开始就把他当作弃子。谭怀胜从整件事里看到的不是凶残，而是深思熟虑。这让他更担忧，这表示对方有能力扰乱对谭怀胜来说更重要、更复杂的事情：他的生意。

“警察那边我来处理，”谭怀胜说，“你帮我做两件事。找到和田阿姨打过交道的员工，问问话。还有，指挥人事核查一下所有在职临时工的背景。”

“好。”

“我得走了。”谭怀胜站起来，紧了紧裤腰带，整个人突然定住了，右手停留在皮带扣上，继续说，“最近嘉烁和一曼有没有联系你？”

“你刚把一曼撤掉的时候，我问过她几句，她没回我。从那以后再没有了。”

“真的？你敢把手机给我看吗？”

“拿去。”

“别，我和你开玩笑，收起来。”

早上七点半，谭嘉烁睁开眼睛，对翻身起床充满抗拒，因为她不敢相信事情发展到了这一步。昨晚从胡一曼住处离开后，她立刻回到酒店拿走身份证，再和胡家父女会合，上了一辆出租车，来到了新开发区创业大道。因为夜已深，她们在附近酒店开了两个房间，决定第二天早上前往案发现场。

换个角度，可以说她们从敬老院绑架了一个有精神疾患的老人，又在有人找上门的时候逃走了。她知道，胡一曼其实冒着比她更大的风险。她必须通过理性告诫自己：事到如今，与其沉溺于愧疚，更应该利用好这个机会，早一日找到答案。但她对今天能否有收获全无把握，因为上次她来到此地，并没有找到当年案发现场的准确位置。

谭嘉烁在内心数三二一，数到“一”之后，又以挂钟的秒针走到正点为号，总算翻身起床。洗漱时，有人敲门，她连忙吐掉漱口水，擦擦嘴，走到门前看看猫眼——是胡一曼，她打开门。胡一曼看起来有些疲乏，谭嘉烁相信自己的精气神也好不到哪去。

“我起来走一走，”胡一曼说，“听见你好像也起床了。”

“刚在刷牙。这酒店隔音不怎么样，我也能听到隔壁用洗手间。伯父呢？”

“还在睡。你说的鹞子街 77 号就在附近对吧？”

“我来过。出酒店往右转，马上就到了。”

“我是想提前和你说一声，今天之前最好还是把我爸送回去，昨天夜里他有点坐立不安。但是你不用太介意，先考虑把你的事办妥，把我爸带到现场去仔细看看，来都来了。”

胡一曼恰好安抚了谭嘉烁之前担心的事。她不知该说什么，点了点头。在第二次低下头的时候，她突然顿住了，对于再次抬起头直面胡一曼有些胆怯。

于是她说：“那伯父能出门了就叫我，我继续收拾。”

关上了门，回到洗手间。她不知道胡一曼在门外继续站了一会儿，按捺住想再次敲门的念头。

九点钟，三人来到了曾经是木材厂仓库的楼盘。胡一曼和谭嘉烁已经大致熟悉了和胡云志的交流方式：只要配合他关于自己仍是一名警察的幻想，就能较顺利地引导他的注意力。其中诀窍是要提到“马队”——虽不知这个刑侦大队长是否真的存在过，但让胡云志行动起来的一大推动力，就是赢取马队的认同。

谭嘉烁带来了她使用过的旧地图，依此寻找当年木材仓库的具体位置。因为周遭已面目全非，成为几乎无人居住或已经停工的高楼迷宫，搜寻进行得不顺利，而胡云志的注意力也逐渐减退。

胡一曼提出，既然要寻找当年的犯罪地点，那么应该让她父亲来看地图。谭嘉烁大悟，埋怨自己怎么没早想到这一点。胡一曼从谭嘉烁手中接过地图，在胡云志眼前展开。

“爸，这是二十年以前的地图。你和马队当年调查的时候，是不是也用这样的地图找过线索？”

胡云志迅速把地图抽过去，在空气中发出“咻”的一声，差点把它撕坏了。他皱紧眉头，目光在地图四角绕了一圈，说：“我们办公室里多的是。每次发现案情，就在上面下图钉，用坏了好多张。”

“这一片是当年的木材厂仓库，”谭嘉烁伸出手指在地图上示意，“您觉得我们在哪个位置？”

胡云志抬头，朝远方看，似乎是将楼盘之外的自然风景作为视觉锚点。静静观察两分钟后，他说：“木材厂一共十二个仓库，每四个分成一排，我们在一到四。”

“那五号仓库应该就在附近？”谭嘉烁说。

胡云志不说话，突然把地图扔掉了，沿着绿化带走。两人拾起地图，跟上去。他们转过几个拐角，转回了出发位置，胡云志看看四周，又朝着另一个方向直走，在约百米外的一栋楼房之前停下了。

“这里就是五号仓库。”胡云志说。

“你确定？”胡一曼。

“这一整片是五号仓库。”胡云志抬起右手，在空中画了个圆，完全看不出他指哪几栋楼房。

“那……傅长松的杀人现场，具体是在哪儿？”

胡云志走到离他们最近的楼房墙边，隔着玻璃窗，朝一楼房间里看，长时间不说话。有居民走过，生出疑心，在旁边打量，胡一曼不得不把他们赶走。谭嘉烁凑到另一扇窗口前也看了几眼后，退回胡一曼身边，说：“这房子没装修，没人住。”

胡一曼走到父亲身边，说：“爸，这里已经改建成楼房了。你还认得？”

“改建？”胡云志突然回过头，“那不就破坏现场了？”

“你们不是早就清理过现场，也把案子破了吗？”胡一曼说。

“这里是傅长松帮派的窝藏点，就算抢劫杀人案破了，也有很重要的搜查价值，怎么可以随便推倒重建？是哪个领导这么不配合刑侦工作？”

“你想……你想进去看看吗？”

“我得请示一下马队。”

“我问过他了。他说……”

胡一曼卡住了，不知该怎么继续编造。谭嘉烁连忙接话：“他说希望你赶紧进去，趁现场还没有破坏，看看有没有什么可以挽救下来的线索。”

“你怎么知道？你又不认识马队。”

“他和我也是这么说的。”胡一曼说，“他对我说，让你爸赶紧。”

“他早下决定，我也好早点办事！但是这楼的居民好像不在，还得等他们回来……”

“等等我，”谭嘉烁说，“我去找人开门。”

她赶紧跑到上次来过的售楼部，见到了并不记得她的同一个员工，表示要看房子，员工立刻带着钥匙跟她走出来。为了不惹人生疑，谭嘉烁不能走太快，而员工热情似火，从其户型说到风水，再到试图摸清谭嘉烁年收入以及是不是要结婚，加剧了她的焦躁。

十分钟后，他们终于进入了屋子，谭嘉烁立刻表示要和自己父亲边看边聊，没必要陪着，把员工赶出去了，关上门。她透过窗户，看见员工沿着来时方向往回走，松了口气。

她回过头，想对胡一曼说什么，但是一看见胡云志的表情，怔住了。

胡云志神情非常严肃，像除了耳朵之外的五官，在遍布皱纹的皮肤上狭路相逢，谁也不让谁。她甚至觉得胡云志后颈上的汗毛竖了起来。她和胡一曼交换眼神，胡一曼显然也察觉到了父亲的变化。

胡云志一边观察四周，一边沉默地往前走，她俩悄悄跟着。房间里几乎只有胡云志吸气时的嘶嘶声——这让胡一曼想到了不愉快的回忆。当年，每当父母刚结束一次争吵，整个屋子一片死寂，留下的便只有父亲这嘶嘶的呼吸声。

靠近第二个客厅的时候，胡云志右手摸到腰间，拔出了一把看不见的枪，握持在身体前方。他步伐变得尤其小心，看了看地面，贴着墙边走，突然停住，又突然往前跨了一步，然后稍微抬高右脚，抖了抖。

谭嘉烁突然意识到，胡云志是在迈过地面上的血迹。在他眼里，这血流淌了二十年。她心跳变得很快，呼吸加重了。胡云志突然回过头，凶狠地看了她一眼，示意她不要出声。这加剧了谭嘉烁的不安，感到眩晕。

这时，她发现胡一曼握住了她的手。她略微抬头，发现胡一曼的神情也很紧张，但掌心可以握紧另一人的手指，让她有了深呼吸的力量。她们都感受到对方的手有多冷。

胡云志进入客厅，猛地朝左转，把看不见的枪口对准角落："不要动！"

角落空无一人。

他眼睛瞪得几乎僵直，身体冻结了一会儿，然后颤抖着说："……英涛？"

谭嘉烁和胡一曼在沉默中煎熬。胡一曼轻轻走上去，对父亲说："爸，马队让你报告，你看见了什么？"

"赵……赵英涛。"

"赵英涛的……尸体？"

"他受重伤了。我得叫救护车……"

一个从未有过的想法，尖啸着在谭嘉烁的大脑中冲撞。

二十年前，胡云志进入现场的时候，赵英涛还没有死。

胡云志朝右转，目光落在和赵英涛位置相对的另一个角落。他把举着枪的手放下来，慢慢走过去，避开更多“看不见”的血迹。阳光照在胡云志背后，把他的影子投射在墙角。

谭嘉烁和胡一曼没有紧随其后，而是守候在门口，屏息观察。胡云志盯着那角落，站了好一会儿，低头看着自己的影子。片刻之后，他回头看看不存在的赵英涛，又继续盯着角落。他看上去如同败局已定却还在坚守阵地的将官，在崩溃的军队前强作镇定，用身为警察的职业素养压制情绪上的恐慌。

他在看现场的另外一个受害者。

谭嘉烁明白，不能把胡志云此刻的反应，完全当作是杀人现场的重现。但她无法抑制这样的想象——在呆然伫立的胡云志和那空无一人的角落之间，散落着二十年前凶杀案的一片残酷剪影：她的母亲朱琪芬，也许是坐着，也许是倒下，也许手掌徒劳地按住致命伤口，而指间渗出来的血液连带着皮肤，逐渐冷却。

胡一曼重复刚才的办法，悄声说：“马队让你继续报告案情。”

但胡云志没有回应。他呼吸加速，胸部剧烈起伏，抬起右手，用掌底狠狠砸了砸自己的脑袋右侧，猛然转过身，敏捷地跃过“看不见”的血泊，冲到客厅外。谭嘉烁和胡一曼还没来得及反应，他就已经打开了大门。她俩追上去。约二十米外，领他们前来的售楼员正在打电话。他循声抬起头，看着胡云志焦躁地快步走向他，但似乎目的并不是他。售楼员一时慌张起来，不知是该打招呼还是避开。谭嘉烁和胡一曼及时追上去，拉住了胡云志。

胡云志挣扎着说：“你们放手，犯人就在现场不远，他没时间策划逃跑路线，不要妨碍我执法。”

胡一曼说：“爸，你冷静，你不是来破案的，我是带你来看房子。”

一谈到和警察身份无关的事情，胡云志很快困惑了，像忘记了他为什么在这儿。他说：“什么房子？”

售楼员听清了关键词，勉强露出职业笑容，说：“房子你们看了感觉怎么样？”

谭嘉烁说：“不好意思，你能不能回避一下？”

对方连忙点点头，离开了。

她俩把胡云志带到路灯下的长椅上坐下。胡云志瞪大眼睛，满头是汗，脖子前倾。胡一曼说：“爸，你哪儿不舒服？”

胡云志说：“热。”

谭嘉烁跑着去买了一瓶矿泉水，回来的时候，胡云志已经冷静了不少，呼吸平缓，双眼无神，更接近刚从敬老院出来时的模样。

谭嘉烁走到胡一曼身边，说：“我们送他回去吧。”

胡一曼看着她说：“好。”

考虑到时间并不紧急，为了避免节外生枝，他们决定租车自驾。胡家父女在前座，谭嘉烁在后座，一路上对话不超过十句。半路上，胡一曼收到了敬老院的短信，提醒她今天要把胡云志送回。两个小时后，在直通敬老院大门的乡间小道上，胡云志似乎认出了路，说：“今天不回家？”

胡一曼说：“我们是请假出来的，只能在家住一晚上。”

胡云志说：“你急什么，多住几天呗。”

胡一曼不再出声。直到车停在敬老院的拦车杆面前，胡一曼说：“嘉烁，你先下车，在附近等我，不然又要做访客登记。”

谭嘉烁下车了。她不太想被警卫看见，走到离大门较远的树下。乡下的风很清爽，但那凉意只能在她的皮肤驻留，无法为她渴求的内心平静出上半分力。半个小时后，胡一曼驾着车出来了，在谭嘉烁前方停下。

谭嘉烁上前，正要打开车门，胡一曼说：“你急着去别的地方吗？”

谭嘉烁说：“不急。”

胡一曼说：“我们应该先聊一聊，这里正好没人打扰。”

她把车停在远离大路的一片田间池塘附近，然后两人默契地走向不远处的一个小山丘，谭嘉烁稍微落在后面。山坡上有一间铁皮小屋子，没人，房门用铁链锁着，门前有一些小竹凳。她们在这儿坐下，谭嘉烁开口了。

“院里的人刚才没有为难你吧？”

“我们回来得挺早，他们甚至有点惊讶，也没问我昨天是怎么把人带出去的，可能问得越明白，越显得他们管理不善。我补完手续就出来了。”

“那就好。”

“我爸在现场的情况……你怎么想？”

“我本来不会以为有什么收获，但结果还是挺意外的。还是多亏你，我完全不知道‘马队’是谁。”

“其实我也不知道，说不定根本不是真人呢。只是我爸老提起这个人，而且一提起就会觉得自己是一个在职警察，所以我就想，要不配合一下他。”

“我觉得，伯父把二十年前他在现场的过程大概重现了一下。这里面有多少是真的，我不知道，但有一些细节很重要。刚进屋的时候，他特别警觉，而且还拔出了枪。按照他自己的说法，他这次行动，是因为一直怀疑傅长松在仓库里有违法行为，所以偶尔会突击检查。但就算突击检查，也不至于拔枪。”

“我爸当时可能觉得有威胁。”

“更可能是提前闻到，或看到了血。他之前对我们形容过，是‘血流成河’。而且除了血，根据后来的报告，现场还有散落的现金。接下来，伯父肯定是看见了赵英涛，虽然他未必是进屋之后看见的第一个人。在伯父眼里，赵英涛的情况是‘受重伤’，所以那时候赵英涛还活着，而且很可能对他求救了。伯父说了一声‘要叫救护车’。那时伯父没手机，是不能及时叫救护车的，如果要求助，他应该马上跑出仓库，但他没这么做。他去看另外……另外的受害者。在面对第二个受害者的时候，他没有什么突然失控的反应——他不需要有反应，另一个受害者已经死了。”

“他做了这个动作。”胡一曼把左手抬到胸前，“是不是在擦掉脸上的血？”

“我觉得不是。可能我们当时站的角度不一样，我清楚地看见，他低头看了看手腕，他是在看手表。这个细节太特殊了。傅长松和我说过，他们会周期性地在仓库碰头商量事情，固定时间是八点左右。6 月 12 号那天，傅长松稍微迟到了，八点十分来到仓库外面，然后就被伯父逮捕了。伯父应该很清楚，那两人通常的会面时间是八点。我觉得，伯父当时是在按照一个时间表做事。他做好了赶到现场，又在特定时间出去抓住傅长松的准备。”

“既然我爸刚才做的事，不太可能是百分之百的重演，那我们是不是不应该太关注细节？”

“你说得对。也可能伯父到场的时候，赵英涛其实已经死了，是他看错了。但我觉得这和主要疑点没有矛盾，甚至还更加明确地指向最大的疑点，那就是伯父赶到现场，发现赵英涛，非常惊讶。但是发现另外一个受害者的时候，伯父没有什么情绪上的意外反应。”

“人该不会是我爸杀的吧？”

“绝对不是。我觉得不能排除最直接的可能性，就是伯父确实是突击搜查，发现了意料外的凶案现场，考虑到傅长松马上会出现，就出去拦截他。因为过于激动紧张，或者是因为一直以来都想立功的强烈愿望，在缺乏证据的情况下，立刻把他认作犯罪嫌疑人。伯父不是老强调他的一个办案理论吗，那就是——碰上突发案件，保护现场不如立刻追赶犯人来得重要，这也完全说得通啊。”

胡一曼叹了口气，用双手抹了抹脸。

“嘉烁，我爸出于一时的激情和直觉，快速查办了一桩大案子——这个说法，只有在没有其他疑点的情况下才成立。这么多年以来，他一直都是这么吹这件事的，没人信，我尤其不信。你心里明白，我的疑问是从谭伯为什么非要软禁我爸开始产生的。只要这个事实存在，二十年前发生的事情，就不会是偶然。这对你也一样，你已经怀疑、追查了这么久，这一切不是从我爸到了杀人现场才开始的。不知是不是因为顾虑我的感受，我觉得你心里还有一个更准确的推断，但不愿意对我明说。”

谭嘉烁深知自己应当相信胡一曼的诚恳，而胡一曼的这番话驱散了她心中最后一丝畏怯。

“我觉得……有其他人和伯父一起策划了这件事。另一个人——可能不止一个——负责杀人，而伯父负责嫁祸给傅长松。伯父要的不是钱，更不是和两个受害者有过节，他只想通过看似正当的途径，在警察局里高升。和他合伙的人，当然也有自己的目的。这个人有可能是我爸爸，但我觉得不是他，至少他没有亲手杀人。我爸一直想做的，就是在正经行业挣大钱，如果说他不仅策划杀人，甚至亲自下手，还要把这个秘密和一个警察分享，风险也太大了，绝不可能。”

谭嘉烁凝视着地面，沙砾乘着微风卷过她的鞋尖，自然仿佛正在把一种令人平静的力量传递给她，消除方才那一番推断造就的波澜。

“你觉得还有谁参与进来了？”胡一曼问。

“也许是我们都不认识的人，也许这个人已经死了，谁知道呢。就因为我爸什么都不愿意告诉我，绕了这么一大圈，最后还是要回到他身上，又是一条死路。”谭嘉烁沉默片刻，继续说，“你知道我最好笑的点子是什么吗？”

“什么？”

“我不是认真的，只是曾经脑子里突然跳出来——如果我和我爸道歉，找个人结婚，最好是对他事业有帮助的人，生活上一切都顺着他的意，说不定他哪天就卸下防备，都向我交代了。”

“那牺牲也太大了，哪有这么憋屈的侦探。”

她们俩都笑了。

“我的想法是找到足够的证据，逼我爸开口。”谭嘉烁同时拍了拍两膝，像一个对自己将要走远路的身体说抱歉的退休干部。

“虽然说了很多次，都不好意思了，但还是得谢谢——”

“我没那么无私，帮你也是为了给我自己解套。我一直犹豫该不该和你说……其实我爸欠了谭伯很多钱。”

“怎么回事？”

“谭伯手上有一张借条，说我爸这几年住院的钱都是找他借的。我觉得我爸是受骗或者被强迫了，但这不重要。我本人没有经手过这张借条，但谭伯威胁说，会让法院申请强制拍卖我爸唯一的房产，也就是我住的地方。他的意思是，如果我不再和他对着干，那他会把借条撕掉。我不相信这个承诺，但现在凭我自己也摆脱不了。唯一的办法，可能要回到我还没答应给他做司机的时候，拒绝他，而且在我爸入院的时候多长个心眼。现在说什么都晚了。所以我也希望……这么说吧，就是我手上得有一些和谭伯的谈判条件，让他放过我们。我是说，我和我爸。”

胡一曼发现谭嘉烁把头偏向左侧，紧闭嘴唇，像是耻于面对她。她连忙提升音调，试图让自己听起来明朗一些：

“所以我们目的是一致的，这更说明你不需要因为我开车带你什么的，就有压力。反正我现在也算是和他挑明了，和你一起来来去去，更加不需要借口。”

谭嘉烁依然沉默。

“嘉烁，你在听吗？”

“在听。我刚才在想，做我爸那样的人，是一种什么感觉。”她朝向胡一曼，苦笑道，“他好像可以完全不顾及别人的感受，除非对方比他生意上更成功，或者他需要对方帮助他在生意上更成功。他可以骂得人脸上满是唾沫星子，过了一分钟，又非要别人和他坐下一起吃饭，好像只有逼着别人赔笑，他才吃得香。我从来没见他难过，真的。我见过很多和他一起聊生意的人，都有类似的品质。看来一个人没有同情心，也能活得很好。”

“我爸不太一样，但他喜欢用酒精把同情心淹没掉，所以结果差不多。我也得谢谢你，你让我知道了，我爸不仅是一个高估自己的警察。如果他真参与了杀人的阴谋，那现在被谭伯控制住，属于咎由自取。我心里明白，既然那借条算不到我的头上，那我还是有机会脱身的，只要下狠心放手。我现在有很充足的理由……狠下心来。”

谭嘉烁明白，胡一曼指的是放下包袱。如果胡一曼不再被胡云志所牵制，那么谭怀胜就无法威胁她。在这个社会，如果胡一曼这么做——

女儿抛弃亲父，那将是耸人听闻的一件事，一张不公平的借条不会为她挣到任何同情心。

说不定——必定，还有人会为谭怀胜叫冤。

“但是我做不到。”胡一曼说。谭嘉烁伸出左手，轻轻覆在胡一曼的手背上。胡一曼深深吸进一口气，在鼻腔最高处屏住了一会儿，像是要用它笼罩住躁动的心，缓解可能到来的重重下坠时的痛苦。

“谭伯一直让我监视你。”

“我知道。”

“我一开始很不愿意，真的。我以为他让我来做司机，只是因为不希望有别的男人整天跟着你，还有伊璇姐。但是他说‘我付你工资，还把你爸照顾得好好的，你也得负起你的责任’……”

“他就是这样的人。”

“我对不起——”

谭嘉烁倾身，拥抱胡一曼。她确保自己贴得足够近，手指碰触到胡一曼的背部中央，这样才能称得上是一个足以温暖他人的拥抱，而不是又一次寻求依靠。

“我们已经一起经历这么多了，不用再为过去的事情做解释。”

“嗯。”

“我也害怕过你，想躲着你。但是你帮过我的事，现在数也数不清了。”

话毕，谭嘉烁松开手，身体后倾，看着胡一曼的眼睛。她觉得自己仿佛处于温暖的海面波浪之中，强大的水压迫使心脏剧烈跳动、指尖颤抖，但这海浪也在回应她的勇气，带给她一种被向上托举的无限安全感。

“相信我，”她说，“我们一定会找到出路的。”

“我信。”

04 迟到的证词

下部

第二天早上，谭嘉烁醒来，觉得仿佛做了一场梦。她洗了头，非常仔细地吹干，仿佛那热气能顺便吹走思绪中那些令她不安的杂乱音符。收拾完毕，她前往汽车站，坐上直达县城的大巴，再次拜访赵英涛的遗孀——卓丽。

卓丽上次咬定傅长松是唯一的凶手，说他自恋且不知廉耻，会向交往过的女性索取分手费，朱琪芬也是他交往过的女性之一。而朱琪芬和赵英涛之所以会同时遭到杀害，是由于傅长松怀疑他俩背着他发生了男女关系，且心地善良的赵英涛愿为朱琪芬代付分手费，这就是现场散落近十万现金的来源。

然而，不仅傅长松完全否认了这一切，且从谭嘉烁的综合调查结果看来，没有丝毫证据可以支持卓丽的说法。她必须再尝试一次，通过卓丽了解赵英涛的真正面目。

这一次，不需要再用买鱼干来破冰了。卓丽对谭嘉烁的来访非常惊讶，她只觉得这是一个心思太多、被家人惯坏了的小姑娘，没想到竟然又缠上来了。

两人站在后院里，卓丽做出一副忙着收拾鱼干的模样，谭嘉烁不得不抬高声音，让自己显得咄咄逼人一些。

“卓阿姨，上次我走的时候，你让我给赵先生的遗像上了香。我看得出来，你还是很想念他，心里非常不甘，所以才一心把你的怨气全部指向傅长松。我相信你想知道真相。我可以告诉你，下手的人绝对不是傅长松。”

“姑娘，你老拿这些陈年烂谷子来烦我，到底怀的什么心思啊？”

“我妈妈和傅长松绝对没有做过男女朋友。应该是我来问：为什么你要对我撒谎？但是那些事我可以不计较了，今天来，我是想告诉你，警察赶到现场的时候，赵先生还没死。这是当年的警察胡云志亲口和我说的。”

谭嘉烁心知这未必是事实，但这是目前唯一有可能打破卓丽心理防线的信息。

卓丽终于停下手中的活儿，目光直视着谭嘉烁说：

“他们告诉我，他当场人就没了。”

“这就是可疑的地方。胡云志二十年前的说法是，他一到现场，就发现了两个刚刚死亡的受害者，所以他才觉得，凶手一定离开现场不久，得赶紧追上去。但那时候，赵先生不仅没死，而且还向胡云志求救了。如果傅长松真的是像你说的那样，心狠手辣地策划了整件事，不可能留下活口就逃走。”

“现在说这些有什么用？最后他人还是没了。”

“卓阿姨，你肯定也很想知道到底是谁害死了赵先生。我看得出来，就算傅长松再多坐二十年牢，甚至判死刑，也没办法安慰到你。”

“都过去这么多年的事了，难道还能翻案？还能让公安重新查？”

“如果能有新的证据，谁说完全没有翻案的可能呢？卓阿姨，不管怎么样，不要再自欺欺人了，不会因为你给自己编造了一连串谎话，就真的能把这件事放下。我不是来强迫你和我一起调查的，我只是希望你能和我说实话。”

“唉，上次你来了一趟，我就做了好几天噩梦，你这孩子，就这么爱钻牛角尖……”

虽然卓丽用词消极，但没有表现出之前的回避和攻击性。谭嘉烁克制住从感情角度安抚卓丽的冲动，一心向着目标推进。

“我觉得，赵先生和我妈妈的死，不是因为傅长松，而是因为有另外一个人和胡云志一起，策划了这件事。卓阿姨，希望你能告诉我，赵先生当时到底还和谁有过节。还有，他和我爸爸谭怀胜是什么关系？”

“……我说了多少次，英涛是好人呀，就是太犟了，不管我怎么劝，他都不听。”

“怎么说？”

“他很早就跟着傅长松做生意了，但不想一辈子就为了成全别人而累死累活。我和他说：‘要不你早一点转做正经生意，天下的钱挣不完，你得考虑一下我们母子俩。公安扫黑除恶，搞得风风火火，每天家门口、马路上都有响着大喇叭的宣传车开过去，我怕你会因为牵扯上傅长松吃大亏。’他说脱身没那么容易，如果只是灰溜溜地逃掉，没钱又没名，在生意场上就再也抬不起头了。如果为了脱身，还不如一枪打死姓傅的，以后就没人敢看不起他了。他这么一说，我吓得直哆嗦，赶紧劝他别提打打杀杀的。我还问他，你没玩上枪吧？他说他没有，但是姓傅的有枪有炮，都藏起来了，不让他见识，所以不管嘴上怎么说，他们两人根本不是平起平坐。说实话吧，我和傅长松本人没说过几句话，因为我怕呀。所以既然警察都这么说了，那我当然觉得就是他干的，这你也不能怪我，我不是成心骗你。”

“我不怪你。赵先生和我爸熟悉吗？”

“说来说去都是为了钱。他搭上了一条线，就是你爸谭怀胜。他出钱，借你爸的人脉，进了一些东南亚产的珠子回国卖。但这事还没办妥，就被姓傅的发现，叫停了。”

“为什么？他们不能一起挣这笔钱吗？”

“哎，傅家的人是真的很记仇。我老公当年是这么说的，傅长松告诉他，谭怀胜的老婆和他们傅家有过节，害得他的一个兄弟上吊自杀了，所以不能和谭家人做生意。我老公本来为了预订这批货，动用了一笔钱，傅长松一发现就把款子截住了。这下子害苦他了，货已经入境了，没法再退回去，但是又给不出尾款。”

谭嘉烁想，这必然是跨国走私，所以导致入境之后无法退货。而且赵英涛动用的钱不是私款，而是出自他和傅长松共同的商用账户。这么看来，两人的矛盾，远比卓丽描述的要更深，且并非傅长松单方面打压，赵英涛一直在设法满足自己的野心。

“连我都明白，在东南亚卖珠子的人不好惹，如果压了他们的货，不给尾款，要倒大霉的。出事之后的两个星期里，我都联系不上我老公，当时我就知道凶多吉少。”

“赵先生当年欠了多少货款？”

“我问过，他不说。”

“当年在出事的现场，发现了十万左右的现金，这够不够赵先生还货款？”

“我真的不知道。我们最后一次说话，就是我劝他要不把咱们家钱全部拿出来，再不行去借，就当花钱消灾，以后我们就过普通老百姓日子，没什么不好。结果他气得不得了，对我又骂又打。他发完火就冲出家门了，我也不敢追……”

卓丽开始抽泣。记忆中这番极不愉快的对话，就是她试图保全丈夫和家庭的最后尝试。在谭嘉烁听来，赵英涛从未真正寻求卓丽的意见或认同，他只听从野心，我行我素，妻子不过是他倾倒挫折情绪的对象。她递出一些纸巾，卓丽接过去，擦拭眼泪。

“卓阿姨，那事情发生之前，赵先生认识胡云志吗？”

“我不知道，没听他提起过。他跟着傅长松干活，肯定不会和警察打交道。”

谭嘉烁回忆胡云志的话：他也是鹞子街出身，从小认识谭怀胜，受邀参加过谭家婚礼。胡云志认识赵英涛的可能性不低，只是这层关系不可能提到台面上。

按照卓丽所说，傅长松知道赵英涛私自动用金库和外人做生意。但无论是傅长松二十年前的自我辩护，还是二十年后对谭嘉烁的叙述中，他都完全隐瞒了这件事。从傅长松的角度来说，这是合理的，因为若坦白他和赵英涛有经济纠纷，反而会导致自己嫌疑更重。相比之下，不如在警方面前咬定，他和朱琪芬之间不存在私情，更无抢劫杀人动机，更有希望脱罪。

谭嘉烁的思绪回到现场——回到胡云志在她面前重演的那一幕。

对胡云志来说，在现场发现赵英涛，极可能是一个意外，但意外发生后，他依然按照原定时间点逮捕“犯罪嫌疑人”。

曾经的赵英涛，在谭嘉烁心目中，只是一个和母亲同时死去的陌生人。经过卓丽描述，赵英涛的形象在谭嘉烁心中更加明确，展现出更充足的人性，包括他的欲望和恐惧。带着这样的思绪，再去回溯现场情景，谭嘉烁心中突然有了一个新的推断，仿佛浓密云雾笼罩的地平线上出现了一道光。这光依然遥远，称不上明亮，但是足以让谭嘉烁关注到她一直都忽略的角落。

她想，和胡云志联手的，会不会正是赵英涛?

胡云志希望通过抓捕傅长松而在警界晋升，赵英涛需要钱，更需要扫清实现野心的最大障碍——傅长松，他们的目的一致。

胡云志是警察，而赵英涛了解傅长松的动向。他们两人已经足以配合。

那一天，有两件事是注定会在木材厂仓库发生的：凶杀案，以及傅长松被逮捕。

朱琪芬的死是人为打造的陷阱。她死了，傅长松才能够被捕，判刑二十年。

但为什么现场会留下误导了警方结论的十万元?

这些钱是属于赵英涛还是朱琪芬?

警察胡云志和朱琪芬之间，是否还存在秘密联系?

朱琪芬又是如何不幸成为计划中的一部分?

这些都是谭嘉烁推理拼图中的重大缺漏，然而在卓丽方才的叙述中，完全没有朱琪芬的身影。

如果纯粹从动机来看，赵英涛可能希望通过计划，从朱琪芬手里谋求到十万元，同时把傅长松投入大牢。这需要同时满足三个假设——

她认识赵英涛。

她有十万元现金。

她被杀害。

不断设想母亲死亡的情境和诱因，让谭嘉烁十分不安。而且，这还会指向一个她从理性和道德上都难以接受的答案：父亲谭怀胜是完全的受害者。由于他人的过错和野心，他失去了妻子，以及一个生意机会。

调查了这么多，最后还是回到了让谭嘉烁开始追寻这一切的本源——二十年前，母亲朱琪芬到底经历了什么。

"卓阿姨，我想再确认一次，你说过我妈妈和傅长松有男女关系，这只是你的猜测，对不对？"

"我是没有亲眼见过他们在一块。"

"那，你说过我妈妈和赵先生互相认识，这是不是真的？"

"是真的。"

"他们有多熟悉？"

"那我就不知道了。可能就是通过谭怀胜这层关系认识的吧，毕竟是他老婆。"

谭嘉烁意识到，卓丽当年真正担心的，其实是赵英涛和朱琪芬之间的关系。她是出于一种自我防卫心理，才把这担心转嫁到傅长松和朱琪芬之间。如果朱琪芬是傅长松的情人，那自然就不太可能出轨赵英涛。

这些想法不能说出来，否则可能会再度激起卓丽的抗拒心。谭嘉烁感觉，今天不能再给卓丽施加压力了，而她自己也需要独处时间，静静整理思路。

"卓阿姨，我想问的就这些。真的很谢谢你。"

"没事。我也希望英涛能瞑目，但是阿姨真帮不了你多少。"

两人告别后，刚刚走出门口，谭嘉烁突然发觉自己忽略了一件事。上次来的时候，卓丽对朱琪芬的情况，撒了连串的谎，而这些谎言，在谭嘉烁大脑中造成了一个盲点。有件事情，她早该问清楚的。她赶紧回到屋中，几乎撞上正要走出来的卓丽。

"卓阿姨，还有件事。"

她拿出了那张引导着她一路走来、背面写着神秘日期的照片。照片上，如今已确定名为钟雁的女子，抱着幼时的她。

“你看看这张照片。”

“怎么了？这小孩是谁？”

“是我。抱着我的——”

“我认识，就是你妈妈啊。”

“我……我妈妈？”

“对啊。”

“确定没认错？”

“当然没咯，我也和她聊过几句。”

“她就是朱琪芬？”

“你妈妈不就是朱琪芬吗？她的名字我是后来才知道的，当时我就叫她谭太太。”

“那你见过和赵先生同时遇害的朱琪芬的照片吗？”

“我不明白你的意思。这就是谭怀胜的老婆啊。她出事以后怎么样，我当然不知道了。我只知道照片上的这个姑娘，当年是和谭怀胜住在一起的。”

十分钟后，谭嘉烁在公交车站休息椅上坐着，神情惶然，脑中一片混乱，完全没有发觉自己错过了一班车。她觉得有一个简单的答案呼之欲出，一个纯粹的表述即将成型，但有看不见的手在不断摇晃她的脑袋，迫使一个个快要正确排列的字句从神经元上脱轨。

谭嘉烁深吸一口气，直到心跳恢复平稳。

她想，如果卓丽这次没有撒谎，那么在朱琪芬去世前不久，谭怀胜、钟雁和她三人，曾经组成一个家庭，且谭怀胜和朱琪芬并没有离婚。无论钟雁当时有没有对人自称是谭怀胜的妻子，至少她当时的谈吐举止，足以让卓丽产生误解。

生父和生母之间，必然发生过巨大的矛盾，导致分居。而钟雁，哪怕在同学时期，与他们俩关系就不一般。按照父母曾就读学校的老教职工的说法，朱琪芬甚至曾经帮助钟雁和其他人私奔。

“要找钟雁。”

谭嘉烁对自己说。

她早就明白，寻找这个父亲拒绝承认其存在的女性，是通往真相的必经之路。几个月以来，她都在寻找着从旁侧击碎迷雾之墙的办法。她并非不够努力、不够投入，但她终究不能回避如何去射中靶心。

谭嘉烁再次拿出照片，仔细琢磨。一看见照片中那名女性的眼睛，她心中首先跳出的词汇依然是“妈妈”。

就在此时，她突然意识到：如果钟雁仍然在世上，而且她手中只有一条关于其行踪的线索，那么她就绝对不能放弃这条线索，无论它导向一个多么虚无缥缈的可能。

又一辆公交车到站了，谭嘉烁依然没有上车。她叫停了一辆出租，立刻前往母亲永眠的公墓。

05 骨灰

下部

刘阿姨把一盆泡过猪内脏的血水泼进路边水沟，抬头，看见傅宝云站在面前，就说：“宝云来了啊？欸，你手怎么了？”

傅宝云说：“切菜时不小心，今天早上刚到医院换过药，快好了，我能进去坐坐吗？”

刘阿姨说：“快进来。”

她左手拎着盆子，转身进屋，水珠从盆子边缘滴落，紧随她的脚步。傅宝云跨过在下水口蔓延的血色气泡，跟上去。

刘阿姨独居的小屋，傅宝云来过好几次，屋里采光很差，且只要屋外是白天，刘阿姨绝不开灯。客厅已被用作杂物间，墙角堆砌着压平叠好的硬纸板，还有塞满饮料罐的蛇皮袋。

傅宝云也曾每天打烊后收集客人用过的饮料罐，但后来生意好了一些，傅长松劝她说：“别拣了，不值几个钱，又重又占地方，刘阿姨会拣的。”

现在她想，说不定蛇皮袋的最底侧，还有她和父亲收工时怀着愉悦心情踩扁的罐子。

刘阿姨的卧室紧邻客厅，房间中央有一张圆餐桌，就像所有在人生中默默陪伴的家具，无论怎么用力擦洗，桌面仿佛总是覆盖着一层光亮的油渍。

刘阿姨把静置在床头柜上的浅蓝色小电扇取下来，说：“天热了，不吹吹风不行。”然后把它搁在餐桌旁边的小凳上，拨动开关，不知藏在哪儿的电源接口发出“滋滋”的电流声，扇叶艰难地旋转起来，像要吐出身体里积压了一整宿的机械噪声。

刘阿姨说："是不是太近了？你的手不该吹风吧。"

傅宝云说："没事，挺好的。"

刘阿姨坐下，傅宝云说："刘阿姨，你真不知道我的手为什么有伤？"

刘阿姨说："不是你刚刚告诉我的吗？切菜时刀没拿稳。"

傅宝云说："可是你现在说的话，哪句我都不敢信。"

然后她右手抬起，平放在桌面上，掌底压着一把匕首。这是她亲手打磨过的，因为没法双手按实刀刃，她花了很长时间，才使它发出冰冷刺目的光。她自己也不喜欢这光芒，于是盯着刘阿姨充满疑惑的眼睛。

"宝云，你这是做什么？小心一点。"

"刘阿姨，你别站起来，就这么坐着听我说话，这把刀很好使，我怕伤着你。我妈住院的时候，有人趁我不在，送了一件东西到她病房里，是一个装了几张照片的信封，照片拍的是我爸和另外一个女人。这是你干的吧？"

"你胡说些什么呢？"

虽然刘阿姨依然否认，但傅宝云明白，坚硬的墙壁之中已出现了一道裂隙。

"我爸不可能对外人说过我妈在哪个病房，甚至连谈到这些都让他觉得羞耻。我也没有对任何人说过，除了你。能把那些装着照片的信封送到病房的人，只有你。"

刘阿姨叹气，透露出一种失望的情绪，让傅宝云感到厌倦。

"现在回想起来，从我们做夜宵开始，不管你的生意有多冷清，你一直都留在我和我爸旁边，甚至赵敬义手下去欺负你你都不走，真正为了讨生活在街头摆摊的人都是跟着客流走的，不可能这么固执，非要赖在一个根本不挣钱的地方。后来赵敬义派人来抓我，你又恰好救了我。其实当时我就觉得有点奇怪，那两个人敢在居民区绑架我，为什么会因为一个老太太喊了几句就逃跑，不过那时我没细想。也就是那一次，你顺理成章地把我带到你家来避难。接下来一段时间，你不停地问我妈是什么情况，在哪家医院，几号房，你也想去探病。因为你救过我，所以我那时真的很信任你，什么都说了，我还和我妈说过你人有多好。到了我妈去世的那一天——”

“你妈妈走了？”

“你真的不知道？——好吧，也有可能，毕竟也就一个星期的事。我妈去世的那一天，我早上去见了她，然后接到你电话，说机顶盒出了问题，不会弄，让我来帮忙，顺便吃个饭。我答应了，但我刚走没多久，我爸恰好就趁我不在的时候，单独和我妈见面。他们俩说完话，我妈就跳楼了。后来……”傅宝云低头，深吸一口气，继续说，“我在医院归还的遗物里找到了那个信封，看见了里面的东西。我拿到医院去问是怎么回事，病房接待处的医生说，不记得是谁送进去的，我也没办法说服他们为了这点事调监控。但是他们告诉我，我妈去世的那一天，他们收拾病房里的东西，清洁工在垃圾桶里发现了这个信封。因为察觉里面有东西，他拿出来看了看，发现有敏感的照片，吓了一跳，把它交给医院行政处。行政处的人觉得这是病人的家事，不想节外生枝，就什么都没说，将信封和我妈的其余遗物放在一起，这才让我有机会看见。这个信封——”

傅宝云右手始终按着匕首不动，左手从裤子口袋里抽出了空信封，将它竖着紧捏在手里，像是强忍着，才没有把它摔在地上。

“你应该是趁我妈睡觉或者不在的时候把它放进去的，因为怕护士收拾的时候当作杂物扔掉，所以在上面写了病房号。我见过你的账本，还帮你对过账，认识你写的数字，这就是你的字迹。刘阿姨，我希望你能承认，这样对我们俩都有好处。”

“你想对我动刀子？”

“如果是以前，我肯定不敢这么做。但我前几天已经动过一次了。我觉得如果你逼我，我就会有胆量用上它。”

“哎，你这姑娘……我一直觉得你乖乖巧巧的，人又能干，哪里会想到你性子有这么烈。你冷静一点吧，不是为了我，为了你自己。我一个七十多岁的孤寡老太婆，还能这么样呢？不能拉你下水啊。你说得对，是那伙人让我扎在你和你爸附近，给他们打小报告。我没胆量说不啊，你理解吧？你说的事我都干了，都是他们安排的，信封确实也是我送的，但是我没见过里面的东西。所以你一开始说什么你爸的照片，我就很蒙，毕竟老糊涂了，根本没和我做的事想到一块去。”

傅宝云把信封收起来，说：“我最初也是这么觉得——刘阿姨是无辜的，被利用了，但这说不通。往深里想，这信封看似是送给我妈看，其实是针对我爸的。你希望她看了以后，在我爸面前大闹一番。就是这一点让我很迷惑，让他们俩为这个吵一架，对谁会有好处？”

“如果站在我爸的角度一想，就明白了。我亲眼见过照片上的姐姐，只有和她一样是赵敬义团伙内的人，才能拍下这些照片。如果我爸知道，有人不仅拍照，还把它们偷偷带给我妈看，一定会觉得，是谁在背后陷害他。放出这些照片唯一的目的，就是影响我爸对赵敬义的信任，假如我爸拿着照片去问赵敬义，恐怕就会内讧了。这对赵敬义没有丝毫好处，因为他非常有诚意去拉拢我爸。所以，要么其实还有别人在指挥你，要么你有自己的目的。我觉得第二个可能性更大。因为，刘阿姨，你做的一切都太主动、太熟练了。虽然你一直演得很像，但你在赵敬义那伙人面前，没有那种战战兢兢的感觉，我认为你和他们的关系不一般。”

听着傅宝云的叙述，刘阿姨神情渐渐变得忧愁，就像得了病无法治愈却又说不出痛苦的小动物。这让傅宝云感觉到一种怒气，刀握在手里，反而让她觉得难以宣泄情绪。

“你妈妈跳楼……看来是我害的了。”

“只能说你也有责任，有很多更重要的原因。从我爸后来的反应来看，我百分之百肯定她没有把照片给我爸看。我爸对她的伤害，根本不是这些照片能比得上的。我清楚我妈怎么想，公开谈这些事反而让她觉得没尊严。但顾不上尊严的人根本不是她。”傅宝云抑制住想哭的冲动，苦笑，“尊严其实没什么用。”

“如果我把情况都告诉你，你打算怎么办？”

“你说了就知道了。”

“宝云，你也不想和你爸过吧？你有别的计划吗？阿姨真的——”

“闭嘴！”

傅宝云握紧匕首，狠狠砸了一下桌子，一旁的电风扇震颤了一下。

“这些话我已经听够了。我还年轻，我的未来怎么样，我该为自己考虑……好笑的是，说过这些话的人，没有一个真正关心我在想什么……有时候，甚至还包括我妈妈。你、赵敬义，还有我爸爸，一个个争先恐后地毁了我的生活，还都想教育我应该珍惜自己，我已经厌倦了。你别太过分！希望你立刻告诉我，你的目的到底是什么，为什么你听赵敬义的命令，又想在他和我爸之间制造矛盾。”

刘阿姨叹了口气。

“谭家姑娘找你聊过二十年前的事，对不对？”

“和她也有关系吗？”

“你早就知道了，你爸爸进牢房是因为抢劫杀人。死的人一个是谭家姑娘的妈妈，另一个叫赵英涛，是敬义的爸爸……也是我的儿子。”

傅宝云心中立刻明了，既然“刘阿姨”是赵敬义的奶奶，那她自然会在那些人的团伙里毫无阻碍地行动，说不定赵的手下们还得学会讨好她。

“其实我不姓刘，但你就这么叫我吧。我也不喜欢我孙子像他爸一样，不干正经事，怕以后惹上大麻烦，但赵家就剩他一个独苗了，只能怪我和他妈妈都没带好他。他发现我一个老太太不容易被人怀疑，让我做了不少事，除了盯着你们父女，还在谭怀胜那儿做过类似的。”

“你相信赵英涛是我爸杀的？”

“我要是不相信政府，不相信法庭，难道去相信傅长松？实话和你说，我对你爸是有恨的，他是我的仇人，坐牢二十年只不过是算清了社会上的账，没有算清我心里的那笔账。你说得没错，敬义是真的对你爸有诚心，能把他招揽过去，让他觉得自己非常大度，不仅原谅了杀父仇人，还对自己的事业有帮助。哎，敬义从小对他爸也没什么感情，毕竟两个人相处时间太少，所以对他爸死不瞑目的事，不是特别上心。我知道自己年纪大了，不该管那么多，但我真的接受不了，夜里心里都烧得痛，睡不着。我恨不得敬义马上帮他爸爸报仇，根本不想看见他和傅长松称兄道弟。好了，都和你交代了。宝云，现在你想怎么样？”

“我要你按我说的做。”

因为失去了两个人手，傅长松和赵敬义叫了些人赶到傅家村填补空缺，尽量不动声色地把枪械运走，一整趟事办下来比预计中迟了两天。回到盛兴旅馆后，赵敬义吩咐保镖不允许任何人进入办公室，然后独自一一检查枪支，放进已准备好的保险箱。处理完毕后，他打开房门，看见傅长松站在走廊对面，应是等待已久。

“傅伯，我不是让你去休息一下吗？”

“我想和你单独聊一下。”

赵敬义对杵在门边的保镖说：“去抽根烟。”保镖点头，离开了。

“宝云不见了。我得去找她。”傅长松说。

“别心急，我已经派人去了。”

“你什么时候知道的？”

“昨天下午。”

“为什么不告诉我？”

“当时我们还在半路上，和你说，你也赶不回来，何必徒增烦恼。”

“……那我现在得回家看一看。”

“她回过家，应该拿了一些东西，柜子被打开过，早就走了。我吩咐一个人看着小区，还有两个人到汽车站和火车站打听消息。一有情况，会通知我的。”

得知赵敬义早有安排，并未让傅长松心怀感激。在把女儿带到此地的那一刻，他就明白，这不再是父女之间的问题。

“那我去看看杨忆，问问她是怎么把人弄丢的。”

“傅伯，真的没必要，而且我觉得杨小姐现在也不想见你。”赵敬义看了看手表，“现在是十点半，半个小时之后我要开个会，商量一件大事，争取午饭前能安排好。你赶紧去洗个澡，换身干净衣服，毕竟大伙现在都把你当榜样，你得让他们都明白，做事得有个轻重缓急。对不对？”

“……我这就去。”

傅长松刚转过身，赵敬义说：“也只有少数几个兄弟，知道有一个小姑娘从我们这儿走丢了。没必要让这件事转移大家的注意力。”

“你放心，我不会找人打听的。等你消息。”

赵敬义的目光紧随傅长松的背影，直到傅长松消失在拐角。他立刻抬起手机，拨打号码：

“把杨忆带回村里看守几天，等我的指示。不管是谁问起她，你都闭嘴。”

不等对方有任何回应，他就挂断了电话。

谭怀胜在谭珺房间里，坐在蒲团上陪儿子打游戏。他一边兴奋地夸赞儿子的操作，一边对自己在屏幕上的化身——一辆卡丁车——所遭遇的一切做出情绪含量十足的反应。他随着游戏赛道的蜿蜒曲折左右摇晃身体，在火柱迎面滚来的时候喊了一声“烫”，急促吹气，仿佛被烫坏了嘴皮。

儿子沉浸在父亲营造的高度投入气氛中，看似不耐烦，却又满怀责任心地透露自己引以为豪的操作小技巧。最终，组队的父子两人以微弱优势战胜对手。谭怀胜摸摸儿子的脑袋，说：“结果还是赢了，都说了有你在，爸爸打得差一点也没关系，我和你妈妈说说话，你别玩太久哈。”

儿子说：“知道了，知道了。”谭怀胜双手撑着地板站起来，深刻感觉到最近打泰拳减肥的成果不显著。他走出屋外，回头看看新开了一局游戏、腰板挺得直直的儿子，轻轻掩上门，来到一楼客厅。

“玩了这么久。”坐在沙发上的伊璇说。

“你以为陪孩子玩游戏很简单吗，”谭怀胜在伊璇身边坐下，“我得让他高兴，又不能让这高兴来得太容易。这是一门艺术。”

“看来是哄好了？”

“今天怎么回事，拍个小广告而已，弄得我家小谭这么不开心，那个经纪人吹毛求疵的，大不了把她开掉。”

在童星经纪人努力下，谭珺参与了一个少儿牙齿美白广告的拍摄。今天的片场聚集了五六个小孩，预计两分钟的片子，在二十来个家长的注视下，忙活了四个小时还没拍完。谭珺情绪非常差，一回家就把鞋架旁边的拖鞋踢飞了，谭怀胜不得不陪他打游戏以缓解情绪。

伊璇双手抵着前额，叹了口气。

“怎么了？轮到你不开心了？”

伊璇不语。谭怀胜担忧地看着妻子，抚摸她的背，突然分神了，手指尖探进她灯笼裤和后腰之间的缝隙。伊璇突然转过身，谭怀胜手指被扭了一下，赶紧抽回去。

“成蔚老师不想当面和你说，今天珺珺把她吓坏了。”

“有那么大问题吗？我看是他们根本没协调好，光给小谭补妆就换了三个化妆师。我跟你说过了，小谭个性很阳刚的，一群女的拿着粉团在他脸上扑来扑去，他能开心吗？”

“臭婊子。”

“你骂谁啊？怎么，她们还欺负你了？”

“不是我说的，是珺珺说的。”

“……啊？”

“他当面这样骂一个女化妆师。人家一个小姑娘，在片场外面蹲着哭了十分钟。”

“不可能吧？”

“成蔚老师亲口告诉我的，她是给我们一个面子才没有和制片说这件事。脾气差的小孩子她见多了，但是才五岁，骂得这么毒，她真的担心没法合作下去。我向她保证这是偶然事件，但要是再表现不好，她就不会和我们续约了。这个圈子不大，被她一个人拉黑过，再找别的经纪人就更难了。”

“这话说的，她有天大的本事？她世界著名导演啊？她要是不愿意

re……represent 小谭，咱们上北京——”

“你装傻？你没听懂重点在哪儿吗？我直说了吧，他这句话是和谁学的？我们家还有谁会说这三个字？”

“你的意思是我教小谭骂脏话？你脑子清醒一点，我在家里说过这么重的话吗？”

“倒是没对我说过，其余的时候呢，那我就不知道了。”

谭怀胜猛地站起来，烦躁地左右踱了几步，回头看着妻子，用他身体的阴影遮盖住她。伊璇回敬的神情让他觉得，自己并非居高临下。最近伊璇眼神锐利的时刻越来越多，而相对地，他对妻子的耐心越来越少。

“我交给你的事情都办妥了吗？”

“哪件事？”

“我让你查那个田阿姨，结果呢？”

“身份证是假的，电话号码也停了，联系不上。”

“怎么不早点告诉我，我好和警察交代啊。”

“现在告诉你了。”

“其他的临时工呢？都没问题？”

“没问题。”

“还有另外一个事，那个什么……我让你去查一下胡一曼的学校，联系她的老师。”

“我没去。”

“为什么？我特意让你加急处理。”

“你能不能别浪费精力为难一曼了。我觉得你是管不了嘉烁，就想管她。人家想读夜校，也没说一定要花你的钱，你为什么——”

“你不明白！她……”谭怀胜打断了她，立刻想起来，不应该在和胡一曼相关的事情上让伊璇知道太多，就把话咽了下去，“算了，那事你不爱负责就不负责吧。问你话变得像挤牙膏似的。”

“因为你避开了重要的事情不想谈，考虑到你的心情，不想一次告诉你太多，免得你接受不了。”

“小谭和我在一起的时间多，还是和你在一起的时间多？他更有可能是和谁学坏的？你讲点逻辑。”

“逻辑就是，我，还有所有在我身边的人，家长也好，别的小孩也好，没有一个人会这么说话。而且小孩子学大人，不是一两次就学会的。我也没说一定是你，我劝你以后别带他去你公司了，他也不怎么喜欢。”

“我带他去是教育学习，让他多看看他爸辛苦打下来的江山，对他的人格成长有帮助，这不比学贵族骑马什么的实在得多了？而且我带他去公司，我都是寸步不离，谁敢在他旁边说脏话？”

“也许吧。”伊璇冷笑，“我猜你也不知道跟你屁股后面那些人私下是怎么说我的。”

“谁？谁说你难听的话了？”

“不提了，影响你们大企业的和谐。”

“你给我说！”

谭怀胜扑上去，伊璇双手一挡，被捏住手腕。谭怀胜把妻子压倒在沙发上，立刻发现刚才抚摸后背的感觉续上了。伊璇说：“你起开。”

谭怀胜说：“你带着儿子他就骂脏话，我陪他打游戏把他哄开心了，回头还要被你教训，什么颠三倒四的玩意儿，你也陪我开心一下。”伊璇说：“你起开，我没心情。”谭怀胜说：“小声点，正好很久没用沙发了。”

正在这时，谭怀胜听见了脚步声。他抬头，发现谭珺站在不远处的楼梯底部。谭珺似乎在屏住呼吸，鼻孔张大了，除此之外没有表情。

谭怀胜定住了，双手不自觉地松开。伊璇也抬头，在颠倒的视线中看见了儿子。她猛地推开丈夫，把裤子扯回腰部之上才站起来，快步走向儿子。在她靠近之前，谭珺回头往楼上跑，伊璇追了上去。

谭怀胜翻身坐起，重重地叹了口气。他站起来，拿了打火机和一包烟，走到屋外。

他点了烟，叼在嘴里，左手摸到旁边的庭院景观灯开关，反复地开了又关，看着院中的花花草草随着他的意志，在被染上明亮色彩和沉入黑暗之间交替切换着。

手机响了，他接听。“喂？”

“谭老板，出大事了。我们一整个冷链车队都被截住了。”

“怎么回事？”

“就……就是进城之前有人截住车队，全扣住了，不让走。”

“保安呢？我不是特意提了安保级别吗？都吃屎去了？”

“保安也……也派不上用场啊。那伙人有枪。”

在截车的行动中，傅长松没有开枪。包括他在内，仅有三人拿到了配枪，用来恐吓谭怀胜车队中经验最丰富的几名保安。

枪支，尤其是手枪，对普通人的威慑力其实有限——他们不会立即辨认出它们的用途。而对于有枪支使用经验，从部队或者公安系统转业的高级保安，反而更有效。整个行动中，只有赵敬义鸣枪示警了一次，这就够了。地点是远离村落的山间道路，一声模糊的枪击回响，不足以引起乡下警察的注意，他们多半会以为是火药量过载的土制焰火。劫持一整个配置了高级保安的冷链车队，如果像往常一样依靠刀具、棍棒，必然会一片狼藉，受伤者累累。多亏了三把配枪，整个过程几乎没有流血，风波平息得很快。

行动结束后，赵敬义收回了所有的枪。

傅长松还不清楚赵敬义为什么要做这件事。遭扣押的车辆，包括所有随车人员和货品，仍停留在山区中。这些冷链货品，耽搁得越久价值越低。更何况它们并非走私品，而是供应商供给怀胜楼的合法商品，截留它们是高风险低收益的事。傅长松想到的唯一可能性，是赵敬义不在意货品本身收益，而是采取恐吓策略，为下一步行动做铺垫。

当然，这不是他该操心的事。他和赵敬义之间的关系，甚至远比往日他和其父赵英涛的关系更生疏。在这样的合作关系之中，能犯的最大错误就是误把对方当作朋友。他要把精力放在更重要的地方。

事办成之后，赵敬义包下了乡间一家小饭馆，请大伙吃夜宵。吃完后，在赵敬义上车之前，傅长松走到他身边，提出要回城一趟，取走妻子的骨灰。这算不上一个借口，因为殡仪馆已经打电话催过两次了。

“傅伯，你想去找女儿是吧？”

果然瞒不住他。

“我不是不信任你安排的人，但有些我女儿会去的地方，只有我知道。”

“昨天是因为你心思完全放在这上面了，整件事才办得这么顺利，你明白吧？”

“该忙生意的时候，当然是以生意为主了。”

“你去吧。这里不方便打车，我找个人送你，今天晚上就进城，明天下午三点之前回来。”

赵敬义安排了最年轻的一个伙计送傅长松进城。两人刚上车，伙计说：“赵老板交代过了，送了你我就回来，不会跟着你的。”

傅长松不得不承认，他能想到的，赵敬义当然也能想到。如果当年赵英涛像他儿子一样聪明，恐怕他会不放心把这样一个人留在身边。这样的假想试验，比起斗殴或者女人陪伴，更让他觉得自己还不老。也许脑中已容不下太多关于未来的谋划，但对斗争的遐想，依然让他兴奋。

半夜两点钟，傅长松回到了旺秀小区。他想起来赵敬义说过，留了一个兄弟守候在这里，但他没有见到可疑的人。他进入屋子，依然熟悉的气味向他涌过来。他检查了一下家里的柜子，确认女儿拿走了一些家庭文件，客厅中央堆着的遗物箱也打开了，但他也不知道其中原来有什么。地面上发现了烟灰和许多泥脚印，应该是赵敬义手下留下来的。他无意在此留宿，找了附近一家酒店住下。

隔天早上九点，傅长松来到殡仪馆，领到了蒋蕾的骨灰盒。有工作人员前来推销，问他要不要买地宫莲位永久存放，他考虑了一下，另外一个员工上前来，找了个理由把推销的拉走了。傅长松记得，在灵堂做告别的那一天，他见过这个员工。

此人也许是见证了当天的流血事件，不希望推销员冒犯不好惹的人。

他也不打算停留太久，走出殡仪馆大门。

他其实没想好应该去哪些地方寻找傅宝云。毕竟，他对女儿二十年来的生活一无所知，包括她有没有朋友，或者其他可依赖的人。他想：也许还是只能回小区，问问邻居。他左手提着骨灰盒，即将走下广场阶梯的时候，手机响了。他想一定是赵敬义，没有看手机屏幕，便接听了。

“爸。”

“……宝云？你在哪儿？”

“你朝左边看。”

傅长松转向左侧。广场边缘有一面紧靠后山的仿古石砌城墙，而傅宝云就站在墙上的栏杆后。傅长松感受到一种让他头皮发麻的激动，但这并非愤怒。

他曾想过，如果找到女儿，得告诫自己别露出生气的模样。看来，他不需要这样的自我约束。一边提着妻子的骨灰盒，一边和无意靠近的女儿通话，让他感觉到强烈的挫败，且逐渐转化成对自己的斥责。他深信自己并不怪罪宝云，连百分之一的意图都没有。

“我们就这样说话。”傅宝云说。

“你什么时候到的？”

傅宝云不应。傅长松想，这一切不会是偶然，很有可能是傅宝云和殡仪馆联系，让他们催促他来领骨灰。两人相距近二十米，但要绕个远路才能找到登上城墙的石阶，如果傅宝云要往后山跑，傅长松不可能追上她。

“跟我回去吧。有我在，你不用怕。”傅长松继续说。

“赵敬义让你做什么，你就做什么？”

“宝云，这和我们一起摆摊是一回事。我擅长做什么，而且还能挣到钱，那就去做。只不过现在我更有条件为你提供一个好的生活。我知道你拿了存折，这其实让爸放心多了。你想去哪儿？”

“你往路边看，在你右手边，靠着电线杆，有一个公用电话亭。”

“怎么了？”

“进去，在放电话机的架子后面，有一件东西，是我留给你的。”

“我现在就去拿。你先别走，也别挂电话。”

傅长松走进那橙色外壳的电话亭。它显然已很久没人使用了，玻璃门转轴发出和锈斑对抗的哀鸣。他把手探进女儿所说的狭窄缝隙里，抽出一个信封。

“拿到了吗？”

傅长松走出电话亭：“拿到了。”

“看看里面。”

他从信封里取出了数张照片。就像女儿当初一样，他很快看到了最后一张：他和杨忆在床上裸身侧躺着。从这个窥私的角度看见自己，让他很不适。

暗沉、色泽不均的皮肤，几乎毫无光泽的毛发，哪怕健壮肌肉也无法撑起的皱褶，这一切在杨忆身体的对比之下，更让他觉得自己像一个老人。

“……这谁拍的？”她问。

“我不知道。”

“我想也是。妈妈还在的时候，有人趁我不在医院，把这些照片放到她病房里。这之后没过多久，你去和她说话，然后……就出事了。”

“她没和我说过——肯定没提过这样的照片。她也没有……没有提过我——”

“没提到过你和其他女人在一起的事？”

“真的没有。”

“我觉得，她只是不想和你说。她走了以后，医生把遗物都收起来，让我们带回家。当然，你连打开这些遗物看一眼的时间都没有，否则也不会让我先发现了。我只是想告诉你，赵敬义早就派人盯着我们了。在你自以为过得挺舒适的时候，他那里的某个人，不仅拍下了这些照片，还偷偷送到我妈妈的病床边。我曾经想过，会不会是你本人，为了刺激妈妈，让她放手。但哪怕是你，也不会用这么下三烂——这么没必要的手段。对啊，你想抛弃她，正大光明地抛弃就好了，何必用这种小把戏。”

傅长松察觉到女儿声音的颤抖。

“我把你妈妈带上了。宝云，跟我来吧，既然你不喜欢，我们就不回去——”

“闭嘴！”

在城墙上散步或聊天的一些人，听见傅宝云的吼声，好奇地看过来。她深吸一口气，尽量平复心情，避免被感伤淹没，忘记了今天的目的。

“我刚才说过，赵敬义早就派人盯着我们了。我相信你和这照片无关。这就说明，有人盯着我们的一举一动。那是一个可以随时拍下你照片又不被你发现的人，趁我们俩都不在，把照片放进了妈妈的病房。我宁愿你不小心透露过病房号，你明白吗？”

“我会去查是谁干的。”

“别去了。”傅宝云冷笑，“这对你有好处吗？我只是想让你知道有这么回事，而且，我不想自己把这些照片扔掉，更不想把它们留在身边，你拿着吧。随便你撕掉它们，或者裱到镜框里。还有，不要去麻烦杨姐。你也看出来了，这不可能是她拍的。”

“我不会去找她麻烦的，我连她人在哪儿都不知道。”

“……不是还在赵敬义那儿吗？”

“这两天不见了。”

傅宝云的心往下沉。逃走的时候，杨忆说过，她不会受牵连，让傅宝云放心。但她的语气中没有百分之百的自信。

“宝云？你下来好吗？和爸面对面聊，随便说什么都可以。我今天不回赵家，你有没有想去的地方？”

傅宝云能听出父亲声音中真诚的部分，却没有受到丝毫触动，自己的内心能如此镇定，近于冷漠，让她觉得欣慰。她需要切断傅长松对赵敬义团伙的依存感。也许她没法让他们互相仇恨，但只要有一定程度的猜疑，也许就足以让他们的关系破裂。

她心想：说到底，爸爸，你不是一个好人。

她挂断电话，转过身，很快从傅长松视线中消失了。

06 掌控权

下部

谭怀胜坐在西餐厅的露台上，用手机浏览投资新闻，正和怀胜楼接洽的一只基金的高层接受采访，说上季度餐饮业的表现不如预期。谭怀胜看得心烦，把几乎顶着鼻尖的手机放下，正好看见一个壮硕男子推开并且拉住了茶色玻璃门，让一个穿着亨利衫的年轻人经过。此人径直走到谭怀胜餐桌对面，摘下墨镜，伸出右手：“谭总，我是赵敬义。”

在谭怀胜查明拦截车队的人和金佰禄有关之前，赵敬义就联系上了他。在这一瞬间，谭怀胜下了判断：赵敬义的长相令人不愉快。他也许算得上是容貌端正，但上不了台面，缺乏风度。他相信，凡是有些头脑的姑娘，一定也能感觉到赵敬义那种甩不掉的轻浮感，不像他这种，是一个说话有分量的人。

“怎么带了一个人来？”谭怀胜说，“不是说好一对一的吗？”

“他马上就走，不会打扰我们的。”赵敬义收回悬置了片刻的右手。

“谭总，”赵敬义的保镖说，“请把手机关掉。”

谭怀胜抬头看着对方，那人几乎把他眼前的光线都挡住了。他关掉手机，屏幕朝上摆在桌面上。

“好了吧？”

保镖突然弯下腰。谭怀胜不由得朝后倾斜了一下，椅子脚在地面上发出刺耳的拖拽声。保镖把手探到圆桌之下摸索，碰触到了什么东西，把它揭下来，放在桌面上。那是一个贴上了胶带的录音机。

赵敬义笑道：“谭总，您准备得还挺周到的。”

保镖一只手同时握着录音机和手机，走向露台角落。

“喂！”

“没事，会还给您的。说起来，我刚才上楼，电梯门一开，正对面就是您的一家门店，生意是真火爆啊。”

“这个商场的四楼，至少有一半布局是按照我的思路来的。有时候开发商脑子糊涂，就需要我们怀胜楼这样有核心吸引力的门店，像定海神针一样，让商场围绕着它来构建一个消费空间，而不是我们削足适履。扯远了，说正事。货不打算还给我了？”

“等聊完，我就放车放人。至于那些货，恐怕已经超过了怀胜楼对顾客承诺的品质期限，我就帮您处理了吧，省事。对于造成的损失，我会按照价格的两倍来赔偿。”

“……你到底什么打算？”

“我了解到，您想和那些农户签订独家协议，来打造一个完整的农产品物流系统，用来支持怀胜楼品牌的发展。其实我是来帮您的。”

“怎么说？”

“我希望金佰禄和怀胜楼合作创建一家新公司，全权负责农产品物流业务，由我和我推荐的合伙人共同占 60% 以上的股权，当然具体分配需要再详谈。”

谭怀胜立刻明白，在这个假想的计划中，赵敬义并不打算按照出资份额来分配股权。拦截车队、阻挠怀胜楼与农户签协议，都是为了证明，如果没有他，就别想做成这件事。

“全权负责？”

“包括您现在有生意往来的 6 个县、25 个镇。当然，我希望也包括未来可能发展的一切市场，那就看我们合作得如何了。”

谭怀胜嗤笑：“这种事不是不可能啊，但你提的这个条件，我看恐怕是得生死之交才能答应。这就好比我亲手建起了一座大房子，突然就请了一个我不知底细的人，把钥匙交给他，还让他全权管理厨房。换你也不会这么做吧？”

“您给消费者的承诺是所有食材产地直达，而且还强调了是和本地生产基地合作，有利于提高农民收入，才得到了政府扶持。您不希望破坏消费者和政府对您的信任吧？”

“我正在融资谈判，不可能突然搞一个合伙成立分公司的大变动。而且我很快就谈妥了，一旦有了更雄厚的资金，可以建设更灵活、范围更大的物流链，车队都绕开你的地盘，更加没有突然让你入局的理由。”

“很快谈妥？和我听说的不一样。”

“最多下周就会签——”

赵敬义打断谭怀胜，从口袋里掏出一张照片摆在桌上。谭怀胜眯着眼睛看了好一会儿，才认出来那是低着头、半边脸青肿变形的方鸣。他想起来，方鸣花了大量时间下乡考察，确实很容易被赵敬义抓住。

“方先生的职业素养也很过硬，我本来以为他是一个可以随便拿捏的人，但聊完以后，我对他刮目相看。他说如果车队的事情传出去，本来就认为这场谈判拖延太久的投资方，百分之百会退出。他也认同，现在只有让所有农户立刻签订独家供货协议，怀胜楼才有一线生机。能说服农户的，只有我。我相信，投资方看见金佰禄入局，会重燃对怀胜楼的信心。”

谭怀胜尽量冷静，开始从纯粹的生意角度来考虑这件事。作为在鹞子街出生和成长的人，他很清楚，在外人看来赵敬义是车匪路霸，但是对乡民来说，他是“自己人”。他有枪，他能截留车队，都不是核心问题，重要的是，他是在许多农村和城市利益交换中必不可少的中间人。就算有白纸黑字的合同，也防止不了农户在利益分配上向他倾斜。巨头企业往往无法渗透三线以下城市，原因之一就是因为有许多的赵敬义。只可惜眼前的赵敬义，是特别不好惹的那一类。

在留住投资方这件事上，他已计穷了。上次方鸣提供的信息，几乎是最后通牒。他已无策略，只是祈求运气。如果没有这笔投资，怀胜楼不仅无法多样化发展，更可能导致门店数量收缩。他不希望自己的上升时期，开始得晚，持续得短。他一定有——必须得有一个远大的未来。

何况，就算现在让赵敬义控制了本地区的物流业务，并不代表未来的一切也会被控制。他可以在未来多多培养有能者，把赵敬义挤出局。到时候，赵敬义已是白道，就算想用车匪路霸的手段，也行不通了。

经过这番思考，就像在激流上玩橡皮艇，冲过礁石满布的险滩之后，进入平静宜人的湖泊，谭怀胜的心情变得明朗起来。

但与赵敬义相关的，还有一件事，谭怀胜无法容忍。今天是谈判，他必须从自己的利益角度来讨价还价，绝不能全盘服从。想想贝索斯原则，行动起来。

他说："我记得你爸和你挺像的，拼足了劲想转正经行业。"

"大家都想。"

比预料中更平静的反应，看来他没打算特意隐瞒自己是赵英涛的儿子。

"你爸当年的条件没你好，头上有一个人老压着他。你知道我说的是谁吧？"

"当然知道。"

"唉，最后还闹出了大案子。我就奇怪了，为什么你还要把傅长松留在身边？"

这次，谭怀胜明确察觉，对方神情略微僵硬了。

"不好意思，你养着一个杀父仇人做帮手，这让我怀疑你的决策能力。我要是心里没把握，也不会有底气在投资方面前吹捧你，对吧？还有，他和我也有血海深仇，我怎么可能咽下这口气和你合作呢？我希望你把这个情况，用你觉得合适的办法处理一下，但一定要让我看见证据。还有，别惊动警察。"谭怀胜站起来，"那些货就给乡亲们分了吧，也不用给我打钱，以后我们长久合作，这一点点摩擦算什么。我还要赶别的场子，就不奉陪了。"

下午两点，赵敬义回到盛兴旅馆的办公室。他让手下把傅长松叫进来。

"傅伯，昨天你进城还顺利吧？"

"有没有碰上过什么人？"

"没有。"

赵敬义点了点头，笑着说：“没事了，你去忙自己的吧。”

傅长松离开之后，赵敬义考虑了很久。

谭怀胜不仅知道傅长松藏匿在此，而且还明确点出他是“帮手”。赵敬义对此十分警觉，也很好奇，谭怀胜是怎么知道的。也许这不那么奇怪，毕竟谭怀胜也是一个手段多样、江湖经验丰富的人，而赵敬义也明白他的对外保密工作有纰漏。几乎大部分和他关系较紧密的手下，都知道带着一种市井传奇光环的傅长松在为他工作。

他不关心到底是不是傅长松杀死了父亲。他对父亲没有任何值得怀念的记忆，而过了这么多年，沉淀下来的几乎只有轻蔑。拉近和傅长松的关系，本来就是针对赵英涛的一记迟到的耳光。如谭怀胜一般的外人，无法理解他的愉悦所在。时间长了之后，兄弟们对“老前辈”的新鲜感会降低，而且他在保持自己的权威，以及对“老前辈”表示敬意之间，需要精准地走好钢丝。

何况他已经通过傅长松拿到了枪。曾经无法无天的傅家，只剩下这一笔遗产，而这笔遗产已落在他手中。赵敬义仍然不想轻易接受谭怀胜的讨价还价，尤其是其中还有让他干脏活的暗示。但他不得不承认，傅长松能为他提供的好处不多了。

伊璇坐在梳妆台前，为未来童星家长们庆祝广告杀青的晚宴做准备。谭怀胜走到她背后，左手搭在她肩上，右手捏着一对18k金珍珠耳环，在她的耳垂边比了一下。

“下午刚送到办公室。怎么样，是不是特别有格调？今晚就戴这个吧。”

“要买这些东西先和我说一声，我有熟悉的设计师。”

“那不就没惊喜了吗。我给你戴上。”

“今天场合不对，”伊璇把耳环接过来，放在桌面上，“不到两分钟的广告，还要搞什么庆功会，穿随意一点就行了。”

殷勤没有得到赞许的回应，谭怀胜有些泄气，但没有表现出来。双方都心知肚明，这是他表达歉意的唯一方式。伊璇通过冷处理来表示她理解了谭怀胜的意图，他们可以暂时当作那一天的不愉快从未发生过。他在床上坐下。

“是周太太组的局吧？”

“对。她还单独拉着我说什么，谭珺和她家孩子气质真的很互补，想看看能不能培养一个少年组合，问我有没有别的人选。补啥啊，珺珺又不是当归补血丸，她自己先补针吧。”

“对周太太还是礼貌一点，我和她老公聊过两句，他是在阿联酋做加密货币的，挺有见识。”

伊璇不理会。

“你那个朋友，有她联系方式吗？”

“哪个？”

“就是把傅长松的事情告诉你的那个。”

谭怀胜不关注傅长松的动向已经很久了。最近由于警察重启了对杀人案的调查，可能牵涉到傅长松，谭怀胜开始铺设眼线，把照片发布给亲信，下令关注这方面的消息。

一天前，伊璇告诉他，她的一个老朋友在金佰禄 KTV 唱歌，见到了傅长松。他看起来显然不是客人，而是管理者中的一员。谭怀胜判断，赵敬义必然知道杀父仇人在自己的地盘工作，就算还不知道也没关系，这并不影响谭怀胜利用这一点，把谈判导向对自己有利的方向。而从赵敬义当时的反应看来，他成功了。

他很高兴，这条情报赶在会议之前传到了赵敬义的耳中，但他又难免生疑。

“你要她的联系方式做什么？”

“她帮了我一个大忙，得好好谢谢她。”

“谭怀胜，”伊璇转过身看着他，“她是我的朋友，我不会告诉你的，她也没兴趣。”

“说那些干吗，我真的是一片好意。”

“没兴趣”这三个字，让谭怀胜觉得自己遭到了误解。他刚想说“谁有兴趣了，你在暗示什么”，但突然想起来他今天是要道歉并且道谢的，就忍住了。他觉得，伊璇肯定是知道他心中对她有亏欠，所以才有意发作，今天可以让她稍微得寸进尺一下。

晚上八点，赵敬义接到了手下的电话。他们非常忐忑地向赵敬义报告，已经有三天联系不上阿婆了。

赵敬义的奶奶李咏兰，其他人称呼她为阿婆。组织里只有三四个人知道她的存在。

小时候，赵敬义一半时间是在寄宿学校度过，另一半时间则是与母亲和奶奶分享。

奶奶和母亲的关系很不好。李咏兰对媳妇卓丽看不顺眼，很快像对罪行的追诉一般，发展成对她所有人生的不满。

在奶奶家，赵敬义不断听奶奶说，他母亲如何不听话、懒惰、做家务手脚不利索；在父母家，他不断听母亲说，他奶奶如何不近人情，见不得别人有一点好，天天巴望着花儿子和儿媳的钱却又毫无感激之心。

他在那个年纪，在家里听到的唯一好话，就是母亲感叹丈夫赵英涛有多辛苦，但哪怕是这句，也往往跟随着“忙得连家都不要”的抱怨。他偶尔见到母亲露出发自内心的笑容，都和父亲之外的男人有关，他也明白发生了什么。留在家中，赵敬义能感受到的只有对家人的不满和自己的被亏欠感。

他见过她们在泪水中坦承各自的失落和懊悔，但这一切都不会达成互相之间的和解，只是通过他来间接发泄。只要把怨毒灌注到他身体里，让他以少年人的精力去消耗掉，她们很快就又有了一个倾吐烦恼的容器。

由于如此的成长经历，在手头宽裕之后，赵敬义没有产生在经济上回报母亲和奶奶的冲动。他只保证她们有饭吃、有钱治病，这就够了。所以卓丽还是在卖鱼干，而奶奶李咏兰——现在打电话还是叫赵敬义小名，感情上依然把他当成事事需要老一辈操办的孩子——干上了借助老人身份在赵敬义敌对势力之中充当眼线的工作，她个人对此非常满足。

至于回收垃圾，是她个人的习惯，虽然让赵敬义脸上有些挂不住，但是没办法让她改变。

赵敬义日常很少和李咏兰联系，有两个手下专门负责定期上门探望。不能说照顾，而且她也反复强调自己不需要照顾。

“她一直不在家，”手下说，“屋里也没动静。”

“有其他人出入吗？”

“没有。”

为了保障奶奶的安全，赵敬义本来给手下配了屋钥匙，但在使用过一次之后，遭到了奶奶的强烈反对。

现在，只能由他亲自去开门。

晚上十点半，赵敬义赶到李咏兰家中，一开门就闻到了汹涌的臭味。他很清楚，这和人类尸体的气味不一样。他进入厨房，在案板上发现了一块生蛆的猪肝，旁边搁着菜刀。一名手下没忍住，吐在口罩里。赵敬义把这人赶出去，和另外一人继续搜查。

卧室中的桌子断了一条腿，床单搅乱了，而一台电线已脱落的小风扇倒在地上。桌面、床单和地面上都有些许血迹。他回头仔细看了一遍，除了卧室，没有找到血迹或者带血的脚印。

“竟然有人这么丧心病狂，敢对阿婆动手！”

“别慌，可能不是她的血。如果是一个成年男人要对付她，没必要做到流血的地步。”

赵敬义命令两人留在这里收拾屋子，顺便看看有没有丢失物品的痕迹。他并非不担心，但他必须回乡下。第二天早上，他需要去几家态度摇摆不定的农户那里拜访，确认他们不会成为谭怀胜谈判的突破点。在处理傅长松这件事上，谭怀胜没有给出期限，赵敬义怀疑这也是一种拖延时间的策略，目的是提供一个困难的选择，让他的行动陷入停滞，而谭怀胜就有机会在背后动手脚。

赵敬义一边开车，一边思考可能是谁下的手，很快得出结论：没必要想太多。如果不是为他做眼线，奶奶就只是一个普通的老人。这件事终究是针对他本人的，敌人一定会主动找上门来。

第二天早上六点半，搁在床头的私人手机响了起来。赵敬义起床，号码来自李咏兰。他回过身，使劲推了推身边女人的肩膀。女人惊醒了，转过头看赵敬义。他拿着手机，另一只手指了指门。女人揉了揉眼睛，依然无力地翻身起来，把脚踩进拖鞋，一言不发走出卧室，关上门。铃声响到第十二次，他接听。

"赵敬义？"

赵敬义不自觉地笑了笑。

"宝云妹妹，你怎么打到我这个号码上了？你爸找你呢，你想要他接听吗？"

傅宝云沉默片刻，她没料到对方竟然这么快就认出了她的声音。

"我知道你们来过了。她人在我这儿。"

"有证据吗？"

电话中又沉默了一会儿，然后传来李咏兰的声音："喂，是奶奶啊，听得到吗？"

"奶奶，你怎么样？"

李咏兰说了一些什么，但声音突兀地中断了，傅宝云捂住了话筒。片刻之后，她说："听见了吧？"

"你年纪这么小，玩绑架？这事我们都不爱干，风险大收益低。"

"你是在虚张声势呢，还是说你真的不担心她？"

"你想了不少手段来让我担心，但经验太少了。床单上的血明显是抹上去的，其他地方的血也太分散了，如果真的伤过人，总会有集中的出血位置，更不用说除了卧室，哪都没有血。可惜我不是警察，没办法采血化验，但我猜那是你自己的血。你其实是想办法让她主动跟你走的。所以我觉得，她在你那儿应该过得还不错。"

"别忘了我差点一刀把你刺死。"

“干过这事的不止你一个。其实我最不担心的，就是曾经对我动过手的人，因为我不用担心他们会背后给我扎刀子，那种才是最难防备的。你吃喝用度怎么样？要不要我给你寄生活费？”

“我知道你奶奶帮你做过什么，我可以把她带到警察那儿，或者带给谭怀胜。警察未必相信我，但谭怀胜一定会信。”

赵敬义皱眉。如果绑架奶奶的人是他的仇家，反而比较好处理，这代表对方也是黑道。但傅宝云是个清白女孩。这意味着，她在如何利用被绑架对象这件事上，有更多的自由。

“你有什么要求？”

“你总算认真了？”

“说正事。”

“很简单。用傅长松来交换。”

五分钟之后，赵敬义结束了和傅宝云的谈话，心中更加因杨忆的过失感到遗憾。一个多么出人意料的小姑娘，应该派更加信得过的人看守她。

赵敬义不担心会失去奶奶，傅宝云不可能伤害老人，但他还是要快速行动。因为傅宝云的良善本质，会驱使她在压力之下求助于警察，那才真正是天大麻烦的开始。另外一个让赵敬义必须立刻行动的原因，是他不能在和一个小姑娘打交道的时候优柔寡断。

真希望把她留在身边，可惜没机会了。

赵敬义拨打谭怀胜的号码。

“赵老板？有好消息吗？”

“谭总，我想强调一下，我们规规矩矩做生意，可干不得违法犯罪的事。”

“你就想说这个？”

“还有，虽然我很舍不得，但是你打算从我这里挖走的那个员工，我决定放手了。”

“我怎么知道你是真心的？”

“他的家人，比你更关心他的去向。一从我这离职，他应该会马上和家人团聚。过会儿我给你一个地址，你自己决定要不要去拜访。当然，我建议你别打扰他们。”

赵敬义挂断电话，并且关掉了通话一开始就在运行的录音设备。他不得不佩服谭怀胜经验之丰富。谭怀胜接住了一切暗示，并且没有在对话中透露出任何可被警察利用的漏洞。

傅宝云定下的会面期限，让赵敬义有足够时间做准备工作。黄昏时分，他在旅馆后门找到了正在和几名手下闲聊的傅长松。

“傅伯，我们聊一聊。”

“不去办公室？”

“我刚从办公室出来，不想回去了，来点新鲜空气吧。”

赵敬义用一只手轻拍傅长松后背，示意他往前走。他们来到了和旅馆隔着一座小土丘的空地上。傅长松认出来，再往前，就是用来强迫敌对帮派成员屈服的小树林。为了消解紧张感，他说：

“你的手好得挺快，已经不用吊着了？”

“我遵照医嘱，一口酒都没喝，憋得可难受了。”

赵敬义停下脚步。有两名保镖跟随他们，保持距离，在不远处的树荫下站住。

“傅伯，我得和你商量一件要紧事，但恐怕不能给你太多考虑时间。我接到了一个电话，你猜是谁打来的？是宝云。”

赵敬义察觉，傅长松显然受到了震动。他右手在胸前松弛地半弯曲着，摇晃了一下食指，暗示傅长松冷静，他还有重要的话要交代。

“这通电话，打了我个措手不及。”赵敬义笑了笑，“我爸去世之后，把我带大的最大功臣，就是我奶奶。她老人家，脾气怪，非要一个人住。其实，我应该早点和你说的，你见过她。她就是在你家摊位街对面的老太太。”

“……刘阿姨？你让她在我身边盯梢？”

“——那是在我们正式认识之前。我也不好突然带一伙人凑到你面前，对吧？！总得先知道你是一个值得打交道的人。你和宝云都对我奶奶特别好，会把接不了的生意让给她，非常慷慨大度，否则我也不会这么早就在兄弟们面前念叨，你是一个值得他们学习的人。所以，我这点谨慎起见的准备工作，你不介意吧？”

“当然不介意。你办事总是提前考虑好。”

“你理解就好。总之呢，我不明白宝云是怎么知道的，但她认出我奶奶了。在我这儿和宝云直接打过交道的，除了你我，就是杨忆了，但杨忆根本不知道我交给奶奶的任务，所以这就很奇怪了。也可能是宝云人太聪明，早就怀疑上了。她不光逃过了我和你的追查，还去拜访了我奶奶，甚至把她给扣下了。”

“真的？”

“是真的，宝云让我奶奶接了电话。呵，我觉得在她眼里，我就是一个没品的人渣，所以你一直留在我这里，她不放心，而且也知道得有我同意，你才能出去办事。她要求我带上你，还有她妈妈的骨灰，去把我奶奶换回来。”

傅长松确实没想到，自从那一次失败的刺杀，以及从软禁中逃跑之后，女儿还能做出让他更惊讶的事。他在感到烦躁的同时生出了一种奇怪的自豪感。当然，现在重要的不是揣摩女儿，而是弄明白赵敬义的意图。赵敬义是不是已经知道，他回城见过宝云？或者，他刚才只是怀着其他目的而编造出一个过于不可信的谎言？可能性太多了，一时无法厘清。他明白，赵敬义比他更敏锐，且对这番交流早有准备，所以没法在有限的时间里，洞察赵敬义的意图，同时避免遭到反向的怀疑。他只能打直球。

“你打算怎么处理？”

“宝云是好姑娘，我不担心老人家的安危。换个角度想，这其实是好事，前两天我们还一点头绪都没有，结果她主动联系上我，要和你团聚。她已经给了时间和地点，我们这就出发吧，我赶紧把老人家接回来，然后暂时就不打扰你们了，你和女儿好好相处几天，她也挺担惊受怕的。等宝云气顺了，你再回我这儿。没问题吧？”

“那我回去拿骨灰盒。”

“别麻烦了，我们上车等着，你告诉我放在哪儿，我让他们给带过来。”

“就在我房里的电视柜上面。”

赵敬义拍拍傅长松肩膀，走出几步打电话。傅长松看看周围，那两名保镖依然紧盯着他。显然，赵敬义从一开始就不打算给他自由行动的机会。不能回房拿骨灰盒，也就意味着在这段旅程中，他将手无寸铁。

赵敬义打完电话，回到傅长松跟前，说：“走吧。”

他的声音很平静，甚至像面对一个老朋友，同时也没有展示那熟悉的、用来度量他人情绪的笑容，但傅长松心底却升起了强烈的厌恶。在这一刻，随时有人监控他的举动，行程遭到绝对控制，就连想亲自取回妻子骨灰盒的要求也得不到信任——就如同在狱中，哪怕现在抬头就是天空。

在狱中，极少见到云彩，因为放风时间多安排在午后。在狱中，外界吹来的风令傅长松痴迷，因为它们会带来异常丰富的气味：他能嗅出洒过水的马路、烧烤摊上过度飞扬的胡椒味、女人脖颈后的汗水，哪怕这一切可能只是飘进鼻腔的外界尘土，也能在他脑中唤起久远的记忆。

服刑结束之后，傅长松更加了解自己了。他不爱天空，不爱风声，甚至也不爱自由，他需要的是力量掌控在手中的炙热感。

在赵敬义帮派度过的日子里，傅长松曾经短暂地重温了这种炙热。他一开口，有男人会把钢管砸向另一个人的后脑；有女人会非常熟练甚至毫无挑逗意味地脱下衣服，就像在无人更衣室中独处。

他觉得年轻，有力量。但实际上，这里只存在一股真正的力量源，现在那力量正在强迫他朝左转、目不斜视，劝诫他，切记切记，他能拥有的自我选择的最高形式就是服从。

“想什么呢？”赵敬义说。

“不好意思，我就是在脑子里消化你告诉我的这些事。我女儿……唉，确实，这谁料得到呢。”

“你是当爸的，当然比我更加受影响。没事，路上慢慢想该怎么和她说。宝云心里肯定比我们紧张多了——”

他们在平淡友好的氛围中，走向旅馆前方停留的黑色车辆。傅长松坐在后排左侧，赵敬义在右侧。左侧门改装过，打不开，他们时常把抓来的人塞到这个位置，预防他们跳车。傅长松想，这就是所谓的杯弓蛇影吧。他也曾在这个位置上坐过，并不觉得胆怯。如今心中有了敌意，身边一切危险之物，似乎都变成了专为针对他而设计的。

五分钟后，他们两人加上司机和一名保镖上路了。骨灰盒放在后车厢里。司机说，特意拿了软垫子垫在它下面，而且保证不会把车开太快。

“傅大哥，”前排副驾上的保镖说，“我送完你，就要去火车站接我女儿，你说巧不巧？”

“你女儿来看你？和女婿一起来的？”

“哎，女婿不来，我一听心就凉了，电话里也不敢提……”

傅长松故作轻松地接着话，心想，这保镖是在截留车队行动中，被允许持枪的另一人。

一路上，另外三人非常频繁地交谈，语气中充满快意，不涉及任何棘手话题。傅长松很难不把这看作是赵敬义的特意安排。他们相互交织的语言，像碎纸一样扎进他大脑，虽不疼痛，但有效地阻止了他思考。

他对赵敬义说：“宝云今天还会不会联系你？”

“她没说。她联系的话，我当然会告诉你。”

“她当时用哪个号码打过来的？要不要拨回去？”

“你别慌，没事的，我们现在不应该让宝云觉得我们在逼她。”

在市中心，车突然停下来了。赵敬义说：“下车吃饭，还有时间。”

傅长松意识到，赵敬义至今没有透露所谓宝云说过的具体时间和地点。下车吃饭的过程中，傅长松过于明显地关注着司机和保镖衣服的形状，想确认他们有没有带上枪。

“傅大哥，怎么了？”保镖笑嘻嘻地说，“我衣服上有东西？还是看上我皮带了？我老婆从意大利带回来的。”

“啊对，是挺显眼的。”他说。他感到尴尬，他相信自己的紧张在他们眼中早就被一览无余了。他流了许多汗。饭后，他们驶向城西，和新开发区完全相反的方向，人烟更稀少。晚上七点半，车子在荒郊野外停下了。

“下车。”赵敬义说。

“宝云在这儿？”

没有人回答傅长松。其余三人都下车了。司机没有将发动机熄火，车前灯仍然亮着，锥形灯光照亮空气中幽幽飘散的灰尘。傅长松强烈地感觉到自己胸腔的起伏，让他想起在法庭上接受宣判的时候。他下车了，外面一片漆黑，远处山林和一些建筑物的剪影显得模糊，这样的时刻会提醒傅长松，五十岁之后，他的视力远不如以前。他把车门关上，但站得离车身不远。司机和保镖从前方走向他。

“往哪儿走？”

“傅伯，”赵敬义说，“麻烦你转过去。”

“什么？”傅长松问。赵敬义重复了一遍：“转过去，对着车子。”

“我要知道你想做什么。”

“宝云想得很细，她不光不太信任我，也不信任你。她害怕你跑掉，不然不会把我奶奶交回来，我们得让她放心。”

“我真羡慕啊，”保镖说，“我女儿要是有这么黏我就好了。”

傅长松想，让我对着车子，至少不会是想杀掉我。如果在这里开枪，血会溅在车上。

他转过去。

“两只手放在背后。”赵敬义说。

傅长松照办了。司机上前，说：“傅大哥，对不住了。”

司机的双手分别抓住傅长松的两个手腕，强迫他把手掌贴在一起。保镖靠近。下一秒钟，傅长松的手指感觉到了一种金属的冰冷。

这冰冷，像轮船的残骸沉进海沟，把傅长松记忆中某种乌黑而陈旧的体验再度唤醒了。

他无法控制自己的冲动，双肩一展，甩开司机的手，然后转过身，一拳揍在对方鼻子正中。司机踉跄着往后退，保镖立刻从腰带后方拔出了手枪，把枪托往傅长松后脑上一砸。傅长松顿时觉得眼中一片电流似的白光，一口气上不来，跪倒在地上。他试图用左手撑着地面，但只觉得手腕变得特别软，脸庞贴上泥土。

“操，”保镖说，“好像下手太重了。”

“没事。傅大哥不止这点斤两。”赵敬义说。

他们说的这几句话，傅长松都没听见，只听见司机因为疼痛在骂脏话。恢复意识之后，他发现自己靠着花坛坐着，双手别在背后。

他想站起来，胳膊一使力，突然感觉到两手大拇指根部的撕裂，他想起来为什么之前会条件反射一般地揍人了，他们给他上了拇指铐。它的大小和重量只有手铐的一个零头，却能制造更大的痛苦。

当天早上，湖边别墅区。

和赵敬义打完电话之后，谭怀胜决定今天不去公司，就在家中等着。他一向为自己能迅速抛下一件烦心事去处理其他无关情况的良好心态自豪，但他也有极限。他相信赵敬义不会杀人——在仔细考虑之后，谭怀胜更倾向于避免暴力。

但赵敬义不是一个可以简单揣摩的人。他所说的“团聚”，应当是和傅长松的女儿有关的。属下曾经向谭怀胜报告过，傅宝云是一个非常普通的小姑娘，唯一值得关注的是她和父亲似乎感情相当好。但怎么突然她又和赵敬义扯上关系了？

虽然在电话中显得很自信，但谭怀胜脑子里一片混乱。他后悔早早放弃了对傅长松的紧密追踪。当然，这大部分要怪罪那不断给他找麻烦的女儿……当然还有自己一度看作干女儿的人。

谭怀胜在书房里坐下，打开笔记本电脑，在管理层工作群中简单交代了几句话，表示今天有私人事务，若非紧急情况不要打扰他。然后他试图用各种办法让自己平静下来，看电影、刷直播、在网上打几局麻将……这一切都不奏效。一个小时之后，他打开网络，开始看亲信推荐的视频网站。

五分钟后，门突然被推开了，谭怀胜赶紧把笔记本合上。是伊璇。

“你怎么在家？”谭怀胜说。

“我为什么不在家？我又不上班，珺珺也在学校。倒是你怎么不去公司？”

“暂时不去，我要等个重要电话，你去忙自己的吧。”

“不想让我进来，你自己先反锁。”

伊璇没说话，又看了看左右，仿佛在找一只看不见的苍蝇。

“还有事吗？”

她还是不说话，关门离开了。

谭怀胜把屏幕掀起来。他刚才没关声音，幸好视频还没放到关键地方。他尝试好几次，网络再也连不上，就在这时，电话响了。

是赵敬义。通话只持续了三十秒，让谭怀胜有时间把见面时间和地点记在纸上。拿到一个确定的消息，他心里好受了不少。

刚刚他才反思过，不应当贸然放弃对傅长松行踪的把控。今天这件事，不能交给其他人去办。他要亲眼看看这伙人——赵敬义也好，傅家父女也好，对他来说是一伙人——到底在耍什么把戏。

下午五点，谭怀胜对伊璇说：“我有事要出去。”

伊璇站在二楼阳台上，看见谭怀胜驾驶着私家车，沿着湖边马路渐渐远离。她掏出手机，把它抵在唇边，沉思片刻，深吸一口气，拨打了一个甚少使用的号码。

“嘉烁，”伊璇说，“你爸出门了。我听见了，是要和姓赵的见面。”

“确定吗？”

“他开那辆私用的法拉利，你见过的。大概十分钟以后就会经过加油站。你不信的话，我也没什么好说的。”

“谢——”

伊璇挂断了电话。

07 夜空盲目

下部

在给昏迷的傅长松上铐之前，赵敬义曾犹豫片刻。他知道，在那锰钢链扣咬合的一瞬间，他和傅长松之间的信任——虽然是建立在自私的利益交换之上，但对匪帮而言这种利益交换即是公义——将彻底崩塌。

现在，傅长松醒过来了，保镖出于恐吓目的，用强光手电筒直射他的眼睛。常人受此待遇，会挣扎、畏缩，而傅长松并未放弃用身体表达反抗：他挺胸，在双手无法借力的情况下徐徐站起。这提醒了赵敬义，他对“傅伯”的敬重并非全是虚饰。到了完全抛弃敬意的时刻，他竟有些感伤。

“傅伯，”赵敬义说，“我会把手铐的钥匙给宝云的。在见到她之前，我们就别斗气了，免得她看见了心里不舒服。我奶奶的安危，还得看她心情呢。”

“你别对她动手。”

“怎么可能。你走前面。”

保镖移开手电筒，朝着车头前方晃了晃。傅长松顺着这方向往前走。他听见两人跟在后面，杂乱的步伐踩在布满碎石的乡间小道上，人却沉默着，如幽灵般尾随。借着有限的星光，傅长松发现四周杳无人烟，但地势并不平坦，如果能迅速逃到两侧的土丘后或者树林中，就有机会破局。

“直走，”保镖说，“想什么呢，东张西望的，别忘了我们手里有家伙。”

傅长松只能放弃妄想。和狱警不同的是，后面两人在开枪之前，恐怕不会先示警。而且，一旦杀死了他，就更有理由对他女儿下手。

约五分钟后，前方出现了一座破败的石桥。桥上路灯仍有少许亮着，隐约照亮了桥墩下完全干涸的河床。宝云坐在河床边缘，在她身边，是傅长松认识的“刘阿姨”。

“刘阿姨”没有受到任何束缚，双手抱着膝盖静坐，几乎贴着傅宝云。宝云发觉有人，站起来说：“站住，别过来。”

傅长松一行人停下，和宝云保持着约十米的距离。赵敬义上前一步，和傅长松并肩。傅宝云心跳加速，看见父亲，她心情比想象中平静，是另外两个男人让她紧张。她弯腰把李咏兰搀扶起来，她的左手包裹着创可贴的大拇指按在对方胳膊上，一阵刺痛。

带走李咏兰那天，傅宝云刺破了大拇指，捏着它，在卧室里滴下了十来滴鲜血。为了恐吓赵敬义，在不伤害老人的前提下，她只能这么做了，结果被赵敬义一眼看穿。

“阿姨，”她说，“你马上就可以回家了。”

“回家也没什么意思呀。”李咏兰笑着说，脸上露出傅宝云所熟悉的、如同哄小孩的笑容。

许多老人都是如此，已经极少为自身而笑，而是笑世态、笑子女、笑回忆。对于她拍下照片，并且送进母亲病房一事，傅宝云已经无力去仇恨了。母亲总归是要自杀的，就算少了照片的刺激，避过了那一天，也避不过未来将承受的羞辱和痛苦。

她俩当前目的一致：在赵敬义和傅长松之间制造不可弥合的裂痕。

李咏兰不敢和孙子正面对质，在这件事上已经技穷了，所以很快同意了合作。傅宝云察觉到，李咏兰有时仍然把赵敬义当作小孩。她会说，不能天天和傅长松这种人打交道，影响太坏了。她还会喃喃自语地念叨赵敬义幼时的爱称“核桃”。虽然这样称呼一个走黑道的成年男性十分可笑，但她语气中自然天成、无须害羞的亲昵，会让宝云想起母亲是如何称呼自己的，这更让她难以敌视李咏兰。

不是感伤的时候，她提醒自己，必须坚强。

在稍远处的山坡上，藏在矮树丛之中的谭怀胜，非常小心地拍了拍手里的夜视记录仪。他一度在朋友的怂恿下向往着越野和露营，买了一大堆野外生存工具囤在后车厢里，虽然一次都没出行，对设备参数倒是了如指掌。只不过太久没实操，刚才成像质量不稳定，他一时找不出原因，就使出了拍打机身的传统手段。

谭怀胜已埋伏二十分钟了。因为认不出宝云和老妇，怀疑她们只是桥下流浪者，他觉得自己是不是走错了地方，非常挂心停在乡下的法拉利，差点折回。

直到镜头中终于出现了傅长松等人，谭怀胜才不得不赞许自己的耐心。他知道，把傅长松带到女儿面前，不能证明赵敬义已将他踢出帮派。但是，现在他通过镜头看见傅长松双手背在身后，后面又紧随着如同押送囚徒的两人，这大大提升了他的好奇心。

虽然谭怀胜很努力，但石桥下两方的对话，他还是半句都听不清。林中蚊虫飞舞，他不停抓挠身体各处，夜视仪反复失焦。

“你先别说话。”赵敬义在傅长松旁边耳语了一句，然后上前一步，提高嗓门，“人给你带来了。”

“你把他绑起来了？”

“是你觉得不放心，所以上了手铐。”赵敬义抬起右手，展示钥匙，“等会就把这个给你，和手铐一起，就当是小礼物。”

“我妈妈呢？”

保镖走到亮处，双手捧着骨灰盒。赵敬义叮嘱过，不要用单手拎着。

“奶奶，你没事吧？”赵敬义说。

“宝云对我很好，你别欺负她。”

“那我们就和和气气地把事都办妥了，没什么必要继续拖下去。”赵敬义说。

他听说了，最近警方再次启动了对运诚广场杀人案的调查，这是需要立刻带回李咏兰的另一原因。雇用一文不名甚至没有身份证的孙强，让他在怀胜楼演一出吃出老鼠头的闹剧，随后又把这一切嫁祸给傅长松，是赵敬义为了打压谭怀胜，并且把谭怀胜的怒气误导向傅长松的策略。在这整件事中，包括后来派属下杀掉孙强灭口，都是奶奶在他的命令下穿针引线。也许正是因为她干得太成功了，让他太过放心，任由她独自居住，否则也不会导致今天的状况。这次回去之后，你就好好养老吧，他想。

“等一下，”傅宝云说，“我怎么知道钥匙管用？”

赵敬义笑了笑：“傅伯，麻烦你转一下。”

傅长松背朝着石桥的方向。保镖走到他正面，拔出枪，在傅宝云看不见的位置对着他。赵敬义走到他背后，用钥匙打开了手指铐，把它举起来，让傅宝云看见，待宝云点头确认后，把傅长松的手腕扭过来，再度铐上。为了测试是否铐紧，他抓住傅长松的手臂上下摇晃了一下，低声说：“宝云妹妹是真的机灵，和她一比，我以前的女人都太没意思了。傅伯，你说咱们能不能做亲家？”

傅长松挣扎，赵敬义狠狠扭了一下他的拇指根。傅长松将一声痛叫闷在嘴里。

“怎么了？”傅宝云说。

“没事。傅伯，你可以转过来了。宝云，你想得真是周到，但是还有你母亲的骨灰，你该不会也要让……”

“不要动骨灰盒。我信你。在我左手边对岸上，有一张蓝色的椅子，看见了吗？”

“看见了。”

“你和我爸都不要动。让你手下那个人，把骨灰盒放在上面，然后把钥匙抛给我。”

赵敬义把钥匙交给保镖，说：“照她说的办。”

保镖双手捧着骨灰盒，把钥匙搁在上面，走到傅宝云所指的蓝色椅子面前。他把骨灰盒放下，抛出手铐钥匙，但抛得不够远，落在了离宝云两米左右的地面上。

“不好意思，”保镖说，“不是故意的。”

钥匙消失之处一片漆黑，傅宝云不得不上前，蹲下摸索。她的心跳得非常快，不管怎么摸索，都只感觉到尖锐的砂石。她感到眩晕，抬头看，仿佛觉得那高大男子只要轻轻往前一跨，就会来到她跟前。

“宝云妹妹，别慌，仔细找。”赵敬义说完，朝向保镖，“你怎么搞的？手电筒在你那儿，帮她照一照。”

保镖掏出强光手电筒，傅宝云眼前的地面立刻现出圆锥形的刺眼光圈。她发现，钥匙其实就落在自己摸索过好几次的地方。她连忙拾起它，站起来退到李咏兰身边，甩掉钥匙上的泥沙。保镖回到赵敬义身边。

“没别的事了吧？”赵敬义说。

“让我爸慢慢走过来。但是，你们俩要背过去，然后往前走。我会让阿姨跟上走。”

“这样不公平吧。”赵敬义说。在这之前，傅宝云设想之周到，让他觉得有趣，但这最后的要求稍微激怒了他。如果对方同是黑道，这要求几乎是羞辱。

“敬义，”李咏兰说，“你别生气，就按宝云说的办。我要过去了，你千万千万不要做坏事啊。要不然我不回去，宁愿老妈子一个死在外面。”

赵敬义深吸一口气，对保镖点点头，拍了拍傅长松的背，说：“傅伯，保重。”

傅长松朝前走。赵敬义和保镖转过身，慢慢往来时方向迈步。李咏兰看着傅宝云，突然握住她的手，大拇指在她手背上顺着指头方向轻轻摩擦，仿佛要确认一片宝贵的丝绸没有起皱。傅宝云记得这种感触，小时候母亲在和她说话的时候经常这么做，她鼻子有些发酸。

“宝云，你别担心，我不会让核桃干坏事的。拍照片的事，是我不对……帮我和你妈说一声对不起。我走了。”

李咏兰往前走，年老体衰，加上干枯河床崎岖不平，她想走快些也没办法。在和傅长松身位交替的时候，她停下来盯着他。傅长松也停下了，转过头。李咏兰朝他脸上吐了一口唾沫，而且为了强调仇恨之深，是故意让喉咙里发出恶心的摩擦声之后才使劲吐出去的。

“王八蛋！你就是又烂又贱的一团狗屎。”

傅长松没有余力生气。他唯一担心的，就是是否会有人从背后开枪。那口唾沫黏在他的左眼和鼻子中间，他闭上一只眼睛往前走，突然感到一种滑稽的荒谬，因为他方才在心里对自己说，这个老太太在撒什么脾气。

二十年前，我有没有见过赵英涛的妈妈？他不确定。一个他可能从未见过的人，因为他从未杀过的一个人，在几乎无人知情的情况下恨了他二十年。对他来说，这口唾沫像是无妄之灾，而对她来说，则是无意义的复仇。

他突然意识到一件事，如果说有谁能在赵敬义组织里随意行动，却又对他充满恨意，李咏兰是最明显的人选。

他回过头，说：“照片是你拍的？”

李咏兰侧过半张脸，轻蔑地看了他一眼，没说话。

得到了这个如今无足轻重的答案，傅长松继续往女儿的方向走去。

傅宝云把钥匙收进裤子口袋里，双手僵直地放在身边，有一瞬间，她几乎想转身逃走，因为双手背在身后，被迫收着肩膀低头往前走，还闭着一只眼睛的傅长松，似乎和“父亲”这一词失去了关联。他看起来像一只没有来处也没有去向，在夜幕中逐渐朝她逼近的独眼怪物。

傅宝云没有后退。傅长松在离她约两米的地方站住了。到这里，他还没有被枪击，那么应该就不会有事了吧。这一切都令他疲劳。

唾沫还在往下，快流到他的唇边。与其说是失落，不如说是关于死亡的一切幻想在刚才完全占据而又抽空了他的心灵。他看着女儿的眼睛，心想着，她也许是在生气，也许是失望，其实对我来说都差不多，只希望这一切快些结束，但他其实不知道自己想结束的，到底是什么。

傅宝云上前一步，把手伸进口袋。傅长松以为她会掏出钥匙，但拿出来的却是一小包纸巾。她看着父亲，抽出两张，缓缓抬起手，帮他擦掉脸上的唾沫。两张没擦干净，她扔掉用脏的，又抽出两张。

谭怀胜一直看到现在。他觉得，是时候放下夜视仪了。虽然还没想明白到底发生了什么，但可以确定傅长松和赵敬义已经决裂。至于具体情况，可以回家让伊璇看看录制的视频，让她来出主意。谭怀胜感受到了胜利的快意，虽然很轻微。在未来，他肯定还会和赵敬义有更多的冲突，但赢了第一局，就能赢更多局。至于警方会不会因为杀人事件追查到傅长松，等以后再伤脑筋吧。

他没忍住，又往镜头里看了一眼。那个姑娘——已经可以确定是傅长松的女儿——抬起手，在傅长松脸上做什么，也许是擦汗？

谭怀胜皱眉，他脑中突然亮起了遗忘许久的一幕，就好像在记忆的黑暗走廊上无目的地游荡，突然看见一块暗红色的幕布后面有一丝光。于是，他沉寂已久的好奇心被再次唤醒了，弯着腰上前，掀起幕布一角。他看见了站在厨房里、已经发胖的自己。

那时候，谭怀胜已经历数次创业失败，再度借债开饭馆。不像今时今日拍宣传片摆摆样子，他是真的在厨房里日夜颠勺，手腕留下的旧伤到今天都没好，而随着年岁增长，恐怕也好不了了。

前半年客人很少，也几乎没有回头客，但他每天还是坚持十一点半打烊。有时，谭嘉烁放学之后会到店里待着，说是饭店离学校近一些，作业太多了，她想早点做作业，反正店里没客人也挺安静。

谭怀胜隐隐约约觉得，女儿其实是不是想多陪陪他。他从来没问过，谭嘉烁也从来没说，但仅仅因为这样一个疑问存在，谭怀胜心里就高兴。店里只有油乎乎的吊扇，炒完菜的他汗如雨下，他曾经坐在条凳上，低头看着自己的肚子，心想：还没挣着钱，怎么就有将军肚了呢？真的，发生过，他没记错，谭嘉烁会上前来，用餐巾纸给他额头擦汗，然后看着脏兮兮的纸，故意皱着脸说“咿，爸你脸上都是油”。他回答：“你不懂，油性皮肤，人不容易老。”

有过这么一件事！

突然泪水就止不住了。谭怀胜把夜视仪放下，边角磕到树皮上，发出“咚”的一声。他坐在一块石头上，用汗津津的手背抹泪，越抹越糊。他又想起和女儿吃的最后一顿饭是怎么结束的。他已经忘记他们当时在吵些什么了。他骂了几个脏字，又骂了一连串。就在这时，手机响了。

他看了看来电人，是赵敬义。

“谭总。”

“……”

“谭总？听得见吗？”

“你说。”

“我和你说过，你想挖的员工，要和他家里人聚一聚。这件事我已经办妥了，和你说一下。”

“行。”谭怀胜按住听筒，狠狠擤了一次鼻涕。

“没事了。反正上次约好的事，我算是做到位了，我们改天再聚？”

“行。我明天到公司看看安排，再约时间。”

谭怀胜挂掉了电话。他几乎要感激赵敬义，因为这成功地打消了他的感伤。朝前走，才是最重要的。他把夜视仪收回包里，转过身朝着停车位置走去。

赵敬义走得很慢，因为李咏兰一直紧紧抱着他的胳膊。他问：“怎么傅宝云让你做什么你就做什么，这是绑架你知道吗？”李咏兰一边顾左右而言他，一边在往前推，可见她确实非常不希望孙子加害傅宝云，是在急急忙忙赶他走。

他们花了来时两倍的时间才回到车子前面。一路上，赵敬义忘不掉傅宝云的神情。在外等候的司机看见他们，扔掉烟，坐进驾驶座。

“奶奶，你坐前面吧。”赵敬义把李咏兰安置在副驾驶座上，替她绑好安全带，关上门，然后走到司机一侧，对他说：“把阿婆送回去，开快点。”

“敬义，你不和我一起回去？”

赵敬义不回答，拍了拍车顶。司机发动油门，迅速驶离。

“赵老板，”保镖难掩兴奋，“有什么打算？”

“去把事办妥。”赵敬义拔出手枪。

傅宝云替父亲擦掉脸上的污渍，把纸巾扔掉，沉默地转过身，走到那把蓝色椅子跟前，捧起母亲的骨灰盒，在椅子上坐下，把骨灰盒搁在并合的大腿上。

在傅长松眼中，这一切都进行得很缓慢，仿佛女儿身在银幕中，随着结尾字幕的隐现，走向远离观众的背景深处。傅宝云对待骨灰盒之专注、温柔，完全抛下了曾经让傅长松感到怜爱的、属于小姑娘的战战兢兢，而更像正在给幼雏梳理羽毛的雌鸟。傅长松从未见证女儿的成长，但他在此刻不合时宜地想，她真的长大了。

“妈妈肯定没告诉过你，”傅宝云低着头说，“我刚上初中的时候，她想和你离婚，然后嫁给别人。她当时在纺织厂打工，对方是车间主任，前妻去世了，带一个和我年纪差不多的小孩。男方当时肯定是以为亲事已经敲定了，到我们家吃饭，特别热情。听妈妈说起担心我的数学成绩，他说没关系，以后让他儿子给我补一补，说是参加过奥数比赛。我当时没发作，第二天也没发作。第三天晚上，妈妈说好了带我去男方家里吃饭。她催我，我在房里不答话。我知道她会进来，就用美工刀在手腕上划了两下，坐在床边等她。她进门，吓坏了，赶紧拿来纱布在我手上缠了好几圈，哭着求我去医院。我只是像木头人一样坐着，根本不理她。其实我割得不深，血一会儿就不流了。你知道我当时是什么心情吗？”

傅宝云抬头，眼中有泪。

“当时我很高兴，因为我得手了。我对这个车间主任和他儿子都没什么特殊感觉，只是不想妈妈再婚。这个想法和你无关，我不喜欢她想念你，我也不喜欢她再婚，你明白吗？现在想起来，我迟早都会割腕给她看的，只不过是那个车间主任，给了我一个非常恰当的理由。过了一个星期，她就不去纺织厂上班了。我再也没有听她谈起别的男人。”她擦擦泪，继续说，“我有时候会想，妈妈这辈子，到底有没有为她自己活过。爸，和你结婚之前，她过得怎么样？”

“她是……那时我和她不熟。我们结婚，很草率。”

“我猜也是。”

“宝云，你现在有什么打算？”

傅宝云站起来，捧着骨灰盒从父亲身边走过，没有看他一眼。在另一侧桥墩下，搁着一只手提厚纸袋。傅宝云从纸袋里拿出一条灰色毛巾，把骨灰盒包裹好，轻轻放回纸袋里。

“要不，先回家？”傅长松转过身，“时候不早了。”

“然后呢？装模作样地过几天普通日子，再让赵敬义派人把你接走？”

这个问题让傅长松看到了女儿心情平复的可能性。他依然强烈地爱着女儿，不愿她从视线里离开，只是经过了这番波折，他此刻的情绪失去了活力和色泽。他想从这一切中尽早解脱，好好地躺下，休息。

“我不会再帮他们干活了，我们彻底闹崩了。钥匙在你那儿吧？先帮我把这个打开。”

“你转过去。”傅长松背对傅宝云，尽量朝外展开双肩，方便她解开手指铐。

“爸，我们俩都有罪过。我们都太自私，把她身上的一切都抢了过来，她只好去死了。”傅宝云说。

“你别胡思乱想。”

“别动。”

傅长松站直，说：“你担心的也有道理，我不想干了，不代表赵敬义不会找我麻烦。我们可以搬——”

就在此刻，傅宝云从纸袋里拿出匕首，顺势刺入父亲后背。

傅长松觉得身体一凉，有一股气息从内脏中被挤出，不由自主地“哼”了一声。在求生欲驱使下，他朝前一冲。刀子扎得不深，从受惊的宝云手中脱落，在碎石地上拍出飞扬的血迹，像一只折断了翅膀的蝴蝶。

“你疯——”

宝云不应，拾起刀，快步向前。傅长松惊慌中抬起右脚往前一踢，失去平衡，摔倒在地。傅宝云举起手，拦在胸腹之间。虽然傅长松没用上多少力气，但对宝云来说，这印在手臂上的一脚，还是如铁锤般沉重。她痛苦地弯下腰，整个上半身缩起来，仿佛紧紧抱着看不见的贵重物件。

桥灯微光闪烁，像不甘入眠的眼睛，徒劳地想看清桥下的父女俩。

除了他们，这世界的一切仿佛都安静自如。

傅宝云站直了。她觉得，上次在灵堂动手，是一时头脑发热。但这几天，她想通了，生活以压倒性的荒谬恶毒说服了她，迫使她认同，有的人的人生不值得珍惜。

她失去了去爱、去同情、去斥责的愿望，就好像足以冲毁城镇的雨云已经把天空完全抹黑，她却只能跻身母亲遗留的一片小小蛋壳之下，巨大的虚无感替代了仅存的安全感。她以刀刺向父亲——这次不是出于激情而是清醒的自我意志——是她的求雨仪式，她急切地盼望暴雨冲毁一切，把她的世界归为淤泥。

她自己，也只不过是一个无力的小泥人。

傅长松狼狈地借助臀部和脚掌后退，背后湿了一片，是恐惧的汗水混合着鲜血。他挣扎数次，终于爬起来，转身逃跑，但脚尖卡进石缝，扑倒在河床底部。

傅宝云能看清父亲背上的血，就在背脊中右侧。她没有丝毫胆怯或者陌生感，因为她决心已定。她的自我意志像煤油灯罩之下一簇摇曳的火光，她越坚决，灯罩之外的世界就越暗淡，她也就越无法逃离。

突然间，有一种仿佛经过层层过滤的微弱声音，在遮盖住傅宝云的玻璃罩之间回响。声音重复了数次，变得愈加清晰，就叩响在耳边。

有人在呼唤她的名字，有人碰触她的手背，但不是父亲。一种苏醒和觉察同时发生，迷雾朝四面散开，傅宝云看见自己的膝盖压在父亲胸膛上，左手紧捏他的领子，右手中的匕首贴着他的脖颈。刀刃几乎横置，这让傅长松面色惨白的头颅像是已经永恒凝固在银色盘子之上的首级。有两只手紧握傅宝云的右腕，把它拉向侧面。

“宝云，”谭嘉烁跪在宝云旁边，“你松手。”

谭嘉烁只希望自己话语中有足够的诚恳，以掩饰内心的胆怯。她是在接到伊璇的电话之后，跟踪父亲到此。她已经观察了一段时间，对于自己该不该插手，并无把握——直到此刻。

她摇晃宝云的手腕，并未感受到试图挣脱的反作用力，只是手指仍然紧紧攥住刀柄，像肉身和凶器焊接在了一起。

傅宝云转过头，她们看着对方。傅宝云的眼神，和她焦躁呼吸所产生的热力，让谭嘉烁战栗。这仇恨不针对她，但似乎随时可能针对一切。

“你怎么知道我在这儿？”傅宝云说。

“我待会再解释，你不要杀人，我们报警，好吗？”

傅宝云仍未放弃，她右手猛地朝前一拽。谭嘉烁再次拉住了她，这时刀尖离傅长松的脖子，只有指甲月牙一般的距离。谭嘉烁焦急万分，实在不知该怎么劝了，只是摇头。这一切，给牵制着傅宝云的虚无世界之中带去了外界的异常冲击，挤开一道让理性和自爱之心足以潜入的豁口。

她看清了父亲惊恐扭曲的面容，闻到汗液和血腥气，突然一阵恶心，站了起来。这卸去了傅长松肺部的压力，他咳嗽了几声。谭嘉烁随傅宝云站起，轻轻一抹，就从她松弛的手掌之中夺走了刀子。她拉着傅宝云，后退数米。

“把……把我解开。”傅长松缓缓站起。

谭嘉烁不理会，对宝云说：“我们别留在这儿了，走吧。”

“你去自首。”傅宝云对父亲说。

“自首？”傅长松说，“为什么？”

“总会有你值得交代的，除了妈妈，你也害过别人。我不知道还有谁，只有你自己才清楚。”

谭嘉烁看出来，傅长松的惊恐正在消散，很有可能转变成愤怒。

她对傅宝云耳语：“别刺激他了。”

“宝云，我还在流血，得去治伤。你是怎么看待爸爸的，我总算明白了。快帮我把手铐解开，然后你们就走吧。你们以后不会见到我了。”傅宝云沉默。

“钥匙还在吧？”谭嘉烁说，“如果不想亲手给他解开，扔在这儿就行。”

“不行。这手铐锁住了拇指，我自己有钥匙也打不开。”傅长松说。

“那你就等人来帮忙吧。”傅宝云说。

傅宝云回到十余米外，提起装着骨灰盒的纸袋走向前方。谭嘉烁发觉刀还在手上，意识到不该拿着它跑步，就把它插进腰带侧面，用上衣下摆遮住，为了不伤及自己而用别扭的小碎步跟上宝云，髋部侧面凉飕飕的。

“把钥匙留下吧。你爸好像真的还在流血，会出事。”

“你干吗这么关心他死活？”傅宝云急躁地说。在杀人的念头消失后，她只想尽快地逃离刚才这一切。

“我不关心他，我——”

谭嘉烁想说“担心的是你”，但意识到这句话在此刻有多么无力，咽下去了。她只是不希望傅宝云背上一条人命。

“你这么心地好，那你负责吧。”

傅宝云把钥匙掏出来扔在地上，快步往前走。地面一片漆黑，谭嘉烁连忙蹲下，幸运地一把摸到了钥匙，再度追上去。就当她正要拉住傅宝云手的时候，两人都停下了。

赵敬义和保镖就站在前方。保镖打亮手电筒，朝两人的脸上晃了晃。

“宝云妹妹，”赵敬义说，“太好了，赶上了，我还以为会错过呢。”

“不要动。”保镖举起枪，“你们可能没见过，这不是玩具。这女的是谁？刚才没这个人啊。”

“你别急。”赵敬义说，“你们俩，往前走，回桥下。”

他回来的目的很单纯——杀死傅长松，带走他女儿。

傅长松再无利用价值，但如果任他牵扯上谭怀胜或者警方，将带来更大隐患。而他女儿，才二十出头的年纪，在试图刺杀父亲、从软禁中逃跑之后，还有胆量操控一次绑架，对赵敬义来说，实在是太有意思了。

傅长松仍在桥下。他看着赵敬义和保镖把两个姑娘押送回来，他没有余力为此感到惊讶。他明白，赵敬义迟早会回来对付他的，只是没想到来得这么快。他心中涌起了一股迟到的针对女儿的怒气，如果不是刚才那一番闹腾，现在他们早就安全了。

“你过去，”保镖对谭嘉烁说，“站在有亮光的地方。”

谭嘉烁上前，离傅长松两米左右，转过身。赵敬义站在傅宝云身边，左手攥着她右臂，不让她动。

“你们……要做什么？”谭嘉烁说。

“别勉强了，”赵敬义说，“看你吓得，说话都听不清。傅伯，这姑娘是谁？”谭嘉烁看了看傅长松。

“我劝你交代。”傅长松说，“他们知道了你是谁，就肯定不会干掉你。”谭嘉烁深吸一口气，又看了看傅宝云，说“：我叫谭嘉烁。是谭怀胜的女儿。”

“真的？”保镖上下打量谭嘉烁，歪着嘴笑，“我看你爸啥也没遗传给你啊。”

赵敬义心中一亮。他听说过谭怀胜有一儿一女，只是不确定详情。谭嘉烁出现在这里，不会是一个巧合。也许谭家人在这件事上，比他想象中牵涉得更深。他充满了疑问，但主要是兴奋。事情真相可以慢慢查，关键是竟然有机会控制谭怀胜的女儿。回来得太对了。不过，谭怀胜的女儿在眼前，恐怕不方便当场杀人。

“傅伯说得对，你放心，在我这儿你绝对安全。你是和宝云一起来的？”

“你把宝云放走，我就告诉你。”

“好吧，爱讨价还价这一点像你爸。”保镖说。

“不好意思，不管放走谁，我都不会放走宝云妹妹。”赵敬义说完，走到傅宝云左侧，右手搭在她肩上，揽住她的脖子，凑到傅宝云耳后，闻了一下。傅宝云打了个寒战。

“还是像一个乡下姑娘。也难怪，傅伯是上一代人了，照顾你，没办法面面俱到。所以你不该那么急着走，在我那儿挺好。跟我回去，这次乖乖的啊，保证你很快改头换面。”

他故意刺激傅长松，但是对方神情淡漠，没有让他感受到应有的快意，看来刚才父女之间发生了不愉快。一想到要顺利把宝云带回去，他又起了杀心。司机已经载着奶奶走远了，车里本来也坐不下这么多人，再叫人来接应，需要时间。只有宝云和谭嘉烁对他有用，而且控制两个女生很容易，但再加上一个傅长松，麻烦就大了。

赵敬义对保镖使了个眼色：“把谭小姐带过来。”

在刚才说话的过程中，谭嘉烁小心地挪动到了傅长松身后，像是要躲着。

保镖对谭嘉烁说：“妹子，你别离他太近，过来。”

谭嘉烁不回答，反而又往傅长松背后走了一步。

保镖一脸厌烦地上前，右手中的枪一直对着傅长松，伸出左手，要把谭嘉烁拉过来。就在这时候，他听到了一种清脆的金属碰撞声。

是拇指铐。

谭嘉烁趁赵敬义的注意力集中在傅宝云身上，挪到傅长松身后，用刚才拿到的钥匙解开了锁。保镖意识到发生了什么，但已经晚了。傅长松紧握谭嘉烁递过来的刀，往前一撞，狠狠捅进保镖的腹部，扭转。

保镖发出一种尖锐而短促的声音，躯干紧缩，但四肢软下来。一察觉到变故，赵敬义立刻抬起搭在傅宝云胸前的右手，马上就要开枪。傅宝云连忙抓住了赵敬义手臂上曾经被她严重刺伤、尚未痊愈的位置，用力掐下去。

赵敬义惨叫，甩开傅宝云。

傅长松任由匕首留在保镖肚子上，夺走手枪，几乎和赵敬义同时朝着对方发射子弹。桥下爆发出三声枪响，桥上有一只灯泡被震碎，岸边的树丛随着突如其来的一阵劲风而摇动。

赵敬义朝前倒下了。

傅长松上前把赵敬义手中的枪踢得远远的，再用脚探进赵敬义胸膛和地面之间，把他翻过来。赵敬义口中不停涌出鲜血，有一枪击中喉结右侧。他已经活不成了，也没法留下遗言。

傅宝云没有亲眼看见这一幕。赵敬义最后那一下推得非常狠，她跪在地上，弯着腰，用手掌接住不停流淌的鼻血，头晕目眩。

傅长松看了看女儿的背影，又回头看看桥下，保镖还没死，躺在地上，艰难地深呼吸。谭嘉烁站在稍近的位置，不知什么时候，已经拾起了赵敬义的枪，双手举着，指着傅长松。

“你会用吗？”傅长松说。

“别……别过来。”谭嘉烁说，她其实吓得眼前一片模糊，心跳剧烈得让她听不见自己的说话声，双腿抖得不行，快站不住了。她心里只有一个想法：必须和宝云活下来。

傅长松心想，他是可以夺枪的，恐怕谭嘉烁连手指都没有放在扳机上，但他找不到进攻的驱动力。他抬头看看天空，不知什么时候，乌云已经把星空都遮住了。云层较薄之处，呈现出明暗交替的、环状的灰白光泽，让他想起家畜的软骨，随屠夫爽利的刀工而蠕动着。他试图回想自己出狱之后，到底发生了什么，但竟然就像狱中那二十年，一切已变得模糊，一切都失去了意义。

他扔下枪，踩踏着赵敬义的血，走向左前方的河岸。

谭嘉烁能听见傅长松的脚掌踩踏碎石，没过多久，这声音和他的人影一同消失。她重重出了一口气，突然觉得手中的枪有万钧之重，任由它掉在碎石地上。她慢慢走向傅宝云，半途中不小心瞥了赵敬义尸体一眼，一阵反胃，立刻跪下来，用手撑着身体，开始呕吐。

不知过了多久，胃部总算不抽动了，这时，她察觉到有人接近，她又本能地想站起来逃跑，但没力气。

是傅宝云。她从后面抱住谭嘉烁，将脸颊贴在对方背脊上抽泣着。她们保持这样的别扭姿势，互相之间什么都没说。

“姑娘……姑娘……”

躺在地上纹丝不动的保镖说话了。

“救救我。我今天……我……我本来是要去接火车的……”

谭嘉烁转过头，看了保镖一眼。傅宝云松开手。谭嘉烁在石头上蹭了蹭右手，让它稍微干爽一些，掏出手机。

二十分钟后，警方和救护车赶到，警方封锁了现场。

经过调查，警方认为谭家父女只是不幸被牵扯到帮派内部仇杀之中。谭怀胜坦白了他和赵敬义之间的生意争执，并且解释为涉黑团伙妨碍务实、乐于慈善捐助的企业的正规合法经营——这说法其实也算公允。

他没有提起自己暗示赵敬义对付傅长松的事，反正死无对证。谭嘉烁对于自己为什么在现场，解释为她和傅宝云是朋友，那天晚上是傅宝云预见到和父亲见面有风险，所以邀请朋友作为见证人，若出差错，可伺机报警。

这是她俩为了隐瞒谭嘉烁跟踪父亲一事而准备好的回答。比起这不涉及案情本身的谎言，谭嘉烁对整个暴力事件发生过程的准确描述，遭到警方更多的质疑。

通过交叉询问傅宝云以及生存下来的保镖，警方确认了谭嘉烁所言属实。这就造成了一个疑点：谭嘉烁是否和傅长松有更深的联系，并且也参与到了犯罪行为中？

最终他们认为这怀疑站不住脚，且重点是追缉逃亡的傅长松，只要缉拿他归案，自会真相大白，没有必要扣押谭嘉烁。

谭怀胜收到警察通知以后，面不改色地来到局里。在外人看来，他和女儿只是千千万万关系不亲近也谈不上疏远的父女之一。警察当着谭嘉烁的面对她父亲说：“回去以后多关注一下小谭的心理健康，她肯定压力很大。小谭，有必要的话，回去和父母多住几天，享享福。”

谭怀胜回以灿烂笑容，对女儿说：“警察同志说得对，你自己也要学会调节，去旅游啊，散散心啊，都可以，爸支持你。”

谭嘉烁不理会，问警察：“傅宝云怎么样了？”警察说：“我们还在继续调查，不方便透露。”

谭嘉烁想继续打听，但是谭怀胜以警察局墙上的一面锦旗为切入点，把话题引开了。

08 若非此时，何时

上部

傅宝云在农家院子前站定，看见了正在给一个五六岁男孩理发的杨忆。男孩把一面小镜子拿在手里左右摇晃，不愿好好对准自己。杨忆发现访客，说：“等我一下。”接着加快动作。

三分钟后，她把遮挡落发的罩袍取掉，对男孩说：“自己把地扫干净，冲个头，然后去玩吧。”

小男孩不愉快地用手摩挲着仅余不到一寸头发的脑袋，走向院子角落的扫帚和簸箕。杨忆走到傅宝云跟前，说：“我们去走走。”

她们来到农田边。上个月村里遭受了严重水灾，田里留下厚厚淤泥，傅宝云后悔没有穿胶鞋来。杨忆显然不喜爱这枯朽的景致，只是找一个方便说话的地方。

“你还好吗？”傅宝云问。

“警察说，考虑到我在组织里只不过是做做账，又是受胁迫，算不上犯罪团伙核心成员，孩子又还小，决定不起诉我。这已经挺好了。”

“以后就能安心过日子了吧？”

“早得很呢。”

杨忆语气中充满轻蔑，虽不是针对傅宝云，但还是让她觉得自己说错话了。

“这房子不是我的，会被法院查封，村里还有人觉得我出卖了赵敬义。我准备带儿子去别的地方，还没想好去哪儿。”

“可以先来我家住，我一个人。”

“先谢谢你啊，不过说真的，不一定合适，毕竟我这边还带了一个小的。”杨忆点燃了一支烟，“我是考虑过进城打工，最好远一点。再看看吧。你呢，是不是算彻底清白了？”

“警察说抓到我爸了，所以会找我去问话。一直和我保持联系的女警察，提醒我不要出远门。我的身份证还被扣着，想走也走不了。”

“我都没事，你肯定也没事。你半件犯法的事情都没干。”

傅宝云察觉到陌生的目光。她半转身，发现不远处有一个三十余岁的男子背着手盯着她俩。被傅宝云回瞪了，他也不回避，咧嘴笑。

“别理他，一会儿就会走的，你越看他，他越来劲。”杨忆说。

“是谁啊？”

“不重要。出事以后，像他这样的人不止一个。我现在天黑后不出门。”

“来我家吧，”傅宝云把左手轻轻放在杨忆的胳膊上，“我说真的。”

“不是还有警察盯着你吗？”杨忆问。傅宝云说：“我会问他们意见。”

傅宝云明白，也许她自己才是真正需要陪伴的人。母亲离开之后，是对父亲进行复仇的怒火，给了她行动的力量。如今父亲还活着，但她自己能够燃烧的那部分身心，已经彻底烧尽。她希望可以和谭嘉烁交流，但警方暂时禁止她和谭家人私下接触，并且强调谭嘉烁也收到了类似的警告。

傅宝云想亲口感谢谭嘉烁阻止了她对傅长松动手。有几次她在清晨时分醒来，恍然觉得那一夜发生的是否只是一个癫狂的梦。但只要朝这似梦的记忆湖泊中扔一小块石头，借助其震动所产生的涟漪，就能把这不该忘怀的一切从大脑中唤醒。

这块至关重要的石头，就是谭嘉烁紧握傅宝云的手，阻止她把匕首刺下去的一瞬间。

后面突然传来“噼噼啪啪”的抽打声。她俩回头看，是刚才剪过头发的小男孩，正在窄小的水泥操场上，用一支藤条抽打运动攀爬架。

“说了让他洗洗头，果然没洗。村里没几个小孩，他一天天也挺无聊的。”

“他爸爸呢？”

“死了没几天。我还没告诉他。”

“那他是……”

傅宝云有些尴尬地看看杨忆。杨忆笑了笑。

“是赵敬义的。你不用想太多，我和他爸谈不上什么感情，他活着的时候也不太想认这个娃。”

“杨姐，我能和他说说话吗？”

“去吧。如果真的要去你家住，那你们也得先熟悉一下。有些事可别让他知道。”

“我懂。”

傅宝云上前。男孩发现有人靠近，看了一眼就移开目光，手上抽得更用力了。

杨忆高声说：“对姐姐礼貌一点。”

她看见傅宝云说了些什么，男孩乖乖地交出了藤条。傅宝云把藤条前端打了一个结，使劲一抽柱子，比男孩抽得响亮多了。

杨忆深吸一口烟，呛了一口，猛烈咳嗽。杨忆已经十多年没有被烟草呛住了，她对此感到陌生，同时有一种深沉且温柔的哀乐交织，慢慢涌上心口。

谭怀胜放下电话，心情相当舒畅，不由自主地在旋转座椅上转了半圈。每当这么做的时候，他脑子里总是浮现出多年前看到的网络图片——升降椅气压杆爆炸，裂开的坐垫像鳄鱼牙齿模型，异常恐怖。所以他旋转时注意稍微抬起臀部，这影响了畅快程度。

但愉悦的心情并未打折扣。属下通知他，所有农户都已签订独家供货协议，正在加急复印并寄给投资方过目。赵敬义一死，农户们像被世界冠军目光锁定的保龄球瓶，齐刷刷地转变了方向。谭怀胜明白，如果把他放在同样的位置上，他也会这么做的——没人会和钱过不去。如此一来，投资方的疑虑全部打消，他们甚至还高度赞许了怀胜楼的品牌执行力。

谭怀胜环顾办公室，突然觉得它太逼仄，品位也太老气了。他要的不再是稳重和古色古香，而是富有冒险精神的积极进取。以后除了做全省冷链物流业务、创建快消食品品牌、包办事业机关和教育系统供餐，他还要打通线上线下消费场景，引入元宇宙概念提高消费者黏性，把怀胜楼开到迪拜、东京、纽约……点子层出不穷。

年届五十的谭怀胜，终于觉得属于自己的时代来临了。

有人敲门，美好的遐想遭到打扰，他很不愉快。

“谁？”

“是我。”

谭怀胜皱眉，对着桌上的镜子捋顺头发，把敞开了大半天的前两粒衬衫纽扣系上，走到门边。

谭嘉烁没想到父亲会带着拘束的笑容亲自开门。

“嘉烁，你没通知我要来公司啊。”

“你要我现在去和秘书预约吗？”

“没事，就是因为你一直不喜欢这里，我才这么说，进来，进来。是不是喝茶？还有咖啡，听说品质很顶，但我还没开封。”

谭嘉烁并不为父亲此刻的友好感到惊讶。从最不近人情的角度来看，她协助傅长松干掉赵敬义，最大得利者就是她父亲。她不因为父亲的表现而感到快意。她想，希望他在知道我的来意之后，还能保持十分之一的耐心。他很可能瞬间穿上他心爱的油光发亮的盔甲，试图抵挡每一个直指他人格和良心的问题。

“要不我们去公司隔壁的茶室坐坐？老板总是帮我保留一个包厢。”

“不用了。”谭嘉烁在办公桌前坐下，说，“你也坐吧。”

谭怀胜只好回到自己的旋转椅上坐下，不自在地摩挲了一下座椅把手。

谭嘉烁定了定神，把直接导致父女关系破裂的照片摆在桌上。它被塑封了起来，避免在多日奔波中遭到进一步磨损。

“爸，我已经很确定了，这个抱着我的人，不是和你结婚的朱琪芬，而是一个叫钟雁的人。”

在谭怀胜开口之前，谭嘉烁又拿出另一张照片叠放上去。谭怀胜的表情变了。

“这是高中时候的钟雁，她和你还有朱琪芬是同学。后来朱琪芬和钟雁犯了事，朱琪芬被迫转到特殊教育学校，钟雁行踪不明。到了2003年，你和朱琪芬结婚至少四年了，但却是和钟雁在一起……抚养我。”

“是谁——”

“我找到了愿意和我说实话的人，而且还不少。我甚至去过当年的第六中学，见过你们的老师。恐怕花一天一夜，也讲不完我这段时间都做了些什么事，我也不是来和你分享那些细节的。爸，我觉得每个人都有说实话的愿望，也包括你。你为了隐瞒一些事，控制了当年办案的胡警察，还想控制出狱以后的傅长松，更不用提你是怎么对待我的了。我给你看的，只是我掌握的一部分证据，我还会继续查，而且有信心能查出更多。”

谭嘉烁暂停说话，因为她察觉到父亲眼球稍微下移，仿佛桌上有小昆虫分散了他的注意力，这表示他开始计算利害关系了。她猜对了：谭怀胜此刻脑中旋转的词包括但不限于——投资、方鸣（和他对女儿的着迷）、媒体、证据……他甚至会设想和女儿性格不符的发展方向——试图面面俱到。自我保护，已经成了他灵魂中比天性更坚固的本能。

他抬头看着谭嘉烁的眼睛，突然意识到——自己还能和身体健康的女儿说话，是一个奇迹。

有一个想法，像饱满的水蒸气在谭怀胜大脑中作乱：除了眼睛，嘉烁还有其他地方像她妈妈，像得出奇。女儿完全有可能在两周前的那一夜死去，或者遭遇其他悲惨命运，恰好发生在他放弃监视、离开现场之后。

他突然觉得，想累了，也想够了。一种陌生的无力感，以及对女儿重燃的温情，像在舌头后方清脆地敲了一下，逼他开口。

“我无罪。都是赵英涛干的。”

谭嘉烁愣住了。她甚至还没有提问，但父亲跳过了她脑中一连串设问，直接回答了最核心的那一个。但这答案，在缺少前后文的情况下，显得孤立无援。

“我……我是说你妈妈的事。你就是想问这个，对吧？因为我一直隐瞒，你觉得是爸爸杀的人……不是我！”

父亲依然还在防备。谭嘉烁至少能确认一件事了：她和朱琪芬的母女关系。

“我知道不是你动手的，但你牵涉得很深。赵家父子都不在了，现在还活着的人，没有谁可以因为二十年以前的事找你麻烦。爸，说出来吧……就算是，为了妈妈。”

这四个字突然让谭嘉烁哽咽了。这就是一切的开始——“为了妈妈。”在调查过程中，比起父亲的拒绝和算计，更让她痛苦的是曾对自我身份一度产生怀疑。在生命头几年的模糊记忆中，有两个女人照顾过她，然后两人都消失了，认定其中一人为母亲，并不代表另一个就成了陌生人，但这能让她确信，自己的追寻从未失去正义性。

谭怀胜继续说：“赵英涛缺钱，但不是要谋财害命。你妈带过去的那十万块钱，不算什么，他真正看上的是傅长松的位子。你知不知道他们俩……”

“我了解他们的关系，还有赵英涛和你合伙做生意的事。”

谭怀胜点头：“他们三个人从小就认识了，表面上称兄道弟，私下很多积怨。当然，做了警察之后，胡云志就和他们慢慢疏远了。但赵英涛对胡云志了如指掌，把他拉入局，说了一个具体时间地点，说傅长松一定会在那一刻杀一个人——是平民百姓，说你到时候就去抓他，证据充足。胡云志一心升官，而且赵英涛也没有理由出卖他，所以做了番心理斗争以后，他就答应了。赵英涛和你妈妈约定了一个更早的时间，为了可以提前动手，让胡云志有时间收拾残局，嫁祸给傅长松。结果，你妈妈……”

“妈妈反抗了。”

“这事没有官方定论。胡云志告诉我，尸检的时候在赵英涛手上发现了防御性刀伤，而且两人身上都有瘀青，应该是死前有过剧烈冲突。”

“但是现场只有一把刀，上面有傅长松的指纹。”

“刀上其实有他们三个人的指纹，而且那是那两个家伙平常单独开会的地方，本来就放着一些用来把玩的刀具，有指纹不奇怪。当时所有人都觉得，必须把傅长松团伙消灭，死的又是他的副手，大家乐见其成，所以一些疑点也就没有再追究下去。”

“你怎么知道这些调查细节？”

“不是当时就知道，是后来我慢慢和胡云志搞好了关系，和他喝酒，又帮了他大大小小不少忙，他就对我掏了心窝子。我也不是给他下套，你想想，你妈突然人就没了，我也难过啊，想找办案的警察同志讨个说法，没想到老胡心里也过不去。他最后没升官，又把老婆气跑了，有一天在我面前喝大了，突然说他有罪，要自首。我就慢慢把话给问明白了，这样他心里也好受。”

“你为什么劝他不要自首？”

“等到他悔悟，都过去好几年了，有什么意义？傅长松十恶不赦，不该放出来。而且你想想，你妈妈本来是一个无辜的受害者，要是翻案了，变成一个她和黑帮成员互相仇杀的说法，对她，还有当时的我们父女俩，有好处吗？还不如就这么算了，不要去揭旧伤。”

谭怀胜喝了口水。

“所以我心里难受啊，你和你妈妈怎么这么像，在生死关头都选择动手，一般人做不到。可惜就是……哎！嘉烁，你当时不害怕吗？”

“我还没有问完，妈妈为什么会带着十万块钱去见赵英涛？”

“我不知道。”

“你又在撒谎了。当时你们俩分居，你和钟雁住在一起，带着我。而妈妈带着现金，去找一个和你合伙做生意的人。别说你和这一切无关。”

“嘉烁，你坐下。你爸妈当时生活情况复杂，你可能理解得不准确……”

那熟悉的纡尊降贵的语气又来了。谭怀胜的良知像一截断裂的火柴，只燃烧了不足以灼痛手指的一瞬间。

“爸，你听好了，如果你坚持不告诉我真相，那我能做的第一件事情，就是告诉警察，傅长松杀死赵敬义的那天夜里，你也到过现场。”

“什么？”

“不要狡辩，我知道你在。我不是跟着傅宝云去的，而是跟踪着你去的。我有录像证据，如果我把录像交给警方，他们会需要你解释，为什么之前要撒谎，说整件事和你无关。投资方也会知道，怀胜楼的老板卷进了枪击杀人案，甚至可能被立案调查，这会有什么后果，你比我清楚。我能做的第二件事，就是告诉警察，你曾经派人殴打傅长松，这件事单独来看也许不严重，但是现在傅长松杀了人，情况就不一样了。警察可能不会因为这些事情把你送进监狱，但这已经足够毁掉你的事业。二十年前的事情，没有人会再追究了，除了我。但是现在发生的，你摆脱不了。”

谭怀胜用双手托住低垂头部的两侧，像要把一切烦心事连着脑袋一起摘下来。

“爸，别再假装你毫无罪过了。你一直害怕案子会查到你头上，还怕一旦翻案，傅长松知道你也参与进来，会报复你。所以你反对胡云志悔过，愿意花一笔钱软禁他是为了阻止他和外人交流，说出真相，其实你没必要控制他那么久，但凭我对你的了解，控制别人这件事本身，慢慢变成了你的目的。”

“他变成疯子，是他自己没完没了喝酒，把脑袋喝废了，我为了他和他女儿——”

“你不要岔开话题了，我也不想再听你胡说什么一切都是为了别人好。我再说一次，把你、妈妈和钟雁之间的真相告诉我，我不会再警告你了。”

“你这样对我不公平。”

“……什么？”

“就算我和杀人案有什么关系，这不是你找我麻烦的根本理由！我把什么都交代完了，你还不是照样会针对我？”谭怀胜抬起头，神情有些软弱，仿佛在得知高昂手术费之后试图和医生讨价还价的重症患者，“爸已经很难受了，你不能趁着爸心软，得寸进尺！”

谭嘉烁不敢相信自己所听到的，转念一想，之前问出那些话，已经是一种幸运。

“爸，你可能不太明白，但是我没兴趣控制或者破坏别人的生活。你说出真相，我们之间就没事了。”

“你之前不是夸口说还能继续调查吗？你去呗。有一个人比我更有资格告诉你真相，去找钟雁。”

“她在哪儿？”

“我不知道。说实话，我不知道她的死活。你只逼我一个人，这就是不公平。你想知道来龙去脉对吧？既然你妈已经死了，光凭我说的，我怕你不信。我跟你说，你根本不想知道什么真相，只想从我这里听到你爱听的，用来证明你那些胡思乱想。如果你是一个警察，那得找别的证据、证人，光听我一个人的说法，那怎么行？爸说的有没有道理？你去让钟雁交代，这才叫公平！”

话毕，谭怀胜眉头解开了，两手一摊，朝后使劲一靠，座椅的皮料发出一声刺耳的鸣叫。谭嘉烁明白，父亲脑子里又在开始计划如何阻止女儿散播消息了。她并不为此沮丧或焦急。她平静地把照片收好。

“你的意思是，如果我能找到钟雁，你就会坦白一切？”

“不光坦白，我还得诚心谢谢你这个好女儿！你以为爸爸不想把心里这么大一块石头放下来吗？”

“我懂了。”

谭嘉烁站起来，走向门口。谭怀胜本以为女儿要离开了，但她停下，举起手机，按下一个快捷号码。

“……你给谁打电话？”

“门没锁，你直接进来吧。”

“我问你给谁打电话！”

谭嘉烁放下手机，稍微侧过身子。

谭怀胜眉头锁死，双手掐进椅子把手，上半身前倾。他心跳很快，脑子却突然跳出毫无感情重量的无聊事：不知是这条高定裤子裁剪不太对，还是自己又增重了，大腿部位紧绷得难受。

门打开了，迎来一丝陌生的风，以及一名对谭家父女都并不陌生的女性。

“……雁？”谭怀胜说。

“好久不见，谭怀胜。”

钟雁站在谭嘉烁身边。

“你……你们是怎么……”

“自从离开你，我没有藏到什么天涯海角。我失踪，对你来说，应该也是卸掉了又一种负担，所以你也没有费心思找我。我一直就住在郊区，离朱琪芬不远，每年都会去看她好几次。我能到这儿来，完全是因为你女儿的努力。虽然我费尽心思避开她，但她还是找到了我。”

谭嘉烁在给母亲扫墓时，因天雨路滑，失足摔倒，陷入昏迷。醒来之后她才知道，是墓园工人敏才和另一不知名女子救了她。她当时出于连自己都不信赖的直觉，给敏才看了钟雁的照片，而敏才否认见过照片上的女子。那是敏才在钟雁叮嘱下撒的谎。

当时的直觉，以及母亲的墓碑，还有手上钟雁的照片，构成了谭嘉烁用来寻找母亲的唯一线索。两个多星期前，从卓丽家离开后，谭嘉烁前往公墓，委托公墓管理者把没有逝者人像的朱琪芬墓碑换掉，换上新的墓碑，并且把钟雁的照片镶嵌进去。因为谭怀胜不可能有独自去公墓祭扫的心思，所以有可能对这种改变感到讶异的，只会是另一个知道钟雁的人——或者，是钟雁本人。

为了确保达成目的，谭嘉烁使用的是从泰阳笔记本里拿到的——钟雁少女时期的照片。她保留了原片，复拍了一张使用在墓碑上。她还准备了一封信给公墓管理者，说如果有女性特意来询问更换墓碑的事，那么就把这封信交给她。

计划比谭嘉烁预料得要顺利。钟雁发现墓碑上出现照片的那一瞬间，首先感受到的是恐慌，因为她怀疑这是谭怀胜想把她引出来。那时，她对谭嘉烁在进行的调查一无所知。在收到那封信，知道这一切都是谭嘉烁的安排后，钟雁无法再置身事外。

而现在，她已知道了谭嘉烁历经千辛万苦，求索而得的一切。

“你们……都聊过什么了？”

“很多。我们聊了整整两个通宵。”谭嘉烁说。

钟雁浅浅地显露出近于悲哀的笑容：“说的是关于我们俩人犯下的罪。有罪的人，首先是我。在我和你勾搭上之前，你已经知道，是朱琪芬先帮助我和傅星离家出走，然后又改变主意，导致家里人追上来，强迫我和傅星回家。傅家人不仅害死了傅星，还打伤了我，害我失去了生育能力，我恨傅家人——”

钟雁停顿片刻，看看谭嘉烁。谭嘉烁没有回应钟雁的眼神，保持镇定，盯着父亲。钟雁继续说：

“……但我更恨朱琪芬，因为我是一个弱小、恶毒的人。傅家势力很大，亲手报复他们是不可能的，但我可以报复朱琪芬——就从干涉你们的夫妻生活开始。一开始我很恐惧，因为我知道，你从中学时候就爱上朱琪芬了，所以我猜测你会非常珍惜这段婚姻。但事实恰恰相反，自从你决定要干一番大事业之后，人就慢慢变了……或者说，一种本性被激发了。在这件事上，我和朱琪芬的想法是一样的。我假装对她没有丝毫怨气，重新获得她的信任，通过她了解到你们夫妻之间的问题，还有你的生活习惯……为了勾引你。”

“你听见了吧？”谭怀胜突然朝着女儿说，“这是个很恶毒的女人！她说的话你不能全信！她不光是故意找我麻烦，而且还和我说，你妈妈和傅家人有扯不清楚的关系——”

“我都知道，”谭嘉烁说，“除了你之外，妈妈没有和别的男人在一起过，但钟雁引导你去怀疑妈妈和傅家兄弟有男女关系。她让你觉得，和妈妈在一起，是你的拖累，你值得拥有更好、更服从你的女人。”

“谭怀胜，你没必要狡辩，或者说些更吓人的话来让你女儿胆怯。谭嘉烁是不会退缩的。在这一点上，你应该比我更了解她。还是继续说我们的事吧，我也很了解当年的你。我对你说，我想和你有一个孩子，如果一辈子都没有的话，还不如去死。我在家里藏了一瓶农药，故意让你发现。这是抢走你所有注意力的最好办法，因为你喜欢女人为你寻死觅活，而这种感觉是朱琪芬永远不会给你的。为了满足我，你把嘉烁抢过来，送到了我身边。从她一岁多到朱琪芬出事之前，都是我带着她。虽然你和朱琪芬没有离婚，但是当时甚至连一些不了解我们过去的邻居，都以为我和你是夫妻。朱琪芬千方百计想把女儿要回去，她找过警察，也没什么用；她想离婚，你当然不配合。我很清楚，当时的朱琪芬……非常孤独。我在鹞子街人们的眼里，是一个天生的烂货，但她是一个所谓的不幸堕落的好女孩，她的故事更让人津津乐道。”

钟雁的声音变弱了，她似乎沉入对往日的懊悔中。谭嘉烁心里明白，如果钟雁表现出脆弱，那么父亲就一定会伺机进攻，试图影响钟雁的立场。她不能给父亲留下控制局势的机会，于是接过钟雁的话头：

“你不爱妈妈了，不和她离婚，是为了钱。外公外婆家里曾经很穷，但妈妈被迫转到特殊教育学校以后，他们上山办了一个采石场，一年四季都不回家。虽然后来因为政策，采石场被关掉了，但他们挣了不少辛苦钱，把妈妈和你的婚礼欢欢喜喜地办了。婚后没多久，外公就去世了，外婆也患了尘肺病，都是日日夜夜采石头积下的。她知道你们分居的事情，想到自己日子不多了，女婿又和别的女人同居，靠不住，所以立下遗嘱，写明要把全部财产单独留给我妈妈。这笔应该属于妈妈的财产，让你寝食难安……也让钟阿姨觉得，你们俩之间的关系不会长久。”

钟雁深吸了口气，让自己略为振作，然后说：

“你许诺会和我有一个未来，但同时又联系朱琪芬，说想开一个新的夫妻共用账户，让她把钱转过去，以后一家三口就可以团团圆圆在一起了。但朱琪芬已经永远丧失了对你的信任，她明白你只对她继承的那笔财产感兴趣。她比你更需要那笔钱……为了女儿。嘉烁小时候，很长时间都没学会说话，有人叫她，也经常没反应。朱琪芬听人说过，这可能叫孤独症或者自闭症，有的人症状会逐渐减轻，但严重的，如果治疗不及时，可能一辈子都没法自理。二十年前，我们这小地方几乎没什么人听说过这毛病，根本没地方做诊断，更不用说治疗。谭怀胜，因为你根本不把嘉烁的问题当一回事，所以朱琪芬才需要保证手头有一笔钱，以后给女儿治病。”

“也许你不记得了，我和你说过，你女儿特别喜欢蹲在墙角，用粉笔在墙上画一些复杂的图案，首尾相连，可以一直一直延续下去。如果不管她，她可以画几个小时，这也是她当时症状的一个体现。但你根本不当一回事，只是嫌她会弄脏墙壁；你还和我抱怨过，说女儿可能是低智商，可能是中邪了，还说什么都怪她妈妈基因不好，你提不出任何解决办法，甚至也没有解决这件事的心思。但是我——从我照顾嘉烁开始——我的复仇心就慢慢地消失。虽然相处时间不长，但我想过很多次，如果她真的是我女儿就好了。”

钟雁这句话是真心的。多年来，在她大脑中，仿佛总有一连串生动鲜艳的胶片，每一格都是谭嘉烁——一、加一、再加一，谭嘉烁慢慢长大。但是从某一年开始，胶片中相伴谭嘉烁的风景，就几乎不再变化。这儿的野草蹿高一些，那边的树枝断下来一小截，但一切都围绕着朱琪芬的坟墓。除了死亡带来的腐朽，一切都停滞了。

“我越想积极地活下去，就越来越感受到所谓的复仇是多么空虚的一件事，同时也明白，我所谓的积极生活，是以朱琪芬的痛苦为代价，到最后也不会有出路的生活。我因为担心嘉烁的病情，和朱琪芬打过一次电话。哪怕是在那样的情况下，她听起来还是很坚强，说想和我见一面，把我们之间的事情说清楚。你当时对我管得也很严，自己不在的时候，就让手下人寸步不离地跟着我和嘉烁。

“我算了一下日子，告诉朱琪芬，6 月 14 号谭怀胜和所有员工会去参加一个商界朋友的婚宴，我和他无名无分，他是不会带我去酒席的，所以那天我应该有机会逃出来。我随手把这个日期写在了一张照片背面——那就是二十年后，被嘉烁发现的，我抱着她的那张照片。”

谭嘉烁上前一步，把之前放在谭怀胜桌面上的两张照片拿起来，同时说：“但是我们知道后来发生了什么。妈妈最终没有和钟阿姨见面。6 月 12 号那一天，妈妈带着十万块钱去见赵英涛……还有你，爸。这就是你一直不愿意承认的事。”

“胡说八道！”

“是我亲眼看见的。”钟雁说，“6 月 12 号晚上，你吃完了晚饭，一直坐在阳台抽烟。7 点钟左右，赵英涛来了，是我开的门。然后你们一起出门了。”

谭怀胜猛地站起来，膝盖撞在了桌腿上，突如其来的酸麻让他身子一歪，这导致他并不像自己想象中那样咄咄逼人。他张嘴，似乎攒足了一股气要破口大骂，但说不出话。

“八点左右，胡云志赶到现场，当时我妈妈和赵英涛，其中至少有一个人已经死了。爸爸，是你亲口告诉我的，赵英涛和胡云志做了一个局，害死妈妈，然后嫁祸给傅长松，这只是一部分的事实。我一直找不到答案的是那十万元现金属于谁，以及为什么赵英涛也死在现场。有钟阿姨做证，我才能离真相更近一步。只有一件事会让妈妈带着十万元去和你，还有赵英涛见面，那就是因为……我。我当时只不过是你手里的一个人质。”

谭怀胜颓然坐下去，垂着头，双手支撑在眉骨上。

“你想从妈妈那里抢过来的，不只是十万元。把这些和钟阿姨告诉我的事结合起来，那事情就清晰了。你想要妈妈继承的那笔遗产，最方便的办法就是害死她，然后嫁祸给别人。当年警方的结论是傅长松谋财害命，而一直让我困惑的是，为什么妈妈会带着十万元去见赵英涛，但其实她是去见你的，她根本不知道赵英涛也会在场——”

“我没有杀人！”

谭怀胜大吼，声音足以让办公室外的人听见。钟雁震颤了一下，但谭嘉烁没有畏缩，因为她能感觉到，这声嘶吼耗尽了谭怀胜的精力和自信，剩下的只是无尽的疲惫。

“我真的没有对你妈妈下手……都是赵英涛的主意。姓赵的当时和我一起做生意，他没有本钱，私下动用了傅长松的钱。我们从东南亚进了一批珠子，但是被傅长松发现了，他把赵英涛本来要付给供应商的尾款扣下来了。”

谭嘉烁想，这和卓丽的说法是一致的。

“赵英涛要的不是十万块，他只想陷害傅长松，把他从位子上赶走。我知道你妈妈会继承一大笔遗产……所以我没有和她离婚的打算。总之……他说他来 —— 他 —— 他动手 ——”

谭怀胜的叙述充满犹疑和难堪，每个字都像凝结的血块一般，从他变得煞白的嘴唇边缘抖落。

“嘉烁……你妈妈，真的不是我骗出来的，是赵英涛，他对你妈妈说，不需要出那么多钱，只需要十万，就可以把你从我身边偷偷带走，还给她。她肯定不完全相信这件事，但当时不管她怎么联系我，我都不理会她，她觉得走投无路了，所以铤而走险。我对赵英涛说，既然你动手，那我可以不去吗？他说不行，因为既然决定了要做这件事，就得有把柄保证我和他的命是绑在一起的，也得保证我不会通风报信。”

“那说到底，还是你……是我们俩，一起把她逼上死路的。”钟雁说。

“那天头一个该死的人 —— 应该是我。”谭怀胜抬头，双眼充满血丝，“赵英涛其实还有一个打算，我去之前就应该想到的。他的重点只有一个：杀人，然后嫁祸给傅长松。但是他要保证这件事情收拾得干净。既然他利用了我和你妈妈之间的矛盾来策划这件事，那我对他来说也是一个需要灭口的对象。我和他到了会面地点之后，他对我说，先去吸引朱琪芬的注意力，方便他动手。我照办了。但是……是你妈妈……她反抗了，是她救了我。”

“……什么？”

“赵英涛嘴上说，让我去吸引你妈妈注意力，其实是为了把我的注意力从他身上移开。我和你妈妈说话的时候，他冲出来拔出刀，首先要捅死我。他一定想的是，女的比较好收拾，所以要先干掉我。你妈妈发现了，大喊一声，用木棍朝我身后的赵英涛砸过去。她应该是进屋之前就觉得气氛不对，所以衣服里藏了一根木棍，想用来防身。那一瞬间，我以为她是要打我……但是木棍却打中了我背后的赵英涛。我听见刀掉在地上的声音 —— 赵英涛喊了一声滚开，把我推开 —— 我坐在了地板上。我看着赵英涛和你妈妈，同时去抢在地上的那把刀 —— 我……

我……有那么几秒钟，我根本不明白发生了什么，直到我听见你妈妈喊：‘帮我一把！’他们俩滚倒在地上纠缠，我又听见赵英涛惨叫。我终于看明白了，是你妈妈先抢到了那把刀，刺进赵英涛肚子里，但姓赵的用手拦着，你妈妈力气不够大。我能看见那把刀的一部分没有刺进去，所以没有立刻了结姓赵的。所以，她才向我呼救。现在想起来，其实是在那时候，我突然明白赵英涛想杀我们夫妻俩。当时我心跳得厉害，脑子里嗡嗡的，感觉不到自己手放在哪儿……”

“所以，那时候，妈妈在和赵英涛拼命……而你就这么看着？”

“我打定了主意去帮她的！但我就晚了一步！小朱力气还是比不上那个王八蛋……他把刀拔了出来，然后压过去……我……我没看清……小朱渐渐没声音了。姓赵的站了起来，一只手捂着肚子，全是血。我以为他要来杀我，但他突然坐下去了。”

“然后你逃走了？”谭嘉烁说。

谭怀胜闭上眼睛，再次用手掌根部撑着脑袋。

“你逃走了！”

谭嘉烁全身如火山迸发一般炙热，眼球后方像针扎一样刺痛。她抄起桌面上一个紫砂壶向前投出，一声闷响，正中谭怀胜头颅。谭怀胜嘴里没出声，双手哆嗦着上移，捂住受击部位，指缝间流出鲜血。

做完这件事，谭嘉烁立刻转身，疾步走出门外。她无法和父亲在同一个空间里继续共存，哪怕是一秒钟。钟雁跟着她来到走廊上，并且关上了办公室的门。

钟雁的情绪也处于震荡中，不知该说什么。谭嘉烁站在窗边，开始痛哭，她觉得自己的全身像是由一块块积木勉强接合而成，而哭泣造成的动荡不安，足以击碎她辛辛苦苦维持至今的人形。她疼，但不恐惧。崩溃是一时的。她会再次出生。

下部/完

尾奏：柏林野餐

这可太不妙了。

也许是因为夕阳所蕴含的神秘莫测的抚慰力量；也许因为在场都是同行，享有在同一光谱上流转的感性，以及对分享私人生活细节的高度适应性；也许是因为被低估的酒精分子，以它们张扬的舞姿扰乱了你血管搏动的节拍；也许是因为J的目光，富有洞察力并且隐含一丝狡黠，让你的表达欲莫名生长。总之，所有人都清晰地听见你说：

“今天，6月12号，是我妈妈的忌日。”

明天，这为期一个月的绘本创作工坊就要解散了。受邀参加的人，都是三十岁以下的国际绘本奖项的奖金获得者。度过这一夜，绝大部分人都会各奔东西。在这难免令人感怀的场合，你的话就有了一种顺势迸发的戏剧性。围绕这张野外餐桌的一共有八个人，除了你，只有一个亚裔，是在波士顿出生的菲律宾人。所以在此起彼伏的“Oh”“I'm so sorry”“You look sad”等等回应之中，你能感受到避免触犯陌生边界的小心翼翼，而这种礼节给你带来了一种安全感。

一位荷兰作者诚恳且好奇地问：“那你今天有什么必须去做的文化仪式吗？”

你回答：“没有，但我忍不住花了很多时间去思考她对我的人生和创作有多重要，这大概也是我这星期注意力不足，没什么进度的原因之一吧。”

这是你想让气氛变得轻松一些的尝试。句子的构建本身不太成功，但足以让大家明白你的意图。创作进度是一个所有人都能轻松接续的话题。于是杂七杂八的话语，像一颗颗色彩斑斓的玻璃珠，被随意地倾倒在桌面上，来回滚动，互相碰撞。

但J却看着你，说出了一句所有人都没预料到的话：“看起来，你妈妈的去世，已经是一件很久远的事了。”

这个问题并没有让你觉得无礼。它是一个指向倾诉的路标。

你说：“是很久远了，她去世的时候我还非常小，我对她的印象几乎都是从别人的话和她留下的生活痕迹里拼凑的。她的去世和一桩谋杀案有关。”

——完蛋，我确实是喝多了，你在心里对自己说。

这个回答也把J打了个措手不及。J面带笑容，但不失严肃地说：“如果我提及了一个不合时宜的话题，对不起。”

你说：“没事，每年这时候我都在中国，这是第一次在离家非常远的地方度过这一天，所以难免有点感伤。”

一位一直对你很友好的作者接话了：“希望我们的陪伴能让你觉得好受些。”

你点了点头，然后再次尝试用蹩脚的笑话来让大家放轻松：“这就是我全部的灵感来源，我得多保守一点秘密，否则下次再参赛，我真的没有题材可以画了。”

荷兰作者又捧场：“这不稀奇，我在绘画的时候，就是一只抱着往日创伤不放的寄生虫。”

有人说：“谁不是呢？”

你笑了。

那些追逐沉痛秘密的日子，那些对你坚守着，或是倾诉着秘密的人，确实都以某种形式存在于你的画笔下。

这头在树林里来回踱步的、有着紫红色皮毛的大豪猪，总是提着一只水桶，说里头是稀奇的宝贝，骗其他动物往里看。你每次描绘它虚伪又暗藏恶意的笑容，总是想起父亲谭怀胜的那张脸。

他因为商业欺诈和强迫交易罪入狱，已经四年了。而你们最后一次以父女身份说话，到底发生在哪一天，你实在记不清，也觉得没必要去捋清这件事。

那只你每次都用心绘制出鲜艳纹理的蓝矶鸫，擅长用她的歌声给森林居民们带来坏消息，是你心目中的伊璇。在谭怀胜伏法之前，他俩就离婚了。

你揭穿的谭怀胜的过往劣迹，对伊璇争夺谭珺的抚养权起到了至关重要的作用。和谭怀胜切断生意联系后，伊璇做过一阵子地产经纪，听说最近开了一家做美容服务的小公司。

每次都相伴着这只蓝矶鸫在画面上出现的，是停留在她头顶上的一只小螳螂。你重点描绘螳螂的攻击性，双爪摩擦出闪亮的火花。你随口告诉过谭珺，这只螳螂就是你，而他对此也比较满意，拜托你做了一系列以此为模版的表情图。

有一个戴着面具的影子，说不清是人还是幽灵，从来不会有台词，唯一的动作是用一支钢叉拉上铺满星月夜的幕布，所以她一出现，就代表着夜的降临。有时候，她从帘子的缝隙朝外看——仅仅是观察，不参与故事发展。她已经成为你的标志性图像符号之一，出现在完全不同的故事中——她是钟雁。在你生活的片段里，钟雁来了又去，你现在又不知道她在哪儿了。

当然，绝大部分对你产生影响的人和事，不会以非常明确且独一的形象出现在你的故事中。每当你想绘制一只勇敢、坚韧的小动物，你会想起傅宝云；而当你想绘制一只咄咄逼人、使人惊恐的小动物，也会想起傅宝云。

她正在成人大学攻读车辆工程专业。你们常常聊天，但你也能敏感地察觉到，有很多时候，她只想一个人静一静。

而你的母亲朱琪芬，她无处不在。她藏在你翻开新一页画纸的沙沙声中，藏在你画笔离开颜料瓶、少许彩墨凝结于笔锋所形成的音符中，藏在精致纹样的每一处勾绘中。只要你愿意，就可以让这花纹永远延续。

山林之中有零星欢声笑语，就像一条条银色小鱼灵活地从湖面蹦出，溅起水花。野餐桌上的蜡烛已几乎燃尽，能让你们看见彼此面容的，只剩下度假小木屋室外门廊下的灯光。你再仔细一看，“彼此”只剩下J一人，因为其他人都陆陆续续离开了，有独行的，也有结伴的。你们本来隔着木桌相对而坐，现在坐在同侧，只隔着一人的距离。

酒劲已完全退去。

“你可能不记得了，”J说，“你上个月在书店签售，我也去了。”

“是吗？不好意思，我确实不记得。虽然那天人不多……”

“我想问一个问题，希望你不要觉得我窥探的心思太强，只是关于那天的签售会，有这么一件事，一直在我脑袋里面转。”

“你问吧。”

“排队签名的时候，在我前面大概六七个位置吧，有一个中国女性和你用中文说了不少话。我当时想，既然你们来自同一个国家，在异国的书店相遇，那么多聊一些也很正常。但是你们好像不是第一次见面……当然，我听不明白，但我有一种感觉，你们已经认识很久了。”

“啊，我知道你说的是谁。她是我的……一个曾经对我很重要的人。嗯……这样说不太对。虽然我们离上一次见面已经过去很久了，但我们曾经互相支持，挺过了一段非常艰难的日子。所以，即使我们不像往日一样亲近，但还是……总之，能在这里遇上她，对我的意义非常重大。”

“我懂了。”

你从搁在旁边椅子上的随身包里，拿出笔和便笺纸，撕下一张，写下“胡一曼”三个字，然后传给J。

“我猜，这是她的名字？”

“对。”

“抱歉，我不会读。”

“你可以先留着。以后有机会的话，我教你。”

“明天这个工作坊解散，我们就要各奔东西了。”

“我知道。所以我说，如果以后有机会的话。”

“也许明天，会比今天更有机会。”

“也许。”

“好吧，”J把便笺纸折叠起来，“谢谢你。”

这时，你发现J搁在桌面上的右前臂下，轻压着一些薄纸。

“那是什么？”

“这个？几张素描纸。”

“你在画什么东西吗？”

“噢，这没什么，”J把最上面一张纸拿起来，在半空中摇晃了一下，“刚才大家都在的时候，我随手画了一点概括性的速写，几乎是无意识的随性涂鸦。”

“有我吗？”

“没有。”

“你现在画一个我试试。”

“现在？”

“是的。就用你习惯的办法，速写一下。我想看。”

“好吧。”

J微笑，把下方一张干净的纸抽出，放在桌面上。

“请你稍微朝后挪一下，离我再远一点。”

“这样？”

“正面也朝着我。姿势请随意。好，就这样。”

J用自动铅笔，在画纸上描摹出一个大轮廓，手法笃定而又迅捷。

“现在光线很暗，但我觉得这样也不错。我很喜欢概括一个人像背后的暗处。”

“暗处？”

你转过身，看看背后。你几乎只能看得见一片黑暗，但心中并不害怕。

“你喜欢它的什么？”

“如果要说我喜欢它什么……”因为专注于描绘，J的头放低，说话声变慢了，“我习惯从暗部开始观察。我觉得，正是有了从暗部逐渐朝外部的压迫，才能真正显露一个人的特征……这是一种适合用画笔去捕捉的本质。”

“就像来自亲人的罪过和谎言。”

“什么？”

“就像罪过，和谎言。它们总是会藏在我们背后。只能一直往前，才能逃过它们。”

“谁说不是呢……”

J 的这句回答虽然有敷衍之嫌，但你明白，这是进入细心绘画状态之后的常见反应——心思完全融入纸和笔，对外界其他刺激变得迟钝，所以你并不生气。与之相反，你心情雀跃。虽然背后黑暗无限延展，但如今你心跳的每一次搏动，仿佛都在叙述一种独属于你的真实。

全书完

图书在版编目（CIP）数据

她们与谎言的距离 / 鹳耳著. -- 北京 : 新世界出版社, 2025. 8. -- ISBN 978-7-5104-8174-1

Ⅰ. I247.5

中国国家版本馆 CIP 数据核字第 2025TP8110 号

她们与谎言的距离

作　　者：鹳耳
选题策划：漫娱图书　许斐然
责任编辑：朱芳
执行策划：许斐然
校　　对：宣慧　张杰楠
装帧设计：倪争
责任印制：王宝根
出　　版：新世界出版社
网　　址：http://www.nwp.com.cn
社　　址：北京西城区百万庄大街 24 号（100037）
发 行 部：(010)6899 5968（电话）　(010)6899 0635（电话）
总 编 室：(010)6899 5424（电话）　(010)6832 6679（传真）
版 权 部：+8610 6899 6306（电话）　nwpcd@sina.com（电邮）
印　　刷：武汉鸿印社科技有限公司
经　　销：新华书店
开　　本：889mm × 1230mm　1/32　　尺　　寸：145mm × 210mm
字　　数：358 千字　　印　　张：12
版　　次：2025 年 8 月第 1 版　2025 年 8 月第 1 次印刷
书　　号：ISBN 978-7-5104-8174-1
定　　价：49.80 元